河南省博士后科研资助

河南大学文学院出版基金资助出版

该书系河南大学教改项目"中国古代文学教学与本科生文化自信培育研究"成果

光明社科文库

回归文本：红楼细读

郑慧霞◎著

光明日报出版社

图书在版编目（CIP）数据

回归文本：红楼细读 ／ 郑慧霞著 . --北京：光明日报出版社，2019.4（2023.1 重印）

（光明社科文库）

ISBN 978－7－5194－5278－0

Ⅰ.①回… Ⅱ.①郑… Ⅲ.①《红楼梦》研究 Ⅳ.①I207.411

中国版本图书馆 CIP 数据核字（2019）第 081783 号

回归文本——红楼细读

HUIGUI WENBEN——HONGLOU XIDU

著　者：郑慧霞

责任编辑：史　宁　　　　　　　　责任校对：赵鸣鸣

封面设计：中联学林　　　　　　　责任印制：曹　净

出版发行：光明日报出版社

地　　址：北京市西城区永安路 106 号，100050

电　　话：010-63131930（邮购）

传　　真：010－67078227，67078255

网　　址：http：//book. gmw. cn

E - mail：gmrbcbs@ gmw. cn

法律顾问：北京市兰台律师事务所龚柳方律师

印　　刷：三河市华东印刷有限公司

装　　订：三河市华东印刷有限公司

本书如有破损、缺页、装订错误，请与本社联系调换，电话：010-67019571

开　　本：170mm×240mm

字　　数：249 千字　　　　　　　印　张：16.5

版　　次：2019 年 4 月第 1 版　　印　次：2023 年 1 月第 2 次印刷

书　　号：ISBN 978－7－5194－5278－0

定　　价：85.00 元

前　言

一、选题缘起

以"细"为名，概出于以下两种考虑：《红楼梦》凡"细"处最为文眼所在，每"细"现辄生"大"事，如王熙凤初见黛玉，"携着黛玉的手，上下细细的打量了一回"，由此"细"看，生出王熙凤"戏"说黛玉模样类"戏子"以证成黛玉"命苦"之谶，暗伏黛玉将"不宜家室"之隐语；埋下王夫人以"唱戏的自然是狐狸精了"为由清查怡红院的伏笔。王熙凤此"细"，非惟潜隐黛玉悲剧而已。再如"比通灵"宝钗"微露意"前，薛宝钗主动挑起"玉"的话题："成日家说你的这玉，究竟未曾细细的赏鉴，我今儿倒要瞧瞧。""宝钗看毕，又从新翻过正面来细看"。"真体最小"的"那一块落草时衔下来的宝玉"，"观者"自然难以看清图文，但薛宝钗却煞有介事地读出声来，显然围绕这块"宝玉"她已没少做功课：借要求"细细赏鉴""通灵宝玉"，把"渐通人事"的薛宝钗"欲火""微露"一点出来。宝玉出于客套，"被"动要求看薛宝钗的"那项圈"，宝玉只是"忙托了锁看"，并无"细"意。至此，由薛宝钗主动要求的互看金玉之场景，就成无声嘲讽薛宝钗"见玉起淫心"的画面——薛宝钗"细"，看出素日对"玉"之在意。对"通灵宝玉"的在意，就是对宝玉本人的在意。对宝玉人与物的时刻留意，正基于"配""对儿"的渴望。薛宝钗此"细"，非惟揭示其猥琐而已。至若以"细"示真诚，如宝玉"细瞧"黛玉："一手举起灯来，一手遮住灯光，向黛玉脸上照了一照，觑着眼细瞧了一瞧，笑道：'今儿气色好了些。'"以宝玉之"细"照出薛宝钗之"粗"——竟以为贾母"喜热闹戏文，爱甜烂之食"，此"粗"含义为虚情假意。如稍微"细"点，薛宝钗当看出贾母喜"清淡""咸津津""之食"和"清雅""戏文"。可见凡有"细"处，则为"重""大""要紧"之时，此乃以"细"为名缘由之一也。《红楼梦》"细"线密布，当"细"观"细"究庶可稍领其真"味"，如元妃对钗黛取舍厚薄态度，即便赐钗"红麝串"亦不可尽信。因为元妃本意甫一出唇，即有被传话者误读误传的可能，如命宝玉入住大观园一事即可证明：元妃让宝玉随姊妹们入住大观园为宝玉快心畅意之本心，到了贾政口里，就成了"禁管"宝玉读书之意。再如细密揭示蘅芜苑何以变成"雪洞"之真相：预备元妃省亲，"各处古董文玩皆已陈设齐备"；省亲后因元妃命钗黛姊妹们入住，遂"遣人进去各处收拾打扫，安设帘幔床帐"，之后钗黛等才各挑住处，这证明蘅芜苑在薛宝钗入住前绝不可能被"收拾"成"雪洞一般"。省亲后"园中一应陈设动用之物"，虽"收拾了"。但为元妃"极爱"的潇湘馆和蘅芜苑，"贾政必定敬谨"对待，绝不至于"一色玩器全无"。这"离了格儿"的"素净"，除了暗示薛宝钗惯于"作秀"外，还隐伏宝钗"贼"的真面目——"绣春囊"事件后，薛宝钗搬离蘅芜苑时，将"房内搬的空空落落"。搬空蘅芜苑除了"偷"走原属蘅芜苑的一切外，还有彻底消灭"绣春囊"相关之赃证的目的。"细"乃读《红楼梦》之必须，此乃以"细"为名缘由之二也。故"细"读"细"味，或可领略《红楼梦》迷人魅力之所在。

二、研究概况评略

顾颉刚在1923年给俞平伯《红楼梦辨》一书所写的序言中说："自从有了《红楼梦》之后，'模仿''批评'和'考证'的东西如此的多，自然由于读者的注意，但为什么做出的东西总是浮浅的模仿，尖刻的批评，和附会的考证？这种思想的来源是在何处？我要解释这三类东西的来源，很想借了这一篇序文，说明浮浅的模仿出于《尚书》之学，尖刻的批评出于《春秋》之学，附会的考证出于《诗经》之学。""《红楼梦》的本身不过传播了一百六十余年，而红学的成立却已有了一百年，在这一百年之中，他们已经闹得不成样子，险些把它的真面目涂得看不出了。我很愿意在这篇序文上把从前人思想的锢蔽和学问的锢蔽畅说一回，好使大家因了打破旧红学而连及其余同类的东西"①。顾颉刚对于旧"红学"的尖锐批判，是使《红楼梦》的研究回归到文学轨道上来的一个契机，它开创了"红学"研究史上的新局面。俞平伯曾向顾颉刚提议二人合办"一个研究《红楼梦》的月刊，内容分论文、通信、遗著丛刊，版本校勘记等；论文与通信又分两类，（1）把历史的方法做考证的，（2）用文学的眼光做批评的。"② 俞平伯之提议把《红楼梦》的研究方法概括为两大类，即历史考证与文学批评。纵览横观关于《红楼梦》之研究，确实非此即彼，概莫能外。

"历史的方法做考证"的研究方法，最典型的是根据史料对"作者的历史、续作者的历史、本子的历史"③ 等进行爬梳，以期得出可靠的结论。如以"索隐派"为代表的"旧红学"和"新红学"。习惯上称胡适以前的"红学"为旧"红学"，称胡适、俞平伯和顾颉刚以后的"红学"为新"红学"。"索隐派"以蔡元培和王梦阮为代表，他们认为小说在"微言大义"，在影射清代的某些历史人物或事件。代表作是蔡元培的《石头记索隐》和王梦阮的《红楼梦索隐》。胡适1921年发表的《红楼梦考证》是"新红学"的开山作，该书对作者和本子两大问题作了考证，认为曹雪芹是《红楼梦》的作者，但后四十回是高鹗所补；《红楼梦》是一部隐去

---

① 顾颉刚. 顾序［M］//俞平伯. 红楼梦辨. 北京：人民文学出版社，1973：1 - 2.
② 同①5.
③ 同①2.

真事的自叙。① 周汝昌《红楼梦新证》征引详博，举凡通史、政书、档案、地方史志、文集、谱牒、传记、笔记等等史料无不包含，大如国家制度沿革、军事行动，小则一家一事之始末，凡是有关于曹家家世或者与《红楼梦》有尘纤关系者，无不于第七章《史事稽年》中按纪年编排，从而使读者明了《红楼梦》成书之背景。② 尽管如此，王利器还是指出了《红楼梦新证》中一些硬伤所在。故可以说考证法对于《红楼梦》的研究，无疑有着重大的意义；但考证过了头，往往会流于牵强附会，故俞平伯谓："《红楼梦》虽是现实主义的名著，其中非现实的部分却也很多……因有所违碍，故意的回避现实……不明白这个，呆呆板板考之证之，必处处碰壁。譬如它的官制非明非清，它的称呼非满非汉，它的饮食未必好吃。它的活计未必好做等等。"③ 所以，除了必要和确凿的有相关文献作佐证的考证外，作为文学作品，更需要做的当然是把它作为文学作品对待，故需要采用的行之有效的研究方法便是文学批评的方法。

"用文学的眼光做批评"的研究方法，当始自近代。王国维先生1904年发表《红楼梦评论》，提出"解脱说"之观点，颇具开创《红楼梦》研究先河之功。它由"人生及美术之概观""《红楼梦》之精神""《红楼梦》之美学上之精神""《红楼梦》之伦理学上之价值"和"余论"五章组成，王国维先生在"余论"一章指出："自我朝考证之学盛行，而读小说者，亦以考证之眼读之。于是评《红楼梦》者，纷然索此书中之主人公之为谁，此又甚不可解者也。夫美术之所写者，非个人之性质，而人类全体之性质也。惟美术之特质，贵具体而不贵抽象。于是举人类全体之性质，置诸个人之名字之下。譬诸"副墨之子"、"洛诵之孙"，亦随吾人之所好名之而已。善于观物者，能就个人之事实，而发见人类全体之性质；今对人

---

① 人民文学出版社编辑部. 红楼梦研究参考资料选辑：（一）［M］. 北京：人民文学出版社，1973.

② 周汝昌. 红楼梦新证［M］. 上海：棠棣出版社，1953.

③ 俞平伯. 红楼心解——读《红楼梦》随笔［M］. 西安：陕西人民出版社，2005：94.

类之全体，而必规规焉求个人以实之，人之知力相越，岂不远哉！故《红楼梦》之主人公，谓之贾宝玉可，谓之"子虚""乌有"先生可，即谓之纳兰容若可、谓之曹雪芹亦无不可也。"① 此论点点出《红楼梦》作为文学经典之文学特性：文学源于生活而又高于生活，故当以文学的眼光看待批评它而决不可胶柱鼓瑟。此后"新红学"派的俞平伯《红楼梦辨》一书，虽"偏于考证的"内容居多，但毕竟开始"全是从文学底眼光来读《红楼梦》的"②，如对《红楼梦》风格的探讨，他认为："《红楼梦》底风格，我觉得较无论那一种旧小说都要高些。所以风格高上底缘故，正因《红楼梦》作者底态度与他书作者底态度有些不同。"③ 他认为《红楼梦》的"特殊风格"在于"逼近真情"："因拘束于事实，所以不能称心为好；因而能够一洗前人底窠臼，不顾读者底偏见嗜好。""怨而不怒的书，以前的小说界上仅有一部《红楼梦》。……缠绵悱恻的文风……初看时觉得淡淡的……越看得熟，便所得的趣味亦愈深永。"④ 这种研究角度在《红》的研究史上功不可没。俞平伯把《红楼梦》放在小说的范围内进行研究的眼光，无疑是对小说本身的一种尊重。顾颉刚赞《红楼梦辨》一书说："红学研究了近一百年，没有什么成绩；适之先生做了《红楼梦考证》之后，不过一年，就有这一部系统而完备的著作，这并不是从前人特别糊涂，我们特别聪颖，只是研究的方法改过来了。"⑤ 这点出俞平伯在历史考证方法基础之上运用文学批评方法研究《红楼梦》的卓有成效的积极意义。鲁迅对《红楼梦》的见解有一定新意，在《中国小说史略》中，鲁迅单列第二十四篇《清之人情小说》以论述《红楼梦》，对小说思想内涵、社会价值、人物塑造、情节结构以及文笔的含蓄、语言的个性化、生

---

① 姚淦铭，王燕. 王国维文集：第一卷［M］. 北京：中国文史出版社，2007：19.

② 俞平伯. 红楼梦辨［M］. 北京：人民文学出版社，1973：95.

③ 同②96.

④ 同②105.

⑤ 顾颉刚. 顾序［M］//俞平伯. 红楼梦辨. 北京：人民文学出版社，1973：6.

活与创作、作者的世界观与作品的总体倾向等等均有论及。鲁迅先生从文学批评的角度出发，对《红楼梦》所体现的高妙的写作技巧给予了高度评价，在《中国小说的历史的变迁》和《清之人情小说》中，鲁迅对于《红楼梦》的写作技法有两段较为集中的论述："至于说到《红楼梦》的价值，可是在中国底小说中实在是不可多得的。其要点在敢于如实描写，并无讳饰，和从前的小说叙好人完全是好，坏人完全是坏的，大不相同，所以其中所叙的人物，都是真的人物。总之自有《红楼梦》出来以后，传统的思想和写法都打破了。"① "全书所写，虽不外悲喜之情，聚散之迹，而人物事故，则摆脱旧套，与在先之人情小说甚不同。"② 鲁迅认为，《红楼梦》在描写人物方面，突破了之前小说的弊病，其中的人物不再是脸谱化的标签化的形象，而具有了复杂性，如贾政，既有卫道士的虚假，也有对宝玉发自内心的舐犊之情。对于人物方面的评论，鲁迅先生对贾宝玉的评论是至确切透的，如《清之人情小说》中所评"宝玉亦渐长，于外昵秦钟蒋玉涵，归则周旋于姊妹中表以及侍女如袭人晴雯平儿紫鹃辈之间，昵而敬之，恐拂其意，爱博而心劳，而忧患亦日甚矣。""悲凉之雾，遍被华林，然呼吸而领会之者，独宝玉而已。"《集外集拾遗》中所评"在我的眼下的宝玉，却看见他看见许多死亡；证成多所爱者当大苦恼，因为世上，不幸人多。"鲁迅先生之见解，诚为不易之论。时至今日，诸多专著、论文等已将上述诸大家之观点与思想发扬光大，兹不赘述。

概而论之，用文学批评研究法研究《红楼梦》，可以分为以下诸种：人物形象研究、主题思想研究、叙事艺术研究、结构艺术研究、诗词曲赋研究、文体形式研究、美学风格研究、意境研究、语言研究、《红楼梦》与《金瓶梅》等作品比较研究等诸多方面。但尚未从"细"的角度切入进行对文本的深细研究，这可以从"细物""细人""细语"等诸多之

---

① 鲁迅. 鲁迅全集：第九卷，北京：人民文学出版社，2005：348.
② 同①241.

"细"进行研究，从中探究作品中可意会不可言传的生活本真之味儿。作者借细密的线索密密麻麻埋伏于整部小数中，牵一发而动全身，厘清上述之"细"是正确理解把握小说本意的钥匙。而此类研究在整个《红楼梦》研究中，几乎是缺失甚或根本不被想到的，故本研究将会填补研究中一处小小的空白。

三、研究方法

读《红楼梦》之法，当如吃茶，须"细细""品"才能知味儿，如妙玉教宝玉"吃茶"之法："一杯为品，二杯即是解渴的蠢物，三杯便是饮牛饮骡了。"故本研究主要采用的研究方法是"细细品读法"。这种方法所关注的主要对象是作品本身——内容和形式。对作品本身的描述和评价的基本操作规则就是对《红楼梦》本身进行分析性的细致阅读。通过细致阅读努力探究文本的基本构成要素——字、词、句子等构成形式和字词句本身所具备的内涵，因为它们也是文本展示意义的积极力量。同样的字、词和句子，不同的组合形式便会产生不同的文学意味。这种状况在《红楼梦》中在在皆是，故必须对作品本身的构成形式进行深细阅读，庶几可得《红楼梦》"荒唐言"外壳包裹下的真"味"。为证明细究字词句构成形式对《红楼梦》研究之必要，姑举几种句式例证如下：

一个句子多次重复型句式：如九月初二日王熙凤的生日事，贾母说："我想着咱们也学那小家子，大家凑分子，多少尽着这钱去办。你道好玩不好玩？""咱们也学那小家子"经过尤氏无意间重复说一次，贾母之意更加明显："昨日不过老太太一时高兴，故意的要学那小家子凑分子，你们就记住了。"薛宝钗口中也两次出现"小家"类句式，为湘云筹措"螃蟹宴"二人在蘅芜苑"夜拟菊花题"时，薛宝钗说："诗题也不要过于新巧了。你看古人诗中，那些刁钻古怪的题目和那极险的韵了，若题过于新巧，韵过于险，再不得有好诗，终是小家子气。""我平生最不喜限韵的，分明有好诗，何苦为韵所缚。咱们别学那小家派。""咱们别学那小家派"和"咱们也学那小家子"进行对比：语气均为有明确指令性的祈使语气；

句式、字数完全相同。但根本的不同在于二者的话语者给人的感觉——"别学"是唯恐被人看轻、看贬的"小家"心理与口吻；"也学"则是"繁华落尽见真纯"后的自信与洒脱。两句话语给人不同的感觉正是在潇湘馆时贾母"奚落"王熙凤的话语、是怡红院贾母"针砭"宝钗"倒不如不说话的好"的话语——黛玉之外祖母贾母才是真正的大家，黛玉也不是"小家"，"通身的气派，竟不像老祖宗的外孙女儿，竟是个嫡亲的孙女"。这句围绕"小家子"而有的话语，就是解读贾母疼惜黛玉贬抑宝钗心理的钥匙。小说自始至终都是贾母在明讥暗刺薛家真正"小家子"，如宝玉要吃"莲叶羹"时，薛姨妈"先接过""四副汤模具"仔细欣赏的神态和艳美不已的评说："你们府上也都想绝了，吃碗汤还有这些样子。若不说出来，我见这个，也不认得这是作什么用的。"真正一幅没见过世面的小家子嘴脸！说这样话时，薛姨妈的馋涎几乎要滴下来，故其聪明的侄女王熙凤接下来的吩咐就可看出薛姨妈有多么小家子气："吩咐厨房里立刻拿几只鸡，另外添了东西，做出十来碗来"，为的是"这一宗东西，家常不大做，今儿宝兄弟提起来了，单做给他吃，老太太、姑妈、太太都不吃，似乎不大好"，贾母马上就明白，王熙凤真实的意思是为的薛家"姑妈"没见过、更没吃过这"莲叶羹"，想让姑妈尝尝鲜。所以就对薛姨妈说："想什么吃，只管告诉我，我有本事叫凤丫头弄了来咱们吃。"贾母骨子里对薛家真正小家子的鄙夷不屑，还在元宵听戏、评书时进行点说。贾母何以如此，自然是对薛家自恃"门第、根基、家私"等都在黛玉之上的自我优越感的针砭，是对宝玉婚姻对象取黛弃钗的最好表达。

再如从宝玉视角两次看薛宝钗的形容，第一次是在"比通灵金莺微露意"前，宝玉看宝钗："唇不点而红，眉不画而翠，脸若银盆，眼如水杏"；第二次是在薛宝钗"羞笼红麝串"时，宝玉"再看看宝钗形容"，"只见脸若银盆，眼同水杏，唇不点而红，眉不画而翠"，两次描写宝钗形貌的字句完全相同，只是句子的先后顺序改变而已。这种文字表现给人的感觉是薛宝钗引不起宝玉的兴趣，他只是粗泛地不经意甚或带些厌烦嫌弃的情绪在打量薛家表姐："红"唇"翠"眉，女孩儿中并不鲜见，点出薛宝钗之寻常；"银盆"脸、"水杏"眼，除了凸显薛宝钗浑圆"结壮"之形容外，更暗示出薛宝钗长着一张大众"俗"脸："圆"脸"圆"眼——如"银盆""水杏"般稀松平常，香菱就对黛玉说过"圆"字"似太俗。"比较宝玉看黛玉之细致，则可看出宝玉心中真正的取舍："细看形容，与众各别：两弯似蹙非蹙笼烟眉，一双似喜非喜含情目。态生两靥之愁，娇袭一身之病。泪光点点，娇喘微微。娴静时如娇花照水，行动处似弱柳扶风。心较比干多一窍，病如西子胜三分。"第二次描写黛玉形貌则借看龄官进行补充："再留神细看，只见这女孩子眉蹙春山，眼颦秋水，面薄腰纤，袅袅婷婷，大有林黛玉之态。"宝玉看黛玉多的是神、态的描写，突出看时之"细"。"细"看黛玉与"粗"看宝钗正形成鲜明的对照："细"看暗示百看不厌、越看越爱；"粗"看则有唯此而已之乏味感。宝玉看宝钗的两次描写，只是句子的组合次序不同，这种形式暗示出宝玉对薛宝钗最本真的心理拒斥感。

欲显故省之句式：《红楼梦》最善于以省代显，即借缺失不该缺失的人来突出非同寻常的深意，如尤氏在儿媳妇秦可卿丧事上的缺失，是在暗示秦可卿与贾珍之间非常的关系；"莲叶羹"事迎春和黛玉的缺失，则为点二人平日存在感的缺失："王夫人又命请姑娘们去。请了半天，只有探春惜春两个来了。迎春身上不耐烦，不吃饭；林黛玉自不消说，平素十顿饭只好吃五顿，众人也不着意了。"贾母八旬之庆，南安太妃要见贾家小姐们，贾母只让探春陪着湘云、宝钗和黛玉出来，迎春则没出现。这种缺失意味着地位"似有如无"般的存在感，即极其不重要。再如王熙凤赚尤二姐入大观园时，探春心理活动描写的缺失："园中姊妹，如李纨迎春惜春等人皆为凤姐是好意；然宝黛一干人，暗为二姐担心。"既不如李纨迎春等的误认；又不为二姐担心，点出贾探春心肠冷硬。深知王熙凤，是其"精明"之处；心肠冷硬，是其提议"偶结海棠社"耗黛玉之因由；亦是其打着"兴利除宿弊"幌子、安插老祝妈等眼线监控聒噪黛玉以危黛玉的理论依据。贾探春和花袭人一样，都是亲附王夫人、王熙凤和薛家的，故探春既不属于误认凤姐是好意之属；又不属于为二姐担心之群。可见她深知王熙凤为人，故小说借黛玉《五美吟·虞姬》道出"走狗"的下场只能是"狡兔死走狗烹"："黥彭甘受他年醢，饮剑何如楚帐中"。一世豪杰的黥布、彭越，为了富贵，甘愿投降刘邦，最终落个被剁成肉酱的可悲下场，还不如像虞姬一样有尊严地死去。

模糊句式：此类句式看似模糊不确定，实则有着极其明确的指向性。如宝玉生日所收礼物，"姊妹中皆随便，或有一扇的，或有一字的，或有一画的，或一诗，聊复应景而已。"毫无疑问，这个送"一扇"作寿礼的，是薛宝钗。从"借扇机带双敲""滴翠亭杨妃扑蝶"等场景看，薛宝钗因丰肥怕热而随身带扇。更深一层的含义，是薛宝钗杂学傍收，从其编造"金玉姻缘"之谎来看，她深知"外传野史，多半才子佳人，都因小巧玩物上撮合，或有鸳鸯，或有凤凰，或玉环金珮，或鲛帕鸾绦，皆由小物而遂终身。""小巧玩物"中的"扇子"，常常被佳人用来向才子表达深情之用，如崔十娘与张文成别时，崔十娘"赠手中扇"并咏诗一首："合欢游璧水，同心侍华阙。飒飒似朝风，团圆如夜月。鸾姿侵雾起，鹤影排空发。希君掌中握，勿使恩情歇。"① 送扇子的深意，乃薛大姑娘向宝玉委曲表达"希君掌中握"之意。薛宝钗善借"扇"传情"微露意"，薛蟠从江南带来一些土物，薛宝钗就"将那些玩意儿一件一件的过了目，除了自己留用之外，一分一分配合妥当：也有送笔、墨、纸、砚的，也有送香袋、扇子、香坠的，也有送脂粉、头油的，有单送玩意儿的。"被"送香袋、扇子、香坠的"，自然是宝玉无疑，因为这三种"玩意儿"都是宝玉素日随身所佩戴的，薛宝钗送"扇"之意就不显而彰了。

以上就文学语言构成形式的重要性作了简要例证分析，不难看出，对作品的精细品读和分析，对于理解作品至关重要。形式如此，语言本身更

---

① 张鹭. 游仙窟［M］//汪辟疆. 唐人小说. 上海：上海古籍出版社，1978：39.

是如此。同样的语言，在不同的语境里，意义截然不同甚或相反。《红楼梦》中这样的情况很多，以下分类略论如下：

反话正说：这种话语方式乃言说者碍于身份或不便直言点破而故意以黑为白、以假作真，目的是起到警醒被言说者的作用。如薛宝钗刻意送土仪给黛玉后，黛玉"触物伤情，想起父母双亡，又无兄弟，寄居亲戚家，那里有人也给我带些土物。想到这里，不觉的又伤起心来了。"这正是薛宝钗所要的结果！聪明的紫鹃早已识破薛宝钗之伪，但丫鬟的身份和黛玉的直率单纯等使得紫鹃"不能说破"薛宝钗心肠，只能反话正说地去启发黛玉务必不要上薛宝钗的当："姑娘的身子多病，早晚服药，这两日看着比那些日子略好些。虽说精神长了一点儿，还算不得十分大好。今儿宝姑娘送来的这些东西，可见宝姑娘素日看得姑娘很重，姑娘看着该喜欢才是，为什么反倒伤起心来。这不是宝姑娘送东西来倒叫姑娘烦恼了不成。就是宝姑娘听见，反觉脸上不好看。再者，这里老太太们为姑娘的病体，千方百计，请好大夫配药诊治，也为是姑娘的病好。这如今才好些，又这样哭哭啼啼，岂不是自己糟蹋了自己身子，叫老太太看着添了愁烦了么。况且姑娘这病，原是素日忧虑过度，伤了气血。姑娘的千金贵体，也别自己看轻了。"紫鹃这大段的劝解之词，围绕的中心是"宝姑娘素日看得姑娘很重"，但薛宝钗的"看重"是为如何加重黛玉的病情。所以在黛玉"这两日看着比那些日子略好些"时就"及时"送来了"土仪"以增加黛玉烦恼。紫鹃就差一点会说出"姑娘千万别上宝姑娘的当"这句话了。但紫鹃不能说破，也不能劝动傻乎乎的没成算的黛玉，只能把真正看重黛玉的老太太搬出来劝解，让黛玉明白老太太"千方百计"为其治病的用心和不易，如果自己烦恼悲伤，会使"老太太看着添了愁烦"，这也是对外祖母的不孝和辜负。紫鹃真实的意图是要告诉黛玉"宝姑娘送东西来就是叫姑娘烦恼的"，但她不能说破，只能反话正说，把薛宝钗的歹意说成善意以点黛玉。

正话反说：这种话语方式乃言语者出于炫耀心理或对自己能力、才力等坚强的自信而故意自贬自抑却明贬实褒。如王熙凤对贾琏说自己协理宁国府事："我那里照管得这些事！见识又浅，口角又笨，心肠又直率，人家给个棒槌，我就认作针。脸又软，搁不住人给两句好话心里就慈悲了。况且又没经历过大事，胆子又小，太太略有些不自在，就吓的我连觉也睡不着了……"小说如此安排此言说方式的真实用意不仅仅在于点出王熙凤为人的惯于"身轻站树梢"的轻俏浮夸爱显弄的做派，更在于点逗出王熙凤对待黛玉的态度：在宝玉脸被贾环恶意烫伤后，李纨、薛宝钗和王熙凤三人去怡红院探视，黛玉不期亦至后，王熙凤遂用此言说方式对黛玉施暴："你既吃了我们家的茶，怎么还不给我们家作媳妇儿？……你作梦。你给我们家做了媳妇，少什么？……你瞧瞧（指宝玉），人物儿、门第配不上？根基配不上？家私配不上？那一点还玷辱了谁呢？"王熙凤借此言说方式发泄对黛玉无比的憎恨——拿"门第""根基""家私"这些黛玉根本无法"配"宝玉的来当众羞辱"门第"等这些现在都不具备的黛玉，还幻想"给我们家作媳妇儿"以拥有这些东西，真是在"玷辱""我们家"！明乎此，则知王熙凤"粉面含春"所藏"威"之犀利尖刻与毒辣，简直是毒舌血口在吞噬黛玉。故正确评价王熙凤，当如照"风月宝鉴"之法，镜要反着照、话要反着听。

　　前伏后显：此种笔法乃作者于行文中所设置的大关捩所在，如不细心便会漏读而失去前后文的联系，使得误读小说意图所在甚或画虎不成反类犬，故小说借薛宝钗之口说出不细心画出的画，有可能成一张"笑话儿"。小说前后照应最典型的例子是"槛外"一词的运用。因为它关系到几组人物关系：妙玉和宝玉；黛玉和宝玉；宝钗和妙玉；宝钗和宝玉。这个词在小说中的第一次出现，是由李纨"罚"宝玉去栊翠庵取红梅而引起。湘云以《访妙玉乞红梅》为题让宝玉所写诗为："酒未开樽句未裁，寻春问腊到蓬莱。不求大士瓶中露，为乞嫦娥槛外梅。入世冷挑红雪去，离尘香割紫云来。槎枒谁惜诗肩瘦，衣上犹沾佛院苔。"宝玉以"蓬莱"指称栊翠庵；以"嫦娥"比附妙玉。黛玉《咏白海棠》诗"月窟仙人缝缟袂"句也用到"嫦娥"，是以"嫦娥"比白海棠。当时黛玉此诗宝玉和"众人"看得很仔细，宝玉尤为称赞，认为当为第一。故可确认，宝玉"嫦娥"不无受黛玉"月窟仙人"影响的因素，是宝玉对黛玉高度认同和心灵契合的细微流露；因了宝玉此诗，遂有宝玉生日时，妙玉送的恭贺寿辰的一张字帖，上面写着："槛外人妙玉恭肃遥叩芳辰"。妙玉此字帖大有深意，因为一是她出世离尘之人，竟然记得住宝玉的生日，看来宝玉在其心中地位绝非寻常；二是她以"槛外人"自称，表明她对宝玉时刻的关注——宝玉诗以"槛外梅"称誉栊翠庵的红梅。宝玉的诗歌她当了然于心；三是她以宝玉称梅所用之语自称，正如黛玉之"月窟仙人"被宝玉用为"嫦娥"一样，个中隐秘不难窥知。由"槛外"一语可以看出宝玉对黛玉、妙玉对宝玉的情感！

小说借邢岫烟言行道出妙玉以"槛外人"自称的非同寻常："岫烟听了宝玉这话，且只顾用眼上下细细打量了半日，方笑道：'怪道俗语说的闻名不如见面，又怪不得妙玉竟下这帖子给你，又怪不得上年竟给你那些梅花。'"这就把宝玉"访妙玉乞红梅"一事和妙玉贺宝玉生日事连接在一起，成为妙玉对宝玉情感的两大场景表现。两处表现妙玉隐秘情感场景中之关键物儿，一是红梅；一是"槛外人"。"槛外人妙玉"五个字就把这两个场景浓缩涵盖了。宝玉人物的超凡绝尘，深深打动了妙玉，使得"为人孤僻，不合时宜，万人不入他目"的妙玉情不自已喜欢上了宝玉。这个字帖儿又把栊翠庵品茶和凸碧馆联诗串勾起来。栊翠庵品茶妙玉给宝玉所用的是"自己常日吃茶的那只绿玉斗"，这显示出她在心理、情感上不由自主对宝玉的认同感与亲近感，所以回目用的是"贾宝玉品茶栊翠庵"，只是宝玉没有品出妙玉"茶"的真正味道，但毫无疑问薛宝钗没有品却敏感地嗅出了茶"味"儿；凸碧馆联诗暗示出妙玉雅好诗歌且因限于身份常有暗处"观风景"的行止。而栊翠庵与凸璧馆，都有薛宝钗在场。只不过前者是出现在明处，后者则隐身在暗处而已。只有细读，才能读出薛宝钗的影子。小说何以如此安排，自然是为了隐现薛宝钗之"热毒"——妒忌。薛宝钗对于宝玉身边的女孩儿处处时时事事提防，更何况妙玉不经意间在薛宝钗面前流露出对宝玉的自然而然的亲近感和倾慕之心，这绝对会让薛宝钗如芒刺在背般的难受。这当是小说所埋下的妙玉悲剧结局的伏线，薛宝钗自然是妙玉悲剧的幕后推手。

以上仅就小说语言几种常见句式和几种出现方式进行简要解析，从中不难看出《红楼梦》语言的高妙精深，非"细细品读"将落入"一叶障目，不见森林"的窠臼。《红楼梦》是充分尊重现实生活的，故其表现手法几乎是生活原生态的。生活中的人情百态如何出现，则小说就如何进行表现——"世事洞明皆学问，人情练达即文章"是解读《红楼梦》的关键提示语：现实生活的"宠辱之道，穷达之运，得丧之理，死生之情"，小说几乎用的是完全写实的表现手法进行艺术地再现。故笑实非笑、哭实不哭；直言不可则曲言之、显言不可则微言之；或旁敲侧击；或指桑说槐；或言在此而意在彼；或声东而击西等言说方式和语言表达句式。有说半截话如薛宝钗之"物离乡贵"者；有借物达意如薛宝钗"借扇机带双敲"者；有揣着明白装糊涂如平儿"新姨娘来了"；有明知故问如王熙凤问"你们大暑天，谁还吃生姜呢"；有化确凿为模糊如薛宝钗告诉平儿"早起恍惚听见了一句，也信不真"贾琏挨打的事者；有明褒实贬如贾母喜宝钗"稳重和平"者；有情不自禁失语如薛宝钗看宝玉"就是我们看着，心里也疼"者等等话语方式和千姿百态之句式，几乎把现实生活中是人能够说出的话和话语方式全部囊括并包进去，纤毫毕现但却人人自具面目而绝无丝毫雷同感。借高度生活化的语言深刻表达"怨世骂时"之"本旨"，是《红楼梦》最主要的艺术手段之一，故必须"细细品读"。

四、研究方法的可行性

《红楼梦》多处或明或暗在提示读者，字字需要"细嚼"，方可品出些"滋味"，如稍"不留心"，便成了"只知看戏"而不知"领略这其中的滋味"的看客。这种提示在小说中在在皆是："字字看来皆是血，十年辛苦不寻常"；"满值荒唐言，一把辛酸泪。都云作者痴，谁解其中味。"

贾雨村看"智通寺"对联"身后有余忘缩手，眼前无路想回头"时认为"这两句话，文虽浅近，其意则深。""大观园试才"时，宝玉道："有用'泻玉'二字，莫若'沁芳'二字，岂不新雅?""这是第一处行幸之处，必须颂圣方可……莫若'有凤来仪'四字。"香菱道："诗的好处，有口里说不出来的意思，想去却是逼真的;有似乎无理的，想去竟是有理有情的"等话语，都在强调小说字句皆须细读，方可领略深意所在。稍不留意，字句便只是字句，字句所隐含的深意便会被忽略。在"牡丹亭艳曲警芳心"场景中借黛玉听曲进行读《红》须细品的暗示:

> 只听见墙内笛韵悠扬，歌声婉转。林黛玉便知是那十二个孩子演习戏文呢。只是林黛玉素昔不大喜看戏文，便不留心，只管往前走。偶然两句只吹到耳内，明明白白，一字不落……林黛玉听了，倒也十分感慨缠绵，便止住步侧耳细听。又听唱道是……听了这两句，不觉点头自叹，心下自思道："原来戏上也有好文章。可惜世人只知看戏，未必能领略这其中的滋味。"想毕，又后悔不该胡想，耽误了听曲子。再侧耳时，只听唱道……林黛玉听了这两句，不觉心动神摇。又听到："你在幽闺自怜"等句，一发如醉如痴，站立不住，便一蹲身坐在一块山子石上细嚼"如花美眷似水流年"八个字的滋味。忽又想起……都一时想起来，凑聚在一处。仔细忖度，不觉心痛神驰，眼中落泪。

此段借黛玉无意间所听戏文之心理活动，首先道出因习听惯见而熟视无睹的读书习惯，可能会只知其粗而不知其精;其次点明因为个人喜恶不同，喜的可能会留神，不喜的可能就不大留神。这样就会使得字句的滋味儿被漠视或被无视。如果不"细听"，则仅限于感慨是人皆能感觉出的戏文的缠绵情思，而绝对不能"领略其中的滋味"。只有"细嚼"，方可触处皆通，思凝神会。所以说语言虽然只是文学工具的问题，但却是"必须首先提到的"。

因为小说对语言高度的重视和小说语言丰富深刻的含义，只有细细品味，方可对其多义性、模糊性、不确定性等得出符合作品"本旨"的明确判断。俞平伯在《〈红楼梦〉底风格》（《红楼梦辨》中卷）一文中认为，《红楼梦》的行文手段是"写生"，它的风格是"逼近真情"，是"怨而不怒"，他赞美《红楼梦》的"偏于温厚"，不满于《水浒》的"过火"和"锋芒毕露"。他认为小说："初看时觉似淡淡的，没有什么绝伦超群的地方，再看几遍渐渐有些意思了，越看越熟，便所得的趣味亦越深永。所谓百读不厌的文章，大都有真挚的情感，深隐地含蓄着，非与作者有同心的人不能知其妙处所在。"这一番话很中肯地说明了这部巨著的长久的可品味性。

目 录
CONTENTS

第一章

"细" 物 篇

《红楼梦》所表现的艺术世界，集人生百味与人间万象于一体，好像一个缩微的袖珍人间。人生种种尖锐、复杂、不可言说的矛盾冲突诸如善与恶、正与邪、清与浊、弱与强、真与伪等，都在其中或隐或显、时明时暗地集中上演着，只不过大部分情况下是穿着"华美"和"高雅"的衣裳演出而已。完全读懂它，首先要明白《红楼梦》的写作手法，乃如画家写生之手法，即严格按照生活的本来面目去表现生活：现实生活中的人情世故如何进行，小说中即如何表现。现实生活中多的是细碎繁杂的人与事，小说于是往往从"细"入手即以"细物""细人""细语"等为切入点，以之激起千层浪。《红楼梦》"细巧"之物极多，小说往往以之结构全篇。诸多之"细"如一张大网之一个个的结点：缺一"点"而不可；牵一"点"而动全网。众"点"之中，如"人参""瓜""火""井"和"戏"等，皆是小说中大关捩所在。

第一节　关于"人参"

黛玉是《红楼梦》中最重要的人物形象之一。小说借多种"细"物层层展现黛玉"一年三百六十日，风刀霜剑严相逼"的生存危机——这些"细"物中，最具有象征意义的"物什儿"就是"人参"。因为它和黛玉关系最为紧密，某种意义上可以说是黛玉的象征。黛玉和"人参"的关系，就是其外祖母——贾母与王夫人、王熙凤等关系得以展现、发展的最直接参照物之一。可分以下几步理解：黛玉初踏进荣府，就借"药"点出黛玉与"人参"的关系；在元妃端午节赐礼"明确"表示支持"金玉姻缘"后，王夫人和薛宝钗欲以"天王补心丹"替去"人参养荣丸"；在"绣鸳鸯梦兆绛芸轩"后，遂有"十七八岁的极标致的一个小姑娘"①（39/上/416）变脸为"青脸红发的瘟神爷"（39/上/419）的故事和宝钗说黛玉以"冰糖燕窝粥"替去"药方上"的"人参肉桂"（45/上/842）之实；查抄大观园晴雯死后，宝钗以"原枝好参"替去贾母"过期""没有性力"的"人参"。从以上几步可以看出，"人参"这一"芥豆之微"，实可以看作是小说"纲领"诸多"瓜葛"之"头绪"②者，是情节展开的关键。以下分而论之：

一、"人参养荣丸"与黛玉之"命"

"人参养荣丸"在小说中出现前，先借冷子兴之口"演说荣国府"："古人有云：'百足之虫，死而不僵。'如今虽说不似先年那样兴盛，较之平常仕宦之家，到底气象不同。如今生齿日繁，事物日盛，主仆上下安富尊荣者尽多，运筹谋画者无一；其日用排场，又不能将就省俭。如今外面的架子虽未甚倒，内瓤却也尽上来了。这还是小事，更有一件大事。谁知这钟鸣鼎食之家，翰墨诗书之族，如今的儿孙竟一代不如一代了。"（2/上/17－18）"一代不如一代"中的贾琏，"娶的就是政老爹夫人王氏之内侄女，今已娶了二年。这位琏爷身上，现捐的是个同知，也是不喜读书，于世路上好机变言谈去得，所以如今只在乃

---

① 曹雪芹、高鹗著，俞平伯校，启功注：《红楼梦》第三十九回，上册，第416页。本书所引小说原文，如不特别注明，均出自此本，不再一一出注。仅在所引文后以（回/册/页）形式标出。

② 第六回"刘姥姥一进荣国府"中交代此手法："按荣府中一宅中合算起来，人口虽不多，从上至下也有三四百丁；事虽不多，一天也有一二十件，竟如乱麻一般，并没个头绪可作纲领。正寻思从那一件事自那一人写起方妙，恰好忽从千里之外，芥豆之微，小小一个人家，向与荣府略有些瓜葛，这日正往荣府中来。因此便就这一家说来，倒还是个头绪。"刘姥姥一进荣府，即借周瑞家的道出王夫人、王熙凤姑侄品行为人；又借刘姥姥带出荣府"后门"之便和借刘姥姥视角冷眼观王熙凤之与贾蓉等关系。刘姥姥二进荣府，除了贾母"借陪刘姥姥逛大观园"带出贾母对"两个玉儿"和薛宝钗的评价外，更有刘姥姥"美人儿抽柴火"的故事之深意。所以刘姥姥在小说中，是"小人物"身上有"大故事"，是"以小见大"手法的完美运用（6/上/61－62）。

叔政老爹家住着，帮着料理些家务。谁知自娶了他令夫人之后，倒上下无一人不称颂他夫人的，琏爷倒退了一射之地。"（同上）冷子兴之言大要有二：荣府经济状况已到了吃"内瓤"的地步即荣国府的经济基础已大不如前；"家务"的具体主政者首先是贾琏之妻王熙凤，其次才是贾琏。贾琏是"油锅里的钱还要找出来花"① 的主儿，王熙凤是为钱而不惜"弄权铁槛寺"害人命、连姨娘丫头们一吊钱的月例都要克扣一半者。黛玉的"人参养荣丸"需要在凤琏这样的操权者手中配制且需要长期服用，无论从哪一方面讲，条件都是不允许的，是属于典型的"做春梦"，被王熙凤诅咒毫无疑问。② 但它还是随着林黛玉一起被贾母"接"进了荣府。"接"黛玉，实际等于接了一个"经济大包袱"："人参养荣丸"和林黛玉，都是需要花费荣府钱财的："人参"属于高档消费品，是薛宝钗口中"值钱"的"药"；黛玉属于王熙凤口中"比谁不会花钱""坐着花""搜寻上老太太了"的纯消费者。"人参"除了需要花钱之外，更重要的是"人参"能养黛玉之命，这会无形中危及"金玉姻缘"的实现。这才是王夫人、王熙凤和薛宝钗等千方百计要把"人参"替换掉的一个主要原因。

小说第三回回目最是"文眼"所在——"托内兄如海酬训教　接外孙贾母惜孤女"，"托内兄"是黛玉之父以贾雨村事求托贾政；"接外孙"乃贾母疼惜黛玉之"孤"而为。整部小说，贾政对贾雨村之厚，实际是暗示林如海之"托"对于贾政之影响。对黛玉师尚如此，何况黛玉；贾母对黛玉，用"疼"最为恰切：在衣食住行等细节中无不体现着或明或暗的关怀体贴。贾母大部分是在"暗"中"疼"黛玉的，因为"偏心"所导致的后果，对于"被偏疼"者

---

① 平儿对王熙凤评贾琏之爱钱如命。当时的语境是旺儿媳妇把王熙凤放账的利钱送来，平儿怕贾琏知道就撒了个谎话。贾琏走后，平儿才说："奶奶的那利钱银子，迟不送来，早不送来，这会子二爷在家，他且送这个来了。……我们二爷那脾气，油锅里的钱还要找出来花呢，听见奶奶有了这个体己，他还不放心的花了呢。"（16/上/161）荣国府的具体财政掌控在如此夫妻手中，需要花钱的"人参养荣丸"可想而知必被憎嫌仇视。

② 王熙凤克扣周赵姨娘丫头月例事，因王夫人问了她。她出来就恶毒诅咒："糊涂油蒙了心，烂了舌头，不得好死的下作东西，别作娘的春梦！明儿一裹脑子扣的日子还有呢。如今裁了丫头的钱，就抱怨了。咱们也不想一想是奴儿，也配使两三个丫头！"（36/上/380）

来说是致命的——宝玉与王熙凤被赵姨娘请马道婆用法术"暗中算计"之可怕，贾母自然明了于心，故往往不敢表现出对外孙女独特的"偏疼"。但不敢表现的"偏疼"还是会从"人参"上流露出一二：

黛玉对于"人参"的需求，乃在于养"命"的需要——其身体"多病"（3/上/24）。初到贾府，"众人见黛玉年貌虽小，其举止言谈不俗，身体面庞虽怯弱不胜，却有一段自然的风流态度，便知他有不足之症。"（3/上/27）"不足之症"乃先天带来，自然不能"急为疗治"，需要"缓"养息之。"缓"养需要两点：一是保持好心情；二是需要"人参""养荣"。黛玉对"众人""笑道"："我自来是如此，从会吃饮食时便吃药，到今未断。请了多少名医，修方配药，皆不见效。那一年，我才三岁时，听得说来了一个癞头和尚，说要化我去出家。我父固是不从。他又说：'既舍不得他，只怕他的病一生也不能好的。若要好时，除非从此以后，总不许见哭声，除父母之外，凡有外姓亲友之人，一概不见，方可平安了此一世。'疯疯癫癫，说了这些不经之谈，也没人理他。如今还是吃人参养荣丸。"（3/上/27）由此看出，"人参"几乎与黛玉与生俱来——贾母听到外孙女需要吃"人参养荣丸"，马上接口说："这正好，我这里正配丸药呢，叫他们多配一料就是了。"（3/上/27）贾母用了"正好"二字，以尽量消泯掉"众人"对"偏疼"黛玉的注意——给黛玉配药乃搭乘贾母配药之便车而已，非特意而为。

"正好"暗示出"人参"之非同寻常，即使在荣宁二府亦属奢侈品，是救命之"药"。当秦可卿"病"后，张太医给开的药方上有"人参二钱"，贾珍专门对贾蓉强调："他那方子上有人参，就用前日买的那一斤好的吧。"（10/上/113）王熙凤瞧秦可卿病时，拿"人参"宽慰她："咱们若是不能吃人参的人家，这也难说了。你公公婆婆听见治得好你，别说一日二钱人参，就是二斤也能够吃得起。"（11/上/119）"吃的起"的话外意思，就是说"人参"非比寻常，不是"咱们"之外的人家能"吃的起"的。即使"吃得起"，对宁国府来讲，也是在治秦可卿病期间的短期花费。王熙凤如此评价"人参"，自然暗中有对"吃不起""人参"却偏能长期吃的黛玉之憎嫌。出身"世袭穷官儿家"的黛玉，虽"吃不起""人参"，却一进荣府就提出需要服用"人参养荣丸"。这种待遇，自然让王熙凤恨之入骨，从她听到小红名字时的反应就能看出这种"恨"已到了忍无可忍的地步：

> 又问名字。红玉道："原叫红玉的，因为重了宝二爷，如今只叫红儿了。"凤姐听说，将眉一皱，把头一回，说道："讨人嫌的很。得了玉的益似的，你也玉，我也玉。"（27/上/286）

王熙凤"将眉一皱"这样的面部神情特写，在小说中有两处，其意味是耐人细味的。这可从"闻秘事"后起"杀"尤二姐之心时的表情特写相互参照："凤姐越想越气，歪在枕上，只是出神。忽然眉头一皱，计上心来"（67/下/746），这"计"就是把"苦尤娘赚入大观园"后，逼得尤二姐"吞生金自逝"。可见，王熙凤"将眉一皱"，对于黛玉来讲意味着什么！王熙凤欲除掉黛玉之心，在金钏死事上就已流露出来。当王夫人为妆裹金钏急需新衣服时，对薛宝钗如此说："谁知凤丫头说，可巧都没有什么新做的衣服，只有你林妹妹作生日的两套"（32/上/346）。小说中多次彰显"衣服"即人之观点，如晴雯和宝玉最后一次见面，晴雯自知将死，把"贴身穿着一件旧红绫袄脱下"，对宝玉说："这以后就如见我一般。快把你的袄儿脱下来我穿。我将来在棺材内独自躺着，也就像在怡红院一样了"（77/下/863）王熙凤公然提出要把为黛玉"生日"作的"新衣服"给金钏"妆裹"在棺材里，对黛玉恶毒诅咒之心昭然若揭。姑妈王夫人对黛玉如此，王熙凤自然心照不宣并顺承其意了。

由以上分析得出结论，"人参养荣丸"本为养黛玉的命而配，但这对"金玉姻缘"是绝对不利的。于是，因为"吃不起""人参"的黛玉强"吃得起"，就加速了"风刀霜剑严相逼"的步伐。所以"人参养荣丸"不但不能养命，倒反促殒黛玉之命。

二、"人参养荣丸"与黛玉之"月钱"

王熙凤如此看重"人参"，自然对长年需服用"人参养荣丸"的黛玉之仇恨与日俱增。从贾瑞事上就已经明显带出来：当贾瑞中了王熙凤"设相思局"的"毒"而病入膏肓后，需要"吃独参汤"。贾瑞祖父代儒不得不向荣府寻求帮助，王夫人命王熙凤"秤二两给他"。但就是这救命的"二两"，在王熙凤这里也被一口回绝："前儿新近都替老太太配了药。那整的，太太又说留着送杨提督的太太配药，偏生昨儿我已送去了。"（12/上/128－129）"替老太太配了药"自然有替黛玉配"人参养荣丸"用去"人参"的含义，明乎此，就可以看出王熙凤对于黛玉之嫉恨。只能借"人参"架桥"拨火儿"①来调唆王夫人。王熙凤如此拿"人参"挑事儿，自然和"人参""值钱"有关。黛玉初进荣府，王夫人和王熙凤就当场演了出儿"双簧戏"：

> （王熙凤）一面又问婆子们，"林姑娘的行李东西可搬进来了？带了几个人来？你们趁早打扫两间下房，让他们去歇歇。"说话时，已摆了茶果上来。熙凤亲为捧茶捧果。又见二舅母问他月钱放完了不曾。熙凤道："月钱也放完了。才刚带着人到后楼上找缎子，找了这半日，也并没有见昨日太太说的那样，想是太太记错了。"王夫人道："有没有，什么要紧。"因又说道："该随手拿出两个来，给你这妹妹去裁衣裳的。等晚上想着，叫人再去拿罢，可别忘了。"熙凤道："这倒是我先料着了。知道妹妹不过这两日到的，我已预备下了，等太太回去过了目，好送来。"王夫人一笑，点头不语。（3/上/28－29）

王熙凤"迎"黛玉之所以"来迟了"，是因为执行王夫人到"后楼上找缎子"的吩咐。此吩咐如重要或急需还可理解，但王夫人的一句"有没有，什么要紧"则透出乃不急之务。既如此，何以在黛玉第一次进荣府时，让王熙凤"来迟"，这自然是王夫人的手段：一来显王夫人之"威"②。黛玉是贾母要"接"的，所以"来迟"就意味着拿贾母在"作筏子"：让黛玉知道"二舅母"

---

① 晴雯说袭人语："你如今也学坏了，专会架桥拨火儿。"（63/下/686）贾琏心腹兴儿对尤二姐评王熙凤："估着有好事，他就不等别人去说，他先抓尖儿；或有了不好事，或他自己错了，他便一缩头，推到别人身上来，他还在旁边拨火儿。"（65/下/724）

② "变生不测凤姐泼醋"中平儿被王熙凤和贾琏打，平儿到怡红院来理妆后走后，宝玉想着平儿之难，"贾琏之俗，凤姐之威，他竟能周全妥帖，今日还遭荼毒，想来此人薄命，比黛玉尤甚。"（44/上/472）"辱亲女愚妾争闲气"平儿对秋纹说："正要找几件利害事与有体面的人来开例作法子，镇压与众人作榜样呢，何苦你们先来碰在这钉子上。你这一去说了，他们若拿你们也作一二件榜样，又碍着老太太太太；若不拿着你们作一二件，人家又说偏一个，向一个，仗着老太太太太威势的就怕他不敢动，只拿着软的作鼻子头。"（55/上/598－599）

才是王熙凤的真正领导——王夫人"不要紧"的"找缎子"小事儿却比贾母"迎""心肝儿肉"的"孤孙"要紧,"缎子"比林黛玉重要即王夫人比贾母实际权威重;二来示王夫人之恩。展示完"威",王夫人顺带着对黛玉示一下"恩","该随手拿出两个来,给你这妹妹去裁衣裳的。""随手"带出来对黛玉的"施舍"之意——不拘好孬即可。黛玉之不被重要就带了出来,这和周瑞家的送宫花"顺路"① 最后送给黛玉一样。此段对话是王夫人和王熙凤"恩威并示"给贾母、黛玉的"秀"场专演:"恩"是"面儿","威"才是"里儿"。这是"王夫人一笑,点头不语"的最重要含义——姑侄彼此心照不宣。"恩威并示"直接对应着两个关键词:"威"——月钱;"恩"——衣裳。"月钱"和"衣裳"象征的"威"与"恩"都掌控在王夫人和王熙凤手中,王夫人动口,王熙凤动手。姑侄二人一虚一实、一后一前、一暗一明,把荣府的家政大权牢牢把持在手。从袭人因为变成了"太太的人"② 后,既得到丰厚月钱又先后得到王氏姑侄"赏"的旧衣裳看③,"月钱"和"衣裳"是极其重要的象征:既象征身份;又象征归属。小说中没有明确提到黛玉的"月钱",对黛玉的"衣裳",除了为金钏事提到的属"官中的"外,其他没有明确提出。故黛玉"衣裳",当一部分来自"官中"的,一部分来自贾母。小说如此模糊黛玉的"月钱"和"衣裳"来源,是为了突出黛玉身份的尴尬:她时而是属于荣府的"自

---

① "送宫花贾琏戏熙凤"中,薛姨妈麻烦周瑞家的送宫花十二枝,"顺路先往"迎春、探春和惜春处;然后到了王熙凤处;最后到了贾母处给黛玉。黛玉冷笑:"我就知道,别人不挑剩下的也不给我。"(7/上/78)

② 王熙凤打发人把王夫人"月钱"变更事告诉袭人后,袭人对宝玉道:"从此以后,我是太太的人了。我要走,连你也不必告诉,只回了太太就走。"(36/上/382)

③ 秋纹讲到给王夫人送桂花时,"太太正和二奶奶、赵姨奶奶、周姨奶奶好些人翻箱子,找太太当日年轻的颜色衣裳"给袭人(37/上/395);冬日袭人母病重,王夫人恩准她送殡回家,王熙凤专门吩咐"叫他穿几件颜色好衣裳,大大的包一包袱衣裳拿着"。袭人"身上穿着桃红百子刻丝银鼠袄子,葱绿盘金彩绣绵裙,外面穿着青缎灰鼠褂",这"三件衣裳都是太太的"。王熙凤说"褂子太素,如今穿着也冷",就把自己"那件石青刻丝八团天马皮褂子"和"一件雪褂子"给了袭人。(51/上/546-547)

己人"，又时而是不属于荣府的"外人"①。至于如何划分，则视具体情况而定。黛玉身份的尴尬归属，在小说中有两处被人提及：一处是袭人；一处是王熙凤。

袭人明确提出黛玉"不是咱家的人"。黛玉这种归属的界定是由"生日"引起的：

> 探春笑道："倒有些意思。一年十二个月，月月有几个生日。人多了，便这等巧，也有三个一日的，两个一日的。大年初一日也不白过，大姐姐占了去。怨不得他福大，生日比别人就占先。又是太祖太爷的生日。过了灯节，就是老太太和宝姐姐，他们娘儿两个遇的巧。三月初一日是太太，初九是琏二哥哥。二月没人。——"袭人道："二月十二是林姑娘，怎么没人？就只不是咱家的人。"探春笑道："我这个记性是怎么了！"宝玉笑指袭人道："他和林妹妹是一日，所以他记得。"（62/下/672）

"不是咱家的人"，所以"被忘记"是必然的。小说中三处点到黛玉生日：第一处是王熙凤为薛宝钗过生日"犯愁"时，贾琏说可以依照往年"林妹妹就是例"，被王熙凤"冷笑"反驳（22/上/224）；第二处是金钏死后，王熙凤欲以黛玉"作生日"用的"新衣裳"为金钏妆裹；第三处即袭人因己生日而顺带记住了黛玉生日。以探春之"敏"和"精于算计"，竟"忘掉"黛玉生日。由此可见黛玉身份、归属是被"异己"的。

有时黛玉又是"自己人"了。抄检大观园时，王熙凤无形中又把黛玉划为"咱们家的人"：

> （凤姐）因向王善保家的道："我有一句话，不知是不是。要抄检，只抄检咱们家的人，薛大姑娘屋里断乎检抄不得的。"王善保家的笑道："这个自然。岂有抄起亲戚家来。"凤姐点头道："我也这样说呢。"一头说，一头到了潇湘馆内。（74/下/819-820）

王熙凤要抄检潇湘馆时，就把黛玉归属为"咱们家的人"。这自然不是视黛玉亲厚和重要，而是必须抄查的最重要由头。袭人和王熙凤，都是"太太的

---

① "探宝钗黛玉半含酸"中，李嬷嬷让黛玉劝阻宝玉在薛姨妈处吃酒，黛玉冷笑道："……必定姨妈这里是外人，不当在这里的也未可知。"（8/上/91）黛玉语点出薛家才是荣府的"自己人"而绝非"外人"。

人"，她们两个对黛玉归属的界定语异意同即都视黛玉为荣府的"外人"。正是这样模棱两可的身份、归属界定，就给王夫人和王熙凤等"刻毒"黛玉留足了空间："月钱"与"衣裳"给与不给都有足够的理由。这就是小说始终不明确黛玉"月钱"的原因。

在《红楼梦》中，"月钱"或明或暗地一再出现：贾母、王夫人、李纨的"月钱"；宝玉、贾环和贾兰的"月钱"；王熙凤、探春、迎春和惜春的"月钱"；邢岫烟的"月钱"；赵姨娘、周姨娘和袭人的"月钱"；金钏儿、玉钏儿（玉钏儿后来补领姐姐的一分，吃双份）等王夫人四个大丫头的"月钱"；晴雯、麝月等宝玉七个大丫头的"月钱"；赵姨娘、周姨娘每位两个丫头的"月钱"；佳蕙等宝玉八个小丫头的"月钱"等等都明确被提到。"月钱"的多少直接与身份地位挂钩，但也掺杂有很多私人情分，如李纨和袭人的"月钱"。但自始至终没有提及黛玉的"月钱"，这绝对不能简单地理解为王熙凤的"失误"或"可巧""忘了"，而是在黛玉初进荣府，王夫人就已经给黛玉是否有"月钱"定下了调子——她是贾母"接"来的人，和"咱们家"即"官中"没有关系，所以理应从贾母这里出。"月钱"之所以要放在这里谈，为的就是让贾母听，亦让黛玉听——"月钱放完了"意味着没有黛玉的——王熙凤"知道妹妹不过这两日到的"，竟然不"预备""月钱"，连惯于送的"空头情"[1] 都没有，岂不可怪[2]？这是明白告诉贾母自己"接"的黛玉，是需要贾母自己"养活"的。这一观点与袭人"月钱"做对比（此次王夫人与王熙凤谈话黛玉亦在场），才能够清楚地理解当黛玉初进荣府，王氏姑侄特地谈到"月钱"的用意：

（王夫人）又问："老太太屋里几个一两的？"凤姐道："八个。如今只

---

[1] 王熙凤给贾琏"商量"如何为薛宝钗过生日，贾琏说可以照着往年给黛玉过的例子办，但王熙凤说是"老太太说是要替他作生日"，贾琏就说："既如此，比林妹妹的多增些。"王熙凤就说"也是这么想着"，只是怕"私自添了东西"怕贾琏"怪"，所以来"讨""口气"。贾琏笑道："罢，罢，这空头情我不领。"（22/上/224）

[2] 邢岫烟初到荣府投靠姑妈邢夫人，"邢夫人便将岫烟交与凤姐。凤姐筹算得园中姊妹多，性情不一，且又不便另设一处，莫若送到迎春一处去……从此后，邢岫烟家去住的日期不算，若在大观园住到一个月上，凤姐亦照迎春分例送一分与岫烟。"（49/上/523）

有七个，那一个是袭人。"王夫人道："这就是了。你宝兄弟也并没有一两
的丫头，袭人还算是老太太房里的人。"凤姐笑道："袭人原是老太太的人，
不过给了宝兄弟使，他这一两银子还在老太太的丫头分例上领。如今说因
为袭人是宝玉的人，裁了这一两银子，断乎使不得。若说再添一个人给老
太太，这个还可以裁他的。若不裁他的，须得环兄弟屋里也添上一个，才
公道均匀了。就是晴雯麝月等七个大丫头，每月人各月钱一吊；佳蕙等八
个小丫头，每月人各月钱五百，还是老太太的话，别人如何恼得气得呢。"
……王夫人想了半日，向凤姐道："明儿挑一个好丫头送去老太太使，补袭
人。把袭人的一分裁了，把我每月的月例二十两银子里拿出二两银子一吊
钱来给袭人。以后凡事有赵姨娘周姨娘的，也有袭人的。只是袭人的这一
分都从我的分例上匀出来，不必动官中的就是了。"（36/上/379）

王夫人和王熙凤这段对话，是变更袭人所有权——从"原是老太太的人"
变成"太太的人"，这种变更的标志是袭人的"月钱"从王夫人"分例上匀出
来"的，而非"官中的"。黛玉进荣府，是贾母的意思。林如海对贾雨村说：
"因贱荆去世，都中家岳母念及小女无人依傍教育，前已遣了男女船只来接"
（3/上/23）。而"黛玉身体方愈，原不忍弃父而往；无奈他外祖母执意要他去"
（3/上/24）可见，黛玉之来，是贾母的意志"接"来"养活"的。既然如此，
她自然算是"老太太的人"，花销当从贾母自己的"匀出来"而"不必动官中
的"。正因为是"老太太的人"，王夫人与王熙凤才不去安排她的"月钱"。既
免了"拆""鱼头"① 之麻烦即多了少了都不合适，又少一项开支，真是高明
得很。

黛玉在荣府的花销用度，虽然不提"月钱"，但"吃穿用度，一草一纸，皆
是和他们家姑娘一样"（45/上/483），这自然不是"处常之法"②，日久惹恨是
必然的。小丫头佳蕙曾对林红玉说："我好造化。才刚在院子里洗东西，宝玉叫

---

① 王熙凤把尤二姐骗到大观园后，告诉她"妹妹的声名很不好"，自己现在很作难不知如
何办时说："我反弄了个鱼头来拆"。（69/下/761）
② 薛家初到荣府住下，薛姨妈私下向王夫人说明："一应日费供应一概免却，方是处常之
法。"（4/上/46）

往林姑娘那里送茶叶,花大姐姐交给我送去,可巧老太太那里给林姑娘送钱来,正分给他们的丫头们呢。见我去了,林姑娘就抓了两把给我,也不知多少。你替我收着。"(26/上/230)林红玉后被王熙凤要到身边,这种信息王熙凤自然会知道——"抄检大观园"连潇湘馆也不放过,重要原因之一,当有查抄"老太太那里给林姑娘送钱"——黛玉"偷"得贾母多少"梯己"之意。

黛玉年幼,虽"步步留心,时时在意,不肯轻易多说一句话,多行一步路,生恐被人耻笑了去。"(3/上/24)但还是在"众人""关心"问询身体状况时,很实诚地就说出了那句"如今还是吃人参养荣丸"这句不知深浅的话。被人"耻笑"还是小事,因为触及了"人参"这项需要花大钱的最敏感的话题,所以王氏姑侄在"客人"黛玉面前谈"工作"——"月钱"也就毫不奇怪了。

三、"人参养荣丸"与"太太的事"

黛玉"消耗"的虽是贾母的"梯己",这已经让王熙凤等"多嫌"——无"月钱"却比有"月钱"更可怕——不用说"人参养荣丸",更有将来需要陪送的丰厚妆资。无论黛玉能否嫁给宝玉,都不会给荣府带来任何实际效益:不能嫁给宝玉,需要带走贾母一大部分"梯己":"一娶一嫁,可以使不着官中的钱,老太太自有梯己拿出来"(55/上/600)。连探春和惜春的嫁资,还要"满破着每人花上一万银子"①,遑论贾母"心肝儿肉"的"玉儿"②;嫁给宝玉,虽贾母"梯己"没外流,但荣府财富也没"添"一分。更何况"两个玉儿"成婚后,贾母的"梯己",王熙凤等可只有"站干岸儿"③眼馋肚饥的份了。在贾母"蠲资二十两"为薛宝钗"作生日"时,王熙凤真言"戏"说,我们从中不难看出"谁是贾母财产继承人"是多么敏感的一个话题:

凤姐凑趣笑道:"一个老祖宗给孩子们作生日,不拘怎样,谁还敢争,

① 王熙凤对平儿虑及将来的开销时语。(55/上/600)
② 贾母领刘姥姥逛大观园时对刘姥姥昵称宝玉和黛玉:"我的这三丫头却好。只有两个玉儿可恶,回来吃醉了,咱们偏往他们屋里闹去。"(40/上/428)
③ 王熙凤对贾琏说那些"管家奶奶"的利害:"错一点儿,他们就笑话打趣;偏一点儿,他们就指桑说槐的抱怨。坐山观虎斗,借剑杀人,引风吹火,站干岸儿,推到油瓶都不扶,都是全挂子的武艺。"(16/上/160)

又办什么酒戏。既高兴要热闹，就说不得自己花上几两。巴巴的找出这霉烂的二十两银子来作东西，这意思还叫我赔上。果然拿不出来也罢了，金的银的，圆的扁的，压塌了箱子底，只是勒掯我们。举眼看看，谁不是儿女。难道将来只有宝兄弟顶了你老人家上五台山不成！那些梯己，只留与他。我们如今虽不配使，也别苦了我们。这个够酒的，够戏的！"（22/上/224）

贾母"梯己"丰厚："金的银的，圆的扁的，压塌了箱子底"，是王熙凤在贾母面前装好卖乖的最直接原因。但这些"梯己"，"只留与他"。"只"明确点出只有宝玉一人而已，言外之意是和黛玉无关的——这个字和探春"二月没人"句中黛玉被活活"没"掉一样让人不寒而栗：因为连贾琏小厮兴儿都能看透的事实①，以王熙凤之聪明怎么会看不出？为了让"只留与他"成为现实，王熙凤要极力促成"金玉姻缘"：薛姨妈和王夫人都是他的姑妈，一个有钱，一个有势。把两个姑妈的儿女拉在一起成就"亲上做亲"的事，是王薛们心坎上的事——在小说中是被称作"太太的事"②放在第一位的。

"太太的事"成了，王熙凤的好处可就大了去了，"家中有百万之富"（4/上/44）的薛姨妈的"谢媒钱"③就绝对不会是小数。为"稀罕"三千两银子，王熙凤就"弄权铁槛寺"，害死一对儿痴情儿女；那么，为有可能得到的"十万

---

① 兴儿对尤二姐说宝玉和黛玉关系："只是他已有了，只未露形，将来准是林姑娘定了的。因林姑娘多病，二则都还小，故尚未及此。再过三二年，老太太便一开言，那是再无不准的了。"（66/下/728）

② 平儿当着李纨和宝钗对探春说："姑娘知道二奶奶本来事多，那里照看的这些，保不住不忽略。俗话说：'旁观者清'，这几年姑娘冷眼看着，或有该添减的去处二奶奶没行到，姑娘竟一添减，头一件于太太的事有益；第二件也不枉姑娘待我们奶奶的情义了。"（55/上/596-597）王熙凤对平儿评探春："按正理，天理良心上论，咱们有他这个人帮着，咱们也省些心，于太太的事也有些益；若按私心藏奸上论，我也太行毒了，也该抽头退步回头看看了……"（55/上/601）

③ 薛姨妈请贾母保媒，把邢岫烟说给薛蝌。当贾母"戏"问"不知得多少谢媒钱"时，薛姨妈如此说："纵抬了十万银子来，只怕不稀罕。"（57/上/623）虽"戏"言，但绝不可戏听。因为"薛宝钗羞笼红麝串"中点明"金玉姻缘"源出于薛家，"薛宝钗因往日母亲对王夫人等曾提过金锁是个和尚给的，等日后有玉的方可结为婚姻等话"。（28/上/306）

银子"的"谢媒钱",愿意替薛姨妈"拔去肉中刺,眼中钉"②、替薛宝钗"树旗帜",谋划实施"宋太祖灭南唐——卧榻之侧岂容他人酣睡"② 之心,就可以理解了。明乎此,就可明了"人参养荣丸"黛玉为何"吃不下去"的原因:"人参养荣丸"养黛玉之命,而"金玉姻缘"需要黛玉殒命。所以,"人参养荣丸"与"金玉姻缘"背道而驰,故欲除"木石姻缘",必先除黛玉;欲除黛玉,必先除"人参养荣丸"。于是黛玉成了妨碍"金玉姻缘"的"鱼头",被"拆"是必然的——"明不敢怎样,暗里也就算计了"③。围绕着"人参养荣丸",王薛们"明"与"暗"双管齐下,进行着"算计"黛玉的活动:

其一,在"人参"上做文章。黛玉平日从王夫人处"取"的"人参",④"好坏"如何小说中没有明说,但从王夫人找"人参"事件中,可以窥见个中隐秘:

> 因用上等人参二两,王夫人命人取时,翻寻了半日,只向小匣内寻了几枝簪挺粗细的。王夫人看了嫌不好,命再找去,又找了一大包须末出来。王夫人焦躁道:"用不着偏有,但用着了,再找不着。……你们不知他的好处,用起来得多少换买来还不中使呢。"……因一面遣人去问凤姐有无。凤姐来说:"也只有些参膏芦须。虽有几枝,也不是上好的,每日还要煎药里用呢。"王夫人听了,只得向邢夫人那里问去。邢夫人说……早已用完了。王夫人没法,只得亲身过来请问贾母。贾母忙命鸳鸯取出当日所余的来,竟还有一大包,皆是手指头粗细的,遂秤了二两与王夫人。王夫人出来交与周瑞家的拿去,令小厮送与医生家去……一时,周瑞家的又拿了进来,

---

① 薛姨妈叫人去卖香菱:"快叫个人牙子来,多少卖几两银子,拔去肉中刺,眼中钉,大家过太平日子。"(80/下/896)虽是说香菱,但薛姨妈视黛玉对"金玉姻缘"的威胁,又何尝不如是。

② 夏金桂嫉妒"才貌俱全的香菱",必欲除之而后快,于是遂生"宋太祖灭南唐"之意、"卧榻之侧岂容他人酣睡"之心(79/下/890)。

③ 赵姨娘恨王熙凤和宝玉,尤其恨王熙凤往娘家"搬送""家私",马道婆教唆:"不是我说句造孽的话,——你们没有本事,也难怪别人,——明不敢怎样,暗里也就算计了,还等到如今。"(25/上/262)

④ "慧紫鹃情辞试忙玉"中,黛玉丫头雪雁"从王夫人房中取了人参来""交与紫鹃",看出黛玉平日所用"人参"多有从王夫人处领者。(57/上/616)

说:"……但这一包人参固然是上好的,如今就连三十换也不能得这样的了,但年代太陈了。这东西比别的不同,凭是怎样好的,只过一百年后,自己就成了灰了。如今这个虽未成灰,然已成了朽糟烂木,也无性力的了。请太太收了这个,倒不拘粗细好歹,再换些新的才好。"王夫人听了,低头不语,半日方说:"这可没法了,只好去买二两来罢。"也无心看那些,只命:"都收了罢。"因向周瑞家的道:"你就去说给外头人们,拣好的换二两来。倘或一时老太太问,你们只说用的是老太太的,不必多说。"周瑞家的方才要去时,宝钗因在座,乃笑道:"姨娘且住。如今外头卖的人参都没好的。虽有一枝全的,他们也必截做两三段,镶嵌上芦泡须枝。挽匀了好卖,看不得粗细。我们铺子里常和参行交易,如今我去和妈妈说了,叫哥哥去托个伙计过去,和参行商议说明,叫他把未作的原枝好参兑二两来。不妨咱们多使几两银子,也得了好的。"王夫人笑道:"倒是你明白。就难为你亲自走一趟更好。"于是宝钗去了,半日回来说:"已遣人去,赶晚就有回信的。明日一早去配也不迟。"王夫人自是喜悦,因说道:"卖油的娘子水梳头。自来家里有的,好坏不知给了人多少,这会子轮到自己用,反倒各处求人去了。"说毕,长叹。宝钗笑道:"这东西虽然值钱,究竟不过是药,原该济众散人才是。咱们比不得那没见世面的人家,得了这个,就珍藏密敛的。"王夫人点头道:"这话极是。"(77/下/854-855)

不惮赘引上文,乃在于由此段可知"人参"鱼龙混杂、优劣难辨:有"上等人参";有"人参须末";有"不好"只"簪挺粗细人参";有看着像而不是的"假人参";有"年代太沉"而"无性力"的看着是"上好人参"、实则"成了朽糟烂木"的"过期人参";有"被截做两三段,镶嵌上芦泡须枝"的"掺杂人参";有"原枝好参"等品类。薛宝钗深懂参市行情,她对于"人参"的评说应该是权威的。既然"真"的、"好的""人参"如此稀缺珍贵,那么黛玉平日按"药方上"所用"人参"之真假优劣就不言而喻了。薛宝钗最后那句"咱们比不得那没见世面的人家,得了这个,就珍藏密敛的"实际针对的正是为黛玉配"人参养荣丸"的贾母——贾母把"当日所余""手指头粗细"的"上好人参"存放了"一大包",自然有为黛玉而"存"以备不时之需的意思。这一点王夫人深知，所以他们要不动声色地用"人参"算计贾母和黛玉：明知贾母所存"人参"已失效，且"人参""究竟不过是药"，还专门嘱咐不要告诉贾母。这种用心，正是心直口快的湘云要交代初来乍到、却与贾母"有缘法"的宝琴的那句话："你除了在老太太跟前，就在园里来，这两处只管顽笑吃喝。到了太太跟前，若太太在屋里，只管跟太太说笑，多坐一会无妨；若太太不在屋里，你别进去，那屋里人多心坏，都是要害咱们的。"（49/上/524）湘云看出了"太太屋里人多心坏"，只是没有看出"太太"正是那件要"害人"的"太太的事"的主导者而已。薛宝钗之所以不指名点出贾母"没见世面的人家"，也是因为贾母处处维护黛玉与宝玉，尤其是在元宵节宴乐时借评新书《凤求鸾》来针砭薛宝钗："这小姐必是通文知礼，无所不晓，竟是个绝代佳人。只一见了一个清俊的男人，不管是亲是友，便想起终身大事来，父母也忘了，书礼也忘了，鬼不成鬼，贼不成贼，那一点儿是佳人！便是满腹文章，做出这些事来，也算不得是佳人了……"（5/上/583）"别说他那书上那些世宦书礼大家，如今眼下真的，拿我们这中等人家说起，也没有这样的事，别说是那些大家子。"（5/上/584）贾母"评"书，自然是讥刺薛宝钗不是"大家子"，见了宝玉就想自己的"终身大事"——"金玉姻缘"。因此，这句借"人参"带出的怨毒之语就可以理解了。

其二，以"易得之燕窝"替去"值钱之人参"。既然是"人参"就能在"参行"变得"值钱"，那么，"当家"的王夫人等有意无意总想把"人参"换掉。最典型的是王夫人曾想以"天王补心丹"取代"人参养荣丸"，但被宝玉说破：这药"都不中用"，得需自己亲替黛玉配一料丸药，且需很多珍稀药材。宝玉的"丸"药中就需要"人形带叶参"，要配成三百六十两还银子不够（28/上/294）。这虽然是宝玉为维护黛玉而"编"的药方，但王夫人听到就骂了句："放屁！什么药就这么贵？"可见，"贵"才是黛玉的"药"在王夫人这儿所真正被关心的问题。为了"谢媒钱"，王熙凤极力促成"金玉姻缘"；为了"家私""梯己""只留与"宝玉，王夫人极力谋划"金玉姻缘"。于是，"人参"被换掉是早晚的事情：

这日宝钗来望他，因说起这病症……宝钗道："昨儿我看你那药方上，

15

人参肉桂觉得太多了。虽然益气补神，也不宜太热。依我说，先以平肝健胃为要。肝火一平，不能克土，胃气无病，饮食就可以养人了。每日早起，拿上等燕窝一两，冰糖五钱，用银铫子熬出粥来。若吃惯了，比药还强，最是滋阴补气的。"（45/上/482）

宝钗完全站在黛玉角度的"关心"，在情感上骗取了完全的认同感，单纯的黛玉竟被感动得倾心吐胆："你方才说叫我吃燕窝粥的话，虽然燕窝易得，但只我因身上不好了，每年犯这个病，也没什么要紧的去处，请大夫、熬药，人参肉桂已经闹了个天翻地覆；这会子我又兴出新闻来，熬什么燕窝粥。老太太太凤姐姐这三个人便没话说，那些底下的婆子丫头们未免不嫌我太多事了。你看这里这些人，因见老太太多疼了宝玉和凤丫头两个，他们尚虎视眈眈，背地里言三语四的；何况于我，又不是他们这里正经主子，原是无依无靠，投奔了来的，他们已经多嫌着我了，如今我还不知进退，何苦叫他们咒我。"（45/上/483）黛玉这些难处正是薛宝钗需要的，她要就势而"施恩惠全大体"："你才说的也是，多一事不如省一事。我明日家去，和妈妈说了，只怕我们家里还有，与你送几两来，每日叫丫头们就熬了，又便宜，又不劳师动众的。"（45/上/483）随后就让人冒雨连夜送了"一大包上等燕窝来，还有一包子洁粉梅片雪花洋糖"。薛宝钗并让送的人带话儿："这比买的强。……先吃着，吃完了再送来。""这比买的强"让人想起薛宝钗对王夫人讲的"人参"行情。既然不是"买的"，这"燕窝"当属"非卖品"。而"非卖品"的"燕窝"之猫腻，和王夫人口中的"鲍太医"① 有否瓜葛颇启人疑窦。正如晴雯病，"胡庸医乱用虎狼药"（51/上/552）；尤二姐病，被胡君荣"擅用虎狼之剂"，"将一个已成型的男胎打了下来"（69/下/764）。晴雯和尤二姐病，所"请"的都是庸医，这在

---

① 王夫人曾问黛玉："大姑娘，你吃那鲍太医的药可好些?"黛玉答道："也不过是这么着。老太太还叫我吃王大夫的药呢。"（28/上/294）袭人被宝玉误踢了一脚，请的医生是王济仁（53/上/327），贾母评之"好脉细"是"太医院正堂"（42/上/448）。"老太太还叫我吃王大夫的药呢"之"王大夫"当指王济仁。给黛玉开药"鲍太医"和王夫人有关；给晴雯看病的"新大夫"和李纨有关；致尤二姐堕胎的胡君荣和王熙凤有关。从中可以看出借"治病"来"致命"是王夫人等的惯用伎俩。薛宝钗"燕窝"之可疑，毫无疑问。

大观园中绝对不是"偶然"的"可巧"之事。所以，黛玉吃了不明成分之"燕窝""熬的""燕窝粥"后，病情似有略减，只是失眠得更厉害了，从宝玉问询黛玉身体情况的一段对话中明显看出此点：

> "如今的夜越发长了，你一夜咳嗽几遍？醒几次？"黛玉道："昨儿夜里好，只嗽了两遍，却只睡了四更一个更次，就再不能睡了。"宝玉又笑道："正是有句要紧的话，这会子才想起来。"一面说，一面就挨近身来，悄悄的道："我想宝姐姐送你的燕窝——"一语未了，只见赵姨娘走了进来瞧黛玉……（52/上/560）

黛玉初进荣府，贾母说到给她配"人参养荣丸"时，"一语未了"王熙凤人没到声先到；当这次宝玉说及薛宝钗送黛玉的"燕窝"这个"要紧"问题时，又是"一语未了"，赵姨娘人到声到。这种"可巧"，再次证明"燕窝"替去"人参"绝对不是简单的"偶然"的"关心"。细心的紫鹃对这个没有下文的问题一直心存疑问，在沁芳亭后桃花树底下宝玉一人呆坐时，她抓住这个机会走过去细问：

> 紫鹃道："你都忘了。几日前你们姊妹两个正说话，赵姨娘一头走了进来，——我才听见他不在家，所以我来问你，——正是，前日你和他才说了一句燕窝，就歇住了，总没提起，我正想着问你。"宝玉道："也没什么要紧。不过我想着宝姐姐也是客中，既吃燕窝，又不可间断，若只管和他要，太也托实。虽不便和太太要，我已经在老太太跟前略露了个风声，只怕老太太和凤姐说了。我告诉他的，竟没告诉完了他。如今我听见一日给你们一两燕窝，这也就完了。"紫鹃道："原来是你说了，这又多谢你费心。我们正疑惑老太太怎么忽然想起来，叫人每一日送一两燕窝来呢。这就是了。"（57/上/617）

宝玉为人，最怕生嫌隙而惯于替人"瞒赃"。但在关心黛玉身上确是极其细心的，故"燕窝"的话题必有缘故。紫鹃对黛玉情同亲姊妹，如果不是黛玉服用"燕窝"后有问题，她也不会一直记着去问宝玉。所以宝玉要用"老太太的燕窝"替去"宝姐姐的燕窝"。宝钗送给黛玉的"燕窝"同"送"湘云的"螃蟹宴"一样"不是什么好东西"（38/上/405）从黛玉病况发展看，宝钗"燕窝"最大的问题表现是服用后使得黛玉的失眠有加重的趋势。

"失眠"是影响黛玉健康的一个重要原因,故忌茶。关于"茶",大夫说过黛玉不能多吃,① "燕窝",大夫则没有说不可"多吃"。于是,在"燕窝"上大作手脚——"分主分宾,该添的添,该减的要减,该藏的要藏,该露的要露"(42/上/452),自然是确凿无疑的。"燕窝"对黛玉睡眠的影响是严重的,它一点点消耗着黛玉的精神、损害着黛玉的健康,这种严重失眠会最终导致黛玉形神枯竭而失去生命。关于"失眠"对身体的严重危害,从秦可卿"水亏木旺的症候"就可窥知一二:据张太医细究秦可卿病源,其一是"心气虚而生火者",会引起"夜间不寐"。遂开药且言"吃了我的药看,若是夜间睡得着觉,那时又添了二分拿手了。据我看这脉息,大奶奶是个心性高强,聪明不过的人。聪明忒过,则不如意事常有;不如意事常有,则思虑太过。此病是忧虑伤脾,肝木忒旺"(10/上/112),可见睡眠与平和心态对健康之重要。张太医此论,实亦可用于黛玉。黛玉"心较比干多一窍",其聪明自不待言;其心性之高强,小说中多次提及:"孤高自许,目无下尘"(5/上/48)"原来林黛玉安心今夜大展奇才,将众人压倒"(18/上/189),"忧虑伤脾,肝木忒旺"正是黛玉之病源。"脾土被肝木尅制者,必然不思饮食,精神倦怠,四肢酸软"(10/上/112),张太医认为此症如及时截断病源即先服用"养心"等之类药,便可治愈失眠。如不再失眠,则对于身体康复裨益是大大有益的。而在他开的有助于睡眠的"益气养荣补脾和肝汤"中,最重要的一味药便是"人参"。明乎此,宝钗必以"燕窝"替去人参之意便不言而喻。宝钗送"燕窝"让黛玉"熬燕窝粥"喝,其实是让她失眠"熬眼""熬心""熬精神",最终"熬不过去"而致命,从而使"太太的事"和自己的"金玉姻缘"取得完满成功。

综论之,《红楼梦》围绕林黛玉与薛宝钗所展开的一系列或明或暗、或隐或显的矛盾冲突,虽由"金玉姻缘"而引发,但最根本的落脚点乃在于以"金"为代表的财富。"金玉姻缘"只是实现王夫人、王熙凤、薛宝钗等各自利益最大化的最关键的一步而已。为"金"必除黛玉。于是,"从会吃饮食时"便吃的

---

① 黛玉对袭人说:"你知道我这病,大夫不许多吃茶。"(62/下/681)

"人参养荣丸"就成了被关注的焦点，从王夫人的"鲍太医的药"到薛宝钗的"燕窝粥"，无一不是围绕"人参养荣丸"而为。所以说"人参"在小说中其实是一种象征：用它贯串小说，使读者在头绪众多的繁复结构中得以不迷失"金玉姻缘"对抗"木石姻缘"的根本所在。"人参"就如怡红院的"机关"，头绪繁多的小说内容就如怡红院的玻璃镜照出的人间万象——虽"乱花渐欲迷人眼"①。但只要抓住"人参"这一象征"物什儿"，就可牵一发而动全身，提纲挈领。顺着"人参"之线索读下去，自能品出小说之"味"。

第二节　关于"瓜"

《红楼梦》中出现过多种瓜果菜蔬名称，这不仅仅是借食材反映人物口味的不同，亦是借口味的不同来暗示志趣、价值判断、情感取舍等的差异；更重要的是可以作为一种象征符号，借此符号可以化繁为简、由浅见深，起到因物达情②即化抽象为具象的重要作用。《红楼梦》中的"西瓜"就是这样一种典型的象征符号：在味觉上它代表着"甜烂"，给人以宜人爽口之感；在视觉上它代表着"粗粗笨笨"，给人憨厚敦实之感。更重要的是，西瓜圆圆的外观正契合了中国传统文化心理中对"花好月圆"的祈盼，故"西瓜"是极为"大众"所认可与喜爱的，于是它成了中秋赏月家宴上重要的"细物"之一。③ 综合以上特点，

---

① "暖香坞雅制春灯谜"中李绮出的字谜是"萤"。宝琴猜是"花"。众人不解"萤"与"花"何干，黛玉笑道："妙的很！萤可不是草化的。"（50/上/542）袭人姓"花"，她在宝玉身边，以"温柔和顺"迷惑众人，但王夫人对晴雯一事，终于让宝玉彻底看清袭人真面目："你是头一个出了名的至善至贤之人……只是芳官尚小，过于伶俐些，未免倚势压倒了人，惹人厌。四儿是我误了他，还是那年我和你拌嘴的那日起叫上来作些细活，未免夺占了地位，故有今日。只是晴雯也是和你一样，从小儿在老太太屋里过来的，虽然他生得比人强，也没甚妨碍去处。就只他的性情爽利，口角锋芒些，究竟也不曾得罪你们。想是他过于生得好了，反被这好所误。"（77/下/860）
② 莺莺给张生寄送玉环等物时语，见元稹. 莺莺传［M］//汪辟疆. 唐人小说. 上海：上海古籍出版社，1978：166.
③ 七十五回"宴中秋"的场景中有"西瓜"场景。

"西瓜"代表"团圆"①（圆形外观）、"温柔和顺"②（味甜质烂）、"沉重"③（粗苯个头）、宜家（价廉易得）等，小说于是借"西瓜"来表现"金玉姻缘"与"木石姻缘"这一对最关键的矛盾冲突，由"西瓜"所生发的敏感话题有四："命""喜""戏"和"话儿"。

一、"西瓜"与"命"

关于"命"，是《红楼梦》中一再出现的字眼，如王熙凤说初进荣府的黛玉"这样命苦"（3/上/28）；癞头僧人说甄士隐怀中的女儿英莲是"有命无运累及爹娘之物"（1/上/8）；娇杏是"命运两济"（2/上/15）；宝玉思平儿"薄命，比黛玉尤甚"（44/上/472）；王熙凤说探春"只可惜他命薄，没托生在太太肚里"（55/上/599）；王夫人对贾母说晴雯"只怕她命里没造化，所以得了这个病"（78/下/868）；迎春遇人不淑，王夫人劝她"这也是你的命"时，迎春哭道："我不信我的命就这样苦"（80/下/900）；柳五儿夭亡，被王夫人说成"幸而那丫头短命死了"（77/下/859）；探春说元春生日好是"怨不得他福大，生日比别人就占先"（62/下/672）；袭人对宝玉说自己"我一个人是奴才命罢了，难道连我的亲戚都是奴才命不成"（19/上/198）；秦可卿对探病的王熙凤说："这都是我没福！"（11/上/118）等等不一而足。从中不难看出，对"命"的评价绝大部分有着很强的主观随意性，即因对所评人物的情感取舍与价值评判等标准不同，"命"和"福"的评判也是不同的。小说中多借小物什儿如螃蟹、衣裳、月钱等来"演说"大情节，"西瓜"即此类小物什儿之一种，小说借和"西瓜"相关的场景，点出两个关涉宝玉姻缘的关键字眼"命"与"福"：

> （宝玉、黛玉）正说着，只见袭人走来说道："快回去穿衣服，老爷叫你呢。"宝玉听了，不觉打了个雷一般，也顾不得别的，急忙回来穿衣服。出园来，只见焙茗在二门前等着。宝玉问道："你可知道叫我是为什么？"

---

① "凸碧山庄""凡桌椅形式皆是圆的，特取团圆之意。"（75/下/838）
② 王夫人对贾母说取中袭人的原因之一，在于袭人"性情和顺"（78/下/868）。
③ 袭人判词为"枉自温柔和顺"（5/上/54）；王夫人对贾母说取中袭人的原因，关键在于袭人"举止沉重""沉重知大礼"（78/下/868）。

焙茗道："爷，快出来罢。横竖是见去的，到那里就知道了。"一面说，一面催着宝玉。转过大厅，宝玉心里还自狐疑。只听墙角边一阵呵呵大笑，回头只见薛蟠拍着手跳了出来，笑道："要不说姨父叫你，你那里出来的这么快。"焙茗也笑道："爷别怪我。"忙跪下了。宝玉怔了半天，方解过来，是薛蟠哄他出来。……薛蟠道："要不是，我也不敢惊动。只因明儿五月初三日是我的生日，谁知古董行的程日兴，他不知那里寻了来的这么粗这么长粉脆的鲜藕，这么大的大西瓜，这么长一尾新鲜的鲟鱼，这么大的一个暹罗国进贡的灵柏香薰的暹猪。你说他这四样礼，可难得不难得！那鱼猪不过贵而难得，这藕和瓜亏他怎么种出来的。我连忙孝敬了母亲，赶着给你们老太太、姨父、姨母送了些去。如今留了些，我要自己吃，恐怕折福。左思右想，除我之外，惟有你还配吃，所以特请你来……"一面说，一面来至他书房里……宝玉果见瓜藕新异……（26/上/276）

"西瓜"事薛宝钗是参与者，最少亦是知情者。当宝玉从薛蟠处回怡红院，正与袭人说话间，"只见薛宝钗走进来，笑道：'偏了我们新鲜东西了。'宝玉笑道：'姐姐家的东西自然先偏了我们了。'宝钗摇头笑道：'昨儿哥哥倒特特的请我吃，我不吃他，叫他留着送人请人罢。我知道我福小命薄，不配吃那个。'"（26/上/278）这是整部小说中一处重要场景，借"西瓜"点明衣食住行在薛家兄妹口里，是和身份地位挂钩的，有些人"配吃"；有些人"不配吃"。"难得"的"西瓜"，薛家兄妹自然要"孝敬"给"配吃"的人——薛姨妈、贾母、贾政和王夫人。薛蟠对宝玉说"除我之外，惟有你还配吃"。此话如无薛宝钗"我知道我福小命薄，不配吃那个"之语"镶边儿"，以薛蟠个性，浑人浑语骗宝玉喝酒取乐倒可理解。但薛宝钗之语，显然是弄巧成拙、只顾"藏头"却"露尾"了，因为宝玉走进薛蟠书房，"只见詹光、程日兴、胡斯来、单聘仁等并唱曲儿的都在这里"（26/上/276）。按照薛家兄妹的理论，这些人可都属于不"配吃"的一类，但却早已先宝玉而被请来吃的。由此可以看出"西瓜"与"命""福"无关，只是薛家兄妹用来"打的花呼哨，讨老太太和太太的好儿"（35/上/367）的说辞而已；也是宝钗把宝玉从黛玉身边骗出来的一个由头，是关乎"金玉姻缘"大"谎"之局中一小"谎"事而已。

"西瓜"由此即与宝钗之为人品性挂上了钩。之所以如此认定，是因为从客观的形貌呈现看，宝钗似"西瓜"，小说中两处以宝玉视角看宝钗用了倒文的修辞方式："唇不点而红，眉不画而翠，脸若银盆，眼如水杏。"（7/上/86）这是第一处宝玉看宝钗；第二处是在端午节元妃赏赐节礼后，宝玉要"看"宝钗红麝串："宝钗原生的肌肤丰泽，容易褪不下来。宝玉……再看看宝钗形容，只见脸若银盆，眼同水杏，唇不点而红，眉不画而翠"（28/上/306）。倒文手法强化了宝钗之形与色：色是"红"和"翠"；形是"银盆"和"水杏"之"圆"。这正是"西瓜"之色与形。所以栊翠庵品茶，妙玉因人而安排茶具——给宝钗用的是"瓟斝"（41 上/439），"瓟""斝"，均带一"瓜"字旁。两字同旁，给人以强烈的视觉印象。"瓟斝即是壶芦器"①，其给人视觉印象可知。另外，"西瓜"味儿甜，而薛宝钗最善于用甜言蜜语说话儿和小恩小惠给人"甜头儿"：对贾母察言观色、虚语奉承"如一盆火"（65 下/716）；对王夫人时时表示"亲香"体贴；对王熙凤巴结讨好；对黛玉"温言款语"以示"关怀"、送燕窝和"洁粉梅片雪花洋糖"（45 上/487）；对湘云则主动为其"排忧解难""替"作东道"请螃蟹宴"；对邢岫烟则"暗中每相体贴接济"（57 上/624）等。这些"甜头儿"，外甜心苦，均是为实现"金玉姻缘"之手段而已。

所以，"西瓜"和"命"、"福"等并无关涉，只是因人、事的需要而强被"命"、被"福"而已。从贾母栊翠庵品茶对妙玉讲"我不吃六安茶"（41 上/438）一语，即可确知贾母对"瓜"之情感取舍——"六安茶"即六安瓜片茶。但贾母没有说出"瓜"字，"瓜"字的缺失并非仅仅是因为贾母口语习惯而已。这和秦可卿之丧中尤氏、贾蓉角色的缺失等一样，有着强烈的暗示色彩。贾母对"瓜"之省略，正和宝玉两处看薛宝钗倒文手法一样：除了"瓜"不是其所欣赏的"闺阁风度"——"色红晕若施脂，轻弱似扶病"（17/上/179）之原因外，更主要的还在于"瓜"所代表的"甜烂"食品之特点：味儿"甜"实际于健康不利。小说中多次写到甜品无不如此：如"糖蒸酥酪"——袭人本喜欢吃，

---

①　启功．注释《红楼梦》的几个问题［M］//中华书局编辑部．文史：第十一辑．北京：中华书局，1981：229.

但她说"吃的时候好吃，吃过了好肚子疼，足的吐了才好"（19/上/197）；刘姥姥喝了些"蜜水儿似的"（41 上/434）黄酒、且又吃了许多"螃蟹馅儿""小饺儿"和"奶油炸的各色小面果子"（41 上/437）类"油腻饮食，发渴多喝了几碗茶，不免通泻了起来，蹲了半日方完。"（41 上/442）；贾政笑话儿中的酒鬼对老婆解释欲呕吐乃"只因昨晚吃多了黄酒，又吃了几块月饼馅子，所以今日有些作酸呢"（75 下/838）。更具"掰谎"意味的是王道士的"甜丝丝的""疗妒汤"："用极好的秋梨一个，二钱冰糖，一钱陈皮""横竖这三味药都是润肺开胃不伤人的，甜丝丝的，又止咳嗽又好吃。吃过一百岁，人横竖要死的，死了还妒什么！那时就见效了。"（80 下/899）这"疗妒汤"显然和宝钗要黛玉替换掉人参的"冰糖燕窝粥"是一个模子，目的在于延误黛玉的病，却打着"关心"的幌子而已，是为最终成就"金玉姻缘"的一大"谎"。

二、"西瓜"与"喜"

"西瓜"非贾母和宝玉所欣赏者，这当然和形貌有关，但绝对不是最主要的原因。最关键的乃是"西瓜"性"凉"，即似甜实冷，正如王薛派之为人品性。故小说借对"西瓜"的取舍表明人物品第高下。喜"西瓜"者乃主和极力促成"金玉姻缘"者，他们在口味上偏喜"甜"。"西瓜"性凉，于宝玉和黛玉皆不宜多食，小说中曾专门提及：

> 说着，芳官早托了一杯凉水内新湃的茶来。因宝玉素昔秉赋柔脆，虽暑月不敢用冰，只以新汲井水将茶连壶浸在盆内，不时更换，取其凉意而已。宝玉就芳官手内吃了半盏……于是一径往潇湘馆来看黛玉。将过了沁芳桥，只见雪雁领着两个老婆子，手中都拿着菱藕瓜果之类。宝玉忙问雪雁道："你们姑娘从来不吃这些凉东西的，拿这些瓜果何用？不是要请那位姑娘奶奶么？"（64/下/704）

"西瓜"于二玉不宜，于薛宝钗则极为相宜，因为薛宝钗丰肥怕热，这一点从宝玉口中直接说出来过："怪不得他们拿姐姐比杨妃，原也体丰怯热。"（30/上/321）把宝钗比杨妃，自然是因为肥润之形貌。胖则一般多"怯热"多汗，宝琴《怀古诗》其八《马嵬怀古》也在强调此点，"寂寞脂痕渍汗光"（51/上/

545）；滴翠亭扑蝶则直接把宝钗唤作"杨妃"。因扑蝶使得肥丰的宝钗"香汗淋漓"（27/上/283），从扑蝶一节看出薛宝钗因怕热而身不离扇。怕热的宝钗是因为"从娘胎里带来的一股热毒"（7/上/75），故宜"冷"与"凉"来减抑缓解，其所住蘅芜苑，冷清如"雪洞一般"（40/上/429）。除了"热毒"，薛宝钗还"先天结壮"，如此则更可看出"西瓜"与之脾胃深为相宜。于是，贾母处不会出现的吃"西瓜"场景会在王夫人处浓墨重彩地出现，且伴随着"吃西瓜"公布了一件极为关键的"喜事"：

> 这日午间，薛姨妈母女两个与林黛玉等正在王夫人房里大家吃西瓜呢。凤姐儿得便，回王夫人道："自从玉钏儿的姐姐死了，太太跟前少着一个人。太太或看准了那个丫头好，就吩咐，下月好发放月钱的。"王夫人听了，想了一想道："依我说，什么是例，必定四个五个的。够使就罢了，竟可以免了罢。"凤姐笑道："论理，太太说的也是。这原是旧例，别人屋里还有两个呢，太太倒不按例了，况且省下一两银子也有限。"王夫人听了，又想一想道："也罢，这个分例只管关了来，不用补人，就把这一两银子给他妹妹玉钏儿罢。他姐姐伏侍了我一场，没个好结果，剩下他妹妹跟着我，吃个双分子不为过余了。"凤姐答应着，回头找玉钏儿笑道："大喜，大喜。"……王夫人想了半日，向凤姐道："明儿挑一个好丫头送去老太太使，补袭人。把袭人的一分裁了，把我每月的月例二十两银子里拿出二两银子一吊钱来给袭人。以后凡事有赵姨娘周姨娘的，也有袭人的。只是袭人的这一分都从我的分例上匀出来，不必动官中的就是了。"（36/上/378－379）

王夫人和王熙凤这段对话，是在吃"西瓜"时开始并完成的，这段姑侄对话对两个人来讲是"喜"事：一个是玉钏儿，王夫人把其姐姐金钏儿的那一两月钱也给了她，吃了双份，即每月有二两银子的月钱。而在荣府，姨娘的月钱定例才是二两，如王熙凤对王夫人周姨娘和赵姨娘的"定例"是"每人二两。赵姨娘有环兄弟的二两，共是四两．另外四串钱。"（36/上/378）所以王熙凤说玉钏儿"大喜，大喜"；另一个是袭人。她从"原是老太太的人"变成"太太的人"，也是"大喜"之事。这两人之"喜"均和"金玉姻缘"有关：玉钏儿之"喜"是以姐姐金钏儿生命为代价换来的，显然此"喜"乃鸳鸯口中的"什么喜事，状元痘儿灌的浆又满是喜事"（46/上/494）之"喜"；袭人之"喜"则是素日处心积虑谋求的美梦成真之"大喜"。金钏儿之死，表面看是偶然引发，其实是必然之结果：

> 谁知目今盛暑之际，又值早饭已过，各处主仆人等多半都因日长神倦。宝玉背着手，到一处一处鸦雀无闻……到王夫人上房内。只见……王夫人在里间凉榻上睡着，金钏儿坐在旁边捶腿，也乜斜着眼乱晃。……宝玉见了他，就有些恋恋不舍的。悄悄的探头瞧瞧王夫人合着眼，便自己向身边荷包里带的香雪润津丹掏了出来，便向金钏儿口里一送。金钏儿并不睁眼，只管嚌了。宝玉上来便拉着手，悄悄的笑道："我明日和太太讨你，咱们一处罢。"金钏儿不答。宝玉又道："不然，等太太醒了，我就讨。"金钏儿睁开眼，将宝玉一推，笑道："你忙什么！'金簪子掉在井里头，有你的只是有你的'，连这句话语难道也不明白！我倒告诉你个巧宗儿，你往东小院子里拿环哥儿同彩云去。"宝玉笑道："凭他怎么去罢。我只守着你。"只见王夫人翻身起来，照金钏儿脸上就打了一个嘴巴子，指着骂道：……（30/上/323）

因为王夫人要为薛宝钗和袭人排除一切"碍手碍脚"者：一为带（戴）"金"者；二为和宝玉一样得贾母"偏心"者；三是宝玉所喜厮闹者；四是和宝玉同一天生日者等。第一类包括姓、名中有"金"者和饰物中有"金"者。故金鸳鸯、金钏儿和有"金麒麟""金镯子"的湘云都在被或明或暗、既隐且显地排斥着。甚至宝钗自己的丫鬟黄金莺，也被宝钗以"拗口"为由"单叫莺儿"（35/上/375）；第二类中最具代表性者就是黛玉。故黛玉在荣府，时时处处被王薛派"欺负"而"软气""零气"和"闲气"不断；第三类是宝玉素日喜欢厮闹者，如芳官、晴雯、五儿等；第四类中有薛宝琴、邢岫烟、蕙香（四儿）。贾母深喜宝琴，却先被薛姨妈后被王熙凤明确告知"可惜这孩子没福，前年他父亲就没了……如今他母亲又是痰症"（50/上/540）、"已经许了人家"50/上/542）而只得打消念想儿；岫烟则被薛姨妈"看中"而与薛蝌定亲；蕙香则和晴雯等一同被逐出大观园。

上述四类里边，金钏儿是唯一同时占两条者：既姓金，又在平日喜欢和宝玉厮混。所以她的悲剧结果是必然的，因为她和晴雯等一样是被看成妨碍"金玉姻缘"者——"妾"也不许妨碍的，王夫人对贾母夸袭人贬晴雯："若说沉重知大礼，莫若袭人第一。虽说'贤妻美妾'，然也要性情和顺，举止沉重的更好些。就是袭人模样虽比晴雯略次一等，然放在屋里也算是一二等的了。"（78/下/868）金钏儿无意间说宝玉的"金簪子掉在井里头"正击中王夫人最敏感处——可见王夫人心知肚明"金玉姻缘"乃"大谎"。因为金钏儿之语意思可做如下几个方面理解：命里没有莫强求，一切自有分定；"金簪子"之命是"掉在井里头"，只能被井泥污秽埋没且永无出头之日。这里金钏用了谐音"你"替换掉了"泥"。王夫人当然明白宝玉心心念念的是黛玉，黛玉才是宝玉的命！而"金"掉"井"之宿命则让其惊惧而怒——如此则无"金玉姻缘"。所以"老佛爷"似的王夫人发雷霆之怒打骂斥逐了金钏儿："王夫人固然是个宽仁慈厚的人，从来不曾打过丫头们一下，今忽见金钏儿行此无耻之事，此乃平生最恨者，故气忿不过，打了一下，骂了几句。虽金钏儿苦求，亦不肯收留。"（30/上/323）遂有金钏儿跳井之事。可见"金玉姻缘"如一个巨大的谎言编就的陷阱，无辜的金钏儿正是不经意间"掉"在了这样的"井"里而成了可怜的牺牲品。故金钏儿之死，实"金玉姻缘"之"喜"。

至于袭人之"喜"，则是袭人多年来苦心经营和梦寐以求的真正的"天大的喜事"①，因为这样可以作"主子奶奶"而不再是"奴才"了。② 由于素日的"用心"，袭人深得王夫人、薛宝钗和王熙凤等人的认可，所以在吃"西瓜"时完成了对袭人身份转变的确认。

袭人身份的变更——从"老太太房里的人"到"宝玉的人"再到"太太的人"，这重要的变更是在"薛姨妈母女两个与林黛玉等正在王夫人房里大家吃西瓜"时得以完成的，所以对于袭人来讲，"西瓜"变成了"喜瓜"，"西瓜"见证了袭人的"喜事"。从甄士隐家丫鬟娇杏和贾琏偷情时鲍二家说等王熙凤死了，贾琏"倒是把平儿扶了正"（44/上/469）等话中，可以确知丫鬟可作侧室，

---

① 鸳鸯嫂子因为贾赦欲要鸳鸯而向鸳鸯道喜之语（46/上/494）。
② 邢夫人劝鸳鸯同意作贾赦妾之语（46/上/491）。

侧室可被扶正，所以袭人"大喜"。贾母借评平儿来不点名指斥袭人："我说那孩子倒不像那狐媚魇道的"（44/上/469）；借赞晴雯贬袭人："我的意思，这些丫头的模样爽利，言谈针线多不及他（指晴雯），将来只有他还可以给宝玉使唤得。"（78/下/868）从贾母、晴雯、李嬷嬷和王氏姑侄、薛家母女对袭人的评价，可以见出袭人善"变"和善"忘本"的。因为"忘本"，才能实现身份转变的"喜事"。袭人对自己的"大喜"深谙个中三昧——从此变成了"太太的人"，可以分"宗子"一杯羹了。这意味着在荣府有了坚实的靠山，是"半个主子"① 了。可以看出，"吃西瓜"一场景带给袭人的确实是"大喜"。

三、"西瓜"与"戏"

《红楼梦》刻画人物形象最惯用的手法之一是让人物在自说自话中言行不一而"自相矛盾"，从而使得讽刺的效果更加辛辣凌厉，这便是"春秋笔法"②。"春秋法"是小说借以塑造薛宝钗这一人物形象最重要的艺术手法之一，如宝钗一边嘲笑贾雨村"没意思，这么热天，不在家里凉快，还跑些什么"，而自己却在王夫人处吃过"西瓜"后，在大热天的大中午跑到怡红院：

> 却说王夫人等这里吃毕西瓜……宝钗与黛玉等回至园中，宝钗因约黛玉往藕香榭去，黛玉回说立刻要洗澡，便各自散了。宝钗独自行来，顺路进了怡红院，意欲寻宝玉谈讲，以解午倦。不想一入院来，鸦雀无闻，一并连两只仙鹤在芭蕉下都睡着了。宝钗便顺着游廊来至房中，只见外间床上横三竖四，都是丫头们睡觉。转过十锦槅子，来至宝玉的房内。宝玉在床上睡着，袭人坐在身旁，手里做针线，旁边放着一柄白犀麈。宝钗走进前来……袭人不妨，猛抬头见是宝钗，忙放下针线，起身悄悄笑道："姑娘来了。我倒也不防，吓了一跳。……"（宝钗）说着，一面又瞧他手里的针

---

① 王熙凤语。（46/上/491）
② 小说专门借宝钗说林黛玉点明此"法"："世上的话，到了凤丫头嘴里也就尽了。幸而凤丫头不认得字，不大通，不过一概是市俗取笑。惟有颦儿这张嘴，他用'春秋'的法子，将市俗的粗话，撮其要，删其繁，再加润色比方出来，一句是一句。"（42/上/451）

线。原来是个白绫红里的兜肚，上面扎着鸳鸯戏莲的花样，红莲绿叶，五色鸳鸯。宝钗道："嗳哟，好鲜亮活计！这是谁的，也值的费这么大工夫？"袭人向床上努嘴儿。宝钗笑道："这么大了，还带这个？"袭人笑道："他原是不带，所以特特的做的好了，叫他看见由不得不带。如今天气热，睡觉都不留神，哄他戴上了，便是夜里纵盖不严些儿，也就不怕了。你说这一个就用了工夫，还没看见他身上现带的那一个呢。"宝钗笑道："也亏你耐烦。"袭人道："今儿做的工夫大了，脖子低的怪酸的。"又笑道："好姑娘，你略坐一坐，我出去走走就来。"说着，便走了。宝钗只顾看着活计，便不留心一蹲身，刚刚的也坐在袭人方才坐的所在；因又见那活计实在可爱，由不得拿起针来，替他代刺……这里宝钗只刚做了两三个花瓣，忽见宝玉在梦中喊骂，说："和尚道士的话如何信得！什么金玉姻缘，我偏说是木石姻缘。"薛宝钗听了这话，不觉怔了。忽见袭人走过来，笑道："还没有醒呢？"宝钗摇头。（36/上/381－382）

既然知道宝玉都"这么大了"，而且正"随便睡着在床上"，还赖着不走。从钗袭谈话内容到宝玉兜肚，无一不充满隐晦的暗示："花心里的虫"这个话题，锦香院的妓女云儿在薛蟠、宝玉和蒋玉菡等面前唱过："豆蔻开花三月三，一个虫儿往里钻。钻了半日不得进去，爬到花上打秋千。肉儿小心肝，我不开了你怎么钻。"（28/上/300）"豆蔻"与"虫"的关系，正是"鸳鸯戏莲"中"鸳鸯"与"莲"的关系。"大观园试才题对额"时，宝玉为后来成为"蘅芜苑"处题的对联是"吟成豆蔻才犹艳　睡足酴醾梦也香"，此处后来成了宝钗住处。"豆蔻"之隐意约略有二：或为"求嗣言"或为"风情言"。据《升庵诗话》卷九"豆蔻"条："杜牧之诗'娉娉袅袅十三余，豆蔻梢头二月初。'刘孟熙谓《本草》云'豆蔻未开者，谓之含胎花，言少而娠也。'其所引《本草》，是言少而娠者也。且牧之诗本咏娼女，言其美而且少。未经事人，如豆蔻花之未开耳。此为风情言，非为求嗣言也。若倡而娠，人方厌之。以为绿叶成阴矣。

何事如咏乎?"① 明乎此,可知以"豆蔻"配"蘅芜君"的深意。"兜肚"是贴身穿的,宝钗听见小红手帕事就认定是"奸淫狗盗的人",那么对着男人"兜肚"上"鸳鸯戏莲的花样——红莲绿叶,五色鸳鸯"无一丝一毫的羞涩,还要在袭人故意溜走后坐在袭人"方才坐的所在"即宝玉身边上去"代刺",男女大防礼教都统统抛之脑后,说一套、做一套。宝钗之猥琐不堪,借"虫"闻"香""钻""豆蔻"与"豆蔻""戏""虫"之不堪图景和"鸳鸯戏莲"之隐语而表现得入木三分。闻一多先生分析《江南》一诗可作为理解薛宝钗之不堪的钥匙:

> "莲"谐"怜"声,这也是隐语的一种,这里是鱼喻男,莲喻女,说鱼与莲戏,实等于说男与女戏,上引郑众解《左传》语:"鱼……方羊游戏,喻卫侯淫纵。"可供参证。唐代女诗人们还是此诗的解人,鱼玄机《寓言诗》曰:"芙蓉叶下鱼戏,蟏蛸天边雀声。人世悲欢一梦,如何得作双成?"薛涛得罪了元稹后,献给稹的《十杂诗》之一,《鱼离池》曰:"戏跃莲池四五秋,常摇朱尾弄银钩,无端摆断芙蓉朵,不得清波更一游。"②

"鸳鸯戏莲"和"鱼戏莲"一样,是男女之"戏"的隐语而已。作为"杂学旁收"、无所不知的薛宝钗如何能不知呢。此场景中薛宝钗和诱宝玉偷试云雨情之袭人一样心理,只是一隐一显、一思一行之别而已。但从此场景看出,在"吃西瓜"时完成对袭人身份确认后,薛宝钗也急于得袭人之"戏"的热切。因为黛玉几乎从来不"吃西瓜",所以"吃西瓜"则又是一隐语:"吃"即"食",可疗"饥渴"。闻一多先生分析《周南·汝坟》可资参证:

> "惄如"当读为惄然,"调饥"即朝饥。下文曰"鲂鱼赪尾",鱼是比男子的,前面讲过了。《左传·哀十七年》:"卫侯贞卜其繇曰:'如鱼窥尾,衡流而方羊。'"疏引郑众说曰:"鱼肥则尾赤,方羊游戏,喻卫侯淫纵。"拿郑众解《左传》的话和《汝坟》相参证,则朝饥自然指情欲,不指腹欲。称"饥"的则有"泌之洋洋,可以乐饥。"(《陈风衡门》)

---

① 杨慎. 升庵诗话:卷九 [M] //何文焕,丁福保. 历代诗话丛编:第1册. 北京:北京图书馆出版社,2003:183.

② 闻一多. 说鱼 [M] //闻一多全集:三. 武汉:湖北人民出版社,1993:185.

乐郑作，鲁、韩并作疗。下文曰："岂其食鱼，必河之鲂？岂其取妻，必齐之姜？"洋洋的泌水，其中多鱼，故可以疗饥。但下文又以食鱼比取妻，则疗饥的真谛还是以疗情欲的饥为妥。既以"饥"或"朝饥"代表情欲未遂，则说到遂欲的术语，自然是对"饥"言之则曰"食"。对"朝饥"言之则曰"朝食"了。称"朝食"的例如"乘我乘驹，朝食于株。(《陈风·株林》)"这诗的本事是灵公淫于夏姬，古今无异说，我以为"朝食"二字即指通淫。①

薛宝钗博学，对"吃"当深谙个中之"趣"，所以"吃西瓜"带给她的联想自然是和"玉"有关之事，于是便不能自已——大夏天大中午跑到怡红院来就可理解了。这和"比通灵"一样是急于"配玉"之心不自觉地流露。她既然知道"金玉之论"，当力避宝玉之"玉"，但小说不动声色把这薛大姑娘急切要"配玉"的心理冷静地表现出来：宝钗急于明确让宝玉知道自己的"金"，便主动要看"玉"。宝钗眼中心中的"玉"是"大如雀卵""莹润如酥"，这种形体大小质地地写"玉"，其实是宝钗当时"饥"心理的不自觉流露。"绣鸳鸯"和"看玉"等场景与袭人诱宝玉"偷试云雨情"一样，互为表里，是《红楼梦》中惯用的互文手法，即化整为零、写此即彼。正是在王夫人处"吃毕了西瓜"(38/上/380)，宝钗才急不可耐地来到怡红院，小说才会出现"绣鸳鸯梦兆绛芸轩"一典型场景，正式揭开"木石姻缘"对抗"金玉姻缘"的序幕。

四、"西瓜"与"话儿"

在中秋赏月之夜，贾母对贾珍说："你昨日送来的月饼好；西瓜看着好，打开却也罢了。"(75/下/837)"看着好""打开却也罢了"是小说中贾母唯一一处说"瓜"。看似评"瓜"，实则品人，即对表里不一人品的憎嫌。因为在薛家兄妹口里出现的"难得"的"这么粗这么长粉脆的鲜藕，这么大的大西瓜，这么长一尾新鲜的鲟鱼，这么大的一个暹罗国进贡的灵柏香薰的暹猪"，在黑山村

---

① 闻一多. 高唐神女传说之分析 [M] //闻一多全集：三. 武汉：湖北人民出版社，1993：4 – 5.

庄头乌进孝进献的礼品单子上，都出现了："暹猪二十个""鲟鳇鱼二个""各色杂鱼二百斤"（53/上/578），薛蟠"孝敬"的瓜藕猪鱼来源之说当值得推敲；贾母对贾珍说"西瓜看着好，打开却也罢了"时，贾珍的解释是："西瓜往年都还可以，不知今年怎么就不好了。"（75/下/837）可以见出所谓"难得"的西瓜等物，年年都有，乃极其寻常之物。而薛蟠衡量"难得"的标准是外形：藕是"这么粗这么长"、西瓜是"这么大"、鲟鱼是"这么长"、暹猪是"这么大"，出现的如此之多的"这么"，是用来感叹物的"粗""长""大"外形的，就可以想见薛蟠的单调乏味。而其妹薛宝钗竟亦不无炫耀、不无自矜地对宝玉说这四样寻常俗物，自己"福小命薄""不配吃"。这种口吻、这种评价，与其兄何其相似乃尔！由此不难见出薛家兄妹的价值判断标准——这正是薛宝钗体貌丰肥而处处不无自矜、有意和黛玉争竞的心理支持。而贾母评价西瓜"看着好""打开却也罢了"，正与薛家兄妹相悖，是贾母内外兼重、不徒取其表象观点的一种自然流露。

除此之外，薛家兄妹口中如此金贵的东西，其实寻常易得。正反映出薛家兄妹惯于在"话儿"上下功夫即用谎言取宠讨好。明乎此，就可理解作者借怡红院看望挨打的宝玉时贾母关于"会说话"问题进行评论的深意：

> 宝钗一傍笑道："我来了这么几年，留神看起来，凤丫头凭他怎么巧，再巧不过老太太去。"贾母听说，便答道："我如今老了，那里还巧什么。当日我像凤哥儿这么大年纪，比他还来得呢。他如今虽说不如我们，也就算好了，比你姨娘强远了。你姨娘可怜见的，不大说话，和木头似的，在公婆跟前就不大显好。凤儿嘴乖，怎么怨人疼他。"宝玉笑道："若这么说，不大说话的就不疼了。"贾母道："不大说话的又有不大说话的可疼之处，嘴乖的也有一宗可嫌的，倒不如不说话的好。"宝玉笑道："这就是了。我说大嫂子倒不大说话呢，老太太也是和凤姐姐一样的看待。若是单是会说话的可疼，这些姊妹里头也只是凤姐姐和林妹妹可疼了。"贾母道"提起姊妹，不是我当着姨太太的面奉承，千真万确，从我们家四个女孩儿算起，全不如宝丫头"（35/上/370）

贾母当时正和凤姐因宝玉要喝莲叶羹事谈笑，宝钗突然插上这么一句谄媚奉承贾母的话，拿王熙凤和贾母比较，说"再巧不过老太太"。这露骨肉麻的奉承，贾母显然厌恶之极，因为在领刘姥姥游到潇湘馆时，贾母奚落王熙凤"你能活了多大见过几样没处放的东西，就说嘴来了"，薛姨妈等也都当面说过王熙凤"凭他怎么经过见过，如何敢比老太太呢"之语。这话倒是事实，贾母自从进了贾府"作重孙子媳妇起"已经是"连头带尾五十四年，凭着大惊大险千奇百怪的事，也经了些"（47/上/504）；从一系列场景中可以见出贾母绝对非王熙凤之流所能望其项背者：螃蟹宴前对"枕霞阁"的回忆；潇湘馆对"软烟罗"纱的讲评；蘅芜苑对房屋陈设的批评；行酒令时的机敏；元宵节的"掰谎""听戏"和"笑话儿"；中秋夜赏月品笛等，无一不是贾母博雅、明敏和睿智等的展示。拿宝钗此时说的这句"凤丫头凭他怎么巧，再巧不过老太太去"，和薛姨妈的话作下对比，就知薛宝钗之妄言多嘴，讨好不成反被厌。因为她没有弄清楚比较对象就妄加比较，这让贾母反感。贾母为薛宝钗过生日，实是"投石问路"："贾母因问宝钗爱听何戏，爱吃何物等语。宝钗深知贾母年老人，喜热闹戏文，爱甜烂之食，便总依贾母向日所喜者说了出来"（22/上/225）薛宝钗如此肯定贾母的喜好与口味，很明显一来是把贾母普泛化了，没有给贾母以真正细致的关注与对待；二是明显得之于表姐王熙凤的调教，"凤姐亦知贾母喜热闹，更喜谑笑科诨，便点了一出'刘二当衣'。"（22/上/227）而从诸多细节看出，贾母口味和品位绝非如薛宝钗和王熙凤所认为的那样，所以贾母对薛宝钗为人虚伪之评价，往往不直接点评，而是多借评景、物、事、人等带出来，螃蟹宴前对安排藕香榭茶一事就明褒暗贬薛宝钗："我说这个孩子细致，凡事想的妥当。"（33/上/402）而所谓的"细致"也只是会谄媚、"说话儿"而已。从这些细节场景中，就会深刻理解贾母对关于"会说话"者薛宝钗的态度！接下来宝玉和贾母的对话，把人分为两类："不大说话的"和"会说话的"。属于前一类"可疼"者是李纨；属于后一类"可疼者是黛玉和王熙凤"。那么薛宝钗是属于二类之外的另类，即第三类"嘴乖"却"可嫌"的，贾母以"倒不如不说话的好"来断然对宝钗的"嘴乖"下了定论。在此语境下，贾母才客套了这句"从我们家四个女孩儿算起，全不如宝丫头"。"我们家四个女孩儿"自然是贾府的元春、迎春、探春和惜春，如果没有包括元春，这话的客套还不至于到几乎是露骨的讽刺口吻。把身为娘娘的元春包括进去和薛宝钗做对比，这种对比明显是不协调的、充满着冷幽默的味道——把根本就不可能成为比较对象的、对宝钗来讲高不可攀的贵妃拿来做比较对象，除了是贾母虚语应景外，更是针对宝钗爱说谎言谄媚讨好的回击——薛宝钗既然拿王熙凤做比较对象来比较贾母，贾母则拿元春作比较对象与宝钗比。这二组比较显然是不对等的，贾母与王熙凤比较，从辈分、阅历和其他等来讲都是不适宜的。以年迈辈高的贾母比王熙凤，无论贾母高出多少，其实都是无形中对贾母不如王熙凤的贬低；以薛宝钗比元妃，从身份、地位、名分等来讲都是绝对不可以的，是在提醒薛宝钗的妄言多嘴和不自量力！贾母的话就是要揭穿薛宝钗当众"假话"的"可嫌"——"倒不如不说话的好"。在正月十五晚，贾母的"笑话儿"再次对"嘴乖"者进行冷嘲热讽：

> 一家养了十个儿子，娶了十房媳妇。惟有那第十个媳妇聪明伶俐，心巧嘴乖，公婆最疼，成日家说那九个不孝顺。这九个媳妇委屈，便商议说："咱们九个心里孝顺，只是不像那小蹄子嘴巧，所以公公婆婆老了，只说他好。这委屈向谁诉去？"大媳妇有主意，便道："咱们明儿到阎王庙去烧香，和阎王爷说去，问他一问：'叫我们托生人，为什么单单的给那小蹄子一张乖嘴，我们都是笨的？'"众人听了都喜欢，说："这主意不错。"第二日，便都到阎王庙里来烧了香，九个人都在供桌底下睡着了。九个魂专等阎王驾到，左等不来，右等也不到。正等的着急，只见孙行者驾着筋斗云来了，看见九个魂，便要拿金箍棒打，吓得九个魂忙跪下央求。孙行者因问原故，九个人忙细细的告诉了他。孙行者听了，把脚一踩，叹了一口气道："这原故幸亏遇见我，等着阎王来了，他也不得知道的。"九个人听了，就求说："大圣发个慈悲，我们就好了。"孙行者笑道："这却不难。那日你们妯娌十个托生时，可巧我到阎王那里去的，因为撒了泡尿在地下，你那小婶子便吃了。你们如今要伶俐嘴乖，有的是尿，再撒泡你们吃了就是了。"（54/上/588）

贾母以丰富的人生阅历、见多识广的经验积累、明敏犀利的洞察力和含而不露的锋芒，对薛宝钗进行针砭。她这个"笑话儿"所针对的嘲讽对象，大家自然心知肚明。我们看看听众的反应即可明了:"说毕,大家都笑起来。凤姐儿笑道:'好的,幸而我们笨嘴笨腮的,不然也就吃了猴儿尿了。'尤氏娄氏都笑向李纨道:'咱们这里谁是吃过猴儿尿的,别装没事人儿。'薛姨妈笑道:'笑话儿不在好歹,只要对景就发笑。'说着,就又击起鼓来。"(54/上/588)薛宝钗急欲"配玉"作王熙凤的"小婶子","喝了猴儿尿"所指不言自明。薛姨妈的"笑话儿不在好歹"之"好歹"是偏意复指,自然落脚在是"歹"上。年老世故的薛姨妈自然听话听音,知道贾母所指,其不愉悦之意借"好歹"一词也带了出来,且赶紧把此话题转移开以替宝贝女儿解围。

薛宝钗平日揣着明白装糊涂,不对"真人"不吐真言,从对"人参"行情的评论就可以看出来,由此可以看出号称难得的人参其实极其稀松平常,因为可以以次充好、以劣称优、以假乱真等。"人参"尚如此,更何况"大西瓜"等寻常物什儿。小说中第一次出现"西瓜",是和薛家兄妹的谎言骗宝玉一起出现的,于是大的、"甜"的"西瓜"成了和人品相关联的一种象征符号。

第三节　关于"火"

《红楼梦》屡以"诗"推动情节演进且借以暗伏线索:或借诗预言命运;或以诗隐含褒贬;或因诗及人;或因人及诗等等不一而足。小说中时时有诗、处处有诗,按题材分类,有咏物诗、抒怀诗和咏史诗等。但无论何类题材的诗,小说中都可当"谜"猜,其中宝琴的十首怀古诗又为"雅制春灯谜"而作之咏物诗。十首怀古诗其一《赤壁怀古》所咏究属何物,小说中没有明确给出答案,故人言人殊,各有所据。据《红楼梦》前八十回中诸多关键场景、人和事等来研读,可以得出谜底为"火",以下分而论之。

一、"柴火"与"女孩儿"

宝琴《赤壁怀古》为"十首怀古绝句"之第一首:"赤壁沉埋水不流,徒留名姓载空舟。喧阗一炬悲风冷,无限英魂在内游。"(51/上/544)该诗首句以

"水"写"火"：火大势凶使得曹军死伤惨重，纷纷"沉埋"水中，致使水流堵塞不畅；第二句以"空舟"写"柴火"：曹操中曹盖"苦肉计"，致错认"火船"为曹盖归降之"粮"舟；第三句宕开一笔，以"冷"写出曹操被骗中计后心理上的骤然变化——本欲吞并东吴之役反成灭魏之举，真正"引火烧身"！"东风"是"赤壁之战"中最关键的"天数"，非人力可轻易改变，故曹操深感自己不得天时之悲。"冷"也是曹操赤壁惨败后残兵败将之实况："此时人皆饥倒，马尽困乏。焦头烂额者扶策而行，中箭着枪者勉强而走。衣甲湿透，个个不全。军器旗幡，纷纷不整。大半皆是彝陵道上被赶得慌，只骑得秃马，鞍辔衣服，尽皆抛弃。正值隆冬严寒之时，其苦何可胜言。"① "赤壁怀古"借孙刘联盟以抗曹魏隐含王薛联手以抗"木石姻缘"意。孙刘以"火"败曹之谋，正与王薛惯用之手段相同：袭人"架桥拨火"烧晴雯等、王熙凤薛宝钗"引风吹火"害尤二姐和黛玉、"女孩儿""雪下抽柴"变脸为"瘟神"等。小说中"火"之名目不一而足：有妒火、有欲火、有肝火，有名利之火……这些"火"或明或暗、有曲有直、时隐时现，尽管手法、功用、形式等繁复多变，但却重要，如贯穿小说中的"红"线，通过"火"把各个场景如颗颗珍珠般串联起来，成就小说结构上"强大严密的诗意逻辑"。比较典型的"火"景如：芦雪庵烤鹿肉而有平儿的虾须镯"被偷"，致使晴雯骂坠儿火上浇油加重病情；藕官大观园火烧纸钱牵扯上黛玉；袭人背后煽风点火使得晴雯、芳官和四儿等被侮辱损害、甚或致命；薛宝钗滴翠亭煽风点火、无中生有嫁祸黛玉；探春"偶结海棠社"限时限韵限题限体"难人"欲使黛玉着急上火以速其死等等不一而足。从中不难看出，"火"乃小说一大关捩，故宝琴"新编怀古诗"十首中以谜底是"火"之《赤壁怀古》为第一首。

"火"起需要"柴草"，故《红楼梦》借刘姥姥点出"雪下抽柴"之"火"——"螃蟹宴"进入尾声时，刘姥姥二进荣府为讨贾母等高兴所"编"出来的"话"儿：

（刘姥姥）因说道："我们村庄上种地种菜，每年每日，春夏秋冬，风

---

① 罗贯中. 三国演义：上册·五十回 [M]. 北京：人民文学出版社，1973：413.

里雨里，那里有个坐着的空儿，天天都是在那地头子上作歇马凉亭，什么奇奇怪怪的事不见呢。就像去年冬天，接连下了几天雪，地下压了三四尺深。我那日起的早，还没出房门，只听外头柴草响。我想着必定是有人偷柴草来了。我爬着窗眼儿一瞧，却不是我们村庄上的人。贾母道："必定是过路的客人们，冷了，见现成的柴，抽些烤火去，也是有的。"刘姥姥笑道："也并不是客人，所以说来奇怪。老寿星当个什么人？原来是一个十七八岁的极标致的一个小姑娘，梳着溜油光的头，穿着大红袄儿，白绫裙儿，——"才说到这里，忽听……（39/上/416）

刘姥姥此"话"儿，黛玉名之为"雪下抽柴"（39/上/417）。可见黛玉之"柴"即刘姥姥之"柴草"，黛玉和刘姥姥都称"柴草"为"柴火"，故小说中"柴""草""柴草"和"柴火"为一意，其"引火"作用借刘姥姥的"村言"点出。"雪下抽柴"的那个"小姑娘"是极其关键的人物，她的本来面目，小说埋得尤为深隐：

　　一时散了，背地里宝玉足的拉了刘姥姥细问那女孩儿是谁。刘姥姥只得编了告诉他道……"这老爷没有儿子，只有一位小姐，名叫茗玉。小姐知书识字，老爷太太爱如珍宝。可惜这茗玉小姐生到十七岁，一病死了。"……"因为老爷太太思念不尽，便盖了这祠堂，塑了这茗玉小姐的像，派了人烧香拨火。如今日久年深的，人也没了，庙也烂了，那像就成了精。"宝玉忙说："不是成精，规矩这样人是虽死不死的。"刘姥姥道："……不是哥儿说，我们都当他成精。他时常变了人出来各村庄店道上闲逛。我才说这抽柴火的就是他了。我们村庄上的人还商议着，要打了这塑像，平了庙呢。"宝玉忙道："快别如此……"……宝玉道："……我明儿做一个疏头，替你化些布施，你就做香头，攒了钱，把这庙修盖……每月给你香火钱烧香，岂不好？"刘姥姥道："若这样，我托那小姐的福，也有几个钱使了。"宝玉又问他地名村庄，来往远近，坐落何方。刘姥姥便顺口胡诌了出来。宝玉信以为真……着茗烟去先踏看明白……好容易等到日落，方见茗烟兴兴头头地回来……茗烟道："那庙门却倒是朝南开，也是稀破的。我找的正没好气，一见这个，我说'可好了'，连忙进去。一看泥胎，吓的我跑出来

了，活似真的一般。"……茗烟拍手笑道："那里有什么女孩儿，竟是一位青脸红发的瘟神爷。"（39/上/417－418）

"女孩儿"的本来面目原来却是"青脸红牙的瘟神爷"！这个"雪下抽柴"的"女孩儿"，不无影射袭人之意：袭人正是一个"草姑娘"①、是"一池青草"（"蒲芦"）②，小说曾以贾芸之视角细细打量过她："细挑身材，容长脸面，穿着银红袄儿，青缎背心，白绫细褶群"（29/上/273），穿着扮相虽与"雪下抽柴"的那个"小姑娘"略有不同，但"红袄""白裙"主打色调的配制却是惊人地相似——刘姥姥如此"胡诌"，无意间契合了袭人素日衣着特点，当使在座者会生发"这个孩子扮上，活像一个人，你们再看不出来"类"一而二，二而三，反复推求了去"（28/上/272）的连带式联想③，使得袭人成为众人注意的焦点而暴露"内纤"的身份，故才被人故意打断。

袭人是"柴草"、是"蒲芦"，她的作用正如"草"之功用，是用于"引火""着火"的。"火"之功用被大书特书者，莫过《三国演义》。在众多的战事中，"火"充当着关键的角色。而"火攻"往往离不开"引火"之物。"柴草""蒲芦"因为易燃往往被用作"引火"之物，如周瑜火烧赤壁之"火"，正是借"芦苇干柴"等"引"起来的："黄盖已自准备火船二十只，船头密布大钉；船内装载芦苇干柴，灌以鱼油，上铺硫黄、焰硝引火之物，各用青布油单掩盖"（49/上/390）；再如诸葛亮烧博望之火，亦有"芦苇"在"着"：于禁提醒夏侯惇"树木丛杂，可防火攻"，但为时已晚，"早望见一派火光烧着；随后两边芦苇亦着。一霎时，四面八方，尽皆是火；又值风大，火势愈猛。"（39/上

---

① 晴雯说袭人"什么花姑娘草姑娘"（52/上/563）
② 李纨谜语："一池青草草何名"，湘云猜是"蒲芦"（54/上/542）。
③ 薛宝钗生日，十一岁的小旦扮相使得王熙凤联想到黛玉，故意问众人："这个孩子扮上，活像一个人，你们再看不出来。""薛宝钗心里也知道，便只一笑，不肯说。宝玉也猜着了，亦不肯说。史湘云接着笑道：'倒像林妹妹的模样儿。'"（22/上/227）王熙凤借此黛玉长相类"唱戏的"，除了暗示黛玉"命苦"，更引出王夫人"唱戏的自然是狐狸精了"之联系。

/316）"火"被"引"着，"众人拾柴火焰高"——"木头"① "花草"②
"竹"③"菜蔬稻稗"④"叶"⑤ 等"拣着旺处"⑥"扎窝子"⑦ 成堆儿"起火"，
再有"风"⑧ 来助势，其威力之大，小说借葫芦庙之"小火"进行表现：

> 不想这日三月十五，葫芦庙中炸供，那些和尚不小心，致使油锅火逸，
> 便烧着窗纸。此方人家多用竹篱木壁，大抵也因劫数，于是接二连三，牵
> 五扯四，将一条街烧得如火焰山一般。彼时虽有军民来救，那火已成了势，
> 如何救得下，直烧了一夜方渐渐的熄去，也不知烧了几家。只可怜甄氏在
> 隔壁，早已烧成一片瓦砾场了，只有他夫妇并几个家人的性命不曾伤了。
> （1／上／11）

袭人虽自身如"萤火虫""亮光"有限，但她关键作用在于"引火"——
如葫芦庙炸供时那点逸出的"油火"，只要"火"起，"群耗"⑨ 们自会保证

---

① 王夫人被贾母评为"和木头似的"（35／上／371）；迎春老实，总被薛宝钗等利用，她被
　 称为"二木头"：兴儿对尤二姐说："二姑娘浑名二木头"（65／上／727）。
② 兴儿对尤二姐说："三姑娘的浑名是玫瑰花"（65／上／727）；蘅芜苑"一株花木皆无，
　 只见许多异草"（17／上／177）。
③ 探春、李纨、薛宝钗和平儿让"老祝妈""管理"大观园"所有的竹子"，"祝"谐音
　 "竹"；大观园中，"竹"在潇湘馆，"故"老祝妈"管理""竹"之意不言而喻（56／
　 上／607）。
④ 探春、李纨、薛宝钗和平儿让"老田妈""管理"大观园"凡有果蔬稻稗之类"，"田"
　 谐音"甜"；大观园中，"甜"在蘅芜苑，故"老田妈"为谁"甜"可知（56／上／
　 607）。
⑤ 薛宝钗向探春、李纨和平儿推荐茗烟的娘让"老叶妈""管理"蘅芜苑和怡红院"草
　 花"，老叶妈和"莺儿的娘极好""莺儿还认了叶妈做干娘，请吃饭吃酒，两家和厚，
　 好的很呢"，薛宝钗此建议不但在于收买茗烟，更在于及时探听怡红院各种信息（56／
　 上／607）。
⑥ 邢夫人背地里骂王熙凤："雀儿拣着旺处飞，黑母鸡一窝儿。"（65／下／724）
⑦ 赖嬷嬷对宝玉说"大老爷"小时"虽然淘气，也没像你这样扎窝子的样儿"（45／上／
　 480）。
⑧ 指王熙凤。"凤"谐音"风"，李嬷嬷骂袭人时，被王熙凤连哄带"拉""劝开"，"后
　 面宝钗黛玉随着，见凤姐儿这般，都拍手笑道：'亏这一阵风来，把个老婆子撮了去
　 了。'"（20／上／207）。
⑨ 宝玉给黛玉讲的"林子洞里原来有群耗子精"故事，这群"耗子精"组织有序、分工
　 明确，每"打劫"之前，必先"遣一能干的小耗前去打听"情报，然后根据情报制定
　 严密的行动措施。尤其是在算计"香芋"上更"巧"，此乃影射王薛们谋黛玉之心机与
　 行动（19／上／205）。

"火"必成势。

二、"火"与"化"

刘姥姥"雪下抽柴"的"胡诌"在被"马棚失火""突发事件"打断后，不知是否改变了原叙事路线——但最终在宝玉的坚持追问与求索下，得到了如此一个结局。这个结局如江河各支流之汇聚——它还有几处分支在路上，需要随着小说情节的展开而逐渐显现出来：一条是"草化萤"；一条是宝玉的"三变"说；一条是大观园后角门婆子对"凡女儿个个都是好的了，女人个个是坏的了"之"糊涂不解"（77/下/857）。

关于"草化萤"："暖香坞雅致春灯谜"时，李绮出的谜语是"萤"字，谜底要"打一字"：

> 宝琴笑道："这个意思却深，不知可是花草的'花'字？"李绮笑道："恰是了。"众人道："萤与花何干？"黛玉笑道："妙的很！萤可不是草化的。"众人会意，都笑了说好。（50/上/542）

古人认为萤火虫为腐草所化，如《礼记·月令》谓："（季夏之月）温风始至，蟋蟀居壁，鹰乃学习，腐草为萤。"① 《红楼梦》用此说绝非仅为"雅制春灯谜"，而是借此暗点小说中无处不在的"草""花"与"虫"之关系：

《红楼梦》中"草"最特异且被多处表现者是蘅芜苑："一株花木皆无，只见许多异草，或有牵藤的，或有引蔓的，或垂山巅，或穿石隙，甚至垂檐绕柱，萦砌盘阶，或如翠带飘飘，或如金绳盘屈，或实若丹砂，或花如金桂，味芬气馥，非花香之可比。"（17/上/177）"贾母忙命拢岸，顺着云步石梯上去。一同进了蘅芜苑，只见异香扑鼻。那些奇草仙藤，愈冷愈苍翠，都结了实，似珊瑚豆子一般，累垂可爱。"（40/上/429）这些"异香扑鼻"的"草"，在宝钗、探春和李纨等眼里却是和"钱"联系紧密的，如探春说起赖大家的花园："我因和他家女儿说闲话儿，谁知那么个园子，除了他们戴的花儿，吃的笋菜鱼虾之外，一个破荷叶，一根枯草根子都是值钱的。"（56/上/603）李纨也说："蘅芜苑更

---

① 杨天宇. 礼记译注：上册［M］. 上海：上海古籍出版社，2004：192.

利害。如今香料铺并大市大庙卖的各处香料香草儿，都不是这些东西！算起来比别的利息更大。怡红院别说别的，单只说春夏天一季玫瑰花，共下多少花；还有一带篱笆上蔷薇、月季、宝相、金银藤：单这没要紧的草花，干了卖到茶叶铺药铺去，也值几个钱。"（56/上/607）贾政初游大观园对蘅芜苑高雅的"异香"很赞赏，认为："此轩中煮茶操琴，亦不必再焚名香矣。"（17/上/177）"异草"在这帮禄鬼眼里却成了粗俗的"值钱"物，成了"俗香"。这和焚琴煮鹤有何区别？屈原笔下的香草、贾政眼中的"异香"、宝玉心中的"蘅芷清芬"就这样被"登利禄之场，处运筹之界者"（56/上/603）在眼里口里被施暴、被侮辱被损害！非惟如此而已，被"俗"的香草还成了引"虫"之源：

> 宝钗走进前来，悄悄的笑道："你也过于小心了。这个屋里那里还有苍蝇蚊子，还拿绳帚子赶什么？"袭人不防，猛抬头见是宝钗，忙放下针线，起身悄悄笑道："姑娘来了。我倒也不防，吓了一跳。姑娘不知道，虽然没有苍蝇蚊子，谁知有一种小虫子，从这纱眼里钻进来，人也看不见。只睡着了，咬一口，就像蚂蚁夹的。"宝钗道："怨不得。这屋子后头又近水，又都是香花儿，这屋子里头又香，这种虫子都是花心里长的，闻香就扑。"（36/上/381）

宝玉正同这些香草一样，在不同人看来所得评价是不一样的，有着"宝贝"和"蠢物"等相差天壤之判定。但他在宝钗眼里心里，尽管是"富贵闲人"、不知经济世务，但却有一个尊贵显赫的身份——荣府唯一的宗子，这种身份意味着他的婚姻对象能成为富贵尊荣的宝二奶奶。这种吸引力对宝钗来说是不可抗拒的，她会不分时间场合没事找事去怡红院：怡红院里的怡红公子就是被宝钗俗化的香草，宝钗就是那闻香就扑的虫！宝钗嘴里的"闻香就扑"的"虫"和王熙凤嘴里的"苍蝇不抱没缝的鸡蛋"（61/下/667），其实正是自说自话——用自己的言说出自己的行，这种冷峻辛辣的讽刺只能在"细"味中才能体会出来。只不过一曲一直、一俗一雅而已。

《红楼梦》中一身兼具"虫""香""花""草"者，乃袭人：她姓"花"，故宝玉因"花香袭人知昼暖"改其名为袭人。小说中把她又比为"虫"，这可以从行酒令中薛蟠称她为"宝贝"上得到确证：

　　（蒋玉菡）说毕，便干了酒，拿起一朵木樨来，念道："花气袭人知昼暖。"众人倒都依了，完令。薛蟠又跳了起来，喧嚷道："了不得，了不得！该罚，该罚！这席上并没有宝贝，你怎么念起宝贝来？"蒋玉菡怔了，说道："何曾有宝贝？"薛蟠道："你还赖呢！你再念来。"蒋玉菡只得又念了一遍。薛蟠道："袭人可不是宝贝是什么！你们不信，只问他。"说毕，指着宝玉。（28/上/301－302）

　　袭人是"宝贝"，从薛蟠嘴里说出来，证明薛家母女在家没少念叨她。这刚好和黛玉那句话呼应："今儿得罪了我的事小，倘或明儿宝姑娘来，什么贝姑娘来，也得罪了，事情岂不大了。"（28/上/294）薛蟠语照应了黛玉戏语，再次证明宝钗与袭人为二人一体。《说文解字》六下如是解"贝"："海介虫也。居陆名猋，在水名蜬。象形"①。袭人既是"虫"又是"西洋哈巴儿"，宝琴《淮阴怀古》："壮士须防恶犬欺，三齐位定盖棺时。寄言世俗休轻鄙，一饭之恩死也知。"（51/上/544）肯定韩信不忘"一饭之恩"，袭人是"忘了本"的那只"恶犬"，反伤旧主贾母、湘云和宝玉！袭人又是"草"，她在"金陵十二钗又副钗"中是"一簇鲜花，一床破席"（5/上/53）"暖香坞雅致春灯谜"时，李纨出的谜语是"一池青草草何名"字，谜底是"蒲芦"（50/上/542）。"蒲者，水草也，可以作席"②，故"席"和"水草"又有了联系。水中青草随水势而摇摆漂荡，毫无定性可言。这种趋时逐势之特征，正切合袭人卑劣品性。"草化萤"关键的一环是"腐"，袭人由"老太太的人"变为"太太的人"之关键，是"钱"的魔力腐化而成。王熙凤早就提示过薛姨妈的话——袭人早晚是要做姨娘的。和王夫人密谈后，王夫人就做出了决断："明儿挑一个好丫头送去老太太使，补袭人。把袭人的一分裁了，把我每月的月例二十两银子里拿出二两银子一吊钱来给袭人。以后凡事有赵姨娘周姨娘的，也有袭人的。只是袭人的这一分都从我的分例上匀出来，不必动官中的就是了。"（35/上/379）王夫人把袭人的属主，由贾母变更为自己。而事前并不和贾母汇报请示，可见其时贾母在荣

---

① 许慎. 说文解字：六下［M］. 北京：中华书局，1963：129.
② 许慎. 说文解字：一下［M］. 北京：中华书局，1963：17.

国府是不管实事的，或者说是被"架空"的。因此袭人才审时度势、投靠新主子。袭人的投靠王夫人，其实意味着投靠王薛。

关于"三变"说即宝玉说的"混话"：女子一生要经过宝珠——死珠——鱼眼睛三次变化："女孩儿未出嫁时是颗无价的宝珠；出了嫁，不知怎么就变出许多的不好的毛病来，虽是颗珠子，却没有光彩宝色，是颗死珠子；再老了，更变的不是珠子，竟是鱼眼睛了。"（59/上/642）春燕说这话"倒有些不差"，她联系自己母亲和姨妈的"三变"，就是因为"如今越老了，越把钱看得真了。"（59/上/642）《红楼梦》把"钱"魔力从多方面进行表现："钱"可淡漠骨肉亲情，如卜世仁对贾芸、邢夫人对邢岫烟等；"钱"可使人丧心病狂不惜谋害人命，如王熙凤弄权铁槛寺、赵姨娘"魇魔法"害宝玉和王熙凤等；"钱"可使人甘心助恶如李纨、亦可使人由雅变俗如探春等。袭人之变，和"钱"关系密切，因为"钱"与身份直接挂钩。小说中袭人多变且善变，她在前八十回中三易其主："贾母之婢"——宝玉"大丫鬟"——"太太的人"。这三次隶属关系的变更明暗不一、原因各别，但对于袭人来讲却是一步步由奴才变为"半个主子"的关键历程：

她的第一次属主关系变化，是缘于贾母目的非常明确的安排："原来这袭人亦是贾母之婢，本名珍珠。贾母因溺爱宝玉，生恐宝玉之婢无竭力尽忠之人，素喜袭人心地纯良，肯尽职任，遂与了宝玉。宝玉因知他本姓花，又曾见旧人诗句上有'花气袭人'之句，遂回明贾母，即更名袭人。这袭人亦有些痴处，伏侍贾母时，心中眼中只有一个贾母，今与了宝玉，心中眼中又只有一个宝玉。"（36/上/37）袭人这一次属主变更，其实是没有变化的。她仍是从贾母处领月钱，是贾母的人，故对其去留有决断权的仍是贾母。在元春省亲后第一个元宵节，袭人以"赎身"家去骗宝玉，他们二人的对话颇可玩味，从中不难察知袭人暗里已有第三个主人：

　　袭人道："我今儿听得我妈和哥哥商议，教我再耐烦一年，明年他们上来就赎我出去的呢。"宝玉……因问："为什么赎你？"袭人道："这话奇了！我又比不得你这里家生子儿，一家子都在别处，独我一个人在这里，怎么是个了局！"宝玉道："我不叫你去也难。"袭人道："从来没这道理。

便是朝廷宫里也有个定例，或几年一选，几年一入，也没有个长远留下人的理。别说你了。"宝玉想一想果然有理，又道："老太太不放你也难。"袭人道："为什么不放？我果然是个最难得的，或者感动了老太太太太，必不放我出去，设或多给我们家几两银子留下我，也或有之；我却也不过是个平常的人，比我强的多而且多。自我从小儿来了，跟着老太太，先伏侍了史大姑娘几年，如今又伏侍了你几年，如今我们家来赎，正是该叫去的。……"宝玉听了这些话，竟是有去的理，无留的理，心内越发急了，因说道："虽然如此说，我只一心留下你，不怕老太太不和你母亲说。……"袭人道："……但只是咱们家从没干过这倚势仗贵霸道的事。……如今无故平空留下我，于你又无益，反叫我们骨肉分离，这件事老太太太太断不肯行的。"（19/上/198－199）

袭人是"老太太的人"和宝玉的人，故宝玉以"我不叫你去""老太太不放你""我只一心留你，不怕老太太不和你母亲说"三次欲阻其"赎身"，这三次其实都在暗示袭人的去留权属于宝玉、属于贾母、属于宝玉和贾母祖孙二人。但袭人在驳回"老太太不放你"和"不怕老太太不和你母亲说"时都搬出了王夫人："或者感动了老太太太太，必不放我出去""这件事老太太太太断不肯行的"，贾母为荣府辈分最高的长者，她的地位按理是最具权威的。她自己的奴婢去留权却被奴婢自己两次提及还掌控在王夫人即"太太"手里，袭人之语泄露出她早已暗中投靠了王夫人；也是小说借袭人之"细人细语"点出贾母只是荣府名义上最尊贵者，实际的家政大权完全掌控在"太太"王夫人手里。为证明此点，可以把袭人被明确为"太太的人"后和宝玉就去留问题再次对话场景进行对比：

一句话未完，只见凤姐儿打发人来叫袭人。宝钗笑道："就是为那话了。"袭人只得唤起两个丫鬟来，一同宝钗出怡红院，自往凤姐这里来。果然是告诉他这话，又叫他与王夫人叩头，且不必去见贾母，倒把袭人不好意思的。见过王夫人，急忙回来，宝玉已醒了，问起原故，袭人且含糊答应。至夜深人静，袭人方告诉。宝玉喜不自禁，又向他笑道："我可看你回家去不去了！那一回往家走了一趟，回家就说你哥哥要赎你，又说在这里没着落，终久算什么，说了那么些无情无义的生分话吓我。从今以后，我可看谁来敢叫你去。"袭人听了，便冷笑道："你倒别这么说。从此以后，我是太太的人了。我要走，连你也不必告诉，只回了太太就走。"宝玉笑道："就算我不好，你回了太太竟去了，叫别人听见，说我不好你去了，你也没意思。"袭人笑道："有什么没意思？难道你作了强盗贼，我也跟着罢！……"（36/上/382）

袭人被明确属主为"太太的人"，是在贾母不知情下进行的变更，且王熙凤明确告诉她"与王夫人叩头，且不必去见贾母"，而袭人也"见过王夫人，急忙回来"到怡红院，可见贾母无实权，只是荣府名义上最高级别的象征。所以，袭人会理直气壮告诉宝玉"从此以后，我是太太的人了。我要走，连你也不必告诉，只回了太太就走"，完全没有一点点念及"老太太"的意思，和"那一回"的"老太太太太"并提何等不同！袭人何时被王夫人、王熙凤和薛家拉拢过去，小说没有明确交代。但有一点可以肯定，即"苍蝇不叮没缝的蛋"，袭人自己攀高心理使得她自觉自愿弃无实际权力的旧主贾母、投靠掌握荣府生杀予夺大权的王氏姑侄，从而为其"做姨娘"准备权力支持打下基础。袭人这次属主的变更，是在查抄大观园后，王夫人借回晴雯"女儿痨""下去"事（其时晴雯已死，王夫人还在哄骗贾母）明确告知贾母，显然是"先斩后奏"：

话说两个尼姑领了芳官等去后，王夫人便往贾母处来省晨，见贾母喜欢，便趁便回道："宝玉屋里有个晴雯，那丫头也大了，而且一年之间病不离身；我常见他比别人分外淘气，也懒；前日又病倒了十几天，叫大夫瞧说是女儿痨，所以我就赶着叫他下去了。若养好了，也不用叫进来，就赏他家配人去也罢了……"贾母听了，点头道："……但晴雯那丫头我看他甚好，怎么就这样起来！我的意思，这些丫头的模样爽利，言谈针线多不及他，将来只他还可以给宝玉使唤得。谁知变了。"王夫人笑道："老太太挑中的人原不错。只怕他命里没造化，所以得了这个病。俗语又说'女大十八变'；况且有本事的人，未免有些调歪，老太太还有什么不曾经验过的。三年前，我也就留心这件事，先只取中了他。我便留心冷眼看去，他色色虽比人强，只是不大沉重。若说沉重知大礼，莫若袭人第一。虽说'贤妻美妾',然也要性情和顺,举止沉重的更好些。就是袭人模样虽比晴雯略次一等,然放在房里也算是一二等的了。况且行事大方,心地老实。这几年来从未逢迎着宝玉淘气。凡宝玉十分胡闹的事,他只有死劝的。因此品择了二年,一点不错了,我就悄悄的把他丫头的月分钱止住,我的月分银子里拿出二两银子来给他。不过使他自己知道,越发小心学好之意。且不明说者:一则宝玉年纪尚小,老爷知道了又恐说耽误了书;二则宝玉再自为已是跟前的人,不敢劝他说他,反倒纵性起来。所以直到今日才回明老太太。"(78/下/869)

这段婆媳对话,点明了袭人"变"的最关键原因:是为了斗败晴雯自己做宝玉"跟前的人"。晴雯是贾母看中的人,贾母的意思很明确,只有晴雯"还可以给宝玉使唤得"。如果不更换门庭——投靠新的主子,在模样、针线、言谈等方面明显处于劣势的袭人,做姨娘的愿望就会落空。袭人引诱宝玉"初试云雨情"之动机,就是先下手为强——"袭人素知贾母已将自己与了宝玉的,今便如此,亦不为越礼,遂和宝玉偷试一番,幸无人撞见。自此宝玉视袭人更与别个不同,袭人待宝玉更为尽职。"(6/上/61)贾母明确告诉王夫人,她意属晴雯而非袭人"可以给宝玉使唤得",而袭人却在"云雨"时以"素知贾母已将自己与了宝玉的"为心理支持与行为动机,袭人对"与了宝玉"之刻意曲解和有意"想多了",是其惯于自欺欺人的一处典型表现;也深隐地表现袭人"忘了本"——如非贾母之命,她何以得近宝玉——"忘"恩乃"变"之关键。

关于后角门婆子对宝玉"凡女儿个个都是好的了,女人个个是坏的了"之说的质疑。渐"变"的袭人和彻底"变"后的袭人,与"后角门"打交道当属稀松平常,看门的婆子当见惯其素日经由后门所为——贾芸送白海棠给宝玉和派宋嬷嬷送"缠丝白玛瑙盘"给湘云均走的是"后门";后角门上小厮说柳家的:"单是你们有内纤,难道我们就没有内纤不成!我虽在这里听哈,里头却也有两个姊妹成个体统的,什么事瞒得了我们。"(61/下/660)这个小厮的舅母在"敏探春兴利除宿弊"后分管大观园中果树可多得钱,自然对薛宝钗、探春、李纨感恩戴德,甘心为她们作"耳报神""探子"应不为奇。这小厮的"两个姊妹"与他舅母之间,应该形成一张无形的小信息网,故柳家的前脚从后角门出

去到了哥哥家，后脚"可巧"就有赵姨娘内侄儿钱槐等几个小厮也来探望柳家
侄儿事。"后角门"系王夫人一派重点防控之地，这一点可从袭人派宋嬷嬷送东
西给晴雯和宝玉探晴雯难易不同对比看出：

> 宝玉乃道："……倒是把他的东西，作瞒上不瞒下，悄悄的打发人送出
> 去与了他；再或有咱们常日积攒下的钱，拿几吊出去，给他养病，也是你
> 姊妹好了一场。"袭人听了，笑道："你太把我们看的又小器，又没人心了。
> 这话还等你说！我才已将他素日所有的衣裳以至各色衣物，总打点下了，
> 都放在那里，如今白日里人多眼杂，又恐生事，且等到晚上，悄悄的叫宋
> 妈妈给他拿出去。我还有攒下的几吊钱，也给他罢。宝玉听了，感激不尽。
> ……晚间果派遣宋妈送去。宝玉将一切人稳住，便独自得便出了后角门，
> 央一个老婆子带他到晴雯家去瞧瞧。先这婆子不肯，只说："怕人知道，回
> 了太太，我还吃饭不吃饭？"无奈宝玉死活央告，又许他些钱，那婆子方带
> 了他来。(77/下/861－862)

后角门老婆子怕王夫人知道，可见王夫人一派对后角门控制之严。但袭人
却能轻易派宋妈出入，可见袭人与王薛一派关系绝非一般。故后门婆子有迷惑
不解："凡女儿个个都是好的了，女人个个是坏的了"。

三、"下火"① 害人

袭人"变"身的重要场景是"袭人夜见王夫人"，这次花袭人与荣府"高
端人物""面对面"密谈，等于向王夫人直接"表忠心"——脱离贾母阵营而
归属王夫人麾下，即由姓"史"变姓"王"。变为"太太的人"后，她就成了
王夫人安插在怡红院、宝玉身边的"小耗子精"，专门负责搜集、输送和宝玉相
关的情报（尤其和其他女孩子有牵连的信息）给王夫人，这一切成了清剿怡红
院的"赃证"：

---

① 焙茗对袭人讲宝玉挨打原因是为琪官："那琪官的事，多半是薛大爷素日吃醋，没法儿
出气，不知在外头挑唆了谁来，在老爷跟前下的火。那金钏儿的事，是三爷说的。我也
是听见老爷的人说的。"(33/上/355) 袭人害晴雯等，正如焙茗此段话中评薛蟠——因
"素日吃醋"而挑唆王夫人，在王夫人跟前"下的火"。

　　原来王夫人自那日着恼之后，王善保家的去趁势告倒了晴雯，本处有人和园中不睦的，也就随机趁便，下了些话。王夫人皆记在心里，因节间有碍，故忍了两日，所以今日特来亲自阅人。一则为晴雯犹可；二则因竟有人指宝玉为由，说他大了，已解人事，都由屋里的丫头们不长进教习坏了。因这事更比晴雯一人较甚，乃从袭人起以至于极小的粗活小丫头们，个个亲自看了一遍。因问："谁是和宝玉一日的生日？"本人不敢答。老嬷嬷指道："这一个蕙香，又叫作四儿的，是同宝玉一日生日的。"……王夫人冷笑道："这也是个不怕臊的！他背地里说的同日生日就是夫妻，这可是你说的？打量我隔的远，都不知道呢。可知道我身子虽不大来，我的心耳神意时时都在这里。……"这个四儿见王夫人说着他素日和宝玉的私语，不禁红了脸，低头垂泪……又问谁是耶律雄奴，老嬷嬷们便将芳官指出。王夫人道："唱戏的女孩子自然是狐狸精了……"（77/下/858）

宝玉此刻才意识到身边时时刻刻都有"眼睛"盯梢，开始怀疑袭人在"犯舌"。他责问袭人："四儿是我误了他，还是那年我和你拌嘴的那日起叫上来作些细活，未免夺占了地位，故有今日。只是晴雯也是和你一样，从小儿在老太太屋里过来的，虽然他生得比人强，也没甚妨碍去处。就只他的性情爽利，口角锋芒些，究竟也不曾得罪你们。想是他过于生得好了，反被这好所误。"（77/下/859）宝玉说"四儿是我误了他"，是指元妃省亲后的正月里，史湘云来荣府，在黛玉处安歇，当晚"已二更多时，袭人来摧了几次"方回"（宝玉）自己房中来睡。次早天明时，便披衣靸鞋往黛玉房中来"（21/上/215），不但用湘云洗过面的"残水""就势洗了"，还央求湘云替他梳头——"袭人进来，看见这般光景，知是梳洗过了，只得回来梳洗"，当时就嫉妒不忿，对走来宝玉房中的宝钗叹道："姊妹们和气，也有个分寸礼节，也没个黑家白日闹的。凭人怎么劝，都是耳旁风。"（21/上/216）宝玉回来，见她"脸上气色非往日可比"，知道她"动了真气"，但却不知为何。从袭人不满之话语可以见出其时她仍是"老太太的人"。因为极强的占有欲——把宝玉当成自己的"奶酪"，而绝对不许别的女孩儿染指："我那里敢动气！只是从今以后别进这屋子了。横竖有人伏侍你，再别来支使我，我依旧还伏侍老太太去。"（21/上/216）她赌气不理宝玉，宝玉遂赌气连和她亲厚的麝月"一并"不理，于是，因为递茶水四儿走进了宝玉身边。次日天明，宝玉和袭人的对话可以看出袭人记仇之深、妒火之强烈：

> 宝玉……笑道："你到底怎么了？"连问几声，袭人睁眼说道："我也不怎么。你睡醒了，你自过那边房里去梳洗，再迟了就赶不上了。"宝玉道："我过那里去？"袭人冷笑道："你问我，我知道！……从今咱们两个丢开手，省得鸡声鹅斗，叫别人笑。横竖那边腻了，过来这边又有个什么四儿五儿伏侍……"宝玉笑道："你今儿还记着呢！"袭人道："一百年还记着！……"（21/上/217）

四儿之事，是表面，深层里是王夫人打击林黛玉和史湘云——其中确然有薛宝钗在蛊惑，因为嫉妒之心当时宝钗是与袭人一样的：

> 宝钗听了（袭人语），心中暗忖道："倒别看错了这个丫头，听他说话，倒有些见识。"宝钗便在炕上坐了，慢慢的闲言中套问他年纪家乡等语，留神窥察其言语志量，深可敬爱。一时，宝玉来了，宝钗方出去。宝玉便问袭人道："怎么宝姐姐和你说的这么热闹，见我进来就跑了？"（21/上/217）

宝钗惯于传"闲话"，为了能和袭人成为宝玉的"贤妻美妾"，和袭人一起到王夫人那儿传"闲话"是确凿无疑的。

芳官为"狐狸精"，是晴雯两次无心之语。何以被王夫人断章取义为"唱戏的女孩子自然是狐狸精了"，我们把当时的语境还原，就可知道晴雯之语如何到了王夫人耳里。晴雯第一次说芳官"狐狸"，是在宝玉生日当天在红香圃宴乐后，晚饭前芳官因饿了，遂叫柳家的先做了些饭菜来吃。宝玉也趁势吃了：

> （吃罢）宝玉便出来，仍往红香圃寻众姊妹。芳官在后，拿着巾扇。刚出了院门，只见袭人晴雯二人携手回来。宝玉问："你们做什么？"袭人道："摆下饭了，等你吃饭呢。"宝玉便笑着将方才吃的饭一节告诉了他两个。袭人笑道："我说你是猫儿食，闻见了香就好。……"晴雯用手指戳在芳官额上说道："你就是个狐媚子！什么空儿跑了去吃饭，两个人怎么就约下了！也不告诉我们一声儿。"袭人笑道："不过是误打误撞的遇见了；说约下了，可是没有的事。"晴雯道："既这么着，要我们无用。明儿我们都走了，让芳官一个人就够使了。"袭人笑道："我们都走了使得，你却去不

得。"晴雯道:"惟我是第一个要去,又懒,又笨,性子又不好,又没用。"袭人笑道:"倘或那孔雀褂子再烧个窟窿,你去了,谁可会补呢!你倒别和我拿三撇四的。我烦你做个什么,把你懒的横针不拈,竖线不动。一般也不是我的私活烦你,横竖都是他的,你就都不肯做。怎么我去了几天,你病的七死八活,一夜连命也不顾,给他做了出来?这又是什么原故?……也当不了什么?"(62/下/683)

晴雯第二次说芳官"狐狸",是贾敬丧事期间,宝玉从宁府回怡红院:

> 宝玉……只见院中寂静无人,有几个老婆子与小丫头们在回廊下取便乘凉……宝玉也不去惊动。只有四儿看见,连忙上前来打帘子。将掀起时,只见芳官自内带笑跑出,几乎与宝玉撞个满怀。一见宝玉,方含笑站着,说道:"你怎么来了?你快与我拦住晴雯,他要打我呢。"一语未了,只听得……随后晴雯赶来骂道:"我看你这个小蹄子往那里去!输了不叫打。宝玉不在家,我看你有谁来救你。"宝玉连忙带笑拦住道:……晴雯也不想宝玉此时回来,乍一见不觉好笑,遂笑说道:"芳官竟是个狐狸精变的。就是会拘神遣将的符咒也没有这样快。"……宝玉遂一手拉了晴雯,一手携了芳官,进入屋内看时,只见西边炕上麝月、秋纹、碧痕、紫绡等正在那里抓子儿,赢瓜子儿呢。……因不见袭人,又问道:"你袭人姐姐呢?"晴雯道:"袭人么,越发道学了,独自个在屋里面壁呢。这好一会我们没进去,不知他作什么呢,一些声气也听不见。你快瞧瞧去罢,或者此时参悟了也未可定。"宝玉听说,一面笑,一面走至里间。只见袭人坐在近窗床上,手中拿着一根灰色绦子,正在那里打结子呢。只见宝玉进来,连忙站起,笑道:"晴雯这东西,编派我什么呢……"(64/下/702-703)

可以看出晴雯两次以"狐狸精"说芳官,都指的是芳官古怪精灵的一面,与王夫人骂的善于"勾引"人的"狐狸精"绝非同意。两次无心之语,何以传到王夫人这里,自然和袭人不无干系:两次都有袭人在场。第二次场景虽然袭人可能在屋子里间,不一定听得确切。但屋里却有她培植的亲信麝月和秋纹在听,所以查抄怡红院后,宝玉质问袭人:"怎么人人的不是太太都知道,单不挑出你和麝月秋纹来?"(77/下/860)当时袭人的反应证明她就是"架桥拨火"

之"犯舌"者："袭人听了这话，心内一动，低头半日，无可回答。"（77/下/860）除了故意偷换晴雯的"狐狸精"概念以害芳官外，还借晴雯自谦己"懒"时趁势轻声重语说出自己对她的评价，也是一个"懒"——这正是王夫人回明贾母把晴雯撵出怡红院的重要理由！而袭人说晴雯"懒"，是因为"妒火"——晴雯补雀金裘一事让她耿耿于怀。

袭人"变"而使宝玉不觉，故平时言行不避忌之，致有王夫人查抄怡红院之事。袭人在宝玉身边，正如宝玉讲给黛玉的"一件大故事"中的"小耗"一样：

> 扬州有座黛山，山上有个林子洞……林子洞里原来有群耗子精。那一年腊月初七日，老耗子升座议事，因说："明日乃是腊八，世上人都熬腊八粥。如今我们洞中果品短少，须得趁此打劫些来方妙。"乃拨令箭一枝，遣一能干的小耗前去打听。一时，小耗回报："各处察访打听已毕，惟有山下庙里，果米最多。"老耗问："米有几样？果有几品？"小耗道："米豆成仓，不可胜记。果品有五种：一红枣、二栗子、三落花生、四菱角、五香芋。"老耗听了大喜，即时点耗前去。……只剩下香芋一种，因又拨令箭问："谁去偷香芋？"只见一个极小极弱的小耗应道："我愿去偷香芋。"老耗并众耗见他这样，恐不谙练，且怯懦无力，都不准他去。小耗道："我虽年小身弱，却是法术无边，口齿伶俐，机谋深远。此去包管比他们偷的还巧呢。"众耗忙问："如何比他们巧呢？"小耗道："我不学他们直偷。我只摇身一变，也变成个香芋，滚在香芋堆里，使人看不出听不见，却暗暗地用分身法搬运，渐渐的就搬运尽了。岂不比直偷硬取的巧些！"（19/上/205）

袭人在宝玉身边，就如那只"小耗子精"，为了"偷"得宝玉——这对于袭人来讲无疑是关乎着改变命运大事的"香芋"，她首先用的第一招是"装狐媚子"诱惑宝玉和其"试云雨情"；其次是暗中煽风点火害黛玉甚至贾母；第三是引风吹火打击潜在的情敌晴雯、芳官和四儿等；第四是架桥拨火挑拨湘云怒黛玉等。所有这些"见不得天日"的东西，都是内中有"火"使然：欲火（包括权势之欲、钱物之欲、"好名声"之欲、情欲之欲）和妒火让其屡屡"纵火"

"放火""玩火"——"雪下抽柴"正是为"火"惯用的伎俩。

《红楼梦》中，和"火"有关的是极具象征色彩和暗示意味的另一个"宝贝"——"风月宝鉴"。宝钗和袭人是"宝贝"，言是"正面"、行是"反面"；宝钗和袭人一为"宝姑娘"、一为"贝姑娘"，正如薛氏兄妹如镜之正反两面：袭人诱宝玉偷试云雨情之直写，则化为宝钗扑蝶之曲写；多处正面表现袭人妒火，则是为表现宝钗，诸如此类不一而足。概言之，薛宝钗之品行，既有薛蟠之粗俗淫滥，亦兼袭人之猥琐阴毒。这才是"两面皆可照人"之深意，只是"千万不可照正面，只照他的背面"，如果"以假为真"① 为"正面"之假象所迷惑，则会被"铁索""套住"挣脱不得。这种害人手法正如钓鱼之必用香饵，以鱼所欲而诱之上钩。以其所欲而害之，而对于被害者来讲，则无异于饮鸩止渴。对贾瑞是以凤姐之色相即施"美人计""套牢"之；对黛玉则是用"以逸待劳"计即以"诗"消耗其精气神。但更为引人深思的是被害者至死不觉其所以死：

> 贾瑞收了镜子……向反面一照，只见一个骷髅立在里面。吓得贾瑞连忙掩了，骂"道士混账，如何吓我！我倒再照照正面是什么。"想着，又将正面一照，只见凤姐站在里面招手叫他。贾瑞一喜，荡悠悠的觉得进了镜子，与凤姐云雨一番，凤姐仍送他出来。到了床上，"嗳哟"了一声，一睁眼，镜子从手里掉过来，仍是反着立着一个骷髅。贾瑞……心中到底不足，又翻过正面来，只见凤姐还招手叫他，他又进去。如此三四次。到了这次，刚要出镜子来，只见两个人走来，拿铁索把他套住，拉了就走。贾瑞叫道："让我拿了镜子再走。"只说这句，就再不能说话了。旁边伏侍贾瑞的众人，只见他先还拿着镜子照，落下来，仍睁开眼拾在手内，末后镜子落下来，便不动了。……代儒夫妇……遂命架火来烧。只听镜内哭道："谁叫你们瞧正面了！你们自己以假为真，何苦来烧我。"（12/上/129——130）

贾瑞照正面的结果是自误生命，以人之所欲予人害人而使人不觉，这正是孙刘联盟、赤壁败曹最关键的一计——"连环计"手法，庞统抓住曹操欲船

---

① 跛足道人语（12/上/130）。

"平稳"之心理说诱其以"铁索"连战船，好用火一并烧之：

> （庞）统佯醉曰："敢问军中有良医否？"操问何用。统曰："水军多疾，须用良医治之。"时操军因不服水土，俱生呕吐之疾，多有死者。操正虑此事，忽闻统言，如何不问？统曰："丞相教练水军之法甚妙，但可惜不全。"操再三请问。统曰："某有一策，使大小三军，并无疾病，安稳成功。"操大喜，请问妙策。统曰："大江之中，潮生潮落，风浪不息。北兵不惯乘舟，受此颠播，便生疾病。若以大船小船各皆配搭，或三十为一排，或五十为一排，首尾用铁环连锁，上铺阔板，休言人可渡，马亦可走矣。乘此而行，任他风浪潮水上下，复何惧哉？"曹操下席而谢曰："非先生良谋，安能破东吴耶？"统曰："愚浅之见，丞相自裁之。"操即时传令，号军中铁匠，连夜打造连环大钉，锁住船只。诸军闻之，俱各喜悦。后人有诗曰：赤壁鏖兵用火攻，运筹决策尽皆同。若非庞统连环计，公瑾安能立大功？（47/上/360）

用"铁索""锁住船只"，船是"平稳"了，但"平稳"却掩盖着"一网打尽"的毒计："黄盖用刀一招，前船一齐发火。火趁风威，风助火势，船如箭发，烟焰障天，二十只火船，撞入水寨。曹寨中船只一时尽着；又被铁环锁住，无处逃避"（49/上/395）。此"连环计"能瞒天过海、取得成功，最关键的是庞统用"推心置腹"这一招"感动曹操"，从而大打感情牌——因"情""亲"使曹操心理上不再设防、在情感上认同，最终惨败赤壁——此"攻城为下攻心为上"之术，《红楼梦》中那对儿"宝贝"深谙其道，用得可谓得心应手，此即"小耗子精"的"巧偷"之法。

第四节　关于"井"

《红楼梦》中"井"出现多次：如李纨居处"篱外山坡之下有一土井"之"井"；金钏投井而死之"井"；宝玉九月初二在水仙庵后院"井台上"祭奠金钏之"井"（43/上/463）；柳家的把玫瑰露给她侄儿送些去，"现从井上取了凉水和吃了一碗"之"井"（60/上/656）；王夫人对王熙凤说"我天天坐在井里，把你当个细心人"之"井"（74/下/815）等等。这些"井"中，最惹人注目者乃吞噬掉金钏生命之"井"。

宝玉爱谁其实就在伤害谁。因为王夫人要为薛宝钗和袭人排除一切"妨碍"者：带（戴）"金""玉"者；具才貌者；宝玉所喜者均在被排斥遭忌之列：金钏儿因宝玉顽话说要"讨"来在"一处"，就遭"老佛爷"似的王夫人打骂斥逐："王夫人固然是个宽仁慈厚的人，从来不曾打过丫头们一下，今忽见金钏儿行此无耻之事，此乃平生最恨者，故气忿不过，打了一下，骂了几句。虽金钏儿苦求，亦不肯收留。"（30/上/323）王夫人把金钏儿遭斥逐的理由归因于行"无耻"之事"教坏"宝玉，这只是对外可说得出口的"罪名"，实际是为的金钏儿之"金"正应宝玉之"玉"。之所以如此认定，是因为撵走一个丫头乃寻常之事，这从宝玉撵走茜雪可以看出。而王夫人撵走金钏儿，却必须给出一个可以说得出口的理由。由此可见，金钏儿的存在必定于某件极为重要的事或某个关键的人有潜在的妨碍，才使得隐忍了很久的王夫人终于在金（钏）（宝）玉调笑嬉闹之时"平地一声雷"般爆发。考察《红楼梦》中涉及王夫人的特写镜头，无一例外都是围绕一个中心——宝玉，因为宝玉是她后半生的依靠，是她人生全部希望和价值的寄托。她自然心心念念要给宝玉物色一个"好孩子"作为婚姻对象。王夫人看中的是身体"结壮""粗粗笨笨"的薛宝钗和花袭人，而宝玉心仪的却是"闺阁风度"。母子审美倾向迥然不同，王夫人绝对不会轻易妥协，她需要耐下性子逐个剪除宝玉素日所喜亲近者。于是，金钏儿就成了王夫人为实现"金玉姻缘"而剪除的第一个。

金钏死在井里，在小说中有两处描述，一处是一老婆子：

一句话未了，忽见一个老婆子忙忙走来，说道："这是那里说起！金钏儿姑娘好好的投井死了。"袭人吓了一跳，忙问："那个金钏儿？"那老婆子道："那里还有两个金钏儿呢，就是太太屋里的。前儿不知为什么撵他出去，在家里哭天哭地的，也都不理会他。谁知找他不见了。才刚打水的人在那东南角上井里打水，见一个尸首，赶着叫人打捞起来，谁知是他。"（32/上/344）

另一处是贾环，他对贾政说："方才……从那井边一过，那井里淹死了一个丫头，我看见人头这样大，身子这样粗，泡的实在可怕，所以才赶着跑了过来。"（32/上/350）老婆子的"金钏儿姑娘好好的投井死了"和贾环的"那井里淹死了一个丫头"，叙述的是发生在同一人身上的同一样的事。人、事相同但对事情原因的叙述却明显不同：老婆子说"前儿不知为什么撵他出去"是造成金钏自杀的原因；贾环说是金钏儿遭宝玉强暴不成反被"打了一顿"而"赌气投井死了"。老婆子说的金钏被撵出去，"撵"的施行者自然只能是王夫人；贾环说的金钏被"打了一顿"的施动者，则很显然指的是宝玉。可见，同样的事，因为叙事者不同，事情的叙述就会不同。对于金钏儿投井的原因，因目的各异而说法不同，有以下各种：

"宝玉所害"说。此说出自赵姨娘，据贾环对贾政言："我母亲告诉我说，宝玉哥哥前日在太太屋里，拉着太太的丫头金钏儿强奸不遂，打了一顿，那金钏儿便赌气投井死了。"（33/上/350）此说把金钏儿之死归罪于宝玉。此看法虽不无偏颇，但确实是和宝玉有着最直接的关系："（宝玉）轻轻的走到跟前，把他耳上带的坠子一拨。金钏儿睁开眼，见是宝玉。……抿嘴一笑，摆手令他出去，仍合上眼。"（30/上/323）但宝玉不走，又是送"香雪润津丹"、又是上来拉手……故宝玉自责不已。连玉钏儿也怨恨宝玉，在玉钏儿送莲叶羹给宝玉时："（宝玉）忽见了玉钏儿，便想起他姐姐金钏儿来了，又是伤心，又是惭愧，便把莺儿丢下，且和玉钏儿说话。……玉钏儿满脸怒色，正眼也不看宝玉。"（35/上/373）在九月初二王熙凤过生日时，宝玉记着是金钏儿的生日，编谎出去为金钏儿上香以赎罪。贾环母子如此说法，当然是为了算计对宝玉。贾政果然大怒而痛下杀手，几乎把宝玉打死。如果宝玉死了，那么荣府"家私"就会毫无疑问归属赵姨娘母子——这正是借马道婆害宝玉的根本原因："把他两个绝了，明日这家私不怕不是我环儿的。"（25/上/263）故赵姨娘说宝玉害死金钏儿之目的乃为家私。而对于贾环来讲，还为心里一直有一种"毒气"——"素日原恨宝玉"：嫡庶的天壤差别，让贾环妒火中烧，故常存害宝玉之心，如为彩霞而伤宝玉事：宝玉在王子腾寿诞宴上吃酒后回到王夫人房里，"在王夫人身后倒下，又叫彩霞来替他拍着。宝玉便和彩霞说笑，只见彩霞淡淡的不大答理，两眼睛只向贾环处看。宝玉便拉他的手，笑道：'好姐姐，你也理我理儿呢。'一面说，一面拉他的手。彩霞夺手不肯，便说：'再闹，我就嚷了。'二人正闹着，原来贾环听的见。素日原恨宝玉，——如今又见他和彩霞厮闹，心中越发按不下这口毒气，——虽不敢明言，却每每暗中算计，只是不得下手。今见相离甚近，便要用热油烫他一下；因而故意装作失手，把那一盏油汪汪的蜡灯向宝玉脸上只一推。"（25／上／260）彩霞厚贾环冷宝玉，王夫人自然心知肚明。这次因为彩霞，贾环把宝玉"左边脸上烫了一溜燎泡出来"（25／上／262），恨得王夫人直骂赵姨娘："养出这样黑心不知道理下流种子来，也不管管。几番几次我都不理论，你们得了意了，越发上来了。"（25／上／260）贾环正好借金钏事在贾政面前"又添了许多的话"，所以焙茗对袭人讲："那金钏儿的事，是三爷说的。我也是听见老爷的人说的。"（33／上／355）贾环"下火"，果然把贾政气坏，以为他"在家荒疏学业，淫辱母婢"（33／上／351）要"立刻打死"宝玉。宝玉如死，赵姨娘与贾环除了在物质方面受益即"家私"俱得外，更有精神层面上的不再受伤害感和满足感即再也不会有人拿贾环和宝玉相比了。

"失脚落井"说。此说出自薛宝钗的"主观"臆测。为替王夫人开脱罪责和讨好王夫人，薛宝钗如此劝慰："据我看来，他并不是赌气投井，多半他下去住着，或是在井跟前憨顽，失了脚掉下去的。他在上头拘束惯了，这一出去，自然要到各处去顽顽逛逛。岂有这样大气的理。纵然有这样大气，也不过是个糊涂人，也不为可惜。"（32／上／346）此说把金钏儿之死说成乃咎由自取。这是薛宝钗"任是无情也动人"最典型的一处表现，她为成就"金玉姻缘"，处处巴结讨好王夫人。她对宝玉，除了功利现实的一面，当然也有青春少女对心仪爱恋对象的丝丝真情，所以她会吃金钏的醋：金钏儿素日与宝玉间亲密随和，宝玉当常有吃她嘴上胭脂类亲密举动，这在小说中有一处表现："可巧在王夫人房中商议事情，金钏儿、彩云、彩霞、秀鸾、秀凤等众丫鬟，都在廊檐下站着呢。一见宝玉来，都抿着嘴儿笑。金钏一把拉住宝玉，悄悄的笑道：'我这嘴上是才擦的香浸胭脂，你这会子可吃不吃？'彩云连忙一把推开金钏，笑道：'人家心里正不自在，你还奚落他。……"（23／上／239）金钏让宝玉吃她"嘴上才擦的香浸胭脂"类举动，正是袭人深恶痛绝的。这之前袭人以要出去为由要挟宝玉，让他答应几个条件，其中有"更要紧的一件"，即"再不许吃人嘴上擦的胭脂了"（19/上/201）宝玉此类"不长进的毛病儿"是会被袭人等传"闲话"的，所以黛玉提醒过他："你又干这些事了。干也罢了，必定还要带出幌子来。便是舅舅看不见，别人又当奇事新鲜话儿去学舌讨好儿，吹到舅舅耳朵里，又大家不干净惹气。"（19/上/203）能去"学舌讨好儿"的"别人"，具体的指向性在黛玉心里应是极其明确的。宝玉要湘云为他梳头，"因镜台两边俱是妆奁等物，顺手拿起来赏玩，不觉又顺手拈了胭脂，意欲要往口边送。因又怕史湘云说，正犹豫间，湘云果在身后看见，一手搵着辫子，便伸手来拍的一下，从手中将胭脂打落。说道：'这不长进的毛病儿，多早才改过。'一语未了，只见袭人进来……"（21/上/217）袭人为此极度上火儿，回来自己梳洗时薛宝钗进来。钗袭此次"闲言"绝非寻常。"宝钗听说，心中明白"八个字就点出了二人乃一丘之貉，均是"妒忌不堪的人"①，嫉妒防范黛玉和湘云；防范由头是"分寸礼节"。从此之后钗袭关系便极其"亲厚"，因此次袭人恼宝玉而牵连了四儿——王夫人抄查怡红院时责骂四儿的言语正由此而来。可见金钏要宝玉吃胭脂事绝非小可。此次钗袭会谈后，宝钗当在王夫人面前"闲言"袭人，故在金钏问宝玉要否吃嘴上胭脂后，宝玉到王夫人房中，王夫人问及宝玉吃药事时处处提及袭人：

> "明儿再取十九来，天天临睡的时候，叫袭人伏侍你吃了再睡。"宝玉道："只从太太吩咐了，袭人天天晚上想着，打发我吃。"贾政问道："袭人是何人？"王夫人道："是个丫头。"贾政道："丫头不管叫个什么罢了，是谁这样刁钻，起这样的名字？"（23/上/239）

王夫人如此看重袭人，自然和宝钗的大力举荐关系密切！而薛宝钗素日又极力拉拢贾探春和赵姨娘母子，赵姨娘专爱戳事惹口舌，宝玉吃金钏嘴上的胭

---

① 王熙凤对尤二姐自评语："不想二爷反以为我为那等妒忌不堪的人"（68/下/748）

脂一事，和贾环相厚的彩霞、彩云会"闲谈"给赵姨娘。① 赵姨娘最喜借机
"生事"，自会传宝玉"吃胭脂"这类"闲话"以谗害宝玉来"报仇"的②。故
可能会被宝玉吃"胭脂"的对象，如黛玉、湘云、金钏儿等都会被"闲话"给
王夫人的，王夫人只是隐忍不发而已。恰在此时，金钏儿和宝玉的对话被王夫
人听到，才会借题发挥，恼羞成怒："下作小娼妇！好好的爷们，都叫你们教坏
了。"骂金钏儿用"你们"，可见王夫人心里有一个"下作小娼妇"名单，金钏
儿只是其中之一而已。她只能借辱骂金钏儿骂尽"偏生那些人肯亲近"③ 宝玉
的人。故薛宝钗归罪金钏儿说，和袭人夜劝王夫人"以后竟还叫二爷搬出园外
来住就好了"（34/上/361）一样，乃妒火使然。

　　"自己投井"说。此乃王夫人自欺欺人的胡诌。为在薛宝钗面前不把金钏儿
和宝玉并提，她说："原是前儿他把我一件东西弄坏了，我一时生气，打了他几
下，撵了他下去。只说气他两天，还叫他上来。谁知他这么气性大，就投井死
了，岂不是我的罪过。"（32/上/346）此说把金钏儿之死说成因其自身过失遭责
罚，"气"不过而死。虽王夫人在"自责"，但"责任"则明显在金钏儿自己。
金钏儿跟了王夫人十来年，仅仅因为她和宝玉笑闹几句就要撵出去实在匪夷所
思！王夫人发怒打金钏儿嘴巴子前，金钏儿对宝玉说的话是："'金簪子掉在井
里头，有你的只是有你的'，连这句话语难道也不明白！我倒告诉你个巧宗儿，
你往东小院子里拿环哥儿同彩云去。"（30/上/323）据宝玉梦中看到的"金陵十
二钗正册"，"金簪"正是薛宝钗的象征："又有一堆雪，雪下一股金簪"，判词
为"金簪雪里埋"（5/上/55）。兴儿对尤二姐说薛宝钗"竟是雪堆出来的"

---

① 　如芳官"茉莉粉"做"蔷薇硝"给贾环正是彩云和赵姨娘"闲谈"时被揭穿而使赵姨
　　娘借机"生事"大闹一场的："原来贾政不在家，且王夫人等又不在家，贾环连日也便
　　装病逃学。如今得了（蔷薇）硝，兴兴头头来找彩云。正值彩云和赵姨娘闲谈，贾环
　　嘻嘻笑向彩云道：'我也得了一包好的，送你擦脸……'彩云打开一看，唯的一声笑
　　了，说道：'你是和谁要来的？'……'这是他们哄你这乡老呢。这不是硝，这是茉莉
　　粉。'"（60/上/649）
② 　"茉莉粉替去蔷薇硝"事，赵姨娘知道贾环被芳官欺骗戏要后便说："有好的给你！
　　……依我拿了去，照脸掉给他去。趁着这回子……吵一出子，大家别心净，也算是报
　　仇。……"彩云忙说："这又何苦生事。不管怎样，忍耐些罢了。"（60/上/650）
③ 　袭人对王夫人语"偏生那些人又肯亲近他，也怨不得他了。"（34/上/362）

（68/下/726）可见"雪"即是"薛"；"金簪"即是"宝钗"。"金簪"是要配"玉"的，但金钏儿说"金簪子掉在井里头，有你的只是有你的"，"你"谐音"泥"。宝玉常说："女儿是水作的骨肉，男人是泥作的骨肉。我见了女儿，我便清爽；见了男子，便觉浊臭逼人"（2/上/19），可见，"泥"和"浊臭"相联系。宝玉见了秦钟而自惭形秽，自思"我虽如此比他尊贵，可知绫锦纱罗，也不过裹了我这根死木头；美酒羔羊，只不过填了我这粪窟泥沟。"（7/上/81）"粪窟泥沟"是宝玉自比，和"金簪子掉在井里头，有'泥'的只是有'泥'的"正暗合。王夫人是相信薛姨妈"金"配"玉"之谎言的，她眼中的薛宝钗是"不说谎的好孩子"，是她"通共一个宝玉"理想的婚姻对象。薛宝钗之"金"，是要掉到荣府福窝儿里作宝二奶奶的；金钏儿却说"金""掉井里"，这种带预言性质的谶语显然刺痛了王夫人敏感的神经！另，王夫人平日当素恨那些"勾引"宝玉的"下作小娼妇"，金钏儿让宝玉吃胭脂事，当时在场的有彩霞，她肯定会传"闲言"给王夫人。关于彩霞，在"螃蟹宴"上有过对她的评论：

> 宝玉道："太太屋里的彩霞，是个老实人。"探春道："可不是，外头老实，心里有数儿。太太是那么佛爷似的，事情上不留心，他都知道。凡百一应事，他提着太太行。连老爷在家出外去的一应大小事他都知道，太太忘了，他背地里告诉太太。"（39/上/412）

评论彩霞，是把她和贾母的鸳鸯儿、怡红院的袭人和王熙凤的平儿相提并论的，可见彩霞乃王夫人心腹。当金钏告诉宝玉"我倒告诉你个巧宗儿，你往东小院子里拿环哥儿同彩云去"时，"环哥儿"会使王夫人"猛然触动往事"（70/下/817）的，王夫人记仇记话，① 贾环烫伤宝玉她耿耿于怀；二来她忌讳宝玉和丫头们厮闹，怕被她们"勾引坏了"，查检怡红院就是为此："竟有人借宝玉为由，说他大了，已解人事，都由屋里的丫头们不长进教习坏了。"（70/下/858）金钏儿让宝玉"往东小院子里拿环哥儿同彩云去"，就是明目张胆"教习"宝玉学"坏"，"逢迎着宝玉淘气"（78/下/869），这是王夫人绝对不能容

---

① 如陪贾母逛大观园见晴雯骂丫头之事，"王夫人皆记在心里"（70/下/858）

忍的！故大发雷霆之怒。春秋礼法，母以子贵、子以母贵。若宝玉学"坏"了，就无法同贾环抗衡——中秋夜宴时，贾赦就拍着贾环的头笑道："以后就这样做去（指作诗），方是咱们的口气。将来这世袭的前程定跑不了你袭呢。"（75/下/841）宝玉挨打王夫人哭诉之语可见宝玉的一切对她至关重要："我如今已将五十岁的人，只有这个孽障……今日越发要他死，岂不是有意绝我！""忽又想起贾珠来，便叫着贾珠，哭道：'若有你活着，便死一百个我也不管了。'"（33/上/353）虽是夫妻，却命各不同。王夫人只有宝玉，宝玉不好了，她便终身无靠；贾政尚有贾环可以寄托希望。所以王夫人哭宝玉、喊贾珠，是为自己老来无靠而悲伤。李纨判词就典型体现出母以子贵的荣耀："戴珠冠，披凤袄""气昂昂头戴簪缨""光灿灿胸悬金印""威赫赫爵禄高登"（5/上/59），李纨追求的"老来景"正是王夫人梦寐以求的理想——宝玉是她实现此理想唯一的希望。所以她对"掉井里"极度敏感、对金钏儿让宝玉去"东小院子里""学坏"无比愤怒。故王夫人说金钏儿"自己投井"，是为自己开脱罪责。

"为宝玉投井"说。此说为宝玉尚以为"女孩儿个个是好的"时梦中所得，其时还没有意识到真正害死金钏儿的，乃薛家精心编就的"金玉姻缘"这个大谎言。彼时宝玉虽对薛宝钗谈不上亲厚，倒不至于以她为害人之"耗子精"。正是薛宝钗要做"宝二奶奶"，在荣府上下编就一张大网，和宝玉有关的"闲话"会有的没的被传出来，那些"肯亲近"宝玉的、那些"不长进"会"勾引"宝玉的所有女孩，都在被王夫人极度地憎恶着是必欲除之而后快的。金钏儿正属于这众多女孩之中的一个，是间接因宝玉而死的。不是她有意竞争姨娘地位，而是素日和宝玉无心的亲近之举让一些人嫉妒恼火，故宝玉被暴打后的"昏昏默默"中，"见金钏儿进来，哭说为他投井之情。"（34/上/358）这是宝玉罪己的根本原因，他认为是自己害死了金钏儿。此时他还没有意识到"金玉姻缘"的可怕——直到晴雯之死，他才醒悟到"女人的妒病"[1] 在害人。宝玉本与世无争，但他自己却成了被争的对象，为了争他，王薛们害死了金钏儿、晴雯、五儿等。

---

[1] 晴雯死后，宝玉问王道士"可有贴女人的妒病方子没有"（89/下/809）。

　　"井"谐音"紧"：宝玉让一个老姆姆进去带信，说父亲要打他，特特交待"要紧，要紧。"而老姆姆把"要紧"二字只听作"跳井"二字（33/上/351）。"紧"又与"金"同音——"金钏"之"金"也犯了"金玉姻缘"的忌讳，是在被"消"之列的。在消金钏儿之"金"前，薛宝钗已自己销了莺儿之"金"：莺儿本来叫黄金莺，但"（薛）姑娘嫌拗口，就单叫莺儿"（36/上/374）。金钏儿之后紧接着小说就出现了"宫绦上系着金麒麟"的湘云被宝钗、黛玉当众"揭短儿"："淘气"爱乱穿宝玉、老太太的衣服；迎春则笑说她"爱说话"。王夫人则关心的是湘云的亲事："只怕如今好了。前日有人家来相看，眼看有婆家了，还是那么着。"（31/上/334）薛宝钗自然是处处留神"金"的：

　　　　宝玉笑道："还是这么会说话，不让人。"林黛玉听了，冷笑道："他不会说话，他的金麒麟也会说话。"一面说着，便起身走了。幸而诸人都不曾听见，只有薛宝钗抿嘴一笑。（31/上/335）

　　黛玉奚落宝玉的话只有薛宝钗一人听见，且"抿嘴一笑"，就点出她不但忌湘云，更忌黛玉。她在坐山观虎斗，如王熙凤借秋桐打压尤二姐。对黛玉和湘云的关注和猜忌，从薛宝钗对自己"金"的珍重就可理解：她不像湘云的"金麒麟"是随身佩戴的，故人皆可见。而薛宝钗的"金项圈"则深敛秘藏："一面说，一面解了排扣，从里面大红袄上将那珠宝晶莹黄金灿烂的璎珞掏将出来"（8/上/87）薛蟠就说她："好妹妹，你不用和我闹，我早知道你的心了。从先妈和我说，你这金，要拣有玉的才可正配。你留了心，见宝玉有那劳什骨子，你自然如今行动护着他。"（34/上/365）薛蟠为了给妹妹道歉，就拿她最关心的"金"来补过："妹妹的项圈，我瞧瞧，只怕该炸一炸去了。"（34/上/368）薛蟠惹得妹妹恼羞而哭，是因为"金玉姻缘"；给妹妹赔情道歉，又拿出宝钗的"金"来说事儿。连混世魔王般的薛蟠都知道薛宝钗之"痒"何在，可见"金玉姻缘"在王、薛派心中的地位和影线。

　　"要紧"还和"诗"之"雅"举紧密相关，因惜春要画大观园，李纨派素云到蘅芜苑请宝钗等商议"给他多少日子的假"，黛玉心直口快，说出李纨"要紧的事"原是为了"大玩大笑的"："这是叫你带着我们作针线，教道理呢。你反招我们来，大玩大笑的。"（42/上/452）。李纨何以为玩为笑召集大家，从当时场景细细考察可见其深衷隐曲：

> 忽见素云进来说："我们奶奶请二位姑娘商议要紧的事呢……"宝钗道："又是什么事？"黛玉道："咱们到了那里就知道了。"说着，便和宝钗往稻香村来，果见众人都在那里。李纨见了他两个，先笑道："社还没起，就有脱滑儿的了。四丫头要告一年的假呢。"……李宫裁道："为请你们来，大家商议，给他多少日子的假。为给了一个月，他嫌少，你们怎么说？"（42/上/451）

贾母领刘姥姥逛大观园，因为刘姥姥夸"这园子""竟比那画儿还强十倍"，贾母就随口答应让惜春"等明儿叫他画一张如何"（40/上/421）。"老太太昨儿一句话"① 也好、"刘姥姥一句话"② 也罢，都是应酬虚语而已。而李纨却把这当成"要紧的事"，是因为贾母和刘姥姥重要吗？从李纨处处亲厚薛宝钗和疏薄黛玉看，贾母在李纨心里显然不如王夫人、王熙凤重要；而刘姥姥只是被"拿来取笑儿"的"女篾片"③ 而已，李纨绝不会把她的"一句话"当成"要紧的事"去办！故可以断定让惜春因画告假只是个由头而已！

即便惜春画画需要请假，这也合情合理，而"社长"李纨把这当成"要紧的事"，说明"秋爽斋偶结的海棠社"乃极其"要紧"的大事：李纨为社长；迎春和惜春为副社长。迎春负责"出题限韵"，惜春负责"誊录监场"④；因画画惜春需要暂时退出"诗社"，那么副社长就缺了一位，她负责的"誊录监场"工作就需要有人代做。于是王熙凤就可以堂而皇之顶替惜春进入"七个人起"的"诗社"。王熙凤进来，"芦雪庵"联诗前才有合理的理由去邀请她参加；因

---

① 黛玉说："都是老太太昨儿一句话，又叫他画什么园子图儿，惹的他乐的告假了。"（42/上/451）
② 探春笑道："也别要怪老太太，都是刘姥姥一句话。"（42/上/451）
③ 贾母领刘姥姥逛大观园的早餐前，鸳鸯和王熙凤合计戏耍刘姥姥："天天咱们说，外头老爷们吃酒吃饭，都有一个篾片相公，拿他取笑儿。咱们也得了一个女篾片了。"（40/上/424）
④ "秋爽斋偶结的海棠社"时李纨出主意："立定了社，再定罚约。为那里地方大，竟在为那里作社。为虽不能作诗，这些诗人竟不厌俗客，为作个东道主人，为自然也清雅起来了。若是要推我作社长，为一个社长自然不够，必要请两位副社长，就请菱槚二位学究来，一位出题限韵，一位誊录监场。"（27/上/391）

"忙"，王熙凤会派"俏"平儿来"芦雪庵""回话"；深谙湘云、黛玉习性的王熙凤为"诗社"精心提前准备的"鹿肉"，会在"芦雪庵"联诗前发挥重要作用："吸引""好顽的"平儿为吃"烤鹿肉"而"褪下"的"虾须镯"；"褪下""虾须镯"会被怡红院的坠儿"偷"去，"恰巧"被袭人心腹宋嬷嬷看到。如此，为查"偷"而进行的查检大观园、尤其是怡红院和潇湘馆就有了极好的理由。

薛宝钗说："一年的假也太多，一月的假也太少，竟给他半年的假，再派了宝兄弟帮着他。——并不是为宝兄弟知道，教着他画，那就更误了事。为的是有不知道的，或难安插的，宝兄弟好拿出去问问那几个会画的相公，就容易了。"（42/上/453）薛宝钗这话破绽百出：既然"半年的假"就可画完，完全可以等到来年春天逐渐暖和起来再让惜春画大观园。深通画技的她自然知道"天气寒冷了，胶性凝涩不润"① 之常识，贾母领刘姥姥逛大观园在八月二十五日，已是深秋，"越往前去天越冷了"②，不宜作画可知。李纨职责是带着迎春、惜春等姊妹们"作针线，教道理"，但却领着她们大搞"诗""画"这些"顽的"，这又是让人怀疑之处。贾母当对此有所觉察后才会有"瞒着"王熙凤和王夫人来"芦雪庵"之举。贾母在场的情景曲现"诗""画"之意图：

> 贾母因问作何事，众人便说作诗。贾母道："有作诗的，不如作些灯谜，大家正月里好猜。"众人答应了。说笑了一回。贾母便说："这里潮湿，你们别久坐，仔细受了潮湿。"因说："你四妹妹那里暖和，我们到那里瞧瞧他的画儿，赶年可有了。"众人笑道："那里能年下就有了！只怕明年端阳有了。"贾母道："这还了得！他竟比盖这园子还费工夫了。"说着，仍坐了竹椅轿，大家围随，过了藕香榭，穿入一条夹道。……贾母下了轿，惜春已接了出来……大家进入房中，贾母并不归坐，只问："画在那里？"惜春因笑道："天气寒冷了，胶性凝涩不润，画了恐不好看，故收起来。"贾母笑道："为年下就要的。你别脱懒儿。快拿出来，给为快画。"一语未了，

---

① 贾母要看画，惜春对贾母说画"收起来"不让看的理由时语（50/上/539）。

② "螃蟹宴"后，探春和宝玉、黛玉商议还湘云席，宝玉说"等吃了老太太的，咱们再请不迟。"探春说："越往前去越冷了……"（39/上/417）

忽见凤姐儿……来了。(50/上/539)

贾母急于看画,是想看看"画"是否真的存在。她要到"暖香坞"的信儿当然会提前被送给惜春,惜春只能以"收起来"搪塞贾母;贾母逼着他"快拿出来"时,王熙凤已急急赶过来解围了。王熙凤不但打断了贾母"要看画"的思路,而且硬拖着贾母离开"暖香坞":"凤姐儿也不等贾母说话,便命人抬过轿子来。"(50/上/540)王熙凤的"可巧"出现与硬拉贾母离开,说明惜春所作的"画"极可疑:九月十四日晚,薛蟠在赖大家吃酒,调戏柳湘莲"遭苦打"。为"难见人",遂于十月间外出经商。薛蟠走后,薛宝钗就把香菱带进大观园。为"鼓励"香菱"学诗",李纨等把她带到"暖香坞"看画:"揭纱看时,十停方有了三停。香菱见画上有几个美人,因指着笑道:'这一个是我们姑娘,那一个是林姑娘。'探春笑道:'凡会作诗的都画在上头,你快学罢。'"(49/上/519)看来,"画"的主题出现了严重的偏离:主要不是画的大观园之景致,也不是画的"行乐似的""人物",而是画的"会作诗的""美人"钗黛等:

> 黛玉忙拉他笑道:"我且问你,还是单画这园子呢,还是把我们众人都画在上头呢?"惜春道:"原说只画这园子的,昨儿老太太又说,单画了园子,成个房样子了,叫连人都画上,就像行乐似的才好。我又不会这工细楼台,又不会画人物,又不好驳回,正为这个为难呢。"(42/上/452)

贾母要惜春画大观园是为了应酬刘姥姥"怎么得有人也照着这个园子画一张,我带了家去,给他们见见,死了也得好处"(40/上/421)之语。可见即便不是虚语应景,也是为了"能拿出去"给人瞧,故把"会作诗的"钗黛等画上绝对不允许的①。由此可见,惜春画画本为"行乐"的"顽意儿",在比被偷梁换柱成了"图形凌烟阁"的"大事"而被刻意"认真"对待②。不是"为画为诗",而是别有所图。

---

① 宝玉说把他们起诗社后写的诗稿拿出去,探春黛玉都忙道:"你真真胡闹。且别说那不成诗;便是成诗,我们的笔墨也不应该传到外头去。"(48/上/517)"笔墨"尚不可外传,何况影像图形!

② 香菱说自己学诗是因为"心里羡慕,才学着顽罢了",探春黛玉都笑道:"谁不是顽。难道我们是认真作诗呢。"(48/上/517)薛宝钗刻意把本是"顽"的"诗"和"画""认真"对待之用意,从香菱学诗之身心俱受熬煎就可镜照对黛玉之不宜。

香菱看画和贾母要看画时间都在十月间，只不过贾母的时间稍晚几天，是在"十月里头场雪"① 时去的，且当时"暖香坞""温香拂脸"（50/上/539），"胶"自不会"凝涩不润"。同样的画，香菱可看而贾母不可以看，岂不怪欤？先是"芦雪庵"联诗被瞒，后是被王熙凤一阵风样卷走，贾母肯定不会不起疑，因起疑而不自在。这从出园后吃毕饭在贾母房中的一段对话可以看出：

> 忽见薛姨妈也来了，说："好大雪，一日也没过来望候老太太。今日老太太倒不高兴？正该赏雪才是。"贾母笑道："何曾不高兴，我找了他们姊妹们去顽了一会子。"薛姨妈笑道："昨儿晚上，我原想着今儿要和我们姨太太借一日园子，摆两桌粗酒，请老太太赏雪的。又见老太太安息的早。我闻得女儿说，老太太心下不大爽，因此今日也没敢惊动。早知如此，我正该请。"（50/上/539）

贾母"不高兴""心下不大爽"，当不无为"诗"为"画"之由。细细考察，惜春画画不但可以减少宝玉和黛玉在一起的机会，使宝玉不能适时保护黛玉②；而且给王薛们聚集提供了很好的借口和场地："宝玉每日便在惜春这里帮忙。探春、李纨、迎春、宝钗等也多往那里闲坐，一则观画，二则便于会面。"（45/上/481）"观画"是假，"会面"是真。何以要"会面"，自然是为了"算计"，这才是李纨说惜春画画要告假乃"要紧的事"的最合理解释。

综论之，《红楼梦》中最大陷阱乃"金玉姻缘"，薛宝钗、袭人等有意围绕之编就许多"闲话"以陷人，其中最惹王夫人恼怒的是一些关于"狐狸精"和"下作小娼妇""勾引"她唯一宝贝儿子不学好的一些"闲话"。袭人对于宝玉挨打后所持的态度最能说明这一点：

> 袭人道："我也没什么别的说，我只想着讨太太一个示下，怎么变个法儿，以后竟还叫二爷搬出园外来住就好了。"王夫人听了，大吃一惊，忙拉

---

① 薛姨妈对贾母许空头情时说"原想请老太太赏雪的"因故"没敢惊动"，贾母就说："这才是十月里头场雪，往后下雪的日子多呢，再破费不迟。"（50/上/541）

② 宝玉和探春来潇湘馆听黛玉给香菱讲诗时，"说着，只见惜春打发了入画来请宝玉，宝玉方去了。香菱又逼着黛玉换出杜律来。"（48/上/517）香菱看完杜律又须让黛玉给她讲说。在香菱自是无心，但带香菱入园的薛宝钗却是有心让香菱耗黛玉。

了袭人的手，问道："宝玉难道和谁作怪了不成？"袭人忙回道："……如今二爷也大了，里头姑娘们也大了，——况且林姑娘宝姑娘又是两姨姑表姊妹，——虽说是姊妹们，到底是男女之分，日夜一处起坐不方便，由不得叫人悬心；便是外人看着，也不像一家子的事。俗语说的：'没事常思有事'，世上多少无头脑的事，多半因为无心中做出，有心人看见，当作有心事，反说坏了。只是预先不防着，断然不好。二爷素日性格，太太是知道的，他又偏好在我们队里闹。倘或不防前后，错了一点半点，不论真假，人多口杂。那起小人的嘴有什么避讳，心顺了，说的比菩萨还好；心不顺，就贬的连畜生不如。二爷将来倘或有人说好，不过大家直过没事；若要叫人说出一个不好字来，我们不用说粉身碎骨，罪有万重，都是平常小事，但后来二爷一生的声名品行岂不完了。二则太太也难见老爷。俗语又说：'君子防未然'，不如这会子防避的为是。太太事情多，一时固然想不到。我们想不到则可；既想到了，若不回明太太，罪越重了。近来我为这事，日夜悬心，又不好说与人，惟有灯知道罢了。"王夫人听了这话，如雷轰电掣的一般，正触了金钏儿之事，心内越发感爱袭人不尽，忙笑道："我的儿，你竟有这个心胸，想的这样周全。我何曾又不想到这里，只是这几次有事就忘了。你今儿这一番话提醒了我。难为你成全我娘儿两个名声体面，真真我竟不知你这样好。——罢了，你且去罢，我自有道理，只是还有一句话：你今既说了这样的话，我就把他交给你了，好歹留心。保全了他，就是保全了我。我自然不辜负你。"（34/上/361－362）

王夫人因为只剩了宝玉可作终身依靠，故时时防范被"勾引坏"。为此，她喜欢袭人麝月类"笨笨的倒好"，"一生最嫌"晴雯这样的"美人"，害怕她们"天天作这个轻狂样儿"给宝玉看（74/下/818），怕"好好的宝玉"会被"勾引坏"（74/下/817），故害怕她们"近宝玉"（74/下/818）。正是王夫人平日如此忌惮，故关于宝玉"爱红"类"闲话"才又多又细密。"闲花落地听无声"——三人成虎，王夫人对金钏儿才会大发无名之火。袭人打着"男女之分"的幌子防宝玉和黛玉湘云等厮混之语，就可见出黛玉说宝玉的那句"别人又当奇事新鲜话儿去学舌讨好儿"之"别人"所指。正是因为素日此类"闲话"颇多，王夫人才会经常被触动而大怒："王夫人听了这话，如雷轰电掣的一般，正触了金钏儿之事"，可见"金钏儿之事"真正的推手正是那些传"闲话""学舌讨好儿"者；王夫人发怒是素日"闲话"的必然结果。王夫人就如一口"井"深藏不露：平日木头似的，不言不语。但会把素日闻见积攒在心里，到一定时候发泄出来。小说中王夫人三次发怒无不如此：一对金钏儿突然暴怒，是因为素日所得颇多"下作小娼妇""教坏"宝玉之"闲话"。所以听了袭人让宝玉搬出大观园"防"嫌之语，"如雷轰电掣的一般，正触了金钏儿之事"；二是对晴雯发怒。当听到王善宝家的诽谤晴雯"又生了一张巧嘴，天天打扮的像个西施的样子"（74/下/817）时，也是"猛然触动往事"，马上联想起"上次跟老太太进园逛去"见"水蛇腰，削肩膀，眉眼又有些像""林妹妹的"晴雯"正在那里骂小丫头"（74/下/817）的场景，"今日正对了槛儿"，马上叫出晴雯："恰是上月的那人，不觉勾起方才的火来"（74/下/817）遂痛加责骂；三是对怡红院全面清查时的大怒。因为"闲话"，王夫人遂生查检怡红院之心："原来王夫人自那日着恼之后，王善保家的去趁势告倒了晴雯，本处有人和园中不睦的，也就趁机随便，下了些话。王夫人皆记在心里，因节间有碍，故忍了两日，所以今日特来亲自阅人。一则为晴雯犹可；二则因竟有人指宝玉为由，说他大了，已解人事，都由屋里的丫头们不长进教习坏了。因这事更比晴雯一人较甚……"（77/下/858），这段话表明金钏儿之事，亦是平日有人在王夫人面前"下了些话"，王夫人当时"忍"下却"皆记在心里"，故当听到金钏儿以"巧宗儿"告诉宝玉时会突然暴怒。宝玉对于王夫人来讲，是后半辈子的依靠，故时时处处防范。"金玉姻缘"的主张者和支持者显然利用了王夫人此心理，以"闲话"来"化"解一切可能的"妨碍"者。"金玉姻缘"本身就是一个大谎话，围绕着这个大谎话的一切"闲话"又更是谎话——"女娲炼石已荒唐，又向荒唐演大荒"即此意，故可确信金钏儿死于谎言编就的大陷阱！

第五节 关于 "红香绿玉"

怡红院有几本芭蕉和一棵西府海棠,当日贾政带宝玉 "试才" 游览到此,宝玉谓:"此处蕉棠两植,其意暗蓄 '红' '绿' 二字在内。若只说蕉,则棠无着落;若只说棠,蕉亦无着落。固有蕉无棠不可,有棠无蕉更不可。" "依我题 '红香绿玉' 四字,两全其妙。"(17/上/179)。宝玉天性爱 "红" 与 "绿",于此可见一斑。"红香绿玉" 作为一种审美取向,它代表的是对真善美的欣赏和尊重,故围绕着它,小说写到了几类人对它的看法和取舍:

一、宝钗之于 "红香绿玉"

宝玉作 "怡红院" 诗时,"起草内有 '绿玉春犹卷' 一句",宝钗 "瞥见" 后急忙悄让他改为 "绿蜡",理由是元妃把 "红香绿玉" 改为 "怡红快绿",这证明元妃 "不喜" 此四字。并且告诫宝玉:"你这会子偏用 '绿玉' 二字,岂不是有意和他争驰了。"(18/上/190 – 191)。这个细节点出宝钗自己在忌 "香" 和 "玉"——宝玉、黛玉这 "两个玉儿"。黛玉,"黛" 为青黑色。顾名思义,黛玉即青黑色玉。而 "绿玉" 与此接近,被避忌自在情理之中;另元妃名中带 "春",小说在第二回写当雨村疑问贾府女儿之名为何落了俗套,儿女起名不避 "春" "红" "香" "玉" 等艳字时,冷子兴如此解答:"只因现今大小姐是正月初一日所生,故名元春,余者方从了春字(2/上/21)。" 自己名中带 "春"、宝玉名中带 "玉"、把 "葛浣山庄" 改为 "稻香村",元妃当然不会认为 "春" "红" "香" "玉" 类字眼艳俗而 "不喜",可见薛宝钗在有意曲解元妃改 "红香绿玉" 为 "怡红快绿" 之意。宝钗径直评价元妃改 "红香绿玉" 为元妃 "不喜" "绿玉",小说并没明确点明元妃何以如此改动,而宝钗如此言之凿凿,正可显示出宝钗自己对 "绿" "玉" 连用之忌。但宝钗竟然没有指出宝玉诗中不为 "春" 避讳,在宝玉自是忙乱中出错,可以理解。而在宝钗则没有看出来 "春" 却看出了 "玉" 则让人费解,原因只有一个,"玉" 牵动了她全部的注意力而心无旁骛！在元妃、迎春、探春、惜春、李纨、宝钗和黛玉的诗中都不出现"春"，且李纨诗中出现了"绿""红""玉"字："绿裁歌扇迷歌舞，红衬湘裙舞落梅。珠玉自应传盛世，神仙何幸下瑶台。"（18/上/189）黛玉诗中出现"红""香""玉"三字："名园筑何处，仙境别红尘。借得山川秀，添来景物新。香融金谷酒，花媚玉堂人。何幸邀恩宠，宫车过往频。"（18/上/189）以黛玉之聪明敏锐、小心谨慎且才力大大有余情况下所写此应景诗中出现上述三字，足以证明元妃等并不避忌此等字眼在别人笔下、口中出现；而元妃以君之身份省亲贾府，"春"字自当避忌，故黛玉等诗歌中绝对不会出现此字。当宝钗看宝玉诗写作情况时，他已经做完了"潇湘馆"与"蘅芜苑"二首，正在作"怡红院"一首，起草内有"绿玉"字眼，宝钗就"转眼瞥见"了，可见此二字在宝钗看来如何刺目惊心！为证明此点，把宝玉已成之前两首诗摘录如下：题咏"潇湘馆"的《有凤来仪》："秀玉初成实，堪宜待凤凰。竿竿青欲滴，个个绿生凉。进砌妨阶水，穿帘碍鼎香。莫摇清碎影，好梦昼初长。"题咏"蘅芜苑"的《蘅芷清芬》："蘅芜满净苑，萝薜助芬芳。软衬三春草，柔拖一段香。轻言迷曲径，冷翠滴回廊。谁谓池塘曲，谢家幽梦长。"（18/上/190）元妃谕宝玉作诗时谓："此中'潇湘馆''蘅芜苑'二处，我所极爱；次之'怡红院''浣葛山庄'。此四大处必别有章句题咏方妙。前所题之联虽佳，如今再各赋五言律一首，使我当面试过，方不负我自幼教授之苦心。"（18/上/188）在元妃"极爱"的"蘅芜苑"诗中，竟出现"春"，难道是宝玉不需要避讳吗？小说几处场景表明"国礼"是必须遵循的：当贾政等游大观园时，将欲为一处景致用"泻玉"二字，宝玉听说，连忙回到："老爷方才所议已是。但是如今追究了去，似乎当日欧阳公题酿泉用一'泻'字则妥，今日此泉若亦用'泻'字，倒觉不妥。况此处虽省亲驻跸别墅，亦当入于应制之例，用此等字眼，亦觉粗陋不雅。求再拟较蕴藉含蓄者。"（17/上/172）贾政对此的反应是"笑道""拈髯点头不语""点头微笑"，可见宝玉提醒了贾政当注意"应制"，元妃乃"君"之身份。正因宝玉的提醒，使得贾政在接下来游览到后来的"潇湘馆"时，贾政命宝玉题匾额，宝玉道："这是第一处行幸之所，必须颂圣方可。"遂拟了"有凤来仪"四字。贾政"点头"。（17/上/173）甚至在元妃进入贾母正室后，"贾母等俱跪止不迭"、"贾妃因问薛姨妈宝钗黛玉因何不见。王夫人启曰：'外眷无职，未敢擅入。'贾妃听了，忙命快请。一时，薛姨妈等进来，欲行国礼，亦命免过"（18/上/186）、"又有贾政至帘外问安，贾妃垂帘行参等事。……贾政亦含泪启道：'……愿我君万寿千秋，乃天下苍生之同幸也。贵妃切勿以政夫妇残年为念，惫愤金怀……'贾政又启：'园中所有台阁轩馆皆系宝玉所题，如果有一二稍可寓目者，请别赐名为幸。'"贾妃"因问宝玉为何不进见。贾母乃启：'无谕，外男不敢擅入。'元妃命快引进来……先行国礼毕。"（18/上/187）以上所引材料证明，宝玉虽在贾妃心中地位特殊，但亦须遵"国礼"而为元妃避讳。何况元妃为鼓励宝玉才华，"又命探春另以彩笺誊录出方才一共十数首诗，令太监传与外厢贾政等看了"（18/上/191），诗歌须经太监之手传出，避讳之重要不言而喻。小说虽没有交代确切的发生时代，但却借黛玉遇"敏"即避和小红为避宝玉黛玉之讳而叫小红两事点明为尊亲避讳是必须的。而以宝钗之权谋机变竟没有提醒宝玉，原因只能有一个：为"玉"所迷。

二、宝玉之于"红香绿玉"

宝玉对"绿玉"情有独钟则不能自已，在被宝钗提醒"绿玉"不能用后，并没有改动题咏"潇湘馆"的《有凤来仪》诗。该诗中隐含"青玉"和"绿玉"。"青玉"与"黛玉"色质何其接近！宝玉和袭人有一段对话，从中可以看出"红""香""玉"都是非同寻常的字眼：

> （宝玉）一面见众人不在房中，乃笑问袭人道："今儿那个穿红的是你什么人？"袭人道："那是我两姨妹子。"宝玉听了，赞叹两声。袭人道："叹什么？我知道你心里的缘故，想是说他那里配红的。"宝玉笑道："不是，不是。那样的不配穿红的，谁还敢穿。我因为见他实在好的很，怎么也得他在咱们家就好了。"（19/上/198）

从对话中知道宝玉对"红"是如何推崇，并非每个人都"配穿红的"。因此，"红香绿玉"并非仅仅是一个联合词组而被读作"红香/绿玉"而已；它实际上亦可作为一个偏正词组，可以读作"红/香绿玉"，黛玉可以称作"香绿玉"，"红"则是说黛玉之美正是宝玉所欣赏的"闺阁风度"："大约骚人咏士，以此花（指怡红院西府海棠）之色红晕若施脂，轻弱似扶病，大近闺阁风度，所以以女儿命名（西府海棠又叫"女儿棠"）。"（17/上/179）而宝钗之貌是"唇不点而红，眉不画而翠，脸若银盆，眼如水杏。"（7/上/86）宝钗如此形容，自然不符合宝玉心中审美标准。小说写作手法上最惯于"正"写"反"解，如照"风月宝鉴"——以华美包裹丑陋；以繁华包裹悲凉；以真善美包裹假恶丑；以热情周到包裹冷漠奸诈；以柔顺和美包裹忌恨刻毒……如此种种不一而足。正像写到"薛宝钗羞笼红麝串"，看看她是"羞"还是在"秀"：

> 袭人道："老太太的多着一个香如意，一个玛瑙枕。太太、老爷、姨太太的只多着一个香如意。你的同宝姑娘的一样。林姑娘同二姑娘、三姑娘、四姑娘只单有扇子同数珠儿。别人都没有。大奶奶二奶奶他两个是每人两匹纱，两匹罗，两个香袋，两个锭子药。"宝玉听了，笑道："这是怎么个原故，怎么林姑娘的倒不同我的一样，倒是宝姐姐的同我一样？别是传错了罢？"袭人道："昨儿拿出来都是一分一分写着签字，怎么就错了！你的是在老太太屋里来着，我去拿了来了。老太太说了，明儿叫你一个五更天去谢恩呢。"宝玉道："自然要走一趟。"说着，便叫紫绡来："拿了这个到林姑娘那里去，就说是昨儿我得的，爱什么留下什么。"紫绡答应了，拿了去，不一时回来说："林姑娘说了，昨儿也得了，二爷留着罢。"宝玉听说，便命人收了。刚洗了脸出来，要往贾母那里请安去，只见林黛玉顶头来了。宝玉赶上去笑道："我的东西叫你拣，你怎么不拣？"林黛玉昨日所恼宝玉的心事早又丢开，只顾今日的事了，因说道："我没这么大福禁受。比不得宝姑娘什么金什么玉的，我们不过是草木之人。"宝玉听他提出"金玉"二字来，不觉心动疑猜，便说道："除了别人说什么金什么玉，我心里要有这个想头，天诛地灭，万世不得人身。"林黛玉听他这话，便知他心里动了疑，忙又笑道："好没意思，白白的说什么誓。管你什么金什么玉的呢。"宝玉道："我心里的事也难对你说，日后自然明白。除了老太太、老爷、太太这三个人，第四个就是妹妹了。要有第五个人，我也说个誓。"林黛玉道："你也不用说誓。我很知道你心里有妹妹，但只是见了姐姐，就把妹妹忘了。"宝玉道："那是你多心，我再不的。"林黛玉道："昨日宝丫头不替

你圆谎,为什么问着我呢?那要是我,你又不知怎么样了。"正说着,只见宝钗从那边来了,二人便走开了。宝钗分明看见,只装看不见,低着头过去了。到了王夫人那里坐了一回,然后到了贾母这边,只见宝玉在这里呢。薛宝钗因往日母亲对王夫人等曾提过金锁是个和尚给的,等日后有玉的方可结为婚姻等话,所以总远着宝玉。昨日见元春所赐的东西独他与宝玉一样,心里越发没意思起来。幸亏宝玉被一个林黛玉缠绵住了,心心念念只挂着林黛玉,并不理论这事。(28/上/304-306)

不惮引录繁文,是为更深入理解小说对宝钗之评价:明知贾母最疼惜黛玉,贾母不会不在意元妃赐礼。而宝玉的礼物是从贾母处被袭人领回的,贾母怎会不清楚宝玉礼物?早就知道薛姨妈对王夫人谈起过金玉之事,宝钗"所以总远着宝玉"。但从小说中看,何曾"远"过?倒是她自己主动看玉提金的?总是主动"近"宝玉,被宝玉赶都赶不走呢!既然"昨日见元春所赐的东西独他与宝玉一样,心里越发没意思起来",何必急着戴上串珠串门示人?她把刚领到的红麝串珠就慌忙戴上来贾母处,明显是"秀"给黛玉靠山贾母看,以打消老太太其他念头。以宝钗之城府,贾母给其过生日唱戏之"戏"她不会不懂!明白此点,就会比较深刻理解喜欢"天然"不做作的宝玉内心对宝钗最本真的评价。他在第二次打量宝钗前,已经明确对黛玉表白过自己对钗黛的亲疏远近:"我心里想着:姊妹们从小儿长大,亲也罢,热也罢,和气到了儿,才见得比人好。如今谁承望姑娘人大心大,不把我放在眼睛里,倒把外四路的什么宝姐姐凤姐姐的放在心坎儿上,倒把我三日不理,四日不见的。我又没个亲兄弟亲姊妹。——虽然有两个,你难道不知道是和我隔母的!我也和你是的独出,只怕同我的心一样。"(28/上/292)宝玉道:"我心里的事也难对你说,日后自然明白。除了老太太、老爷、太太这三个人,第四个就是妹妹了。要有第五个人,我也说个誓。"林黛玉道:"你也不用说誓。我很知道你心里有妹妹,但只是见了姐姐,就把妹妹忘了。"宝玉道:"那是你多心,我再不的。"这两段对黛玉明确的表白和看宝钗时"呆"安排在同一回,宝玉对钗黛孰真孰伪、孰亲孰疏自清晰可辨:对黛玉是真诚亲厚的,对宝钗则只有虚语客套。因为宝钗一来不符合宝玉"天然"之价值判断;二来不符合宝玉"闺阁风度"之审美标准。宝玉看呆时，黛玉在门口笑，宝钗道："你又禁不得风儿吹，怎么又站在那风口里？"
（28/上/306）这话就把小说意思表达得极其明晰：把丰肥宝姑娘当时的笨拙可
笑动作表现出来——红麝串摘都不好摘下，可见当时戴上也多不容易！既如此
还要戴，为了什么呢？她不是一直标榜不爱花儿呀粉儿呀的，连邢岫烟戴玉她
还讲一番大道理呢！虚伪做作，宝玉是否故意如此恶作剧戏耍他的宝姐姐就不
言而喻了！宝钗此刻正全副身心投注在"金玉"和"红麝串"上，竟然自己授
人以笑柄，说黛玉"禁不得风儿吹"，会让人想起唐玄宗戏问杨妃之语"尔则任
吹多少"："上在百花院便殿。因览《汉成帝内传》，时妃子后至，以手整上衣
领，曰：'看何文书？'上笑曰：'莫问。知则又殢人。'觅去，乃是'汉成帝获
飞燕，身轻欲不胜风。恐其飘翥，帝为造水晶盘，令宫人掌之而歌舞。又制七
宝避风台，间以诸香，安于上，恐其四肢不禁'也。上又曰：'尔则任吹多少。'
盖妃微有肌也，故上有此语戏妃。妃曰：'《霓裳羽衣》一曲，可掩前古。'上
曰：'我才弄，尔便欲乎？'"① 细究此，宝玉之作弄厌弃宝钗之意就不难理解
了："宝钗褪了串子来递与他，也忘了接。宝钗见他怔住了，自己倒不好意思
的，丢下串子，回身才要走，只见林黛玉蹬着门槛子，嘴里咬着手帕子笑呢。
宝钗道：'你又禁不得风儿吹，怎么又站在那风口里？'林黛玉笑道：'何曾不是
在屋里的，只听见天上一声叫唤，出来瞧了一瞧，原来是个呆雁。'薛宝钗道：
'呆雁在那里呢？我也瞧瞧。'林黛玉道：'我才出来，他就忒儿一声飞了。'"
（28/上/306）宝钗被姻缘迷住了心眼，根本无法领会宝玉之意。终于成了黛玉
的笑料。其言语之可笑，哪儿有一点机敏与可爱？小说借此再次强化宝钗根本
无法被宝玉认可和接受——无论是外貌气质还是品性格调，都不符合宝玉心仪
的美。

宝钗不符合宝玉"天然"之价值判断与"闺阁风度"之审美标准，借宝玉
赞警幻仙姑一节进行了表现。为说明此点，小说在宝玉乍遇警幻仙姑时，以充
满情感的笔调进行细致刻画仙姑形神体貌：

---

① 乐史. 杨太真外传［M］//汪辟疆. 唐人小说. 上海：上海古籍出版社，1978：153 -
154.

仙袂乍飘兮，闻麝兰之馥郁。荷衣欲动兮，听环佩之铿锵。靥笑春桃兮，云堆翠髻。唇绽樱颗兮，榴齿含香。纤腰之楚楚兮，回风舞雪。珠翠之辉辉兮，满额鹅黄。出没花间兮，宜嗔宜喜。徘徊池上兮，若飞若扬。蛾眉颦笑兮，将言而未语。莲步乍移兮，待止而欲行。美彼之良质兮，冰清玉润。慕彼之华服兮，闪灼文章。爱彼之貌容兮，香培玉琢。美彼之态度兮，凤翥龙翔。其素若何，春梅绽雪。其洁若何，秋兰披霜。其静若何，松生空谷。其艳若何，霞映澄塘。其文若何，龙游曲沼。其神若何，月射寒江。应惭西子，实愧王嫱。奇矣哉，生于孰地，来自何方。信矣乎，瑶池不二，紫府无双。果何人哉，如斯之美也。（5/上/51）

小说中描写女子，唯有此处用骚体赋形式，且此为宝玉梦中所见。日有所思才能夜有所梦，故此段文字可以看作是宝玉心仪之美的范式。符合宝玉此标准的，黛玉当为第一："两弯似蹙非蹙笼烟眉，一双似喜非喜含情目。态生两靥之愁，娇袭一身之病。泪光点点，娇喘微微。娴静时如娇花照水，行动处似弱柳扶风。心较比干多一窍，病如西子胜三分。"（3/上/35）黛玉之容、质正符合宝玉对"美"的理解，他从来没想到心仪之美有一天会出现在眼前，所以当他初见黛玉就笑道："这个妹妹，我曾见过的。"因为以前从没见过，所以贾母说他胡说。宝玉的解释是："虽然未曾见过他，然我看着面善，心里就算是旧相识的，今日只作远别重逢，亦未为不可。"（3/上/35）"看着面善"道出宝玉心目中极致的美正是黛玉所具备的，心向往之久，只是没见到。至于黛玉之"香"，则生自天然，非宝钗吃"冷香丸"而得之"香"可比，这又契合了宝玉爱好"天然"的本性。小说对黛玉之"香"如此描写：

（宝玉）只闻得一股幽香，却是从黛玉袖中发出，闻之令人醉魂酥骨。宝玉一把便将黛玉的袖拉住，要瞧笼着何物。黛玉笑道："冬寒十冷，谁带什么香呢。"宝玉笑道："既然如此，这香是那里来的？"黛玉道："连我也不知道。想必是柜子里头的香气，衣服上熏染的也未可知。"宝玉摇头道："未必。这香的气味奇怪，不是那些香饼子、香毬子、香袋子的香。"黛玉冷笑道："难道我也有什么罗汉真人给我些香不成！便是得了奇香，也没有亲哥哥亲兄弟，弄了花儿、朵儿、霜儿、雪儿替我炮制。我有的是那些俗香罢了。"宝玉笑道:"凡我说一句,你就拉上这么些。不给你个利害,也不知道。从今儿可不饶你了。"说着,翻身起来,将两只手呵了两口,便伸手向黛玉胳肢窝内两胁下乱挠。……宝玉方住了手,笑问:"你还说这些不说了?"黛玉笑道:"再不敢了。"一面理鬓,笑道:"我有'奇香',你有'暖香'没有?"宝玉见问,一时解不来,因问:"什么暖香?"黛玉点头叹笑道:"蠢才,蠢才!你有玉,人家就有金来配你;人家有'冷香',你就没有'暖香'去配!"(19/上/203-204)

黛玉之"幽香",小说中一再强化:"宝玉……顺着脚一径来至一个院门前,只见凤尾森森,龙吟细细。举目望门上一看,只见匾上写着'潇湘馆'三字。宝玉信步走入,只见湘帘垂地,悄无人声。走至窗前,觉得一缕幽香,从碧纱窗中暗暗透出。"(26/上/274)说明黛玉之"幽香"得自天然,不可阻抑。"香"而"幽",是黛玉"蕊寒香冷蝶难来"孤高雅洁的精神象征,正如"潇湘馆"之竹——"一节扶一节,青枝托绿叶。我知不生花,免撩蜂与蝶。"(郑板桥《竹》)黛玉之"香"中含有"药香";"雅"又是"松竹梅"岁寒三友之"高雅",这些正是宝玉所心仪的。宝玉曾如此对麝月讲解:

宝玉笑道:"松柏不敢比。连孔子都说:'岁寒,然后知松柏之后凋也。'可知这两件东西高雅,不怕羞臊的才拿他混比呢。"说着,只见老婆子取了药来。……晴雯因说:"正经给他们茶房里煎去,弄的这屋里药气,如何使得。"宝玉道:"药气比一切的花香果子香都雅。神仙采药烧药,再者高人逸士采药治病,最妙的一件东西。这屋里我正想各色都齐了,就只少药香。如今恰好全了。"一面说,一面早命人煨上。(51/上/553)

至于宝玉眼中的"玉",绝非一般人(包括他自己)可以配带的,他初见黛玉,问黛玉有表字否,当听其无时便亲为其取"颦颦"二字,一来为"黛"色、质可"画眉";二来乃因黛玉"眉尖若蹙",宝玉观察可谓细致!正是因为细致的观察,才更觉得黛玉非同一般的"闺阁风度"之美,于是自然会想到使自己异于众人之灵物——通灵玉:"又问黛玉可也有玉没有,众人不解其语。黛玉便忖度着因他有玉,故问我有也无有,因答道:'我没有那个。想来那玉亦是一件罕物,岂能人人有的。'宝玉听了,登时发作起痴狂病来,摘下那玉,就狠命摔去，骂道：'什么罕物儿！连人之高低不择，还说通灵不通灵呢！我也不要这劳什子了！'吓得地下众人一拥争去拾玉。贾母急得搂了宝玉道：'孽障！你生气，要打骂人容易，何苦摔那命根子！'宝玉满面泪痕，哭道：'家里姊姊都没有，单我有，我说没趣。如今来了这么一个神仙似的妹妹也没有，可知这不是个好东西。'贾母忙哄他道：'你这妹妹原有这个来的，因你姑妈去世时，舍不得你妹妹，无法可处，遂将他的玉带了去。一则全殉葬之礼，尽你妹妹的孝心；二则你姑妈之灵，亦可权作见了女儿之意。因此他只说没有，这个不便自己夸张之意。你如今怎比得他，还不好生慎重戴上，仔细你娘知道了。'说着便向丫鬟手中接来，亲与他戴上。宝玉听如此说，想一想，竟大有情理，也就不生别论了。"（3/上/35－36）"摔玉"事件在小说中起着极其重要的关键作用，它有几层隐含意思：宝玉心中之"玉"是极美的化身：在见到黛玉前，一直没有着落，只是心仪而已。见到黛玉，心仪之"玉"才找到真正的主人——只有黛玉才配拥有；贾母谎言使得宝玉从此信以为真，认为黛玉果真也曾有和自己完全相同的"玉"。这使得宝玉对黛玉之美有了更亲切的感情认同感，也是对所谓"金玉良缘"无形中的否定；宝玉摔玉不怕畏之如虎的父亲贾政知道，而怕王夫人知道，可见王夫人对宝玉之"玉"的重视，也是对"金玉良缘"之说的认同与支持。此事件足以证明"玉"在宝玉心里，是美的极致，代表着美的最高典范！如果"摔玉"还把宝玉对黛玉之"玉"的推崇表现得比较含蓄的话，那"小耗子精"的故事则可以看作是宝玉对黛玉之"玉"推崇赞美的直接告白。为了让黛玉放心，他在黛玉闹累后又编小耗子精变香芋来偷香芋的故事，借此来表明自己的取舍："（小耗子）说毕，摇身说变，竟变了一个最标致最美貌的一位小姐。众耗忙笑道：'变错了，变错了。原说变果子的，如何变出小姐来？'小耗现形笑道：'我说你们没见世面，只认得这果子是香芋，却不知盐课林老爷的小姐才是真正香玉呢。'"（19/上/205）宝玉在此用了"最标致最美貌"来评价黛玉之貌，同时又向黛玉告白了在宝玉心里，唯有她才是"真正香玉"。

林黛玉之"绿"，一乃为自然之色：其前身乃"西方灵河岸上三生石畔"之"绛珠草一株"，"时有赤瑕宫神瑛侍者日以甘露灌溉，这绛珠草始得久延岁月。后来既受天地精华，复得雨露滋养，遂得退却草胎木质得换人形，仅修成个女体"（1/上/5）。二为名中自含之意："林"中自带绿色。宝玉初见黛玉，就对"黛"颇感兴趣，遂有此论："《古今人物通考》上说，西方有石名黛，可代画眉之墨。况这林妹妹眉尖若蹙，用取这两个字（宝玉为黛玉取字'颦颦'），岂不两妙。"（3/上/35）另外，黛玉后来所居大观园"潇湘馆"中有"千百竿翠竹"，宝玉题咏"潇湘馆"之诗则可以看作是一篇《咏竹》诗，"竿竿青欲滴，个个绿生凉"，突出了"青""绿"之色。而黛玉选中"潇湘馆"最主要的原因亦是"爱那几杆竹子隐着一道曲栏，比别的更觉幽静。"（23/上/230）品如"竹子"、性喜"幽静"，正合宝玉品味心意。故他在听到黛玉此选后，会"拍手笑道：'正和我的主意一样。我也要叫你住这里呢。我就住怡红院。咱们两个又近，又都清幽。"（23/上/230）宝玉黛玉在心性上高度默契，都喜欢"清幽"，这种"心有灵犀一点通"的会心才是二人"近"的最根本原因。

"红香绿玉"还指黛玉性格单纯明洁，如"红""绿"等鲜亮色彩、阳光美好不含杂质；"香"指内在修蕴如蓝田日暖良玉生烟，沁人心脾而人不觉；"玉"品格脆而坚，人美如玉、人德如玉。她心性高洁如竹，直亦如竹，她从来不把人往歪了想，对宝钗虽时含酸意，但很快就会丢开不再想。对宝玉更是如此，小说中多次写到二玉闹别扭，但黛玉都是很快就忘掉以前不快，她经常是"昨日所恼宝玉的心事早又丢开，只顾今日的事了。"（28/上/304）宝玉因为宝钗和哥哥联手欺骗他和黛玉事耿耿于怀，故意编谎话"惩治"宝钗，而黛玉一直都浑然不觉，当元妃赐端阳节礼物宝钗和宝玉一样时，宝玉心里不自在，要把自己的给黛玉挑。黛玉还没有注意到礼物细节，还在想着"昨日宝丫头不替你圆谎，为什么问着我呢？那要是我，你又不知怎么样了。"（28/上/304）黛玉憨直敦厚，全然不疑宝钗事。而宝钗还要百尺竿头再进一步，当宝玉编完药谎后，二玉回贾母处，黛玉在生宝玉气时，宝钗还要从王夫人处赶来火上加油对黛玉说："我告诉你个笑话儿，才刚为那个药我说了个不知道，宝兄弟心里不受用了。"（28/上/297）宝钗明知道是因为自己的欺骗行为惹宝玉"心里不受用"，这会子还如此说以暗示黛玉宝玉如何在乎自己，这和宝玉参禅那次一样乃自作多情。紧接着元妃赐物出来，她就迫不及待戴上元妃所赐之"红麝串"，其躁进心态、洋洋得色等不着一字，尽得显露无疑。黛玉之心单纯透明，如"琉璃世界"里的"白雪红梅"，是冬天里的暖意，是灰暗中的亮光。就如"海西福朗思牙"国的"金星玻璃宝石"即"温都里纳"（63/下/697）般阳光纯洁，是玉石之"本色"。

细究小说，可以看出宝玉之"红/香绿玉"，实际是指代林黛玉之"天然"的"闺阁风度"和"倾国倾城貌"（23/上/242）。小说作者也赞黛玉"秉绝代姿容，具希世俊美"（23/上280）。在宝玉看来，"凡远亲近友之家所见的那些闺英闱秀，皆未有稍及林黛玉者。"（29/上/315）黛玉在宝玉心中眼中，是美轮美奂、无可比拟的。所以"红香绿玉"色彩亮丽鲜明、弥满着鲜活生命的张力与天然之趣，正符合宝玉对美的评价。

三、贾母之于"红香绿玉"

"红""绿"亦是贾母所素爱者，小说中多处点到，如刘姥姥二进荣国府，贾母领她逛大观园"簪菊"场景：（李纨）正乱着安排，只见贾母已带了一群人进来了。李纨忙迎上去，笑道："老太太高兴，倒进来了。我只当还没梳头呢，才撷了菊花送去。"一面说，一面碧月早捧过一个大荷叶式的翡翠盘子来，里面养着各色的折枝菊花。贾母便拣了一朵大红的簪了鬓上。因回头看见了刘姥姥，忙笑道："过来带花儿"。（40/上/421）"一个大荷叶式的翡翠盘子中"中"养着"众多颜色各异的菊花，而贾母"拣"的是"一朵大红"菊花，其情趣爱好显而易见。"翡翠盘子"中"一朵大红"菊花，这正是"红香绿玉"的实物展示；而盘子是"大荷叶式的"，这种器物造型除了给人以"绿玉"之视觉印象，更能给人以"香玉"之嗅觉暗示这一点香菱对金桂说自己名字来由时明确地谈到过："不独菱花，就连荷叶莲蓬都是一股清香的。但他那原不是花香可比。若静日静夜，或清早半夜，细领略了去，那一股香比是花儿都好闻呢。就连菱角、鸡头、苇叶、芦根，得了风露，那一股清香就令人心神爽快的。"（80/下/892）荷叶之清香还借黛玉之口点到过——黛玉说过最不喜欢李商隐的诗，唯独喜欢这一句"留得残荷听雨声"（40/上/429）。李商隐此句诗乃化用贾岛《雨后宿刘司马池上》"芦苇声兼雨，芰荷香绕灯"而来，故其中不言"香"

而"芰荷香"自在其中。另外,大观园藕香榭的柱上对联"芙蓉影破归兰桨 菱藕香深写竹桥"(38/上/402),更是强调了"菱藕香深"。小说中如此多处或明或暗点到与"荷"相关之"香",可见"荷""香"乃非同寻常之"细"物。"荷"与"大红"菊花搭配,正是对"红香绿玉"含义最简洁的实物解说。

宝玉天性亦喜莲之"清香",在挨贾政毒打后唯独想吃"那小荷叶儿小莲蓬儿的汤"(35/上/369)。此汤要"借点新荷叶的清香"才能出好汤(同上),汤模子图案"也有菊花的,也有梅花的,也有莲蓬的,也有菱角的,共有三四十样,打的十分精巧。"(35/上/369)"三四十样"中专门点出的上述四种图案,正与贾母、宝玉和黛玉喜欢的"清香"有关。贾府日常生活"衣食住行"用品多此类图案,小说中多处提及:"食"类有"汤模子""乌银梅花自斟壶"(39/上/406)"海棠花式雕漆填金云龙献寿的小茶盘"(41/上/438);"住"类"雕漆几""也有海棠式的,也有梅花式的,也有荷叶式的,也有葵花式的,也有方的,也有圆的,其式不一"(40/上/430);贾母簪菊赏梅、黛玉喜欢"留得枯荷听雨声",可见祖孙二人情趣相同。

荷叶"清香"的内涵正如宝玉对"女儿"的评价相通:"女儿是水做的骨肉,男人是泥做的骨肉。我见了女儿,我便清爽;若见了男子,便觉浊臭逼人。"(2/上/19)小说中众多"女儿"中,属"水做的骨肉"之女儿自然得数黛玉。黛玉前身之说,其实是种象征。象征黛玉蕙质灵心。她的"香",是菊花之"冷香";是梅花之"暗香"。点出贾母所喜黛玉之"香"乃"草"之"天然""清香","令人心神爽快"。而不是秦可卿房内令人"眼饧骨软"的"细细"的那"股""甜香";亦不是薛宝钗身上那"一阵阵凉森森甜丝丝的幽香"(8/上/89);更不是王熙凤房中"扑"人"脸"的"竟不辨何气味"的"一阵香",而是"集诸草木精华而成"之"幽香":"诸名山胜境初生异卉之精,合各种宝林珠树之油所制,名为'群芳髓'。""以仙花灵叶上所带之宿露而烹,此茶名曰'千红一窟'。""以百花之蕊、万木之汁,加以麟髓之醅、凤乳之麴酿成,因名为'万艳同悲'。""群芳髓"乃所焚之香,是"一缕幽香";"千红一窟"乃茶,"清香异味,纯美非常";"万艳同悲"乃酒,"清香甘冽异乎寻常"，（5/上/56）这种非尘世所能有之"奇香"①，绝非可卿、宝钗、凤姐之"甜香""暖香"等"俗香"，是黛玉自己都不知道却自有的"奇香"："（宝玉）只闻得一股幽香，却是从黛玉袖中发出，闻之令人醉魂酥骨"（19/上/203）。李纨犹赞黛玉《咏菊》诗之"口齿噙香"句，正显示出黛玉文品即人品——"香"：人是幽韵冷香；诗"香"更是沁人心脾。所以，黛玉之"香"，正是宝玉对女儿的理解："原来天生人为万物之灵，凡山川日月之精秀，只钟于女儿，须眉男子不过是些渣滓浊沫而已。"（20/上/210）黛玉便是"山川日月之精秀"的浓缩，是"天然"之美的结晶。

贾母对于"红"与"绿"的偏爱，是和对黛玉的感情密切相关的。她引领着刘姥姥见识大观园，"先到了潇湘馆"（44/上/422）—"先"字，就把贾母心心念念在黛玉身上的情感表达出来：大观园众多女孩儿，黛玉在贾母心中的位置最靠"先"。当"刘姥姥因见窗下案上设着笔砚，又见书架上磊着满满的书"时以为"必定是那位哥儿的书房"，"贾母笑指黛玉道：'这是我外孙女儿的屋子。'刘姥姥留神打量了林黛玉一番，方笑道：'这那里像个小姐的绣房，竟比那上等的书房还好。'贾母因问：'宝玉怎么不见？'"（44/上/422）"贾母笑指黛玉"这个动作把作为外祖母听到外人夸赞外孙女时油然而生的自豪感传神地表达出来：这是人之常情——对爱女无尽的思念与爱全部补偿给了黛玉。黛玉其实不仅仅代表自身，扮演着贾母外孙女的角色；更是扮演着贾敏的女儿角色活动在贾母眼前心里。一位痛失唯一爱女的白发苍苍的老母亲，很难想象看到唯一的外孙女儿时不会想到女儿？黛玉看《荆钗记》对"男祭"的评论可以理解她对贾母的意义："这王十朋也不通的很，不管在那里祭一祭罢了，必定跑到江边子上来作什么！俗话说：'睹物思人'，天下水总归一源，不拘那里的水舀一碗，看着哭去，也就尽情了。"（40/上/466）"睹物思人"可寄托对"人"的深切思念，何况贾母"睹人思人"——见黛玉更思黛玉之母！每年到了黛玉父母的忌辰，"老太太都吩咐另外整理肴馔送去林妹妹私祭"（64/下/

---

① 黛玉对宝玉语："难道我也有什么罗汉真人给我些香不成！便得了奇香，也没有亲哥哥亲兄弟，弄了花儿、朵儿、霜儿、雪儿替我炮制。我有的是那些俗香罢了。""我有'奇香'，你有'暖香'没有？"（19/上/203－204）

705）贾母这种细心，不惟是对女儿女婿的哀思，更是对黛玉的细微体贴。在黛玉整个生命历程中和全部的情感世界里，贾母予黛玉最细微和最深沉的亲情。黛玉是她母亲生命的延续，从这种意义上可以说，贾母对黛玉的爱是和黛玉所扮演的角色一样是双重的。她自然最希望黛玉获得幸福的归宿——和宝玉在一起。所以在潇湘馆会极其自然想到"宝玉怎么不见？"这句问话给人的感觉：一是"宝玉在潇湘馆是正常的，不在倒反不正常。"二是贾母平日对二玉之关系是了如指掌的。此句其实包含着赞同默许二玉在一起的态度。所以在探春那里，贾母特特把二玉并提："笑道：'我的这三丫头却好。只有两个玉儿可恶，回来吃醉了，咱们偏往他们屋里闹去。'"（44／上／428）"两个玉儿"自然是"小名儿"，直接把宝玉黛玉的"小名儿"并为一个"小名儿"的这种口吻，满溢着爱怜与疼惜。

　　从黛玉处出来早饭后到的是探春房中，众人都忙着支应刘姥姥板儿时，对贾母有一个细节刻画："贾母因隔着纱窗往后院内看了一回，因说：'这后廊下的梧桐也好了，就只细些。'正说着，忽一阵风过，隐隐听得鼓乐之声。贾母因问：'是谁家娶亲呢？这里临街倒近。'"（44／上／428）这个细节把贾母其时心不在焉情态刻画得惟妙惟肖——"状难写之景如在目前，含不尽之意见于言外"，贾母对探春房的摆设并不感兴趣，故无任何评论。这完全不同于在黛玉处的兴致。在蘅芜苑，贾母直接亮明自己的观点：宝钗作为"年轻姑娘"如此"素净"，是犯"忌讳"的，即不吉祥、不宜室家；贾母说自己"最会收拾屋子"要"替"宝钗"收拾"，那自然是说宝钗"不会收拾屋子"，只会"离了格儿"的"素净"。另外，对薛宝钗住处布置的评论点明这是贾母第一次来——这么久才因刘姥姥顺路而来——王熙凤说贾母"往常也进园子逛去，不过到一两处坐坐就回来了。"（42／上／445）这"一两处"自然是潇湘馆和怡红院了。贾母细心、虑事周到，尤氏对李纨说："老太太也太想的到。实在我们年轻力壮的人捆上十个也赶不上。"李纨道："凤丫头仗着鬼聪明儿，还离脚踪儿不远。我们是不能的了。"（71／下／788－789）"太想的到"的贾母对蘅芜苑"雪洞般"感觉的不喜与评论，正见出贾母对宝钗情感之薄与疏。

　　综论之，红香绿玉是天真自然美——"天然图画"（17／上／176）的完美体现——连宝钗亦"眉不画而翠,唇不点而红",可见"红""翠"(与"绿"均属"青"类色,如"绕堤柳借三篙翠 隔岸花分一脉香"(17/上/173)等是美好生命最本真自然的一种外在表现形态,是青春妙龄的象征。贾母、宝玉和黛玉均喜"红香绿玉",这是他们心灵世界息息相通最根本的基础——"一生爱好是天然",不喜虚伪做作。因此,"金玉姻缘"在贾母、宝玉和黛玉看来,只是一个大谎言而已,是与真善美背道而驰的。

第二章

"细"人篇

《红楼梦》惯用一击两响、未见其人先闻其声、借此言彼、正反相对等明暗相生的手法来揭示人物最真实隐秘的内心世界。所以读此小说，要如照"风月鉴"一般，不能只照"正"面，而主要是照"反"面。小说的人与事往往是成对儿出现，或正对、或反对、或侧对、或类对等。此等对照（或对比），或隐或显、或明或暗，但均如"影"而随"人"行。借"影"来衬"人"，使"人"事彰显披露。正如徐仅叟谈《红楼梦》所谓："曹雪芹写这部书是花了很大气力……他写书的方法，有些从正面写，也有从反面写，或者从夹缝里写。书里有些人描写得温慧贤良，端庄稳重，骨子里却做了不可告知人的隐事"①。故读此小说，绝对不能被小说中作者对人物的表面评价所骗过，要从"细"处研味才能接近人物真相。

第一节　　"Wei"下的薛宝钗

薛宝钗是小说中最重要的人物形象之一。作者塑造该艺术形象之深隐目的，乃在于借此一人、骂尽世间之假恶丑。概言之，薛宝钗乃一"箭垛式"人物，她说一套、做一套，典型的言行不一；她心地阴暗刻毒、却处处时时示人以"贤""惠"以博取"善"名儿。薛宝钗之恶，与王熙凤比有过之而无不及，因

---

① 许姬传. 许姬传七十年见闻录［M］. 北京：中华书局，2007：66.

为王熙凤之恶人尽皆知；而薛宝钗之恶，因善于"藏奸"而使人不觉——"路遥知马力，日久见人心"她可以反其道而用之：如黛玉刚开始对其防范，日久竟为其伪善所迷惑，故其对黛玉干尽恶毒事反得黛玉情好日密之谊。一言以蔽之，薛宝钗之丑恶，典型表现乃在于"Wei"：伪善、猥琐和"藏头露尾"三个方面，以下分而论之。

一、伪善

薛宝钗是作者着意刻画的一个人物形象，在塑造这一人物形象时花了很大气力。为表现其伪善，小说往往是在"细"的叙述脉络里处处透着辛辣的讽刺。最典型的事件是"鸳鸯事件"。

鸳鸯是贾母的心腹丫头之一，在荣府众多丫鬟中不但最有体面，且掌管着贾母所有的梯己，李纨就对众人说："譬如老太太屋里，要没那个鸳鸯，如何使得。从太太起，那一个敢驳老太太的回，他现敢驳回。偏老太太只听他一个人的话。老太太的那些穿带的，别人不记得，他都记得，要不是他经管着，不知叫人诓骗了多少去呢。"（39/上/412）。鸳鸯对于贾母来讲之重要，用王熙凤的话讲："老太太离了鸳鸯，饭也吃不下去的"（46/上/488），她是荣府的"家生女儿"①，贾赦曾一度欲要他作"房里人"②，逼得鸳鸯铰发自誓以绝贾琏和宝玉。所有这一切产生的直接原因，是"螃蟹宴"上王熙凤的"戏"语。"螃蟹宴"的提出者和真正的东道主人都是薛宝钗，但薛宝钗却打着一切替史湘云考虑的幌子，要替她作东。何以如此，根据此宴前后一系列事件考察，乃是为了利用一下邢夫人："螃蟹宴"上，邢夫人被缺失。这种缺失站在宝钗角度来请，自然可以说得过去；但站在湘云角度来请，邢夫人是必须要被请的。这一点"礼"是必须讲究的——黛玉初来，拜见过大舅母邢夫人后才能拜见二舅母

① 平儿说鸳鸯"的父母都在南京看房子，没上来，终久也寻着的"，可惜鸳鸯是"这里的家生女儿，不如'她和袭人'两个人是单在这里"（46/上/493）。
② 邢夫人对王熙凤说："大家子三房四妾的也多，偏咱们就使不得。我劝了也未必依。就是老太太心爱的丫头，这么胡子苍白了又作了官的一个大儿子要了作房里人，也未必好驳回的。"（46/上/488）

王夫人的。如果湘云以"诗社"事为由头"请"，不请邢夫人也粗可理解。但宝钗专门强调"先别把诗社事提起"。"摸不着""螃蟹宴"的邢夫人之为人行事，王熙凤的内心看法是好"弄左兴"（46/上/489）、"多疑的人"。"螃蟹宴"邢夫人被刻意漏掉之后果，以薛宝钗之心机细密周到，她自然应该心知肚明。薛宝钗何以如此，自然是为"金玉姻缘"。但"单丝不成线，独木难成林"，她需要"一从二令三人木"即需要王熙凤、贾探春、李纨、平儿和袭人等"一伙的"辅助，才能把邢夫人的"火"旺旺儿地引燃后烧起来——"雪下抽柴"需要借助"女孩儿"之力——邢夫人之"火"需要借助薛宝钗"螃蟹宴"引逗出来。

　　"多疑"的邢夫人"螃蟹宴"被"东道"史湘云"忘请"，自然是要"恼羞变成怒"的。但湘云背后是贾母，邢夫人不能直接拿贾母"出气"。但"螃蟹宴"邢夫人被漏掉或故意被忘请，她自然会以为是贾母素日"偏心"而"忘"提醒湘云之故。不管被谁忘记，邢夫人都会极其在意——她要找人"泻火儿"——于是就有了贾赦要鸳鸯事件。鸳鸯被贾赦瞄上，当和"宝玉腻歪鸳鸯"一节有关。这个场景之前，是宝玉和黛玉一起葬花时，袭人走来找宝玉回去，说是"那边大老爷身上不好""老太太叫打发你去呢"（24/上/244）；"老太太""打发"的"人"正是鸳鸯，宝玉回房换衣裳时看到了她，遂有宝玉要吃鸳鸯"嘴上的胭脂"和"扭股糖似的粘在"鸳鸯"身上"腻歪鸳鸯场景（24/上/246）。鸳鸯对袭人心无芥蒂，她喊袭人"出来瞧瞧"，还对袭人说："你跟他一辈子，也不劝说，还是这么着。"鸳鸯此语，比在王夫人房里"吃西瓜"时才明确袭人"准姨娘"身份要早（36/上/378－379），且袭人不是荣府"家生子儿"，是迟早要被"放出去的"，没有"长远留下人的理"（19/上/198）。但鸳鸯却说出袭人是"要跟宝玉一辈子的"，这句话即"信息源"颇值得深究——鸳鸯此信息当从"王家的人"处得来是确凿无疑的——袭人引诱宝玉"偷试云雨情"时，"袭人素知贾母已将自己与了宝玉的"（6/上/61），看来不是贾母而是"王家的人"将袭人"与了宝玉"，这从正月节期间李嬷嬷骂袭人时王熙凤出面救场可以确证此事。李嬷嬷骂袭人事刚过，史湘云来荣府在黛玉房中安歇，又有宝玉一早来看她姊妹场景。当时宝玉用了"带着两个金镯子"（21/上/215）

的湘云洗面的剩水洗了脸；还要湘云替他梳了头；还欲吃胭脂，这些让袭人大怒不已。和袭人惯于"碍"二玉一样，宝钗亦最擅此道——湘云来了，她更是时刻在意。此时她到了宝玉房里，遂有"钗袭同流"之场景——此场景可谓"伏线千里"，直接引发了以后王夫人查检怡红院。"吃西瓜"时王熙凤对薛姨妈说袭人："姑妈听见了！我素日说的话如何！今儿果然应了我的话"（36/上/380），这句话可为李嬷嬷骂袭人时她出面护袭人作注脚！薛姨妈接着评论袭人早该得到"准姨娘"身份时说"早就该如此"；王夫人更是"含泪说"薛姨妈和王熙凤"你们那里知道袭人那孩子的好处"（36/上/380），薛姨妈称赞袭人的几个方面，最是薛姨妈老奸巨猾处——"模样""行事"和"说话"是在明处的，人皆可见可知可说的，显示出薛家和袭人之间无任何私密瓜葛！故王夫人说她们不知道袭人的"好处"，但袭人的"好处"王夫人是如何知道的——自然是薛宝钗、王熙凤和李纨等传"闲话"的结果。袭人"好处"在"螃蟹宴"时被李纨大谈特谈，她把袭人和平儿放在一起比较：

> 李纨道："那也罢了。"指着宝玉道："这一个小爷屋里，要不是袭人，你们度量到个什么田地！凤丫头就是楚霸王，也得这两只膀子好举千斤鼎。他不是这丫头，就得这么周到了！"（39/上/412）

袭人和平儿关系密切，平儿连最机密的经济问题都可以向她透露：

> 袭人和平儿同往前去，让平儿到房里坐坐，便问道："这个月的月钱为什么还不放？"平儿见问，忙悄悄说道："迟两天就放了。这个月的月钱我们奶奶早已支了，放给人使了；等利钱收齐了才放呢。——你可不许告诉一个人去。"袭人笑道："难道他还短钱使！何苦还操这心？"平儿笑道："这几年拿着这一项银子，他的公费月例，放出去利钱，一年不到上千的银子呢。"袭人笑道："拿着我们的钱，你们主子奴才赚利钱，哄的我们呆等。"平儿道："你又说没良心的话，你难道还少钱使？"袭人道："我虽不少，——只是我也没地方使去，——就只预备我们那一个。"（39/上/411-412）

平儿说袭人那句"你又说没良心的话，你难道还少钱使"最值得玩味：袭人的钱应该不仅仅是月例二两和宝玉学里一年公费八两银子："凡爷们的使用都是各屋领了月钱的，——环哥儿的是姨娘领二两，宝玉的是老太太屋里袭人领二两，兰哥儿的是大奶奶屋里领，——怎么学里每人又多这八两？"（55/上/597）平儿对于王熙凤的作用，李纨说是"总钥匙"和"臂膀"："我成日家和人说笑，有个唐僧取经，就有个白马来驮他；刘智远打天下，就有个瓜精来送盔甲；有个凤丫头，就有个你。你就是你奶奶的的一把总钥匙，还要这钥匙做什么！"（39/上/411）李纨把平儿与王熙凤的关系比成白马和唐僧、瓜精和刘智远的关系，正是为了凸显平儿对于王熙凤的重要与关键。袭人同平儿如此交厚，正见出袭人素日与"王家的人"走得多么近！

"钗袭同流"后薛宝钗着意培植、拉拢袭人以为自己的"金玉姻缘"服务，她时时注意在王夫人处显好，关于袭人的"好处"她自然会"闲话"给王夫人。自此，关于穿的、戴的只要有"金""玉"等都成了"钗袭"共同防范的对象。鸳鸯姓金、且被宝玉腻歪，故被防范是极其自然的。消解潜在威胁的最彻底手段，是给对手找到归宿——名花有主后，宝玉就断了念想儿。于是，"螃蟹宴"上，鸳鸯会被刻意注意——"螃蟹宴"是有"醋"味的：明说王熙凤因贾琏吃鸳鸯的醋，暗写钗袭吃鸳鸯的醋；虚写琥珀笑王熙凤和平儿不饶鸳鸯，实埋钗袭暗算鸳鸯绝不含糊：

> 史湘云陪着吃了一个，就下坐来让人。又出至外头，命人盛两盘子与赵姨娘周姨娘送去。又见凤姐走来说："你不惯张罗，你吃你的去。我先替你张罗，等散了，我再吃。"湘云不肯。又命在那边廊上摆了两桌，让鸳鸯、琥珀、彩霞、彩云、平儿去坐。鸳鸯因向凤姐笑道："二奶奶在这里伺候，我们可吃去了。"凤姐儿笑道："你们只管去，都交给我就是了。"说着，史湘云仍入了席。凤姐和李纨也胡乱应个景儿，凤姐仍是下来张罗。一时，出至廊上，鸳鸯等正吃的高兴，见他来了，鸳鸯等站起来道："奶奶又出来作什么？让我们也受用一会子。"凤姐笑道："鸳鸯小蹄子越发坏了。我替你当差，倒不领情，还抱怨我。还不快斟一钟酒来我喝呢。"鸳鸯笑着，忙斟一杯酒……琥珀彩霞二人也斟上一杯……平儿早剔了一壳黄子送来。凤姐道："多倒些姜醋。"一面也吃了。笑道："你们坐着吃罢，我可去了。"鸳鸯笑道："好没脸，吃我们的东西。"凤姐儿笑道："你和我少作

怪。你知道，你琏二爷爱上了你，要和老太太讨了你作小老婆呢。"……琥珀笑道："鸳丫头要去了，平丫头还饶他。你们看他，没有吃了两个螃蟹，倒喝了一碟子醋，他也算不会搅酸了！"（38/上/404）

王熙凤放着入席坐吃享受不去，偏要替湘云张罗——"替张罗"和薛宝钗"替"作东道一样，乃有目的的：她真"替张罗"，该在亭子里招呼贾母等，却偏"出至廊下"到鸳鸯等处来。主子到来，鸳鸯等自然得问候说话儿，王熙凤便借机趁势说出了贾琏"爱上了"鸳鸯"戏语"。这个场景王熙凤用了"引风吹火"和"架桥拨火"两招——先把"火"从"藕香榭"亭子里引到"廊下"；再借鸳鸯"好没脸，吃我们东西"之"话头儿"拨出"小老婆"这一敏感话题。这个话题王熙凤是要大声说出来以让有心生嫌隙者听到的——此景后有刘姥姥"雪下抽柴"的"村言"，暗示"螃蟹宴"乃"金玉姻缘"所借之"雪"，王薛们要在此"雪"里"抽柴"取"火"的："雪"是冷的，但下面却埋藏着"柴火"，这正是"金簪雪里埋"之意；这也是贾母第一次到蘅芜苑的感觉——"冷"："及进了房屋，雪洞一般"（40/上/429）。这个"雪洞"里住着的，是因"金玉姻缘"而生"宋太祖灭南唐之意""卧榻之侧岂容他人酣睡"① 的薛宝钗；是"外具花柳之姿，内秉风雷之性"（同上）的薛宝钗；是"妒火"中烧的薛宝钗——这正是"情哥哥偏刨根究底"的结果：那里有什么"十七八岁的极标致的一个小姑娘"，"竟是一位青脸红发的瘟神爷"（39/上/419）。

宝玉腻歪鸳鸯事，"贤"袭人确乎会当"闲话"传给薛宝钗。于是，要消解鸳鸯之"金"的"戏"便在"螃蟹宴"上借王熙凤的"戏语"说出来。这"戏语"是说给邢夫人这边的人听的——贾赦和邢夫人最敏感的是贾母"偏心"，故王熙凤"戏语"是要利用"偏心"大做文章的。"螃蟹宴"上没有邢夫人——连赵姨娘和周姨娘也让人送了两盘子螃蟹，邢夫人对此自不会不在意。不但邢夫人，连邢夫人这边的下人无不心怀不忿，如邢夫人的陪房费婆子，"起先也曾兴过时，只因贾母近来不大作兴邢夫人，所以连这边的人也灭了威势。凡贾政这边有体面的人，那边各各虎视眈眈。……干看着人家逞才卖技办事，

---

① 小说借写夏金桂写尽薛宝钗（79/下/890）。

呼么喝六弄手脚，心里早不自在，指鸡骂狗，闲言闲语的乱闹"（71/下/785）。"螃蟹宴"前"蘅芜苑夜拟菊花题"时，薛宝钗特特交待湘云："你如今且把诗社别提起，只管普通一请。等他们散了，咱们有多少诗做不得的。"（37/上/399）直到鸳鸯事件出来，我们会明白薛宝钗此语目的之一：若为"诗社"请的"螃蟹宴"，邢夫人被请与否都有理由；但仅仅说是"请老太太在园里赏桂花吃螃蟹"（同上），则湘云"作东道"不请大太太绝对于情于礼不该。

王熙凤、平儿、袭人等素日与鸳鸯私交颇"厚"，自然知道鸳鸯心性①——"明放着不中用，而且反招出没意思来"（46/下/489），但王薛们要的就是"借刀杀人"即借贾赦消解鸳鸯之"金"。这"牛不吃水强按头"② 一招可让贾赦恼怒、鸳鸯"誓绝鸳鸯偶"——此"鸳鸯偶"深层意向只能是宝玉——这从平儿拉鸳鸯在"枫树底下，坐在一块山石上""私密谈话"时，袭人从山石背后偷听后还要走出来一场景可以见出：

> 二人听了，不免吃了一惊，忙起身向山石背后找寻，却是袭人笑着走了出来，问："什么事情？告诉我。"说着，三人坐在石上，平儿又把方才的话说与袭人。袭人听了，说道："真真——这话论理不该我们说，——这个大老爷太好色了。略平头正脸的他就不放手了。"平儿道："你既不愿意，我教给你个法子，不用费事就完了。"鸳鸯道："什么法子，你说来我听。"平儿笑道："你只和老太太说，就说已经给了琏二爷了，大老爷就不好要你了。"鸳鸯啐道："什么东西！你还说呢，前儿你主子不是这么混说的，谁知应到今儿了。"袭人笑道："他们两个都不愿意，我就和老太太说，叫老太太说把你已经许了宝玉了，大老爷也就死了心。"鸳鸯又是气，又是臊，

---

① 鸳鸯对平儿冷笑道："这是咱们好。比如袭人、琥珀、素云、紫鹃、彩霞、玉钏儿、麝月、翠墨，跟了史姑娘去的翠缕，死了的可人和金钏儿，去了的茜雪，连上你我，这十来个人，从小儿什么话不说，什么事不作。这如今都大了，各自干各自的去了，然我心里仍是照旧，有话有事并不瞒你们。这话我先放在心里，且别和二奶奶说。别说大老爷要我做小老婆，就是大太太这会子死了，他三媒六聘的娶我去作大老婆，我也不能去。"（46/上/492）王熙凤暗想："鸳鸯素日是个可恶的，虽如此，保不严他就愿意。"（46/上/489）平儿也对王熙凤说："据我看，此事未必妥。平常我们背着人说起话来，听他那主意，未必是肯的。也只说着瞧罢了。"（46/上/491）

② 鸳鸯语（46/上/493）。

又是急，因骂道……（46/上/493）

袭人既然"哈哈的笑道：'好个没脸的丫头，亏你不怕牙碜'"，可见听到了鸳鸯全部的话；另外，当平儿问她在山子石背后"藏着作什么的"时，袭人答："……我这里正疑惑是出园子去了。可巧你从那里来了，我一闪，你也没看见。后来他又来了，我从这树后头走到山子石后，我却见你两个说话来了"（46/上/494－495）这段话道出从平儿进园就一直在她的视线内，平儿和鸳鸯的对话她全部听到了，却装作懵懂无知——"什么事情"一问自相矛盾，把平儿袭人等"串通一气来算计"鸳鸯之计谋暴露出来。袭人的作用和王熙凤一样，借王熙凤引逗出贾琏讨鸳鸯作小老婆的"话头儿"；再借袭人之口说出宝玉以逼迫鸳鸯起誓："纵到了至急为难，我剪了头发当姑子去。不然，还有一死，——一辈子不嫁男人，又怎么样？"（46/上/493）鸳鸯誓言正是整个事件王薛们所需要的结果之一，从贾赦话语可以看出鸳鸯和宝玉之间不是没有可能："自古嫦娥爱少年，他必定嫌我老了，大约他恋着少爷们，多半是看上了宝玉，只怕也有贾琏。果有此心，叫他早歇了。我要他不来，以后谁还敢收。"（46/上/493）这段话道出贾赦也是被王薛们借来当枪使的——"我要他不来，以后谁还敢收"才是整个事件中必须借用贾赦的目的。

何以设计鸳鸯事件，一是为了避免鸳鸯和袭人竞争当"姨娘"；二来是为了算计贾母的梯己。鸳鸯是"老太太的人"，从小说前八十回看，贾母对紫鹃、晴雯和鸳鸯情非一般地看重，这绝对不是无缘无故地爱。在紫鹃"情辞试忙玉"后，贾母明白宝玉病因后，她的反应是"流泪"向紫鹃道："你这孩子素日最是个伶俐聪敏的"（57/上/619），把"最是个伶俐聪敏的"的紫鹃派给黛玉使唤，贾母心思不言而彰。紫鹃对宝玉说："你知道我并不是林家的人，我也和鸳鸯袭人是一伙的。偏把我给了林姑娘使，偏生他又和我极好，比他苏州带来的好十倍。一时一刻，我们两个也离不开。"（57/上/619）贾母正是看重紫鹃，才"偏"把她给了黛玉。这是贾母"惜孤女"最直接的情感流露。紫鹃深谙贾母、黛玉和宝玉心思，深刻感受到来自薛家所谓"金玉姻缘"对黛玉的直接威胁，但又不能对率真纯洁、不谙世事的黛玉说明白。按照贾母的意思，将来惟有黛玉才可配宝玉成婚、晴雯又素日和黛玉相厚、鸳鸯掌管着自己的梯己。如此安排，不但宝玉黛玉感情归宿和经济基础都让贾母放心，而且宝玉身边的人是晴雯、紫鹃和鸳鸯，她们三人之为人行事贾母是放心的！"心实"的鸳鸯对"一伙"的袭人等并无防范意识，所以就不知不觉陷入被人设计的陷阱——以年迈的贾赦为"刀"，逼迫着鸳鸯发毒誓绝宝玉：

> 可巧王夫人、薛姨妈、李纨、凤姐、宝钗等姊妹并外头的几个执事有头脸的媳妇都在贾母跟前凑趣儿呢。鸳鸯……一行哭，一行说……："因为不依，方才大老爷越性说我恋着宝玉，不然要等着往外聘，凭我到天上，这一辈子也跳不出他的手心去，终久要报仇。我是横了心的。当着众人在这里，我这一辈子，别说是宝玉，便是宝金、宝银、宝天王、宝皇帝，横竖不嫁人就完了。就是老太太逼着我，我一刀子抹死就完了，也不能从命。……伏侍老太太归了西……或是寻死，或是剪了头发当姑子去。若说我不是真心，暂且拿话来支吾，日后再图别的，天地鬼神，日头月亮照着嗓子……"……贾母听了，气的浑身乱颤，口内只说："我通共剩下了这么一个可靠的人，他们还要来算计。"因见王夫人在傍，便向王夫人道："你们原来都是哄我的，外头孝敬，暗地里盘算我。有好东西也来要，有好人也要。剩了这么个毛丫头，见我待他好了，你们自然气不过，弄开了他，好摆弄我。"（46/上/497－498）

"可巧"当时"众人在"，这绝对不是偶然的——是需要他们来共同见证"鸳鸯女誓绝鸳鸯偶"的——贾母对着王夫人发怒的话表明她绝对不认为贾赦要鸳鸯仅仅是一孤立的事件，而是王薛们精心设计的圈套：算计鸳鸯是表面现象，其实是算计贾母；算计贾母，一为梯己，二为"金玉姻缘"。

纵观整个鸳鸯事件，计谋源是"蘅芜苑夜拟菊花题"时；"鸳鸯做小老婆"话题是"螃蟹宴"场景时王熙凤非常突兀地提出的；逼鸳鸯发誓根绝的重点是宝玉；当时在场见证鸳鸯发誓的绝大多数是站在"王家的人"立场上的。评判谁是幕后阴谋的主使者最直接的依据，就是要看阴谋得逞后最大受益者是谁。围绕鸳鸯事件整场细节细细地考察，可以得出结论：薛宝钗是整场阴谋主使者。薛宝钗始终隐身幕后，但她却是最大的受益者——故"螃蟹宴"是她阴谋连环计中之一环。在此事件中，"消解"了鸳鸯之"金"；埋下"嫌隙人"——邢夫

人这一"火"种；加剧加深贾母和贾赦这对儿母子因"偏心"而固有的矛盾
——以之使贾母气不顺，如此则易致病（晴雯、秦可卿、黛玉、王熙凤等多因
气而病场景）。加上"螃蟹宴"吃螃蟹安排在多风的藕香榭亭子上、"螃蟹宴"
后在"风地里"吃热的甜食和油腻腻的"小饺"（刘姥姥醉卧怡红院前"泻肚"
场景可证）等皆不宜于贾母和黛玉。"螃蟹宴"后贾母果然病了、黛玉病加重。
这些就足以证明"螃蟹宴"绝对是鸿门宴（黛玉《五美吟》中有咏《虞姬》正
暗暗照应此事：虞姬当比鸳鸯；韩信彭越当比袭人平儿）。由鸳鸯事仵可得出结
论：薛宝钗是彻头彻尾的伪善君子！

二、猥琐

薛宝钗之猥琐不堪，小说是通过正反对照手法来进行细致表现的，这种手
法正如"风月宝鉴"，正面看着赏心悦目却是假象，故不可信也不必看；反面照
看之物虽丑恶却是真实的。客观评价作者塑造薛宝钗正是以此手法：评论时往
往从其"正面"评论；而评论是否真实作者则通过一个个场景细致的刻画来进
行表现。如薛宝钗对宝玉态度，作者评论是："薛宝钗因往日母亲对王夫人等曾
提过金锁是个和尚给的，等日后有玉的方可结为婚姻等话，所以总忌着宝玉。"
（28/上/306）果真如此吗？小说借晴雯之语道出薛宝钗"总忌着宝玉"实际是
"总记着宝玉"："有事没事，跑了来坐着，叫我们三更半夜的不得睡觉。"（26/
上/280）晴雯的话道出宝钗何尝知道"避忌"，真成了贾母"掰谎"时说的
"贼不成贼，鬼不成鬼"的不堪者。

宝钗之猥琐，小说中触处皆是，焦点是围绕着宝玉来表现的。自从"金玉
姻缘"谎言"无为有处有还无"后，薛宝钗的生活里最重要的内容就是"记"
宝玉、忌黛玉、湘云等。对于宝玉渴慕最典型的例证，是从"宝兄弟"的鞋子
到"玉"和"兜肚"她都想插一手，留下自己的气味与痕迹。为了作上"宝兄
弟"的鞋子，她要传湘云的"闲话"给袭人：

> 正裁疑间，忽有宝钗从那边走来，笑道："大毒日头地下，出什么神
> 呢？"袭人见问，忙笑道："那边两个雀儿打架，倒也好顽，我就看住了。"
> 宝钗道："宝兄弟这会子穿了衣服，忙忙的那去了？我才看见走过去，倒要

叫住问他呢。他如今说话越发没了经纬，我就此没叫他，由他过去罢。"袭人道："老爷叫他出去。"宝钗听了，忙道："嗳哟，这么黄天暑热的，叫他做什么？别是想起什么来，生了气，叫他出去教训一场。"袭人笑道："不是这个，想是有客要会。"宝钗笑道："这个客也没意思，这么热天，不在家里凉快，还跑些什么。"袭人笑道："倒是你说说罢。"宝钗因而问道："云丫头在你们家做什么呢？"袭人笑道："才说了一会子闲话。你瞧，我前儿粘的那双鞋，明儿烦他做去。"宝钗听见这话，便两边回头，看无人来往，便笑道："你这么个明白人，怎么一时半刻的就不会体谅人情。"我近来看着云丫头的神情，再风里言风里语的听起来，那云丫头在家竟一点儿作不得主。他们家嫌费用大，竟不用那些针线上的人，差不多的东西都是他们娘儿们动手。为什么这几次他来了，他和我说话儿，见没人在跟前，他就说家里累的很，我再问他两句家常过日子的话，他就连眼圈儿红了，口里含含糊糊待说不说的。想其形景来，自然从小儿没爹娘的苦。我看着他，也不觉的伤起心来。袭人见说这话，将手一拍，说："是了，是了。怪道上月我烦他打十根蝴蝶结子，过了那些日子才打发人送来，还说：'这是粗打的，且在别处能着使罢；要匀净的，等明儿来住着再好生打罢。'如今听宝姑娘这话，想来我们烦他，他不好推辞。不知他在家里怎么三更半夜的做呢。——可是我也糊涂了。早知这样，我也不烦他做了。"宝钗道："上次他就告诉我，在家里做活做到三更天，若是替别人做一点半点，他家的那些奶奶太太们还不受用呢。"袭人道："偏生我们那个牛心左性的小爷，凭着小的大的活计，一概不要家里这些活计上的人作。我又弄不开这些。"宝钗笑道："你理他呢。只管叫人做去，只说是你做的就是了。"袭人道："那里哄的信他。他才是认得出来呢。说不得，我只好慢慢的累去罢了。"宝钗笑道："你不必忙，我替你做些如何？"袭人笑道："当真的这样？就是我的福了。晚上我亲自送过来。"（32/上/343－344）

《红楼梦》刻画人物形象最惯用的手法之一是让人物在自说自话中产生自相矛盾，即让人物自己的言行极端不一，从而产生喜剧意味，而使得讽刺的效果更加辛辣。正如李嬷嬷说宝玉："那宝玉是个丈八的灯台，照见人家，照不见自家的。"（19/上/196）薛宝钗在大夏天正午不休息，却嘲笑贾雨村"没意思，这么热天，不在家里凉快，还跑些什么。"贾雨村其实就是薛宝钗自己的一面镜子：自私、无情、势利。所以贾雨村自抒怀抱的两句话"玉在椟中求善价，钗于奁中待时飞"（1/上/9），就是宝钗的内心写照，正如她咏柳絮的《临江仙》所云"韶华休笑本无根，好风频借力，送我上青云"（70/下/775）。她进京都的最主要原因，据小说交代："近因今上崇诗尚礼，征采才能，降不世出之隆恩，除选聘妃嫔外，在世宦名家之女皆亲名达部，以备选为公主郡主入学陪侍，充为才人赞善之职。"（4/上/45）其事不成，遂退而求其次，薛蟠就直接说破过宝钗心机："好妹妹，你不用和我闹，我早知道你的心了。从先妈和我说，你这金，要拣有玉的才可正配。你留了心，见宝玉有那劳什骨子，你自然如今行动护着他。"（34/上/365）"镜明不自照"，笑雨村就是笑自己，而宝钗自己却浑然不觉。自己把自己当笑料而犹自"笑"不已，王熙凤老拿黛玉做笑料，表姊妹两个何其相似乃尔！但宝钗则为"冷"笑；王熙凤则为"热"嘲。宝钗之"笑"是双刃剑，笑人则如同笑己；王熙凤之"笑"，惟针对黛玉一人。因为史湘云亦有"金"，薛宝钗自然时时处处留意她与宝玉在一起的细节。这次又是向袭人打听情报，当听说要湘云帮宝玉做鞋子时，看看薛宝钗的反应："听见这话，便两边回头，看无人来往，便笑道"，哪里还有一点"皇商"闺秀"举止娴雅"（4/上/44）"品格端方""行为豁达，随分从时"（5/上/48）的影子？因为自己嫉妒湘云做宝玉的鞋，就编排出那么一大段话来——湘云对她确实说过家里对她的厚薄，但绝对不会相信她会外传。湘云在感激宝钗替她做东道时说："我若不把姐姐当作亲姐姐一样看，上回那些家常话烦难事，也不肯尽情告诉你了。"（37/上/399）可见湘云对宝钗之信任。显然宝钗辜负了她并且一直以"为她好"为幌子在利用她、伤害她。以宝钗心事之细密，贾府上上下下、各色人等何尝有秘密可言？这她自然不会不知，如此背后替湘云"抱屈"，是明"帮"暗害湘云，亦是无中生有之毒招。宝钗既然知道"他家人若回去告诉了他婶娘，待他家去，又恐受气"，还编排那些话给袭人听，就不怕贾府人多嘴杂吗？所以说穿了是以"无中生有"害湘云。贾母宴大观园时大家行酒令，湘云说的是"闲花落地听无声"，（40/上/432）此句诗出自唐刘长卿的《别严士元》，其上句为"细雨湿衣看不见"。此处借湘云口说出此句良有深意:"闲花"谐音"闲话"。湘云把最梯己的话掏心掏肺给"亲姐姐"般的薛宝钗,但宝钗却轻易就把这些当成"闲话"透给袭人,(邢岫烟当衣服事前脚听到,后脚就说与人)。既能给袭人透露,那么王熙凤、王夫人等自不必说。关于湘云之"闲话",本是出自云口,落在钗耳,何期会"落地",正如吕惠卿之卖王安石以自售①。"落地听无声",正是宝钗害人而人不觉之常态——"阴森透骨"让人不寒而栗。这种"卖人"手法宝钗屡试而不爽,成了一种害人的惯性心理与手段,就像滴翠亭暗害黛玉一样。袭人当然是揣着明白装糊涂,一如宝钗装憨作愚,最终把宝玉的鞋子给宝钗做了完事。

鞋子做上,宝钗还要在"通灵宝玉"上留下自己的气息。因为清虚观张道士为宝玉提亲事,黛玉宝玉又闹了大大的别扭。宝玉"摔玉"不成要"砸玉",黛玉把"玉"上的穗子剪了几段,薛宝钗就在"穗子"上动了心思:

> 如今且说袭人,见人去了,便携了莺儿过来,问宝玉打什么络子……正说着,只听外头说道:"怎么这样静悄悄的?"二人回头看时,不是别人,正是宝钗来了。宝玉忙让坐。宝钗坐了,因问莺儿:"打什么呢?"一面问,一面向他手里去瞧,才打了半截。宝钗笑道:"这有什么趣儿。倒不如打个络子,把玉络上呢。"一句话提醒了宝玉,便拍手笑道:"倒是姐姐说的是,我就忘了。只是配个什么颜色才好?"宝钗道:"若用杂色,断然使不得。大红又犯了色,黄的又不起眼,黑的又过暗。等我想个法儿:把那金线拿来,配着黑珠儿线,一根一根拈上,打成络子,这才好看。"宝玉听说,喜之不尽,一叠声便叫袭人来取金线。(35/上/374-376)

宝钗和莺儿对于色彩的搭配各有一套理论:莺儿的"大红的须是黑络子才好看,或是石青的才压的住颜色",正符合宝玉"红香绿玉"的审美判断。宝玉"爱红",是"怡红公子",黛玉字面意是"青黑色的玉石",正是"大红"之天然绝配。而宝钗之心机绝对不允许如此,故她说"大红的又犯了色"。本来宝玉

---

① 邵伯温《邵氏闻见当》卷十二:"王荆公晚年于钟山书院多写'福建子'三字,盖悔恨于吕惠卿者,恨为惠卿所陷,悔为惠卿所误也。"见邵伯温撰,李剑雄等点校. 邵氏闻见录 [M]. 北京:中华书局,1983:128.

打络子和"玉"毫无关系，宝钗毫无矜持地单刀直入提出要为"玉"打络子才"有趣儿"。此"趣儿"是宝钗心头最关紧的，所以在色彩上绝对不同意莺儿的理论，说"大红"和"玉""犯了色"，"黄的又不起眼，黑的又过暗"，一定是"金线""配着黑珠儿线"配"玉""才好看"。宝钗极强之占有欲于此可见一斑。宝玉作诗，"绿玉"犹被宝钗讽改为"绿蜡"，那么她认为只有"金"才能配"玉"的理论是"黄的""不起眼""黑的""过暗"，"不起眼"和"过暗"的反义词正是鲜亮醒目！其热衷于"夺人眼目"之心不写而彰——从来"不爱花儿粉儿"原来都是"做样子"给人看的，是在作秀。这正是宝玉极度反感的："好好的一个清净洁白的女儿，也学的沽名钓誉，入了国贼禄鬼之流。……不想我生不幸，亦且琼闺绣阁中亦染此风，真真有负天地钟灵毓秀之德。""独有林黛玉自幼不曾劝他去立身扬名等话，所以深敬黛玉。"（36/上/377）宝玉"一生爱好是天然"，以天然之趣为最可珍贵者：可把缠丝白玛瑙碟子盛上鲜荔枝送到探春那儿；可让晴雯撕扇子作千金一笑。既然对"金"如此看重，为何把自己的丫鬟莺儿改名字呢？据莺儿讲："我的名字本来是两个字，叫作金莺。姑娘嫌拗口，就单叫莺儿，如今就叫开了。"（35/上/375）"金莺"改为"莺儿"，自然不是为叫着"拗口"，乃是林红玉改为"小红"的原因——避讳。小红是避二玉之讳，那么"金莺"为谁避讳？谁对"金"最上心？宝钗这点小心机宝玉恐怕一听就明了了。

终于让"通灵宝玉"穿上了自己设计的"金"，宝钗还不歇手，又有了更让人不堪入目的绣"绣兜肚"一幕。

宝钗之猥琐不堪，小说全部用的是"春秋笔法"，如她既然知道"金玉之论"，当力避宝玉之"玉"，但小说不动声色把这薛大姑娘急切要"配玉"的心理书写出来：宝钗急于让宝玉明确知道自己的"金"，便主动要看"玉"。宝钗眼中心中的"玉"是"大如雀卵""莹润如酥"，这种形体大小质地的写"玉"，其实是宝钗当时性心理的不自觉流露。小说中多次出现"通灵宝玉"，我们把对它的描写进行对比，就可以看出宝钗的猥琐：

1. 那僧便念咒书符，大展幻术，将一块大石登时变成一块鲜明莹洁的美玉，且又缩成扇坠大小的可佩可拿。（1/上/2-3）（茫茫大士渺渺真人看

"玉"）

2. 那僧道："若问此物，倒有一面之缘。"说着，取出来递与士隐。士隐接了看时，原是块鲜明美玉，上面字迹分明，镌着"通灵宝玉"四字，后面还有几行小字。（1／上／6）（甄士隐看"玉"）

3. 次年又生了一位公子，说来更奇，一落胎胞，嘴里便衔下一块五彩晶莹的玉来，上面还有许多字迹，就取名叫作宝玉。（2／上／18）（冷子兴谈"玉"）

4. 项上金螭璎珞，又有一根五色丝绦系着一块美玉。（3／上／34）（黛玉看"玉"）

小说借不同人物的视角写"通灵宝玉"，惟有薛宝钗看着联想起可疗饥的食物"卵"与"酥"。闻一多先生对《诗经》中之"饥"深细研究后得出结论："称男女大欲不遂为'朝饥'，或简称'饥'，是古代的成语。"① 薛宝钗主动要看宝玉的"通灵宝玉"，看到后对"玉"的联想充溢着"欲"的暗示，正符合闻一多先生分析《诗经》表现性欲五种之方式中的"暗示性交""联想性交"和"象征性交"。② 之所以如此断定，因为"卵"即"种子"，这在小说中多处提及，如王熙凤骂张华"癞狗扶不上墙的种子！"（68／下／753）骂贾蓉"没良心的种子"（68／下／754）；尤氏骂贾蓉"孽障种子！"（68／下／754）；邢夫人骂贾琏"不知好歹的种子"（69／下／765）、"你这没孝心雷打的下流种子！"（47／上／505）等等。"卵"为"种子"之说，在《史记·商本纪》记载："高辛氏之妃、有娀氏女简狄，祈于郊禖，鸟遗卵，简狄吞之而生契，其后世遂为有商氏。"简狄吞"鸟卵"而孕育，"大如雀卵"之大小质地，正可吞可食，薛宝钗"饥"甚可见一斑。

贾母对此洞若观火，她借"古"论"今"，隐刺薛宝钗急于"凤求鸾"之不堪：

这些书都是一个套子，左不过是些佳人才子，最没趣儿。把人家女儿

---

① 闻一多. 高唐神女传说之分析［M］//闻一多全集：三. 武汉：湖北人民出版社，1993：4.

② 闻一多. 诗经的性欲观［M］//闻一多全集：三. 武汉：湖北人民出版社，1993：170.

说的那样坏，还说是佳人，编的连影儿也没有了。开口都是书香门第，父亲不是尚书，就是宰相，生一个小姐，必是爱如珍宝。这小姐必是通文知礼，无所不晓，竟是个绝代佳人。只一见了一个清俊的男人，不管是亲是友，便想起终身大事来，父母也忘了，书礼也忘了，鬼不成鬼，贼不成贼，那一点儿是佳人！便是满服文章，做出这些事来，也算不得是佳人了。(54/上/583)

薛宝钗之猥琐"不堪"，在滴翠亭时用"扑蝶"写出其急切的欲望，"蝶"乃中国古典文学中惯用的隐喻意象。她不会不了解"蝶"丰富的内涵，所以她看到"蝶"时情不自禁要去"扑"，且"扑"的是"一双玉色蝴蝶"①。在"扑蝶"之前，薛宝钗受到了强烈的视觉刺激与心理暗示——看见宝玉进了潇湘馆。二玉在一起，这让急切"配玉"的已经过罢十五岁生日的薛大姑娘产生了丰富的不愿意想到的联想，她于是"低头想了一想：宝玉和林黛玉是从小儿一处长大，他兄妹间多有不避嫌疑之处……此刻自己也跟了进去，一则宝玉不便，二则黛玉嫌疑"(27/上/282)，"不便""嫌疑"在此用的是互文的修辞手法，宝钗用自己不堪的心理去想象本来无比纯真无瑕的二玉，其不堪之心思已暴露无遗。"宝钗眼中看到的是"蝴蝶"，实际她是把"蝴蝶"幻想为二玉，所以她所看到的其实正是她心里的想象图景，是内在的外化，即虚像而以实景表现出来："玉色蝴蝶"即二玉；二玉即"玉色蝴蝶"。"欲过河"实际隐含牛女渡银河相会之思，蒋玉菡在与薛蟠、宝玉和冯紫英等酒会时唱的小曲就有此"河"："可惜你天生百媚娇，恰更似活神仙离碧霄，度青春年正少，配鸾凤真也着。呀！看天河正高，听谯楼鼓敲，剔银灯同入鸳帷悄。"(28/上/301)，"香汗淋漓，娇

---

① "玉色"乃宝玉素喜之色：宝玉有一个"各色玫瑰芍药花瓣装的玉色夹纱新枕头"。此枕头便是宝玉的"红香枕"(63/下/688)（宝玉）自己便枕了那红香枕，身子一歪，便也睡着了(63/下/693)；芳官"只穿着一件玉色红青酡绒三色缎子斗的水田小夹袄"（同上）。"蝴蝶"还是宝玉鞋上的一种图案：秋夜宝玉探黛玉时的装扮："里面只穿着半旧红绫短袄，系着绿汗巾子，膝上露出油绿绸撒花裤子，底下是挦金满绣的棉纱袜子，靸着蝴蝶落花鞋。"(45/上/494)"鞋子"特征是"双行复双止"，宝玉的"蝴蝶落花鞋"可不就是一双"玉色蝴蝶"？宝钗扑蝶也是她急于扑到宝玉心里的一种行为外化。

喘细细"，正化用元稹《会真诗》中崔张私会场景之"汗流珠点点"艳语。小说因人造语，同样的场景路线，宝玉是"便把那花兜了起来，登山度水，过树穿花，一直奔了那日同林黛玉葬桃花的去处来。"（27/上/290）"登山度水，过树穿花"与"穿花度柳，将欲过河去了"非惟用字不同，更在于意蕴特异。宝玉心地纯净阳光，看山即山，视水即水。遇树则过，逢花则躲，纯粹客观表现宝玉行程之过程。而宝钗的"穿花度柳"在小说中还用在"鸳鸯女无意遇鸳鸯"时：司棋与姑表兄弟晚间私会，"今日趁乱方初次入港。虽未成双，却也海誓山盟，私传表记，已有无限风情了。忽被鸳鸯惊散，那小厮早穿花度柳从角门出去了。"（72/下/791）"穿花度柳"暗示薛宝钗内心渴望和宝玉的关系，如同潘又安和司棋一样两情相悦、私会传情。

　　小说在塑造人物形象方面的突出手法之一是"化整为零"，即把同一类人不同时地之事进行整合集中在一人身上，如此可以得出关于此人的整体特征。如林红玉、花袭人、薛宝钗、王熙凤是同一类人，小说在他们身上各凸显某方面特征后而再集合在一起，就像一面一面的小镜子，最后合为大镜子。如在"风月情"上，林红玉见贾芸而慕悦不已，遂"做春梦"又"蜂腰桥设言传密意"；花袭人引诱宝玉"初试云雨情"；王熙凤与贾琏白日相"戏"等，这些不同时、地、人的片段最后都在薛宝钗身上被集中后，就完成了对薛大姑娘"猥琐不堪"的形象塑造。"比通灵宝玉""滴翠亭扑蝶"和"绣鸳鸯兜肚"等"比""扑"和"绣"的场景，都围绕着成"一对儿"的中心在进行：和尚说，薛大姑娘的金锁要和有"玉"的成"正配"，所以她要引逗出宝玉的"玉"来和自己的"金"相比；"玉色蝴蝶"是成双作对地在一起，让她联想起彼时正在一处的"两个玉儿"，妒火中烧的薛大姑娘必欲扑散这对儿蝶儿以泻火；"鸳鸯戏莲"惹得薛大姑娘再也无法抑制成双作对"戏"的欲念，竟不由自主亲绣宝玉的兜肚。借这些场景，作者从神态、动作、心理等各个方面"细细"揭示这位薛大姑娘"端庄"的外表下，掩藏的其实是一颗充满世俗情欲的林红玉之"春"心、花袭人之"淫"心和王熙凤之"戏"心。

三、"藏头露尾"①

薛宝钗为人行事，最善于"藏""装"，小说中明确评其为人行事曰："罕言寡语，人谓藏愚；安分随时，自云守拙"（8/上/86）。但薛宝钗"藏"得往往不彻底，动辄露出破绽。这种种"藏头露尾"之言行，小说中在在皆是。如以周瑞家的视角看薛宝钗，只见"她穿着家常衣服，坐在炕里边，伏在小炕几上，同丫鬟莺儿正描花样子呢。"（7/上/73）"描花样子"道出薛宝钗"从来不爱这些花儿粉儿的"（7/上/75）原来是在伪装！既然不爱，何以描花？可见宝钗在刻意作秀给人看。至于给看的人是谁？当然是王夫人，因为王夫人"最恶乔妆艳饰，语薄言轻者"（74/上/817）。用取悦王夫人来实现曲线得到宝玉的目的，其心机不谓不深——"金簪雪里埋"正点此。薛宝钗刻意藏锋芒而示拙朴，从而获取贾府上下好评。其刚到贾府不久，就已经以绝对的优势盖过了先之而到贾府的黛玉："便是宝玉和黛玉二人之亲密友爱处，亦自较别个不同，日则同行同坐，夜则同息同止，真是言和意顺，略无参商。不想如今忽来了一个薛宝钗，年纪虽不大，然品格端方，容貌丰美，人多谓黛玉所不及；而且宝钗行为豁达，随分从时，不比黛玉孤高自许，目无下尘，故比黛玉大得下人之心。便是那些小丫头们，亦多喜与宝钗去顽。因此黛玉心中便有些恼郁不忿之意，宝钗却浑然不觉。"（5/上/48）徐仅叟如此评价薛宝钗的"藏"奸："《红楼梦》里主人公是宝玉、黛玉，他们是石头和仙草化身。第三名就是薛宝钗，从出面时，就着力描写她的端庄稳重，知书达礼的大家风范，但没有人的时候，就露出狐狸尾巴，她是一个工于心计的伪君子。'滴翠亭杨妃扑蝶'一回，有一段话看出她的阴险狡诈。这回书，正面写薛宝钗嫁祸于林黛玉，使小红怀恨在心，活画出一个笑里藏刀、粉面蛇心的女人"②。薛宝钗"藏头露尾"最典型的事

---

① 宝玉挨打，薛宝钗母女以为是薛蟠"闹"的，薛宝钗说他："是你说的也罢，不是你说的也罢，事情也过去了，不必较证，倒把小事弄大了。我只劝你从此以后，少在外头胡闹，少管别人的事……""薛蟠本是个心直口快的人，一生见不得这样藏头露尾的事"（24/上/364）。

② 许姬传. 许姬传七十年见闻录［M］. 北京：中华书局，2007：67–68.

件，就是"绣春囊"事件。我们可以根据种种蛛丝马迹得出判断："绣春囊"
是薛宝钗的！

1. "绣春囊"与薛蟠

"绣春囊"事件中，薛蟠之嫌疑亦不能排除。在它出现在大观园前的头年十
月间已埋下伏笔："展眼已到十月。因有各铺面伙计内有算年帐要回家的，少不
得家内治酒饯行。内有一个张德辉，年过六十，自幼在薛家当铺内揽总，家内
也有二三千金的过活，今岁也要回家，明春方来。因说：'今年纸扎香料短少，
明年必是贵的。明年先打发大小儿来当铺内照管照管，赶端阳节前，我顺路贩
些纸扎香扇来卖，除去关税花销，亦可以剩的几倍利息。"（48/上/511）薛蟠当
时正因"滥情"遭毒打难于见人，故要借机跟张德辉出去学做生意。薛姨妈无
论如何都不放心，坚决不放他离开自己。这时薛宝钗却站在薛蟠立场上说服母
亲，薛蟠遂得下江南。当其随张德辉出门后，薛姨妈即到书房中"将一应陈设
玩器并帘幔等物，尽行搬了进来收贮。"（48/上/513）"又命香菱将他屋里也收
拾严紧，将门锁了，晚间和我去睡。"（48/上/513）薛蟠为一"滥情人"其书
房中自不乏和"春宫"类相关者。薛姨妈这次从书房转移走薛蟠全部的东西，
其中自然包括"春宫"类。

但薛姨妈命香菱晚间和自己睡时，薛宝钗却提出要香菱和自己作伴。这个
提议很反常，薛蟠才离开家，薛姨妈正不自在，需要晚间香菱的陪伴。当时，
薛姨妈处所有人口如下：男仆是"外面只剩下一两个男子"；女仆有"两个跟去
的男子之妻"（可能是薛蟠随身常使小厮）"两三个老嬷嬷"（可能是薛蟠乳母
和两个旧仆人之妻）、小丫头文杏和臻儿等约八、九个人。这有限的人中，老的
老、小的小："文杏又小，道三不着两的"。虽是有"两个跟去的男子之妻"，
但她二人平日素在外听命的，可见薛姨妈皆不得倚仗，薛宝钗自己就对王夫人
和王熙凤说过："夜间晚上没有得靠的人，通共只我一个"（78/下/870）且其兄
刚刚离家远行，其母正是忧虑担心思念等"神思比先大减"时，此时的薛宝钗
最应该搬回来陪母亲住才是正理。但刚好相反，"孝顺懂事"的薛宝钗却如此
说："妈既有这些人作伴，不如叫菱姐姐和我作伴儿去。我们园子里又空，夜长
了，我每夜作活，越多一个人，岂不越好。"（48/上/513）这个理由很显然极不

合常理，陪自己"作活"难道比陪母亲还重要？"绣春囊"事件发生后她急于撤离大观园，对王夫人说出的理由正暴露了她带香菱进园动机的不纯："而且我进园里来睡原不是什么大事，因前几年年纪皆小，且家里没事，有在外头的不如进来，姊妹相共或作针线，或玩笑，皆比在外头闷坐着好，如今彼此都大了，也都有事"（78/下/870）为了"原不是什么大事"的"进园里来睡"而不管不顾母亲，绝对不正常。她是薛姨妈最重要的精神支柱和心理依靠，小说中处处着意表现："自父亲死后，见哥哥不能依贴母怀，他便不以书字为事，只留心针黹家计等事，好为母亲分忧解劳。"（4/上/45）"慈"姨妈这样对黛玉说宝钗："你这姐姐，就和凤哥儿在老太太跟前一样。有了正经事，就和他商量；没了事，幸亏他开开我的心。我见了他这样，有多少愁不散的。"（57/上/626）可以说，薛宝钗是薛姨妈的主心骨和全部的希望与寄托。在母亲含泪送别其兄后正需要她偎贴母怀以慰寂寥时，却提出此不近人情之要求，此反常之举毫无疑问是为了不寻常的阴谋。把她带香菱进园的理由和此后她劝王夫人之语对照更可见出薛宝钗的前后矛盾、心口不一："那园子也太大，一时照顾不到，皆有关系，惟有少几个人，就可以少操些心"（78/下/870）。既然"少几个人"可以让王夫人"少操些心"，她何以还要带香菱进园子住？前言不照后语，显系"藏头露尾"之举。故可断定她此举目的至少有二：一是调虎离山。香菱不在正好方便薛宝钗回家翻薛蟠东西或和薛姨妈密议；二是混淆视听以预防如"绣春囊"真的追查出什么，有香菱顶缸（这也可解释王熙凤抄查大观园时为何刻意绕过蘅芜苑）。之所以如此断定薛宝钗带香菱进园动机不纯，是因为在"绣春囊"出现、查抄大观园后，"陪伴母亲"成了"当时并不知情"的薛宝钗要搬离大观园时的借口："只因今日我们奶奶身上不自在，家里两个女人也都因时症未起炕，别的靠不得，我今儿要出去伴着老人家夜里作伴儿。"（75/下/829）据王熙凤向王夫人汇报时说薛姨妈的"病"其实也"没甚大病，不过还是咳嗽腰疼，年年是如此的"。所以，薛宝钗当搬时不搬离、不当搬离时则搬离之举，实在不能自圆其说。所以不排除这样的可能：在香菱不和薛姨妈住的这个时间段内，薛宝钗会在夜间往返于母亲与大观园之间——香菱不在薛姨妈处，她正好翻检薛蟠东西；香菱在蘅芜苑陪薛宝钗住故意弄得人尽皆知而香菱心心念念在诗上、当不会注意她姑娘的行踪。这样，香菱进大观园其实是薛宝钗用的"障眼法"而已。所以香菱进园表明"绣春囊"的来源有一种可能：薛宝钗从薛蟠处带进大观园。

2. "绣春囊"与"慧绣"

王夫人谓"绣春囊"是王熙凤不经意落在大观园里，王熙凤辩解："这香袋是外头雇工仿着内工绣的，带这穗子一概是市卖货"（74/下/815），小说在"荣国府元宵开夜宴"时，写到贾母花厅的摆设，从中隐隐透出相关信息：

> 又有小洋漆茶盘内放着旧窑茶杯并十锦小茶吊，里面泡着上等名茶。一色皆是紫檀透雕，嵌着大红纱透绣花卉并草字诗词的璎珞。原来绣这璎珞的也是个姑苏女子，名唤慧娘。因他亦是书香宦门之家，他原精于书画，不过偶然绣一两件针线作耍，并非市卖之物。凡这屏上所绣之花卉，皆仿的是唐宋元明各名家的折枝花卉，故其格式配色皆从雅本来，非一味浓艳匠工可比。每一枝花侧，皆用古人题此花之旧句，或诗词歌赋不一，皆用黑绒绣出草字来；且字迹勾踢、转折、轻重、连断皆与笔草无异，亦不比市绣字迹板强可恨。他不仗此技获利，所以天下虽知，得者甚少。凡世宦富贵之家，无此物者甚多。当今便称为慧绣。竟有世俗射利者，近日仿其针迹，愚人获利。偏这慧娘命天，十八岁便死了，如今竟不能再得一件的了。凡所有之家，纵有一两件，皆珍藏不用。更有那一干翰林文魔先生们，因深惜"慧绣"之佳，便说这"绣"字不能尽其妙，这样笔迹说一"绣"字，反似乎唐突了，便大家商议了，将"绣"字便隐去，换了一个"纹"字，所以如今都称为慧纹。若有一件真慧纹之物，价则无限。贾府之荣，也只有两三件。上年将那两件已进了上，目下只剩这一副璎珞，一共十六扇，贾母爱如珍宝，不入请客各色陈设之内，只留在自己这边，高兴摆酒时赏玩。（53/上/576）

绣品以姑苏慧绣为极品，故"世俗射利者，近日仿其针迹，愚人获利"，可见江南市场上多有慧绣之赝品。慧绣特点之一是图文并具，即"凡这屏上所绣之花卉，皆仿的是唐宋元明各名家的折枝花卉，故其格式配色皆从雅本来，非一味浓艳匠工可比。每一枝花侧，皆用古人题此花之旧句，或诗词歌赋不一，皆用黑绒绣出草字来"。这图文并茂也是"绣春囊"的一个特点："上面绣的并非花鸟等物，一面却是两个人赤条条的盘踞相抱，一面是几个字"。显然，这件"十锦春意香袋"和江南有着某种隐秘的联系。如果把薛蟠给母亲和妹妹带来的江南土物一节细细剖析，就能看出慧绣与"绣春囊"似断实连之关系：

> 话犹未了，外面小厮进来回说："管总的张大爷差人送了两箱子东西来，说这是爷各自买的，不在货帐里面。本要早送来，因货物箱子压着，没得拿；昨儿货物发完了，所以今日才送来了。"一面说，一面又见两个小厮搬进了两个夹板夹的大棕箱。薛蟠一见，说："嗨哟，可是我怎么就糊涂到这步田地了！特特的给妈妈和妹妹带来的东西都忘了，没拿了家里来，还是伙计送了来了。"宝钗说："亏你说还是特特的带来的，才放了一二十天；若不是特特的带来，大约要放到年底下才送来呢。我看你也诸事太不留心了。"薛蟠笑道："想是在路上叫人把魂吓掉了，还没归窍呢。"说着，大家笑了一回……薛姨妈同宝钗因问："到底是什么东西，这样捆着绑着的？"薛蟠便命叫两个小厮进来，解了绳子，去了夹板，开了锁看时，这一箱都是绸缎绫锦洋货等家常应用之物。薛蟠笑着道："那一箱是给妹妹的。"亲自来开，母女二人看时，却是些笔、墨、纸、砚，各色笺纸、香袋、香珠、扇子、扇坠、花粉、胭脂等物；外有虎邱带来的自行人、酒令儿、水银灌的打金斗小小子、沙子灯、一出一出的泥人儿的戏用青纱罩的匣子装着；又有在虎邱山上泥捏的薛蟠的小像，与薛蟠毫无相差。宝钗见了，别的都不理论，倒是薛蟠的小像，拿着细细看了一看，又看看他哥哥，不禁笑起来了。因叫莺儿带着几个老婆子，将这些东西连箱子送到园里去。又和母亲哥哥说了一回闲话儿，才回园里去了。这里薛姨妈将箱子里的东西取出，一分一分的打点清楚，叫同喜送给贾母并王夫人等处不提。(67/下/735-736)

此段引文隐含以下几层意思：一是薛蟠从江南回来特特给母亲和妹妹各带一大箱子土物；二是薛蟠"诸事不留心""糊涂"爱忘事。忘了把土物及时给母亲和妹妹。一直放了一二十天后还是张管总发现了送来时，薛蟠才想起来；三是给薛宝钗的东西品类繁杂，而宝钗是连箱子一起抬到蘅芜苑的；四是薛宝钗对薛蟠小像犹其感兴趣。第一层中隐含"仿慧绣"信息；第二层则明确写出薛蟠粗心混乱放东西，把自己的小像放在给薛宝钗的箱子里是最好的证明；第三层则点出薛宝钗照单全收，并没有当场像薛姨妈一样"将箱子里的东西搬出，一分一分的打点清楚"，而是回到蘅芜苑才"将那些玩意儿一件一件的过了目"（67/下/736）为何不等其兄先拣看箱子后再拿走的原因，很显然是薛宝钗已然想到甚至看到除小像外其他属于薛蟠自己的东西。第四层是薛蟠小像极有可能给薛宝钗带来某种启发，她对画画之道颇为精通，曾经就惜春画大观园而长篇大论：

> 如今画这园子，非离了肚子里有几幅邱壑的，如何成得。这园子却是像画儿一般，山石树木，楼阁房屋，远近疏密，也不多，也不少，恰恰的是这样。你就照样儿往纸上一画，是必不能讨好的。这要看纸的地步远近，该多该少，分主分宾，该添的要添，该减的要减，该藏的要藏，该露的要露。……第三件：安插人物，也要有疏密，有高低。衣褶裙带，手指足步，最是要紧：一步不细，不是肿了手，就是跏了脚。染脸撕发，倒是小事。依我看来，竟难的很。……再派了宝兄弟帮着他。——并不是为宝兄弟知道，教着他画，那就更误了事。为的是有不知道的，或难安插的，宝兄弟好拿出去问问那几个会画的相公，就容易了。（73/上/452）

宝钗对画画儿的评论，可以看出薛宝钗对画技颇有研究。其中对"人物"画的见解尤可引人注意；其次是她知道"那几个会画的相公"自然是通过薛蟠，这又和"庚黄"一节遥遥呼应。骗宝玉从黛玉处离开、替湘云请"螃蟹宴"、宝玉挨打、送土仪给黛玉、帮王夫人搞到上好人参等事件背后都有薛蟠的影子，可以看出薛蟠是薛宝钗谋"金玉姻缘"的仰仗。故薛蟠对"春宫"之类物件儿的留意、评论中隐含有薛宝钗不是没见过此类东西之意。另外，薛宝钗极有可能照薛蟠的小像去画"绣春囊"中的"人物"，因为她不但精通画技，从有极其完备的画器、颜料看出她自己也经常亲手作画：

> 宝钗冷笑道："……和凤丫头要块重绢，叫相公给矾了出来。叫他照着这图样删补着立了稿子，添了人物就是了。就是配这些青绿颜色并泥金泥银，也得他们配去。你们也得另笼上风炉子，预备化胶、出胶、洗笔。还

得一个粉油大案，铺上毡子。你们那些碟子也不全，笔也不全，都得从新再弄一分儿才好。"惜春道："我何曾有这些画器，不过随手写字的笔画画罢了。就是颜色，只是赭石、广花、藤黄、胭脂这四样。再有，不过是两枝着色的笔就完了。"宝钗道："你不该早说！这些东西我却还有，只是你也用不着，给你也白放着。如今我且替你收着，等你用这个的时候，我送你些。——也只可留着画扇子，若画这大幅的，也就可惜了的……"（73/上/454）

"画扇子"就能证明薛宝钗画技的不一般。薛蟠从江南带土物与慧纹一节之间的联系点在于"仿"：前者有仿薛蟠之小像；后者是仿慧纹之绣品。薛蟠小像之所以让薛宝钗格外感兴趣，当在于对"仿"非同寻常地关注："宝钗见了，别的都不理论，倒是薛蟠的小像，拿着细细看了一看，又看看他哥哥，不禁笑起来了"这小像是泥捏的，竟然仿得"与薛蟠毫无相差"；那么对于精通画法的薛宝钗来讲，"仿"功当甚精——仿"庚黄"之"春宫"类画"绣春囊"是最自然不过的事。据王熙凤讲"绣春囊"是"外头雇工仿着内工绣的"，薛家是皇商（4/上/44），专门承办宫廷用物，对"内工"之绣品自然熟悉——送的宫花就是"宫里头做的新鲜样法堆纱的花儿"（4/上/44）即可见出对"宫里头"佩饰之物做法薛家是司空见惯的。薛蟠从江南回来带的土物中那么多的"香袋"中不排除有江南仿的绣品：薛蟠到过虎邱山是最好的证据。因为虎邱山即在苏州，慧娘亦是姑苏人，其绣品在苏州被仿制者当不少。以薛宝钗之工于心计和精于画技，"仿"出"绣春囊"亦不无可能。当然，也不排除薛蟠给薛宝钗土物的箱子里混放进"绣春囊"的可能。但无论如何，"绣春囊"和"江南"、和薛蟠之间存在着若明若暗的隐秘联系。综论之，薛宝钗既有画画的技能，又最有可能见到"春宫"类画；加上掌权的一个巡海夜叉——王熙凤、两个镇山太岁——李纨和探春的庇护辅助；又有茗烟、袭人、平儿和小鹊等的帮衬协同、及时暗通消息等。把这些条件综合起来考察，"绣春囊"事件，薛宝钗绝脱不了干系。

《红楼梦》中，薛宝钗是作者倾力塑造的一个人物形象，此形象浓缩尽世间一切的假恶丑，是和作者所推崇的"天然"美背道而驰的：她满嘴说的是道德礼仪、男女大防，而满脑子装着肮脏猥琐的欲念；素日装出大方温厚的"大家"模样，背地里干着赶尽杀绝的勾当；自为"假作真时真亦假"，却往往不留神时露出狐狸尾巴。因为善于作伪，故"任是无情也动人"。但再高明的伪装也会露出破绽，贾母和宝玉就早已慧眼识"钗"。在前八十回中，我们看到的薛宝钗是丑恶的，但却总是给自己罩上一层温情脉脉、端庄文雅的"美好"外衣，用假象迷惑世人心眼，故所引起的争议也最多。所谓一千个读者就有一千个哈姆雷特，用在评价薛宝钗身上最恰当不过。但是如果我们细读文本，就会很客观地对薛宝钗形象进行最本真的还原。

第二节 "葫芦口"花袭人

袭人原是贾母的丫头，本名珍珠，后来被贾母指派给了宝玉使唤，成了宝玉的大丫鬟。在被王夫人明确告知袭人已是"准姨娘"身份后，贾母对袭人的评论是："原来这样。如此更好了。袭人本来从小儿不言不语，我只说他是没嘴的葫芦。"（78/下/869）"没嘴的葫芦"却是陷人于死地的"葫芦口"①，当她被晴雯等骂为"西洋花点子哈巴儿"时，她有一句话是："你们这起烂了嘴的！……一个个不知怎么死呢。"（37/上/397）这句话绝对不是说着玩儿的：随着时间的推进，她为了自己"攀高枝儿"，把潜在的对手一个个置于死地。袭人是薛宝钗的影子，钗袭合一则是作者深意：正面写袭人、侧面显宝钗；明写袭人、暗写宝钗；直笔写袭人，曲笔写宝钗。二人心性卑劣阴毒、攀龙附凤、惯于伪装等品行皆酷似，所不同者惟身份不同而已。袭人害人是和薛宝钗联手进行的：因为薛宝钗是荣府实际掌权者王夫人的亲外甥女；又和荣府"管家"（8/上/65）的王熙凤是亲姑舅表姊妹。亲薛也就意味着亲王；亲王也就意味着能得

---

① 曹操兵败赤壁后溃退至葫芦口，曹操大笑说葫芦口险要："就这个去处，也埋伏一彪军马，以逸待劳，我等纵然脱得性命，也不免重伤矣。"正说间，"早见四下火烟布合，山口一军摆开"。曹操大败，虽得脱，"回顾众将多已带伤。"（50/上/398）用"葫芦口"指称袭人，正见其善于"埋伏""以逸待劳"，陷人于死地而使人不觉的险恶为人。

到实际的好处。善"忘本"的袭人因为亲王薛，在荣府上上下下的主子奴才中，地位果然非同寻常的高。袭人"高"地位的取得，是和一系列谗陷人事件密不可分的。先后掉进袭人这张"葫芦口"里而被侮辱被损害的有黛玉、晴雯、芳官、四儿等，以下分而论之：

一、"妒"害晴雯

晴雯原系贾母之婢，后来亦被指派给了宝玉。晴雯在贾母心里是唯一可将来给宝玉作跟前人的，因为无论外表还是内在，她都是出类拔萃的。她处处和袭人形成鲜明对比：袭人外宽内忌；晴雯有口无心。袭人装老实博"贤人"的好名儿；晴雯则率性任真而得"语薄言轻"（74/下/817）之名儿。晴雯眼里不揉沙子、心直①口快，"是块爆炭"②；袭人则揣着明白装糊涂、城府深密。袭人趋炎附势善忘本；晴雯则心底醇厚总念旧。以袭人之精明深细，她不会不知贾母对晴雯青眼之意："这些丫头的模样爽利，言语针线多不及他，将来只他还可以给宝玉使唤得。"（78/下/868）即使袭人不知贾母意思，但以她妒酷之性看来，晴雯是必在被除之列的。宝玉《芙蓉女儿诔》不点名道出晴雯死于袭人之"妒"与"谗"："孰料鸠鸩恶其高，鹰鸷翻遭罦罬；资施妒其臭，茝兰竟被芟鉏""偶遭虫豸之谗，遂抱膏肓之疚"（78/下/880）。宝玉甚至问王道士"可有贴女人的妒病方子没有"（80/下/899），可见袭人"妒"火之旺。她"妒"害晴雯手段为：以假为真；偷换概念；一箭双雕。这三种手段在宝玉生日时一并派上用场，当时场景可以还原：

> 宝玉便出来，仍往红香圃寻众姊妹。芳官在后，拿着巾扇。刚出了院门，只见袭人晴雯二人携手回来。宝玉问："你们做什么？"袭人道："摆下饭了，等你吃饭呢。"宝玉便笑着将方才吃的饭一节告诉了他两个。袭人笑

---

① 宝玉《芙蓉女儿诔》中谓晴雯死于"直烈"："直烈遭危，巾帼惨于羽野。"（78/下/882）俞平伯谓宝玉在此把晴雯比作鲧。详见俞平伯. 红楼心解——读《红楼梦》随笔［M］. 西安：陕西人民出版社，2005：4.

② 平儿对麝月说坠儿"偷"虾须镯事时评晴雯："晴雯那蹄子是块爆炭，要告诉了他，他是忍不住的，一时气了，或打或骂，依旧嚷出来不好。"（52/上/556）

道："我说你是猫儿食，闻见了香就好。隔锅饭儿香。虽然如此，也该上去陪他们，多少应个景儿。"晴雯用手指戳在芳官额上说道："你就是个狐媚子！什么空儿跑了去吃饭。两个人怎么就约下了！也不告诉我们一声儿。"袭人笑道："不过是误打误撞的遇见了；说约下了，可是没有的事。"晴雯道："既这么着，要我们无用。明儿我们都走了，让芳官一个人就够使了。"袭人笑道："我们都去了使得，你却去不得。"晴雯道："惟我是第一个要去，又懒，又笨，性子又不好，又没用。"袭人笑道："倘或那孔雀褂子再烧个窟窿，你去了，谁可会补呢！你倒别和我拿三拿四的。我烦你做个什么，把你懒的横针不拈，竖线不动。一般也不是我的私活烦你，横竖都是他的，你就都不肯做。怎么我去了几天，你病的七死八活，一夜连命也不顾，给他做了出来？这又是什么原故？"（62/下/683）

王夫人在回明贾母赶晴雯出怡红院的理由是："宝玉屋里有个晴雯，那丫头也大了，而且一年之内病不离身；我常见他比别人分外淘气，也懒……"（78/下/869）王夫人说晴雯"也懒"，乃宝玉生日时晴雯对袭人说的自谦之语，袭人就借着这话头又添加了些晴雯的"懒"话。晴雯自谦之"懒"、袭人说晴雯之"懒"，到了王夫人嘴里就成了"也懒"，成了晴雯被赶出去的一大罪状。这种"闲话"除了袭人，当时在场的宝玉和芳官绝对不可能在王夫人面前去传。袭人把晴雯"懒"的"闲话"传给王夫人，显然在以假为真——晴雯"懒"是自谦的假懒，到了袭人和王夫人嘴里就成了真懒。之所以证实袭人把这个场景"闲话"传给了王夫人，还有一个证据：晴雯说芳官是"狐媚子"，在王夫人查检怡红院怒斥芳官时亦说了句"唱戏的女孩子自然是狐狸精了"（77/下/858），"自然是狐狸精"的语气显然是在直接或间接引述别人的话。芳官被人说成是"狐狸精"，小说中有两次，而这两次都是晴雯戏说的。晴雯第二次说，是在贾敬丧事期间，宝玉得空儿回怡红院，恰遇芳官抓子儿输了，晴雯赶着打她。晴雯就笑说："芳官竟是个狐狸精变的。就是会拘神遣将的符咒也没有这么快。"（64/下/703）晴雯的"狐媚子""狐狸精"是讲芳官鬼精灵，并无深意。但被"闲话"传给王夫人后，意思就变成了"成精鼓捣""调唆着宝玉无所不为"等，显然袭人偷换了"狐狸精"的概念。王夫人查检怡红院时，晴雯和芳官都被当成"狐狸精"而斥逐出去。斥逐晴雯，自然是"闲话"说她和宝玉"素日偷鸡盗狗的"（77/下/864）；晴雯最后一次和宝玉见面时说："只是一件，我死也不甘心的；我虽生的比人略好些，并没有私情密意，勾引你怎样，如何一口死咬定了我是狐狸精！我太不服。今日既已担了虚名，而且临死，不是我说一句后悔的话，早知如此，我当日也另有个道理。不料痴心傻意，只说大家横竖是在一处。不想平空里生出这一节话来，有冤无处诉。"（77/下/863）晴雯被"平空里生出""狐狸精""这一节话来"，袭人自然难脱干系。因为她自己就是勾引宝玉的那只真正的"狐狸精"，在"宝玉偷试云雨情"一节被刻画得深透骨髓。

袭人本姓花，就是"花心里长的"一条虫，①"闻香就扑"，丑恶之极。对黛玉之态度，袭人是唯恐宝玉亲近，故每每二玉一起，袭人就出现找理由叫回宝玉；对宝玉，则希望以自己处心积虑的"花气""化"宝玉。宝玉奶娘李嬷嬷对袭人很反感，她这样讥讽袭人："你们看袭人不知怎么样，那是我手里调理出来的毛丫头，什么阿物儿！"（19/上/197）"忘了本的小娼妇！我抬举你起来，这会子我来了，你大模大样的躺在炕上，见我来也不理一理，一心只想装狐媚子哄宝玉，哄的宝玉不理我，听你们的话，你不过是几两银子买来的毛丫头，这屋里就你作耗，如何使得！好不好，拉出去配一个小子，看你还妖精似的哄宝玉不哄。"（20/上/206）"你只护着那起狐狸……谁不是袭人拿下马来的！我都知道那些事。"（20/上/207）"哄宝玉""装狐媚"正是袭人最惯于干的勾当。王夫人发怒抄检大观园的原因，"一则为晴雯犹可；二则因竟有人指宝玉为由，说他大了，已解人事，都由屋里的丫头们不长进教习坏了。"（77/下/858）宝玉身边先有袭人诱之试云雨情；后有王熙凤带秦钟宝玉"得趣"馒头案；更有薛宝钗兄妹言语行动一暗一明相浸润；至若有碧痕与宝玉洗澡"足有两三个时辰"（31/上/331）事等等不一而足，晴雯何尝如此过。贾母对晴雯人品心性岂有不知，故对王夫人如是说："我深知宝玉将来也是个不听妻妾劝的。我也解不过来，也从未见过这样的孩子，别的淘气都是应该的，只他这种和丫头们好却是

---

① "花姑娘"又是"草姑娘"，晴雯要宋嬷嬷打发走坠儿，宋嬷嬷说要等"花姑娘回来知道了，再打发他"，晴雯说："……什么花姑娘草姑娘，我们自然有道理……"（52/上/563）"草"即"蒲芦"，腐草而"化"（花）为"萤"（50/上/542）

难得。我为此也耽心。每每冷眼查看他，只和丫头们闹，必是人大心大，知道男女的事了，所以爱亲近他们。既细细查试，究竟不是为此。岂不奇怪。想必原是个丫头，错投了胎不成！"（78/下/869）贾母说宝玉原是个丫头一语，为晴雯辩诬之意甚明。

薛宝钗猥琐，故窃听滴翠亭；袭人阴毒，常架桥拨火——以"男女之分"诣媚王夫人"叫二爷搬出园外来住就好了"等等，所谓自己心里有鬼，则所见皆鬼。小说中的女子因妒忌而害人之种种所用手法不一，但万变不离其宗，即都是害人。王熙凤除掉尤二姐是正面描写，其间过程刻画之详细具体毫发毕现。袭人妒害晴雯，虽然"神龙见首不见尾"，但作者是借详写王熙凤如何谋篇布局除掉尤二姐，来隐现袭人如何害晴雯。晴雯和黛玉素来相厚，这一点是和宝玉情感深厚的基础；晴雯不忘旧，她动辄提起自己是"老太太的人"，这和"太太的事"是背道而驰的；还有一层就是长相比袭人"标致"，故深得贾母和宝玉青眼。所以晴雯就是袭人心中的刺，① 必欲拔之而后快。

"嘴甜心苦，两面三刀；上头一脸笑，脚下使绊子；明是一盆火，暗是一把刀；都占全了""他看见奶奶比他标致，又比他得人心，他怎肯干休善罢。人家是醋罐子，他是醋缸醋瓮。"（65/下/725）这是兴儿对尤二姐评说王熙凤之语。如果说这是旁观者所评，尚有"公婆难断床帏事"之惑，则贾琏对王熙凤"妒火"之盛的评价就直接可信，他对平儿说："你不用怕他，等我性子上来，把这醋罐子打个稀烂，他才认得我呢。他防我像防贼似的，只许他同男人说话，不许我和女人说话。我和女人略近些，他就疑惑；他不论小叔子侄儿，大的小的，说说笑笑，就不怕我吃醋了。"（21/下上/223）贾琏之语，道出王熙凤素日对贾琏防范甚严，"像防贼似的""不许和女人说话""和女人略近些，就疑惑"，这亦是袭人素日对宝玉之心，只不过更多了"女人和宝玉略近些，就疑惑"的妒意。小说中用"酸"称王熙凤，其实袭人"酸"则有过之而绝无不及，这一点俞平伯有所评论："袭人本质上是非常忌刻的……她的忌刻固不限于晴雯，对于他人也不肯轻易放过。但她的主要矛头指向晴雯……但袭人的妒忌陷害晴雯却

---

① 秋桐与尤二姐之于王熙凤来讲，是"心中一刺未除，又平空添了一刺"。（69/下/761）

是事实。"①

二、"妒"秀"通灵宝玉"

袭人妒火旺盛，是因为对宝玉的占有欲极强。她不能允许宝玉多看别的女孩儿一眼——哪怕是自己的表姊妹。在元宵节宝玉私访袭人家的场景就可看出。因为妒，袭人浓浓"醋"意在与宝玉对话中情不自已而暴露无遗：

> （宝玉）一面见众人不在房内，乃笑问袭人道："今儿那个穿红的是你什么人？"袭人道："那是我两姨妹子。"宝玉听了，赞叹两声。袭人道："叹什么？我知道你心里的缘故，想是说他那里配红的。"宝玉笑道："不是，不是。那样的不配穿红的，谁还敢穿。我因为见他实在好的很，怎么也得他在我们家就好了。"袭人冷笑道："我一个人是奴才命罢了，难道连我的亲戚都是奴才命不成！定还要拣好实在好的丫头才往你家来。"宝玉听了，忙笑道："你又多心了。我说往咱们家来，必定是奴才不成？说亲戚就使不得？"袭人道："那也般配不上。"宝玉便不肯再说，只是剥栗子。袭人笑道："怎么不言语了？想是我才冒撞冲犯了。你明儿赌气花几两银子，买他们进来就是了。"宝玉笑道："你说的话怎么叫我答言呢！我不过赞他们好，正配生在这深堂大院里，没的我们这种浊物倒生在这里。袭人道："他虽没这样造化，倒也是娇生惯养的呢，我姨爹姨娘的宝贝。如今十七岁，各样的嫁妆都齐备了，明年就出嫁。"宝玉听了"出嫁"二字，不禁又嗳了两声。正不自在，又听袭人叹道："只从我来这几年，姊妹们都不得在一处。如今我要回去了，他们又都去了。"宝玉听这话内有文章，不觉吃一惊……（19/上/197－198）

宝玉在袭人家，见到"房内三五个女孩儿，见他进来都低了头，羞惭惭的。"（19/上/193）没有写宝玉如何瞧她们，但宝玉却注意了那个"穿红的"女孩儿，这自然不会逃脱袭人之眼睛，她能不假思索就回答出那个"穿红的"女孩儿是谁，可见当宝玉看"穿红的"时，袭人在看宝玉！这让她很嫉妒，就

---

① 俞平伯. 红楼心解－－读《红楼梦》随笔［M］. 西安：陕西人民出版社，2005：195.

故意激火儿。当激火儿不成，就用"明年就出嫁"来兜头一盆冷水将宝玉念想儿击灭。袭人之虚伪阴刻在此段刻画得非常到位。作者不加一字评论，而是袭人用自己的言行把自己最阴暗冷毒自私狭隘的内在暴露无遗。如果她认为在宝玉身边是不好的"奴才命"，那为何不同意出去呢？事实恰恰相反，当母兄要赎回她时，"她就说至死也不回去的。"且说"吃穿和主子一样，又不朝打暮骂""因此哭闹了一阵"。（19/上/199）既然在宝玉身边如此好，为何要说"奴才命"类的话，只能是因为妒。为了在"穿红的"等几个姊妹们面前"作秀"来表现自己和宝玉非同一般的亲密关系，她看到宝玉"穿着大红金蟒狐腋箭袖，外罩石青貂裘排穗褂"时竟自作多情地说："你特为往这里来又换新衣服，他们就不问你那里去的？"当宝玉说给她留了糖蒸酥酪时，她欲扬故抑说："悄悄的，叫他们听着，什么意思。""他们"自然着重是说给"穿红的"姊妹们听的，其实唯恐"他们"看不见、听不到！于是要百尺竿头更进一步，语言上的亲密还不足以满足袭人"做给他们看"的虚荣心，还要行动上的亲密来辅助证明："一面又伸手从宝玉项上将通灵玉摘了下来，向他姊妹们笑道：'你们见识见识。时常说起来都当稀罕，恨不能一见，今儿可尽力瞧了再瞧。什么稀罕物儿，也不过是这么个东西。'说毕，递与他们传看了一遍，仍与宝玉挂好。"（19/上/196）动作、语言的刻画，把袭人那副洋洋自得、自认见过"稀罕物儿"大世面的嘴脸穷形尽相展现出来——未见其人却足可想其假恶丑之面目。以通灵玉来显示自己与宝玉的关系，在袭人应该是习惯成自然之举：在黛玉初进贾府后，她也要拿给黛玉瞧，只是黛玉以"夜深了，明日再看不迟"回绝了。她为何要给黛玉看，也因为妒宝玉为黛玉而摔玉，故当黛玉为"今儿才来，就惹得你家哥儿的狂病来"而伤心落泪时，袭人劝导之语和王夫人警戒黛玉不得亲近宝玉之语如出一辙："姑娘快休如此。将来只怕比这更奇怪的笑话儿还有呢。若为他这种行止，你多心伤感，只怕伤感不了呢。快别多心。"（3/上/37）宝玉的真心言语行动、黛玉的伤心滴泪，袭人故意避重就轻、轻描淡写地说是"笑话儿""多心"，以她的细心和对宝玉的了解，她不可能不知道宝玉摔玉和黛玉有着直接关系。她在"装样子"、说假话，以期避免二玉的过分亲近，她以为此语可杜绝黛玉对宝玉的"多心"。其实，"多心"在此处真实的含义是"自作多情"。袭人把"通灵宝玉"给母兄看，是要打消他们把自己赎回去的念头。果然他们见"他二人又是那般景况，他母子二人心下更明白了，越发石头落了地，而且是意外之想，彼此放心，再无赎念了。"（19/上/200）袭人以要赎身归家为要挟，要求宝玉"再不可毁僧谤道，调脂弄粉。还有更要紧的一件，再不许吃人嘴上擦的胭脂了，与那爱红的毛病儿。""爱红"是宝玉"一生爱好是天然"最直接的表现，"红香绿玉"四字是宝玉对美最高境界理解的高度浓缩。但袭人所指，则明显有隐秘一层意思，即宝玉已经长大，该与姊妹们等女孩子们保持距离了，这仍是袭人行妒之实的堂而皇之的掩饰语而已。

袭人之妒，是欲的表现，有"飞上枝头做凤凰"的攀高欲和掌控宝玉的独占欲使然。"欲"在小说中，是被称为"热毒"和"火儿"的，之所以称法不同，是因人而异。宝钗天性中有"东风频借力，送我上青云"的权力之欲，故称"热毒"（7/上/74）；贾琏欲望则称"火"："那个贾琏，只离了凤姐便要寻事，独寝了两夜，便十分难熬，便暂将小厮们内有清俊的选来出火。"（21/上/220）"急的贾琏弯着腰恨道：'死促狭小淫妇！一定浪上人的火来，他又跑了。'平儿在窗外笑道：'我浪我的，谁叫你动火了！……'"陆游诗歌多处有"花气袭人"，而宝玉却明白贾政是取自"花气袭人知昼暖"，"暖"正契合袭人之"欲"：既有宝钗的权力之欲，又有贾琏之淫欲。既为"暖"性，自然与宝玉、黛玉之喜"清幽"格格不入。"袭人"另一意是于无人察觉时害人而受害之人反不觉，就像袭人和宝钗对一种虫子的评讲："姑娘不知道，虽然没有苍蝇蚊子，谁知有一种小虫子，从这纱眼里钻进来，人也看不见。只睡着了，咬一口，就像蚂蚁夹的。""怨不得，这屋子后头又近水，又都是香花儿，这屋子里头又香。这种虫子都是花心里长的，闻香就扑。"（36/上/381）宝玉以纯真的眼光发现着女儿的美、欣赏着女儿的美、赞美着女儿的美。"调脂弄粉""吃人嘴上擦的胭脂"和"那爱红的毛病儿"等其实都是这种珍重美、呵护美最具体的行为表现，是宝玉很自我、很个性的言行。但袭人是无法容忍的，金钏儿跳了井、鸳鸯被贾赦威逼、晴雯被撵出大观园夭亡等，小说中凡写到被宝玉夸赞过或接近过的女孩儿，都没有什么好结果。而袭人却一直平安无事，得到王夫人、王熙凤格外的青眼，这绝对不是偶然的巧合。明乎此，黛玉在看到宝玉腮上留有胭脂滞后，让他注意些，以免"别人又当新奇事新鲜话儿去学舌讨好儿"（19/上/203）就可以理解"别人"所指何人了。

三、"妒"陷黛玉

小丫头佳蕙对红玉如是评价袭人的特殊："可也怨不得。这个地方难站。就像昨儿老太太因宝玉病了这些日子，说跟着伏侍的这些人都辛苦了，如今身上好了，各处还完了愿，叫把跟着的人都按着等儿赏他们。我们算年纪小，上不去，不得我也不抱怨；像你怎么也不算在里头，我心里就不服。袭人那怕他得十分儿，也不恼他，原该的。说良心话，谁还敢比他呢。别说他素日殷勤小心，便是不殷勤小心，也拼不得。"（26/上/271）"谁还敢比他呢"道出袭人亲王薛得到的最切实际的好处，时时处处有王夫人、王熙凤罩着；薛姨妈母女等帮衬着。如李嬷嬷骂袭人时，王熙凤出面为袭人解围一事，明显是在向着袭人说话做事。当王夫人给袭人"准姨娘"身份加月钱时，王熙凤笑着推薛姨妈："姑妈听见了！我素日说的话如何！今儿果然应了我的话。"（36/上/380）可见袭人投靠王夫人早已有之，王熙凤深谙其情势。王夫人认为袭人服侍宝玉最可靠，她交待宝玉每天要吃丸药时说："天天临睡的时候，叫袭人服侍你吃了再睡。"宝玉答："只从太太吩咐了，袭人天天晚上想着，打发我吃。"（22/上/239）证明袭人是接受王夫人垂直领导的，身份特殊。这一点在宝玉挨打后有具体的行为描写，从中可以看出袭人是如何"作耗"害人的：

> 至掌灯时分，宝玉只喝了两口汤，便昏昏沉沉的睡去。……只见王夫人使个婆子来，口称："太太叫一个跟二爷的人呢。"袭人见说，想了一想，便回身悄悄的告诉晴雯、麝月、檀云、秋纹等说："太太叫人，你们好生在房里，我去了就来。"说毕，同那婆子一径出了园子，来至上房。王夫人正坐在凉榻上，摇着芭蕉扇子，见他来了，说道："你不管叫个谁来也罢了。你又丢了他来了。谁伏侍他呢？"袭人见说，忙陪笑回道："二爷才睡安稳了，那四五个丫头如今也好了，会伏侍二爷了。太太请放心。恐怕太太有什么话吩咐，打发他们来，一时听不明白，倒耽误了。"王夫人道："也没甚话，白问问他这会子疼得怎么样？"袭人道："宝姑娘送去的药，我给二

爷敷上了，比先好些了。先疼的躺不稳，这会子都睡沉了，可见好些了。"王夫人又问："吃了什么没有？"袭人道："老太太给的一碗汤，喝了两口，只嚷干渴，要吃酸梅汤。我想着酸梅是个收敛的东西，才刚挨了打，又不许叫喊，自然急的那热毒热血未免不存在心里；倘或吃下这个去，激在心里，再弄出大病来，可怎么样呢。因此，我劝了半天，才没吃，只拿那糖腌的玫瑰卤子和了吃。吃了半碗，又嫌吃絮了，不香甜。"王夫人道："嗳哟，你不该早来和我说！前儿有人送了两瓶子香露来，原要给他点子的，我怕胡糟蹋了，就没给。既是他嫌那些玫瑰膏子絮烦，把这个拿两瓶子去。一碗水里只用挑一茶匙，就香的了不得呢。"说着，就唤彩云来，把前儿的那几瓶香露拿了来。袭人道："只拿两瓶来罢，多了也白糟蹋。等不够再要，再来取也是一样。"彩云听说，去了半日，果然拿了两瓶来，付与袭人。袭人看时，只见两个玻璃小瓶，却有三寸大小，上面螺丝银盖，鹅黄签上写着"木樨清露"，那一个写着"玫瑰清露"。袭人笑道："好金贵东西！这么个小瓶儿，能有多少。"王夫人道："那是进上的。你没看见鹅黄签子。你好生替她收着，别糟蹋了。"袭人答应着，方要走时，王夫人又叫："站着，我想起一句话来问你。"袭人忙又回来。王夫人见房内无人，便问道："我恍惚听见宝玉今儿挨打是环儿在老爷跟前说了什么话，你可听见这个了？你要听见，你告诉我听听，我也不吵出来，教人知道是你说的。"袭人道："我倒没听见这话。为二爷霸占着戏子，人家来和老爷要，为这个打的。"王夫人摇头，说道："也为这个，还有别的原故。"袭人道："别的原故，实在不知道了。我今儿在太太跟前大胆说句不知好歹的话，论理——"说了半截，忙又咽住。王夫人道："你只管说。"袭人笑道："太太别生气，我就说了。"王夫人道："我有什么生气的，你只管说来。"袭人道："论理，我们二爷也须得老爷教训两顿；若老爷再不管，将来不知做出什么事来呢。"王夫人一闻此言，便合掌念声"阿弥陀佛！"由不得赶着袭人叫了一声"我的儿！亏了你也明白这话，和我的心一样。我何曾不知道管儿子。先时你珠大爷在，我是怎么样管他，难道我如今倒不知管儿子了！只是有个原故：如今我想，我已经快五十岁的人，通共剩了他一个，他又长的单弱，况且老太太宝贝似的；若管紧了他倘或再有个好歹，或是老太太气坏了，那时上下不安，岂不倒坏了，所以就纵坏了他。……若打坏了，将来我靠谁呢。"说着，由不得滚下泪来。袭人见王夫人这般悲感，自己也不觉伤了心，陪着落泪。又道："二爷是太太养的，岂不心疼。便是我们做下人的，伏侍一场，大家落个平安，也算是造化了。要这样起来，连平安都不能了。那一日，那一时，我不劝二爷，只是再劝不醒。偏生那些人又肯亲近他，也怨不得他这样。总是我们劝的倒不好了。今儿太太提起这话来，我还记挂着一件事，每要来回太太，讨太太个主意；只是我怕太太疑心，不但我的话白说了，且连葬身之地都没了。"王夫人听了这话内有因，忙问道："我的儿，你有话只管说。近来我因听见众人背前背后都夸你，我只说你不过是在宝玉身上留心，或是诸人跟前和气，这些小意思好；谁知你方才和我说的话全是大道理，正和我的想头一样。你有什么，只管说什么，只别叫别人知道就是了。"袭人道："我也没什么别的说，我只想着讨太太一个示下，怎么变个法儿，以后竟还叫二爷搬出园外来住就好了。"王夫人听了，大吃一惊，忙拉了袭人的手，问道："宝玉难道和谁作怪了不成？"袭人忙回道："太太别多心，并没有这话。不过是我的小见识；如今二爷也大了，里头姑娘们也大了，——况且林姑娘宝姑娘又是两姨姑表姊妹，——虽说是姊妹们，到底是男女之分，日夜一处起坐不方便，由不得叫人悬心；便是外人看着，也不像一家子的事。俗语说的：'没事常思有事'，世上多少无头脑的事，多半因为无心中做出，有心人看见，当作有心事，反说坏了。只是预先不防着，断然不好。二爷素日性格，太太是知道的，他又偏好在我们队里闹。倘或不防前后，错了一点半点，不论真假，人多口杂。那起小人的嘴有什么避讳，心顺了，说的比菩萨还好；心不顺，就贬的连畜生不如。二爷将来倘或有人说好，不过大家直过没事；若要叫人说出一个不好字来我们不用说粉身碎骨，罪有万重，都是平常小事，但后来二爷一生的声名品行岂不完了。二则太太也难见老爷。俗语又说：'君子防未然'，不如这会子防避的为是。太太事情多，一时固然想不到。我们想不到则可；既想到了，若不回明太太，罪越重了。近来我为这事，日夜悬心，又不好说与人，惟有灯知道罢了。"王夫人听了这话，如雷轰电掣的一般，正触了金钏儿之事，心内越发感爱袭人不尽，忙笑道："我的儿，你竟有这个心胸，想的这样周全。我何曾又不想到这里，只是这几次有事就忘了。你今儿这一番话提醒了我。难为你成全我娘儿两个名声体面，真真我竟不知道你这样好。——罢了，你且去罢，我自有道理，只是还有一句话：你今既说了这样的话，我就把他交给你了，好歹留心。保全了他，就是保全了我。我自然不辜负你。"袭人连连答应去了。回来正值宝玉睡醒，袭人回明香露之事，宝玉喜不自禁……因心下记挂着黛玉，满心里要打发人去，只是怕袭人，便设一法，先使袭人往宝钗那里去借书。（34/上/359－362）

小说中写人对话之详细具体无如此段者。何以如此不吝笔墨，乃因此段对话是小说关键，关系到宝玉和黛玉的情感归宿；关系到晴雯、司棋等的命运。更重要的一点，此场景把袭人"小耗子精"的"葫芦嘴"害人嘴脸刻画的穷形尽相：袭人从贾母身边到王夫人身边，和林红玉从宝玉身边到王熙凤身边、门子从葫芦庙甄士隐身边到贾雨村身边同类——都是忘旧主之恩而在新主面前摇尾乞怜者。而袭人不仅仅是"忘本"，更成了害旧主以求荣的"恶犬"。小说中写贾雨村断薛蟠打死人命案时，葫芦僧和贾雨村有对话场景；王熙凤在李纨处时，林红玉回王熙凤有极其细致啰嗦的回话描写；此段袭人和王夫人之间对话场景更是超过前两处。葫芦僧、林红玉和袭人，均有攀龙附凤的攀高欲望：葫芦僧不念旧邻之谊，忍将英莲推入火坑而坐视不理以成"葫芦案"；林红玉回王熙凤问她是否愿意到她身边时说："愿意不愿意，我们也不敢说。只是跟着奶奶，我们也学些眉眼高低，出入上下大小的事也得见识见识。"（27/上/286）一幅摇尾乞怜的"西洋哈巴儿"嘴脸！写林红玉，是为了正衬袭人之心思："这红玉虽然是个不谙事的丫头，却因他原有三分容貌，心内着实妄想痴心的向上攀高，每每的要在宝玉面前显弄显弄。"（24/上/257）"向上攀高"之心袭人比林红玉有过之而绝对无不及！红玉拿"二奶奶才使唤我说话取东西"炫耀时，晴雯冷笑："怪道呢，原来爬上高枝儿去了，把我们不放在眼里。不知说了一句话半句话，名儿姓儿知道了不曾呢，就把他兴的这样。这一遭半遭儿的算不得什么，过了后儿还得听呵。有本事从今儿出了这园子，长长远远的在高枝儿上，才算得。"（27/上/285）明写嘲林红玉，暗写讥袭人：林红玉仅仅投靠了王熙凤就以为"爬上高枝儿去了"而不自觉作"兴"起来；袭人则不唯有王熙凤罩着，更有王夫人撑腰，"长长远远的在高枝儿上"的幻想当更强烈。林红玉所向往的，正是袭人所渴念的。所以袭人妒她，不经宝玉同意就先斩后奏把她给了王熙凤。

袭人在王夫人面前摇尾谄媚主要意思有以下几层：一是王夫人把袭人看成是心腹，最可靠的人。"你又丢了他来了。谁伏侍他呢？"和在贾政面前说的让袭人伏侍宝玉睡前吃一丸药互为表里来印证；二是袭人会顺竿子爬，知道王夫人喜欢听什么，所以夸宝钗送的药宝玉吃了见效；三是借袭人之口挑明贾母王夫人婆媳之间关系微妙："老太太给的一碗汤，喝了两口，只嚷干渴"。袭人先夸了宝钗的药见效，紧接着说了贾母的汤不好，袭人之心如司马昭之心昭然若揭。贾母如今年迈，去日无多。而王氏姑侄掌权正当其时，可以长远倚靠。故卖贾母以在王夫人面前示好极易理解。袭人之见风使舵，小说在林黛玉初进贾府就交待："原来这袭人亦是贾母之婢，本名珍珠。贾母因溺爱宝玉，生恐宝玉之婢无竭力尽忠之人，素喜袭人心地纯良，肯尽职任，遂与了宝玉……这袭人亦有些痴处，伏侍贾母时，心中眼中只有一个贾母；今与了宝玉，心中眼中又只有一个宝玉。"（3/上/36-37）言外之意，袭人是一旦有了新主，是一丝一毫不念旧主之恩的。在黛玉初见宝玉后如此交待袭人之"痴"，是为袭人偷"袭"黛玉打下伏笔。王夫人和贾母这对儿婆媳之间关系，贾母当着王夫人面对宝钗说："当日我像凤哥儿这么大年纪，比他还来得呢。他如今虽说不如我们，也就算好了，比你姨娘强远了。你姨娘可怜见的，不大说话，和木头似的，在公婆跟前就不大显好。"（35/上/370）王夫人"木头"似的，自然难得贾母青眼。袭人"素日想着后来争荣夸耀"（31/上/327），故倾陷贾母以打击黛玉；四是把宝玉之"过"全归在"那些人又肯亲近他，也怨不得他这样"，"叫二爷搬出园外"以绝"病源"——彻底隔绝宝玉和黛玉。这话是宝玉误把袭人当成黛玉倾诉肺腑之言后袭人所言，其不善之心彰显无遗。宝玉与黛玉的关系，可以说是"青梅竹马、两小无猜"，二人关系之亲厚，无人可比。尤其宝玉诉肺腑后更让袭人内心不安，故防范之心更不可遏制，只能借男女大防礼教为幌子向王夫人提议"叫二爷搬出园外"。袭人用"贤"——"贤言"来掩"酸意"，"袭"人而使人不觉，其深隐之一面再次得到披露。袭人本身是贾母贴身丫鬟，是贾母眼线。被贾母派给宝玉后，被王夫人、王熙凤策反，由贾母间谍成了王薛派间谍。很长时间贾母和宝玉还被蒙在鼓里：正月里，宝玉房里"彼时晴雯、绮霞、秋纹、碧痕，都寻热闹，找鸳鸯琥珀耍戏去了"，独有麝月要照看灯火、袭人因"病"留下（20/上/208），这个细节耐人寻味。贾母把两个心腹丫头分派给宝玉黛玉，其良苦用心王氏姑侄儿自然明晓，所以策反"小耗子精"。正是因为暗中更换主子，袭人才被王夫人、王熙凤呵护褒扬。说到底，袭人是王薛们豢养在二玉之间的一只可恶的"小耗子精"，变形"使人看不出听不见，却暗暗的用分身法搬运，渐渐的就搬运尽了，岂不比直偷硬取的巧"，袭人"巧""偷"，才使得无论宝玉黛玉如何亲密，始终不能畅述心曲，只能闷在心里，这也是二玉经常拌嘴、黛玉"不放心"致病的原因。

袭人妒陷黛玉对王夫人的影响，从"抄检大观园"时王夫人对晴雯的态度就可以看出来：

> 王善宝家道："别的都还罢了。太太不知道，头一个宝玉屋里的晴雯，那丫头仗着他生的模样儿比别人标致些，又生了一张巧嘴，天天打扮的像个西施的样子，在人跟前能说惯道，掐尖要强。一句话不投机，他就立起两个骚眼睛骂人。妖妖趫趫，大不成个体统。"王夫人听了这话，猛然触动往事，便问凤姐道："上次我们跟了老太太进园逛去，有一个水蛇腰，削肩膀，眉眼又有些像你林妹妹的，正在那里骂小丫头。我的心里很看不上那狂样子，因同老太太走，我不曾说得。后来要问是谁，又偏忘了。今日对了槛儿，这丫头想就是他了。"凤姐道："若论这些丫头们，共总比起来，都没晴雯生得好。论举止言语，他原轻薄些。方才太太说的倒很像他。我也忘了那日的事，不敢乱说。"（74/下/817）

王夫人着人去叫晴雯来，晴雯"今因连日不自在，并没十分装饰，自为无碍。及到了凤姐房中，王夫人一见他钗軃鬓松，衫垂带褪，有春睡捧心之遗风，而且形容面貌，恰是上月的那人，不觉勾起方才的火来。"（74/下/817）便冷笑道："好个美人！真像个病西施了！……""去。站在这里，我看不上这浪样儿。谁许你这样花红柳绿的妆扮。"（74/下/818）王夫人等何以如此嫉恨晴雯，除了她长得像黛玉外，更主要的是二玉素日待她厚。宝玉素日不敢让袭人知道的和黛玉间的事多由她负责传递，除去晴雯就斩断了二玉间可靠的信使，所以妒害晴雯即是妒陷黛玉！晴雯相貌品性一如黛玉，故黛玉"素日""又待他甚厚"（78/下/886），贾母对晴雯"将来"作宝玉屋里人之期许，正是对黛玉的期许。其被袭人"葫芦口"毒害致死，正是黛玉归宿之先声。

第三节 "怡红公子"宝玉

宝玉在女孩儿身上用心，不分高低尊卑。他说："女儿是水作的骨肉，男人是泥作的骨肉。我见了女儿，我便清爽；见了男子，便觉浊臭逼人。"（3/上/19）如在贾敬丧事上，"那日正是和尚们进来绕棺"，尤二姐、尤三姐等"都在那里站着"，宝玉"只站在头里挡着人。人说不知礼，又没眼色。过后他没悄悄的"告诉尤三姐："姐姐不知道，我并不是没眼色，想和尚们脏，恐怕气味薰了姐姐们。"在接下来吃茶时，尤二姐要吃茶，老婆子拿过宝玉的碗就倒，宝玉赶忙说："我吃脏了的，另洗了再拿来。"（66/下/728）对金钏儿，连她的生日都会记得。金钏儿生日与王熙凤生日均是九月初二，在贾母等大为王过生日热闹时，宝玉为死的金钏儿伤心——编谎话私自出城为金钏儿上香。宝玉重的是纯真的心和情，他对于形式如何是不在意的。他说："我素日因恨俗人不知原故，混供神，混盖庙。这都是当日有钱的老公们和那些有钱的愚妇们，听见有个神，就盖起庙来供着，也不知那神是何人。因听些野史小说，便信真了，比如这水仙庵里面，因供的是洛神，故名水仙庵。殊不知古来并没有个洛神，那原是曹子建的谎话。"（43/上/462）宝玉由金钏儿而引发的悲伤，被平儿冲淡——"今日是金钏儿的生日，故一日不乐。不想落后闹出这件事来，竟得在平儿前稍尽片心，亦今生意中不想之乐也。因歪在床上，心内怡然自得。"金钏儿和平儿所带给宝玉的是一悲一喜，而最终再落到悲。二人均为奴婢身份，金钏儿遭王夫人打骂羞辱；平儿亦遭王熙凤夫妇"打骂羞辱"。宝玉对平儿之遭际，自然会推及到金钏儿。其对平儿所尽心力，色色周到，自然也是在意念中为金钏儿而做，就像哄玉钏儿尝莲叶羹一样："忽见了玉钏儿，便想起他姐姐金钏儿来了，又是伤心，又是惭愧，便把莺儿丢下，且和玉钏儿说话"（35/上/372），可见这是一种感情移位，是一自我惩罚的补救行为。通过此类补偿行为可以减轻负罪感、歉疚感、自责感，从而获得心灵的解脱、情感的释放、自我的救赎。宝玉对玉钏儿、平儿、晴雯等无不如此。宝玉往往由"此""推之于他人"即由眼前推及将来的"一而二，二而三，反复推求"的惯性思维模式，在小说中一再出现：

> 话说林黛玉……又勾起伤春愁思，因把些残花落瓣去掩埋，由不得感花伤己，哭了几声，便随口念了几句。不想宝玉在山坡上听见，先不过点头感叹；次后听到"侬今葬花人笑痴，他年葬侬知是谁""一朝春尽红颜老，花落人亡两不知"等句，不觉恸倒在山坡之上，怀里兜的落花撒了一地。试想林黛玉的花颜月貌，将来亦到无可寻觅之时，宁不心碎肠断；既黛玉终归无可寻觅之时，推之于他人，如宝钗、香菱、袭人等亦可以到无可寻觅之时矣；宝钗等终归无可寻觅之时，则自己又安在哉；且自身尚不知何在何往，则斯处、斯园、斯花、斯柳，又不知当属谁姓矣。——因此一而二，二而三，反复推求了去，真不知此时此际，欲为何等蠢物，杳无所知，逃大造，出尘网，便可解释这段悲伤。正是：花影不离身左右，鸟声只在耳东西。（28/上/292）

宝玉此"推求"心理，最主要的原因是对美的无比尊重、珍惜心理。他以为美要适得其所、人得遇知音、物能尽其"性情"，方不辜负了美。

对女儿如此、对物亦无不如此。他对于晴雯失手跌坏扇子的评论很典型："你爱打就打。这些东西原不过是借人用的。你爱这样，我爱那样，各自性情不同。比如那扇子，原是扇的，你要撕着玩也可以使得，只是不可生气时拿他出气。就如杯盘，原是盛东西的，你喜欢听那声响，就故意的碎了，也可以使得，只是别在生气时拿他出气，这就是爱物了。"（31/上/331）宝玉对"爱"的理解与阐述独特而精到：物也好、人也罢，在被尊重与被爱惜中"碎了"，"碎"时的"声响"留给"喜欢听"的人，也是一种崇高悲壮的大美。就像林黛玉最喜欢李义山的那句"留得残荷听雨声"一样，带给人的是别样的美——被"秋"所摧残而失去色美、但依然"残"而弥坚——以混合着残荷清香的清亮的"雨声"，在"生"已尽时顽强地响起——有人懂得欣赏它、珍惜它，这也是美得其所的一种情感慰藉。

正是基于对美的尊重，所以宝玉尊重美的一切：不分界限、无论生死。如对落花、对"鲜荔枝"、对"玻璃绣球灯"等的珍视，和对金钏儿、晴雯之死的情感是一样的庄重：

对落花。"早饭后，宝玉携了一套《会真记》，走到沁芳闸桥边桃花底下一块石上坐着。展开《会真记》，从头细玩。正看到'落红成阵'，只见一阵风过，把树上桃花吹了一大半来，落的满身满书满地皆是。宝玉要抖将下来，恐怕脚步践踏了，只得兜了那花瓣，来至池边，抖在池内。那花瓣浮在水面，飘飘荡荡，竟流出沁芳闸了。回来只见地下还有许多。宝玉正踌躇间，……却是林黛玉来了，肩上担着花锄，上挂着纱囊，手内拿着花帚。宝玉笑道：'好，好，来把这个花扫起来，撂在水里。我才撂了好些在那里呢。'林黛玉道：'撂在水里不好。你看这里的水干净，只一流出去，有人家的地方脏的臭的混倒，仍旧把花糟蹋了。那畸角上我有一个花冢。如今把他扫了，装在这绢袋里，拿土埋上。日久不过随土化了，岂不干净。"（23/上/241—242）对落花，宝玉犹怕"脚步践踏"，是对美尊重态度的一种自然流露；和黛玉一起葬花，是对美尊重心理的一种外化。

对"鲜荔枝"。荔枝为物中"尤物"（苏轼《荔枝叹》："我愿天公怜赤子，莫生尤物为疮痏"）。其形色之美，唐代薛能以"颗如松子色如樱"（《荔枝诗》）来赞叹。宝玉对如此之美的"鲜荔枝"，是要给它选配得上的器皿——"蚕丝白玛瑙碟子"盛放，然后连碟子一起送给探春。袭人是永远不会理解这一点的，她眼中只有玛瑙的贵重："'家常送东西的家伙也多，巴巴的拿这个去。'晴雯道：'我何尝不也这样说。他说这个碟子，配上鲜荔枝才好看。'"（37/上/395）"如丹""如红缯"的"鲜荔枝"，放在"蚕丝白玛瑙碟子"上，自然效果是：青叶红果白玉盘。凸显的是果的鲜亮、玉的润洁——"红香"的是"鲜荔枝"；"玉绿"的"白玛瑙碟子"里"鲜荔枝"上带的"如桂""冬青"的叶子，一幅天然的"红香绿玉"图，这种美是宝玉最推崇的美。

对"玻璃绣球灯"。秋雨连绵之夜，宝玉去潇湘馆探视黛玉，回怡红院时和黛玉对话的场景尤为感人：

> 宝玉听说，回手向怀内掏出个核桃大小的一个金表来，瞧了一瞧，那针已指到戌末亥初之间，忙又揣了，说道："原该歇了。又扰的你劳了半日神。"说着，披蓑戴笠出去了。又翻身进来问道："你想什么吃，告诉我，我明儿一早回老太太，岂不比老婆子们说的明白。"黛玉笑道："等我夜里想着了，明儿早起告诉你。你听，雨越发紧了，快去罢。可有人跟着没有？"有两个婆子答应："有人外面拿着伞，点着灯笼呢。"黛玉笑道："这个天点灯笼？"宝玉道："不相干，是明瓦的，不怕雨。"黛玉听说，回手向书架上把那个玻璃绣球灯拿了下来，命点上一枝小蜡来，递与宝玉道："这个又比那个亮，正是雨里点的。"宝玉道："我也有这么一个，怕他们失脚滑倒了打破了，所以没点来。"黛玉道："跌了灯值钱？跌了人值钱？你又穿不惯木屐子。那灯笼命他们前头照着；这个又轻巧又亮，原是雨里自己拿着的，你自己手里拿着这个，岂不好。明儿再送来。就失了手，也有限的。怎么忽然又变出这'剖腹藏珠'的脾气来！"宝玉听说，忙接了过来。（45/上/486－487）

宝玉因"爱物"，雨夜"怕失脚滑倒打破"；黛玉因爱宝玉，把"玻璃绣球灯"给宝玉照路。二人心思一样：为"爱"而"怕"，为"怕"而"不怕"。宝玉"怕""灯"之美被损害，就"不怕"自己"跌了"；黛玉"怕"宝玉"跌了"摔伤，就"不怕""灯"被"失了手"打破。这份细腻纯真的情感，真正给人"一片冰心在玉壶"的美感。"玻璃绣球灯"里摇曳的"一枝小蜡"光亮，给人以明洁的光亮感和温暖感。夜是暗的，"灯"是亮的；雨是冷的，"灯"是暖的；地是泥淖的，"灯"是"干净"的。暗亮、冷暖、泥淖干净的对比中，彰显着宝玉不染丝毫尘世渣滓的真善美。

宝玉纯真率性，不染一丝世俗滓尘。他讲求的是"诚心""洁净"，不拘形式与形质："这纸钱原是后人的异端，不是孔子的遗训。以后逢时按节，只备一个炉，到日随便焚香，一心诚虔，就可感格了。愚人原不知，无论神佛死人，必要分出等例，各式各样的。殊不知只以‘诚心’二字为主。即值仓皇流离之日，虽连香亦无，随便有土有草，只以洁净，便可为祭。不独死者享祭，便是神鬼皆来享的。你瞧瞧我那案上只设一炉，不论日期，时常焚香。他们皆不知原故，我心里却各有所因。随便有新茶便供一钟茶，有新水就供一盏水，或有鲜花，或有鲜果，甚至于荤羹腥菜只要心诚意洁，便是佛也都可来享。所以说，只在敬不在虚名。以后快命他不可再烧纸了。"（58/上/638）这便是"红香绿玉"的真正内涵：纯真自然，不事雕琢，是真善美的代名词。

第四节　"被"句式下的黛玉

黛玉在荣府，始终处在"被"动句式下，这和她寄人篱下的身份正相契合："虽说是舅母家如同自己家一样，到底是客边。如今父母双亡，无依无靠，现在他家依栖。如今认真淘气，也觉没趣。"（26/上/280）这自然是黛玉的温柔敦厚之思。此处不说是"外祖母家"和"舅舅家"，而是用了"舅母家"，就可以看出荣府实际的掌权者是王夫人。王夫人是黛玉的舅母，是薛宝钗的亲姨妈。就黛玉和宝钗与王夫人的亲属关系而言，都是外甥女。但黛玉这个外甥女是真正的"外"；而宝钗这个外甥女却是至亲的"内"。"内""外"之区分，因人而异。① 站在王夫人角度看，自然是"内"宝钗而"外"黛玉；但站在贾母和贾政角度看，则自是"内"黛玉而"外"宝钗。但贾母在荣府已如"过时的人参"；贾政"怕老婆"，于是黛玉不是在"外祖母家"和"舅舅家"，而是在"舅母家"了。黛玉这个"舅母"无论从血缘上还是从情感上，自然都是亲厚偏向薛宝钗的。加上"金玉姻缘"这个大谎话，入宫不成被剩下的薛宝钗心心

---

① 关于"内""外"的不同，王熙凤和赵嬷嬷就贾琏有过一段对话：王熙凤笑道："妈妈，你放心，两个奶哥哥都交给我。你从小儿奶的儿子，你还有什么不知他那脾气的。拿着皮肉，倒往那不相干的外人身上贴。……我这话也说错了。我们看着是'外人'，你却看着是'内人'一样呢。"赵嬷嬷说："若说'内人''外人'这些混账原故我们爷是没有，不过是脸软心慈，搁不住人求两句罢了。"王熙凤说："可不是呢！有内人的他才慈软呢，他在咱们娘儿们跟前才是刚硬呢。"（16/上/162）

念念要当荣府的宝二奶奶，而自小和宝玉情厚意密的黛玉自然就"碍手碍脚"更碍眼，被不待见可想而知。但黛玉毕竟是贾母的外孙女；是荣府的客人，为了脸面上好看；更为了"当今以孝治天下"① 待黛玉刻薄如太露骨，则贾母必不悦，这是对贾母的不孝。荣府上上下下，主子奴才几百号人，"隔帘消息风吹透"，如贾母因生气气出个好歹，不孝的罪名王夫人可是担当不起。所以要假孝顺真算计：算计黛玉就是算计贾母。"太太的事"就是荣府最重要的事，于是王熙凤、李纨、探春、薛宝钗、袭人、平儿等一个个使出浑身解数，以速黛玉成"枯木"之结局。让黛玉常常流泪是最好的一招：因为初进荣府，舅母王夫人等就知道黛玉的病"若要好时，除非从此以后，总不许见哭声"（3/上/27）。如何让黛玉流泪以自耗，最见效的方法是让多愁善感的黛玉伤心。于是黛玉便总是处在"被遗忘""被取笑"等"被"句式下，"常常的便自泪道不干的"（27/上/281）。

一、被"忘"的黛玉

贾母引刘姥姥逛大观园，在蘅芜苑时"借鸳鸯机带双敲"：当鸳鸯说"这个东西都搁在东楼上的不知那个箱子里，还得慢慢找去，明儿再拿去也罢了"时，贾母道："明日后日都使得，只别忘了。"鸳鸯和贾母对话，和在潇湘馆时贾母吩咐给黛玉换"银红""软烟罗"窗纱时的场景如同复制一般。当贾母说"明儿就找出几匹来，拿银红的替他糊窗子"时，"凤姐儿答应着"。当时没有写贾母再叮嘱王熙凤，自然是贾母为黛玉考虑周密原故——不欲让王熙凤因黛玉给她又添麻烦而增加对黛玉的"多嫌"。到了蘅芜苑，贾母把话说得又透又重。明说鸳鸯，实说熙凤。可见，"忘"是王熙凤等对待黛玉惯常惯用的手段。贾母"我也不理论"就在"忘"上找到了注解。黛玉日常起居类生活"细"事如换窗纱类小事，尚须贾母亲自发过问才能被发现、被落实，遑论其他"大事"！在"莲叶羹"一事上，贾母恐怕不会不介意，这种汤最适合食用者恐怕只有黛玉，而偏偏她在此时是角色缺失：这汤"色"乃"小荷叶儿小莲蓬儿"式样；"香"

---

① 贾琏说："如今当今体贴万人之心。世上至大莫如'孝'字"（16/上/162）。

乃"借点新荷叶的清香";"味"里有"几只鸡,另外添了东西"。"这一宗东西,家常不大做",这是第二次做;因为此汤不易得,王熙凤才说"今儿宝兄弟提起来了,单做给他吃,老太太、姑妈、太太都不吃,似乎不大好;不如借势儿弄些大家吃,——托赖着连我也上个俊儿。"(35/上/369)做好汤后,"王夫人又命请姑娘们去。请了半天,只有探春惜春两个来了。迎春身上不耐烦,不吃饭;林黛玉自不消说,平素十顿饭只好吃五顿,众人也不着意了。""少顷,荷叶汤来,贾母看过了。王夫人回头看见玉钏儿在那边,便命玉钏与宝玉送去。"(35/上/371)而潇湘馆和怡红院,在大观园中是距离最近的——"正和我的主意一样。我也要叫你住这里呢。我就住怡红院。咱们两个又近,又都清幽。"(23/上/239)给宝玉送汤时,是一个婆子端着捧盒,莺儿和玉钏儿"他两个却空着手走"的,为何就不能顺路带给黛玉一碗汤呢?这种"不着意"是有意为之的。因为"不着意",小说专门点到"他两个却空着手走"。顺路可及的事,就"忘"了。紧接着有一处对比,和送汤的玉钏儿一起来的莺儿正和宝玉说着打络子事时,"正值袭人端了两碗菜走进来告诉宝玉道:'今儿奇怪,才刚太太打发人替我送了两碗菜来",宝玉以为是大家的"菜"时,袭人强调:"不是,指名给我送来,还不叫我过去磕头,这可是奇了。"(35/上/376)王夫人送袭人的"两碗菜",正是"莲叶羹"那顿饭——袭人可得,就"忘"了黛玉!"不叫过去磕头"自有避贾母之意。明乎此,当深知"县官不如现管"——在荣府,贾母虽疼黛玉,但不可能事无巨细亲力亲为地进行关照。为避免"偏心"的负面影响,贾母有时只能推聋作哑、"难得糊涂"。"莲叶羹"事极小,但以"小"写"大"乃《红楼梦》之最突出的手法。"人口虽不多,从上至下也有三四百"人中,袭人可得王夫人"特意""送的两碗菜"、玉钏儿因宝玉愧疚可"亲尝莲叶羹",对黛玉何薄?对袭人何厚?"一羹"即见分晓、即黛玉时时处处在被"忘"的地位。贾母领刘姥姥宴大观园时吃过早饭后,鸳鸯对"剩余饭菜"安排的细节再次突出被想着给饭给菜的绝不是一般人儿:

> 鸳鸯便问:"今儿剩的菜不少,都那去了?"婆子们道:"都还没散呢,在这里等着,一齐散与他们吃。"鸳鸯道:"他们吃不了这些,挑两碗给二奶奶屋里平丫头送去。"凤姐儿道:"他早吃了饭了,不用给他。"鸳鸯道:

"他不吃了，喂你们的猫。"婆子听了，忙拣了两样，拿盒子送去。鸳鸯道："素云那去了？"李纨道："他们都在这里一处吃，又找他作什么。"鸳鸯道："这就罢了。"凤姐道："袭人不在这里，你倒是叫人送两样给他去。"鸳鸯听说，便命人也送两样去后……（40/上/427）

"不在这里"的袭人等会被王熙凤专门想起，鸳鸯的饭后安排也一样周详。那么贾母之"提醒"鸳鸯那句"只别忘了"，应该"听锣听声、听话听音"即连鸳鸯都时常"可巧""忘了"黛玉！贾母给宝钗"过生日"时说的"今日原是我特带着你们取笑"（22/上/226），"你们"是对着黛玉讲的，可以理解为是借给宝钗过生日之名而特意带黛玉开心的——是作为外祖母的贾母对孤孙黛玉的"怜惜"，① 正如领刘姥姥逛大观园其实中心还在黛玉一人身上一样。贾母何以如此"借"机行事——宝钗也好，刘姥姥也罢，都是王夫人和王熙凤一方的亲戚。贾母对刘姥姥和薛宝钗的热情周到，一是彰显先客后己、"礼出大家"的待客之道；② 二是给王夫人和王熙凤"脸面"；三是以自己的待客之道为"镜子"，让王夫人和王熙凤从中照出当如何对待贾母一方的亲戚——黛玉。贾母不敢"偏疼"黛玉，因为黛玉深知："这里那些人，因见老太太多疼了宝玉和凤丫头两个，他们尚虎视眈眈，背地里言三语四的"（45/上/483）。黛玉的话道出贾母难处——她疼惜黛玉，也只能不显山不露水。这也是对黛玉的一种保护，鸳鸯曾对探春说："老太太偏疼宝玉，有人背地里怨言还罢了，算是偏心；如今老太太偏疼你，我听着也是不好。这可笑不可笑？"（71/下/789）"偏疼宝玉"尚如此，何况黛玉。贾母对黛玉之疼惜和深谋远虑隐藏得再深，还是能被人看出来。如贾琏心腹小厮兴儿对尤二姐说宝玉和黛玉关系："只是他已有了，只未露形，将来准是林姑娘定了的。因林姑娘多病，二则都还小，故尚未及此。再过

---

① 黛玉母亲忌日在正月，故贾母为宝钗过生日当有为避免黛玉悲伤思母过度之意。这一点深意也可从为九月初二王熙凤过生日时细味出来，因为林如海忌日是九月初三。

② 这一点可从曾伏侍贾母的丫鬟紫鹃待客之道看出，宝玉到潇湘馆，紫鹃先给他倒茶，然后才给黛玉舀水。她对黛玉说："他是客，自然先倒了茶来再舀水去。"（26/上/275）江南甄家遣人到荣府送礼请安，来人夸贾宝玉比她们的甄宝玉"性情好些"，贾母说："可知我们这样人家的孩子们，凭他们有什么刁钻古怪的毛病儿，见了外人，必是要还出正经礼数来的"（56/上/612）

三二年，老太太便一开言，那是再无不准的了。"（66/下/728）明乎此，就知"莲叶羹"贾母为何不特特提议给黛玉送，不为黛玉"搞特殊"而为宝钗大过特过生日，是贾母"不忘"之"忘"，"忘"而实"记"。但在八月十五前夕，贾母对吃食的分配可以看出她在尽力做到疼黛玉而不让人觉得有"偏"之嫌，让对黛玉独特的偏疼消泯在疼惜多人的视线中："贾母接来吃了半碗（红稻米粥），便吩咐将这粥送给凤哥儿吃去，又指着这一碗笋和这一盘风腌果子狸给颦儿宝玉两个吃去，那一碗肉给兰小子吃去。"（75/下/831）贾母如此安排的深意，只有细细体味才能品出来。荣府上下，时时事事处处不忘黛玉的人是极其有限的：贾母有心有力却不能显露；宝玉有心有力却时时刻刻被掣肘；紫鹃有心却是无力。贾母与宝玉对于黛玉的记挂，一隐一显、一暗一明。但无论如何，荣府上上下下，是绝对不允许黛玉享受到这份情感的。于是，《红楼梦》很少写及贾母和黛玉之间面对面的亲密谈话等场景。何以如此，从宝玉每每和黛玉一处时就被袭人、薛宝钗或其他人打断就可得知：荣府王夫人、王熙凤的眼线密布，根本不会让贾母和黛玉私密接触出现的。这种对贾母和宝玉记挂黛玉的处处围追堵截，使得黛玉在荣府被彻底搁置到被"忘"的地位。黛玉葬花诗"一年三百六十日，风刀霜剑严相逼"，就是她天长日久、被"忘"而积累的抑郁与悲哀！"风刀"当指"王熙凤"之"西风"之"刀"，"霜"之冷酷无情正如薛宝钗（其对金钏儿死之无情最足证明其"冷"）之任是无情也动人。

但黛玉又是被王薛们"忘"而时时不"忘"的，他们"忘"黛玉，是因为黛玉会消耗贾母的"梯己"、妨碍薛宝钗的"配玉"。黛玉的存在，对他们来讲是"碍手碍脚的"，故必欲除之而后快。"忘"黛玉，是为了伤黛玉；不"忘"黛玉，是为了谋算黛玉。何时黛玉不复存在于眼前，荣府也就如薛宝钗说的"完了此劫"：如贾雨村之于门子。门子晃动于眼前，贾雨村无论如何都会感到潜在的威胁和不安，只有远远打发了他充军才罢；如王熙凤之于尤二姐、夏金桂之于香菱，是绝对不允许"卧榻之侧他人鼾睡"的。凡是碍眼的，王薛们是绝对会痛下杀手而绝不手软心慈的，只是因除去对象的不同而所出的招数不同罢了。对黛玉而言，"忘"就是他们惯用的一种伎俩，用"忘"伤黛玉之心而惹其流泪，用"忘"来提醒黛玉孑然一身、寄人篱下的身世而伤心。如斯种种之"忘"，就在于要黛玉泪尽而逝。

二、"被小性儿"的黛玉

宝玉咏潇湘馆竹子诗曰："秀玉初成实，堪宜待凤凰。竿竿青欲滴，个个绿生凉。迸砌妨阶水，穿帘碍鼎香。莫摇清碎影，好梦昼初长。"（18／上／190）"迸"与"穿"凸显"青玉"极富张力的生命感，给人以不畏压抑摧折之感；而正因如此的执着和不合时宜，才会给人以"妨"和"碍"的感觉，让嫉恨者有拔之而后快的冲动。此两句化用唐代郑谷的《竹》诗："侵阶藓折春芽迸，绕径莎微夏阳浓。无赖杏花多意绪，数枝穿翠好相容。"但把"迸"与"穿"二字位置由后而前，就强调了"竹"不甘被屈抑而努力抗争的顽强意志力与喷薄暴发的生命热情。此二字有着极强的音响效果，因为"迸"发音声母为"ch"，发音时必须冲破阻碍才能发出；"穿"发音声母为"c"，发音时气流较强，摩擦成声。宝玉此诗，咏的是潇湘馆之竹，而竹正是黛玉的精神象征，是黛玉的化身。故小说中多处写到黛玉看竹。"竿竿青欲滴，个个绿生凉"，"竿竿""个个"，描画出"竹"清晰明了的个性、独立自我的风神、傲然挺立的品格。此三点正是黛玉如"冉冉孤生竹"般孑孑孤立的身世——"上无亲母教养，下无姊妹兄弟扶持"（3／上／29）。黛玉这种气质品格即小说中所评论之"孤高自许、目无尘下"（5／上／48）。宝玉为"潇湘馆"题一联为"宝鼎茶闲烟尚绿，幽窗棋罢指犹凉"，就着眼于竹子的"绿""幽""凉"特点："幽"含义之一，即"阴幽肃杀之义"："舜以冀州南北广远，分置幽州，以其地在北方，取其阴幽肃杀之义"。① 同为"玉"，宝玉之才被鼓励；而黛玉之才则被元妃有意无意压抑遏制，故十七十八回目用"大观园试才题对额　荣国府归省庆元宵"，十七回回目自为凸显宝玉之"玉"才，而十八回回目则为元妃抑制黛玉之"玉"才，"堪叹时乖玉不光"第八回所评即含此意。黛玉之被摧抑感可从下列文字中见出："原来林黛玉安心今夜大展奇才，将众人压倒；不想贾妃只命一匾一咏，倒

---

①　许亢宗. 宣和乙巳奉使金国行程录［M］//确庵，耐庵编，崔文印笺证. 靖康稗史笺证. 北京：中华书局，1998：6.

不好违谕多作，只胡乱作一首五言律诗应景罢了。"（18/上/189）"此时林黛玉未得展其抱负，自是不快。"（18/上/190）

正是平日多被屈抑和"欺负"，黛玉的生活状态多"闷"、多"泪"、多"愁"："紫鹃雪雁素日知道林黛玉的情性，无事闷坐，不是愁眉，便是长叹，且好端端的不知为什么常常的便自泪道不干的。先时还有人解劝，或怕他思父母，想家乡，受了委屈，只得用话宽慰解劝。谁知后来一年一月的竟常常如此，把这个样儿看惯，也都不理论了。所以也没人去理，由他去闷坐，只管睡觉去了。那林黛玉倚着床栏杆，两手抱着膝，眼睛含着泪，好似木雕泥塑的一般，直坐二更多天方才睡了。一宿无话。"（27/上/281）可见，"愁眉""长叹"是黛玉的一种常态。何以如此，原因之一是多被人有意无意地"欺负"：其中有不明就里如湘云者；有处心积虑如王夫人、王熙凤、薛宝钗等王薛一派者。王薛一派是林黛玉苦闷精神和悲苦生活的直接制造者，使得黛玉时时处处有临深履危之惧。自卫的本能使得黛玉永远都处在惊弓之鸟般的防范意识下，精神极度敏感、神经高度紧张。由此给人造成的印象是："小性儿""他再不放人一点儿，专挑人的不好"[1]"爱刻薄人，心里又细"[2]"素日是个有心的"[3]"你这个多心的"[4]"真真这林姐儿说出一句话来，比刀子还尖"[5]"孤高自许，目无尘下"（5/上/48）"命苦"[6]"素昔猜忌，好弄小性儿"[7]"人人都笑我有些痴病"[8]等等。在看似礼数周详繁复的"嘘寒问暖"包围下，只有虚情假意和恶意伤害：或绵里藏针；或指桑说槐；或冷嘲热讽——"你作梦。你给我们家做了媳妇，少什么？""你瞧瞧，人物儿、门第配不上？根基配不上？家私配不上？那一点还玷辱了谁呢？"（25/上/265）这是王熙凤拿她和宝玉事儿作笑料；"我笑如来

---

① 湘云评黛玉语（20/上/214）。
② 小红对坠儿评黛玉语（27/上/283）。
③ 王夫人对宝钗评黛玉语（32/上/346）。
④ 薛姨妈说黛玉语（8/上/91）。
⑤ 李嬷嬷说黛玉语（8/上/91）。
⑥ 王熙凤初见黛玉语（3/上/28）。
⑦ 宝钗心里评价黛玉（27/上/282）。
⑧ 黛玉心里自思（28/上/282）。

佛比人还忙：又要讲经说法；又要普渡众生；这如今宝玉凤姐姐病了，又烧香还愿，赐福消灾；今日才好些，又要管林姑娘的姻缘了。你说忙的可笑不可笑?"（25/上/269）这是宝钗嘲讽黛玉对宝玉的上心；"这一辈子我自然比不上你。我只保佑着明儿得一个咬舌的林姐夫，时时刻刻乃可听'爱厄'去。阿弥陀佛，那才现在我眼里!"（20/上/214）这是直言快语的湘云在反击黛玉的"刻薄"；"这个孩子扮上，活像一个人。你们再看不出来"，这是王熙凤拿黛玉比戏子来取笑（22/上/227）。这种种以黛玉为取笑嘲讽刻薄对象的话儿或暗藏机锋；或明赞实刺，林林总总，不一而足。更甚者，乃薛宝钗扑虫幸之时于无中生有、隔空传音陷害黛玉所用"金蝉脱壳"之伎俩！林黛玉的"被小性儿"正是在这样的环境中由人为制造而成——被孤立、被另类、被"欺负"、被取笑等等诸如"众人听了，一齐都笑起来"（25/上/265）之类场景太多了。故宝玉借戏文表白真诚爱情时，黛玉会立马恼怒流泪："如今新兴的，外头听了村话来，也说给我听；看了混账书，也来拿我取笑儿，我成了替爷们解闷的。"（26/上/275）薛宝钗便是如此人等中最典型的一个。因为"金玉"之说，宝玉是她最上心的人。而宝玉与黛玉之亲厚显然使她如鲠在喉、如钉在目、如刺在肉。所以时时处处，黛玉是她关注的焦点：言语、动止、出处等无一不被宝钗"扫描"。她非常注意自己和黛玉的对比，黛玉"刻薄"，她便"宽厚"；黛玉"急恼"，她便"笑劝"；黛玉"有心"，她便"从不计较"（32/上/346）；黛玉"孤高自许，目无尘下"，她便"行为豁达，随分从时"（5/上/48）。在处处以黛玉为镜的对比中，宝钗取得了极大的成功。湘云当面对黛玉赞钗贬黛："你自己便比世人好，也不犯着见一个打趣一个。指出一个人来，你敢挑他，我就服你。""你敢挑宝姐姐的短处，就算你是好的。我算不如你，他怎么不及你呢。"（20/上/214）而从滴翠亭"杨妃扑蝶"林红玉对坠儿所评价的钗黛优劣之语境，就可看出黛玉是"被小性儿""被刻薄""被多心"的，宝钗是靠陷害黛玉来赢取好评的。

第五节 "禄鬼"探春

探春在《红楼梦》中是作者着意塑造的又一人物形象。她精明强干,一贯走的是亲王薛路线。但庶出身份的尴尬地位、母亲赵姨娘的"阴微鄙贱"和弟弟贾环的"人物委蕤,举止荒疏"(23/上/238),都让好强争胜的探春很"没脸"①。为改变这"没脸"状况,探春竭力表现出疏远亲母弟、亲近嫡母王夫人等的样子②,在其亲舅舅死后,为赏银事赵姨娘对现当家的女儿探春极度不满,她说探春是"尖酸刻薄"之人,挖苦讥刺探春"没有长羽毛就忘了根本,只拣高枝儿飞去了"(56/上/595)。这种"忘了根本"的"乖"言行显然是宝玉素日极为反感的,他对黛玉评探春:"最是心里有算计的人,岂止乖而已。"(62/下/680)对生母尚如此,更何况黛玉?故小说借厚钗薄黛、亲薛疏林来表现探春"只拣高枝儿飞"的趋炎附势之俗。贾探春之"尖酸刻薄",在宝玉生日时表现得最为露骨:

> 探春笑道:"倒有些意思。一年十二个月,月月有几个生日。人多了,便这等巧,也有三个一日的,两个一日的。大年初一日也不白过,大姐姐占了去。怨不得他福大,生日比别人就占先。又是太祖太爷的生日。过了灯节,就是老太太和宝姐姐,他们娘儿两个遇的巧。三月初一日是太太,初九是琏二哥哥。二月没人。——"袭人道:"二月十二是林姑娘,怎么没人?就只不是咱家的人。"探春笑道:"我这个记性是怎么了!"宝玉笑指袭人道:"他和林妹妹是一日,所以他记得。"(62/下/672)

---

① 贾探春说赵姨娘:"谁不知道我是姨娘养的,必要过两三个月寻出由头来,彻底子翻腾一阵,生怕人不知道,故意的表白表白,也不知道谁给谁没脸。"(56/上/595)

② 贾探春质问赵姨娘:"谁是我舅舅?我舅舅年下才升了九省检点,那里又跑出一个舅舅来?我倒素昔按理尊敬,越发敬出这些亲戚来了。"(56/上/595)

贾探春"二月没人"是记性真的不好还是"故意忘记"①，以她的精于算计，只有"记性""被不好"的可能——"没人"二字"冰冷无味"，是其欲让黛玉"人""没"的潜在意识最真实自然地流露。探春如此无视黛玉，当然是因为黛玉子然一身寄于荣府：根基和家私早已无从谈起。"那贾家上上下下都是一双富贵眼睛"（8/上/95）、"我知道咱们家的男男女女，都是一个富贵心，两只体面眼"②，这些评说用来评价探春最恰当不过。她从来没有把黛玉"放在眼里"③ 过，这在评说生日时已经表现得很直接很明白。对薄命女黛玉，亦是"命薄"④ 人的贾探春何尝有过丝毫的善意。"偶结海棠社"以诗在耗黛玉心神；"兴利除宿弊"则为安插人以便处处时时监视黛玉和宝玉。对黛玉如"乌眼鸡"般刻薄寡恩而对王夫人、王熙凤和薛宝钗则极尽巴结谄媚之能事，这充分暴露出贾探春的俗气。贾探春俗，她一出场就借黛玉视角进行表现："文彩精华，见之忘俗"（3/上/25）；探春说自己"我不算俗"（37/上/386），其实这是作者一贯"反面照镜"的手法，即话有时要反着听，如贾瑞要治好病需要照风月鉴的反面，正面之美好是假象、幻相，尽信则被骗受蒙蔽。探春之俗表现在两点最为突出：重钱和重势。

贾探春极其看重钱和势，这一点和其母赵姨娘比起来绝对有过之而无不及。赵姨娘为家私欲置王熙凤和宝玉于死地；贾探春自己也有"乌眼鸡"之说："多少世宦大家出身的，若提起钱势二字，连骨肉都认不得了"探春对查抄大观园本质有着深刻的认识："咱们倒是一家子亲骨肉呢，一个个不像乌眼鸡，恨不得你吃了我，我吃了你！"（75/下/830）可见她"处名攻利战之场"（37/上/389）

---

① 探春黛玉二人关系之亲疏厚薄，在互"忘"生日一事即可表现出来：探春忘了黛玉生日；黛玉亦忘了她的生日。在三月初二黛玉"重建桃花社"时，黛玉说："我这一社开的又不巧了，偏忘了这两日是他的生日。"（70/下/772）

② 贾母语（71/下/789）。

③ 贾母怕喜鸾和四姐儿在荣府遭轻视之语（71/下/789）。

④ 王熙凤对平儿说："好个三姑娘！我说他不错。——只可惜他命薄，没托生在太太肚里。""虽然庶出一样，女儿却比不得男人。将来攀亲时，如今有一种轻狂人，先要打听姑娘是正出是庶出，多有为庶出不要的。"（55/上/599－600）

而"利欲熏心"① 四月二十六日芒种节探春喊宝玉到"一棵石榴树下""说话"场景最能看出其"最是心里有算计的人":

> 探春因说道:"这几天老爷可曾叫你?"宝玉笑道:"没有叫。"探春道:"昨儿我恍惚听见说老爷叫你出去的。"宝玉笑道:"那想是别人听错了,并没叫的。"探春又笑道:"这几个月,我又攒下有十来吊钱了,你还拿了去。明儿出门逛去的时候,或是好字画,好轻巧玩意儿,替我带些来。"宝玉道:"我这么城里城外,大廊小庙的逛,也没见个新奇精致东西,左不过是那些金玉铜瓷,没处摆的古董,再就是绸缎吃食衣服了。"探春道:"谁要这些。怎么像你上回买的那柳枝儿编的小篮子,整竹子根抠的香盒儿,胶泥垛的风炉儿,这就好了。我喜欢的什么似的,谁知他们都爱上了,都当宝贝似的抢了去了。"宝玉笑道:"原来要这个。这个不值什么,拿五百钱出去给小子们,包管拉两车来。"探春道:"小厮们知道什么。你拣那朴而不俗,直而不作者这些东西,你多多的替我带了来。我还像上回的鞋作一双你穿,比那一双还加工夫如何呢?"宝玉笑道:"你提起鞋来,我想起个故事。那一回我穿着,可巧遇见了老爷,老爷就不受用,问是谁作的。我那里敢提'三妹妹'三个字,我就回说是前儿我生日,是舅母给的。老爷听了是舅母给的,才不好说什么……我回来告诉了袭人。袭人说这还罢了;赵姨娘气的抱怨的了不得:正经兄弟,鞋搭拉袜搭拉的没人看的见,且作这些东西。"探春听说,登时沉下脸来道:"这话糊涂到什么田地。怎么我是该作鞋的人么!环儿难道没有分例的,没有人的。一般的衣裳是衣裳,鞋袜是鞋袜,丫头老婆一屋子,怎么抱怨这些话!给谁听呢!我不过闲着没事儿,作一双半双,爱给那个哥哥兄弟,随我的心。谁敢管我不成!这也是他瞎气。"宝玉听了,点头笑道:"你不知道,他心里自然又有个想头了。"探春听了,一发动了气,将头一扭,说道:"连你也糊涂了。他那想头自然是有的,不过是那阴微鄙贱的见识。他只管这么想,我

---

① 薛宝钗说探春:"你才办了两天的事,就利欲熏心,把朱子都看虚浮了。你再出去,见了那些利弊大事,越发把孔子也看虚了。"(56/上/603)

只管认得老爷太太两个人，别人我一概不管。就是姊妹兄弟跟前，谁和我好，我就和谁好，什么偏的庶的，我也不知道。论理我不该说他，但忒昏愦的不像了。还有笑话呢，就是上回我给你那钱，替我带那些玩的东西。过了两天，他见了我，也是说没钱使，怎么难，我也不理论。谁知后来丫头们出去了，他就抱怨起我来，说我攒了钱，为什么给你使，倒不给环儿使呢。"（27/上/287－288）

"一棵石榴树下"这样的"说话"背景，隐隐在照应着和元春相关的判词："二十年来辨是非，榴花开出照宫闱。三春争及初春景，虎兔相逢大梦归。"（5/上/54）"石榴花"是元妃正承恩泽的象征；亦是贾探春"拣高枝儿飞"的心理追求之外化图景。"三春争及初春景"讲的正是探春对元妃富贵尊荣的渴慕："三春"特指探春，"投鼠忌器宝玉瞒赃"时即以"三"暗指探春：

> 平儿笑道："这也倒是小事。如今便从赵姨娘屋里起了赃来也容易，我只怕又伤者一个好人的体面。别人都别管，这一个人岂不又生气。我可怜的是他，不肯为打老鼠伤了玉瓶。"说着，把三个指头一伸。袭人等听说，便知他说的是探春。（61/下/664）

判词中的"初春"自然是指元春。庶出的探春为了改变自身的命运，最可行的一条终南捷径就是入宫："近因今上崇尚诗礼，征采才能，降不世出之隆恩，除选聘妃嫔外，在世宦名家之女皆亲名达郡，以备选为公主郡主入学陪侍，充为才人赞善之职。"（4/上/45）"大年初一日也不白过，大姐姐占了去。怨不得他福大，生日比别人就占先"一语入骨三分地刻画出她对元春娘娘地位垂涎三尺的艳羡之情！在"寿怡红群芳开夜宴"时，她抽的花签是"一株杏花"，写着"瑶池仙品"，诗云"日边红杏依云栽"。注云："得此签者，必得贵婿……"众人谓"我们家已有了个王妃，难道你也是王妃不成"（63/下/690）"杏"者，"娇杏"也；"娇杏者"，侥幸也。小说已借甄士隐丫鬟娇杏"偶因一着错，便为人上人"（2/上/15）点出此意：丫鬟尚可由侧室作官员正室夫人，贾探春将来之归宿亦可望侥幸。但探春是绝对不仅仅把一切押在侥幸碰运气上的，她要靠"算计"来"飞上枝头做凤凰"①。为实现这一人生设计，贾探春的第一步是"远招近揖，投辖攀辕，务结二三同志盘桓于其中"（37/上/386）。

"远招近揖"的重点是巴结宝玉。宝玉为贾母的"命根子"、是王夫人后半生的依靠、是荣府的宗子。巴结上宝玉，就巴结上了王夫人和王熙凤；巴结上王氏姑侄，自然薛家也就不能"小看"自己。所以俗气的贾探春在"石榴树下"同宝玉"说话"，一来择清自己没有参与薛蟠兄妹骗宝玉之局；二来想探探宝玉对薛家兄妹骗局评价的口风，故意揣着明白装糊涂："这几天老爷可曾叫你？""昨儿我恍惚听见说老爷叫你出去的。"心里门儿清的宝玉揣着明白装糊涂，既不说破薛蟠兄妹的骗局，亦不对之进行评说。贾探春替薛宝钗哨探的目的落空，要马上改口，要把"攒下的十来吊钱"再给宝玉，让他给带"好字画""好轻巧玩意儿"以示自己轻钱重雅来迎合宝玉。从宝玉先推辞、后让小厮买的答语，可以见出宝玉其实知道探春的真实用意——醉翁之意不在酒，探春之意不在物儿，只不过借宝玉买物儿套近乎而已。除了买物儿，探春"还加工夫"给宝玉做鞋子，宝玉只得把"老爷"拿出来回绝。当听到赵姨娘为鞋子生气埋怨时，贾探春的反应是"将头一扭"，赶紧向宝玉表白亲王疏赵的立场："连你也糊涂了。他那想头自然是有的，不过是那阴微鄙贱的见识。他只管这么想，我只管认得老爷太太两个人"。这番对宝玉轻亲母重嫡母的表忠心，把贾探春趋炎附势世俗嘴脸表露得如闻其声、如见其人，是俗得不能再俗的一个"禄蠹"。

巴结王夫人，最典型的例子是贾赦要鸳鸯事件上。当时鸳鸯当着众人发誓言以明志，贾母怪罪王夫人时贾探春"挺身而出"：

> （贾母）因见王夫人在傍，便向王夫人道："你们原来都是哄我的，外头孝敬，暗地里盘算我……"王夫人忙站起来，不敢还一言。薛姨妈见连王夫人怪上，反不好劝的了。李纨一听见鸳鸯这话，早带了姊妹们出去。
>
> 探春是有心的人，想王夫人虽有委屈，如何敢辩；薛姨妈现是亲姊妹，自

---

① 探春"飞上枝头做凤凰"之心，连风筝都是"软翅子大凤凰"。（70/下/776）贾琏的心腹兴儿对尤二姐三姐说探春"又红又香，无人不爱的，只是有刺戳手。也是一位神道，可惜不是太太养的，老鸹窝里出凤凰。"（65/下/726）

然也是不好辩的；宝钗也不便为姨妈辩；李纨、凤姐、宝玉一概不敢辩；这正用着女孩儿之时，迎春老实，惜春小，因此窗外听了一听，便走进来陪笑向贾母道："这事与太太什么相干？老太太想一想，也有大伯子要收屋里的人，小婶子如何知道！便知道也推不知道。"犹未说完，贾母笑道：……（46/上/498）

这事最能表现出贾探春的"有心"！连王熙凤的伶牙俐齿都不敢辩解，说明她们设计的鸳鸯事件被贾母气急一语道破，故心虚不敢辩解；宝玉是贾母的命根子亦不敢辩，表明当时贾母生气之状况远超寻常，也表现出贾母生气是理所当然——是可忍孰不可忍！在此情况下，贾探春细细权衡利弊：为王夫人辩解，非惟在王夫人面前买好，亦在薛姨妈和薛宝钗面前买了大好——如果不是薛宝钗的"螃蟹宴"，何来王熙凤借吃螃蟹说贾琏爱上鸳鸯要收为小老婆的"戏语"；何来李纨"螃蟹宴"上大谈特淡鸳鸯的"好处"引人视听？所以她们一个个心中有鬼，才"不便""不敢"为王夫人辩解！"大伯子要收屋里的人，小婶子如何知道"显见是谎言：既然小婶子不便知道，那么作为儿媳妇的王熙凤如何第一个被婆婆邢夫人告知要替公公收小老婆的，这岂不可怪？故探春在本末倒置，解铃还需系铃人。自然得需要作为事源者即起诗社的发起者的探春站出来为王夫人辩解——当然也有为自己开脱的意思。她把所有的责任推在贾赦身上，采取的是"断章取义""拦腰斩断"的手法，即避开事情的前因后果，只拿出当下的表面现象说事儿。看似有道理实则"藏头露尾"，与袭人怪湘云"拿小姐款儿"、薛宝钗怪哥哥争风使宝玉挨打一样，完全是在虚张声势。这次的表现证明了她对宝玉说的"我只管认得老爷太太两个人"绝无虚语！对贾母尚欺瞒哄骗如此，遑论对黛玉！

巴结王夫人，贾探春得到了切实的权力："且说元宵已过……刚将年事忙过，凤姐便小月了，在家一月不能理事……王夫人便命探春合同李纨裁处。"（55/上/591）为了"讨太太的疼"①，贾探春借此机会对薛宝钗示好，比较典型的是"兴利除宿弊"时，各处都派了人去分管以生利，而贾探春显然有意要漏

---

① 赵姨娘说探春："你只顾讨太太的疼，就把我们忘了。"（55/上/594）

掉蘅芜苑：

> 他三人（指钗、探和李纨）说道："这一个老祝妈是个妥当的，况他老头子和他儿子代代都是管打扫竹子。如今竟把这所有的竹子交与他。这一个老田妈本是个种庄稼的，稻香村一带，凡有菜蔬稻稗之类，虽是玩意儿，不必认真大治大耕，也须得他去，再一按时加些培植，岂不更好。"探春又笑道："可惜蘅芜苑和怡红院这两处大地方竟没有出利息之物。"李纨忙笑道："蘅芜苑更利害。如今香料铺并大市大庙卖的各处香料香草儿，都不是这些东西！算起来比别的利息更大。怡红院别说别的，单只说春夏天一季玫瑰花，共下多少花；还有一带篱笆上蔷薇、月季、宝相、金银藤：单这没要紧的草花，干了卖到茶叶铺药铺去，也值几个钱。"探春笑道："原来如此。只是弄这香草的没有在行的人。"（56/上/607）

贾探春把大观园"所有的竹子"交给老祝妈，自然主要是把黛玉住处交给她。黛玉当初挑中潇湘馆，是爱那几杆竹子的幽静，如今被贾探春派给了老祝妈"监管修理"（56/上/604），被聒噪是在所难免的，这于好洁喜静且身体需要静养的黛玉自然深为不宜。贾探春"有心"，她根本不会把寡嫂李纨看得有多重要，所以忘乎所以地把稻香村也分给了老田妈。该轮到蘅芜苑和怡红院了，她竟然想含混过去，以"没有出利息之物"为由头不分给人"监管"。李纨自然心里不平衡，以"香料香草""利息更大"为由亦要求分给人管理以"出利息"，贾探春则又以"弄香草的没有在行的人"为理由推诿。贾探春如此为蘅芜苑和怡红院找由头不分给人生利，可见"兴利除宿弊"事是有明确指向性的即针对潇湘馆而"兴"，而李纨的稻香村只是为混淆视听陪绑而已。即使退一步讲不是如此阴毒，但最少分给人掌管生利不是什么让人愉悦的好事，要不她为何一而再想漏掉她巴结的重点宝玉和宝钗的住所？分派老祝妈等掌管大观园竹子等事，明为生利，暗里亦为时时处处"监管"二玉，这当然是为了所谓的"金玉姻缘"。这种用心在小说中借多处场景进行表现：

> 这日，宝玉因见湘云渐愈，然后去看黛玉。正值黛玉才歇午觉，宝玉不敢惊动，因见紫鹃正在回廊上……宝玉便伸手向他身上摸了一摸，说："穿这样单薄，还在风口里坐着，看天风馋，时气又不好，你再病了，越发

难了。"紫鹃便说道:"从此咱们只可说话,别动手动脚的。一年大二年小的,叫人看着不尊重。打紧的那起混账行子们背地里说你,你总不留心,还只管和小时一般行为,如何使得。姑娘常常吩咐我们,不叫和你说笑。你近来瞧他远着你还恐远不及呢。"说着,便起身携了针线,进到房去了。宝玉见了这般景况,心中忽觉浇了一盆冷水一般,只瞅着竹子发了一回呆。因祝妈正来挖笋修竹,便怅怅的走了出来。(57/上/615–616)

潇湘馆回廊上,紫鹃如此"防嫌"①,正是贾探春"兴利除宿弊"的结果:处处时时有人盯梢,为王薛们作耳报神。宝玉和紫鹃说话的工夫,"可巧""祝妈正来挖笋修竹"是最好的证明。老祝妈就是贾探春借机安插在潇湘馆的"内纤"。这种"内纤"之毒眼,在树底下②、葡萄架底下③等暗处发着幽光,整个大观园白天黑夜就笼罩在这幽光之下;加上贾探春、薛宝钗和李纨"每子夜间针线暇时,临寝之先,坐了小轿,带领园中上夜人等各处巡察一次。"(55/上/592)二玉白天黑夜都被严密地以各种理由、被各色人等监控着,故宝玉说紫鹃如果病了,黛玉"越发难了"。把老祝妈安插在潇湘馆的同时,贾探春又接受薛宝钗的推荐,让茗烟的娘监管蘅芜苑和怡红院的香花香草:

宝钗道:"……我倒替你们想出一个人来:怡红院有个老叶妈,他就是茗烟的娘,那是个诚实老人家。他又和我们莺儿的娘极好。不如把这事交与叶妈。他有不知的,不必咱们说,他就找莺儿的娘去商议了。那怕叶妈全不管,竟交与那一个,那是他们私情儿,有人说闲话也就怨不到咱们身上了。如此一行,他们办的又至公,干事又甚妥。"李纨平儿都道:"是极。"探春笑道:"虽如此,只怕他们见利忘义。"平儿笑道:"不相干。前儿莺儿还认了叶妈做干娘,请吃饭吃酒,两家和厚,好的很呢。"(56/上/

① 宝玉说雪雁:"你又做什么来招我,你难道不是女儿!他既防嫌,不许你们理我,你又来寻我,倘被人看见,岂不又生口舌。"(57/上/616)
② 柳氏说看门小厮:"今年还比往年!把这些东西都分给了众奶奶了。一个个的不像抓破了脸的,人打树底下一过,两眼就像那鸳鸡是的……"(61/下/659)
③ (袭人去瞧凤姐)刚来到沁芳桥畔,那时正是夏末秋初,池中莲藕新残相间,红绿离披。袭人走着,沿堤看玩了一回。猛抬头看见那边葡萄架底下有人拿着掸子在那里掸什么呢。走到跟前,却是老祝妈。

607）

茗烟娘又是薛宝钗丫鬟莺儿的干娘，她自然会把从茗烟处得到的和宝玉黛玉相关的信息、把自己在怡红院看到的相关信息"有的没的"说给莺儿。莺儿知道的事儿，她的主子自然会知道。所以，贾探春"兴利除宿弊"是她"见利忘义"、巴结王夫人最有力的证据。王熙凤对平儿评价探春："按正理，天理良心上论，咱们有他这个人帮着，咱们也省些心，于太太的事也有些益"。（55/上/601）贾探春在帮着"若按私心藏奸上论""也太行毒了"①的王熙凤，做对"太太的事""有些益"的事。"太太的事"最切紧的，当然是宝玉和宝钗的"金玉姻缘"。对"金玉姻缘"有益，则对黛玉自然不利。

贾探春眼中心中只有"太太"，会在不经意间"失言"②道出。在怡红院被偷窥事件中探春"出位"之语道她疏贾母而亲王夫人：

> 当下邢夫人并尤氏等都过来请安，凤姐李纨及姊妹等皆陪侍，听贾母如此说，都默无所答。独探春出位笑道："近因凤姐姐身子不好，几日园内的人比先放肆了许多。先前不过是大家偷着一时半刻，或夜里坐更时，三四个人聚在一处，或掷骰，或斗牌，小小的顽意，不过为熬困。近来渐次放诞，竟开了赌局，甚至有头家局主，或三十吊、五十吊、三百吊的大输赢。半月前竟有争斗相打之事。"贾母听了忙说："你既知道，为何不早回我们来？"探春道："我因想着太太事多，且连日不自在，所以没回。只告诉了大嫂子和管事的人们，戒饬过几日，近日好些。"（74/下/803）

又是在连王夫人和王熙凤都"默无所答"时，探春"独""出位"为王夫人和王熙凤开脱管家渎职之责：实在被贾母问的没词儿，就丢车保帅——把

---

① 王熙凤自评语（55/上/601）。

② 说谎者往往不经意间会"失言"道出真相，如平儿"失言"道出和王熙凤等"串通一气来算计"鸳鸯事，被鸳鸯抢白，"平儿听了，自悔失言"（46/上/492）；正月宝玉偷带茗烟到袭人家里玩儿，顺带告诉她已把贾妃赐出的"糖蒸酥酪"留给她了。袭人怕宝玉有什么闪失而担不是，教茗烟不要把宝玉之行告诉别人，宝玉回去，命人接袭人回来后，"宝玉命取酥酪来，丫鬟们回说：'李奶奶吃了。'宝玉才要说话，袭人忙笑道：'原来是留的这个，多谢费心……'"（19/上/197）袭人"原来是留的这个"之语是其"失言"之处，表明她其实早知道"糖蒸酥酪"事，此细节暗示谎话尽管周密，但往往有破绽露出。

"大嫂子"李纨和"管事的人们"抛了出来。在贾母面前对王熙凤和李纨不同的称呼,是其投靠王薛掌权派的习惯性思维而"失言"之语(黛玉对王熙凤"以嫂呼之")这也是探春庶出的身份使然。庶出是让她最难堪但却不得不面对的现实,所以她在心里"算计"如何淡化"庶"的身份——竭力走王薛这一高端路线才是最现实的选择。

总之,探春正是宝玉痛恨的"国贼禄鬼"中的一个:"好好的一个清净洁白女儿,也学的沽名钓誉,入了国贼禄鬼之流。"(36/上/377)在"偶结海棠社"时,黛玉明确称探春为"鹿":

> 探春笑道:"有了。我最喜芭蕉,就称'蕉下客'罢。"众人都道别致有趣。黛玉笑道:"你们快牵了他去,顿了脯子吃酒。"众人不解。黛玉笑道:"古人曾云:'蕉叶覆鹿'。他自称蕉下客,可不是一只鹿了。快作了鹿脯来。"(37 上/390)

黛玉之典,源自《搜神后记》卷九"鹿女"条脯:"淮南陈氏,于田中种豆,忽见二女子,姿色甚美,著紫缬襦,青裙,天雨而衣不湿。其壁先挂一铜镜,镜中见二鹿,遂以刀斫获之,以为脯。"①"美女"原为"鹿",故被斫杀"以为脯"。"鹿"谐音"禄",正暗示探春乃"国贼禄鬼",这点和林红玉、花袭人、薛宝钗三人完全相同。"禄"又隐隐指向安禄山,安禄山被杨妃称为"禄儿",与"杨"关系密切。②而薛宝钗在小说中是被多次比为杨妃的,宝玉就当众奚落她:"怪不得他们拿姐姐比杨妃,原也体丰怯热。"(30/上/324)小说亦借安杨关系暗示探钗关系是见不得阳光的:从她给黛玉起"潇湘妃子"别号见出其结诗社目的为的是黛玉婚姻(37/上/389),此举正是俗语所谓"与人不和,劝人养鹅;与人不睦,劝人架屋",是上人自耗法。探春一味巴结王薛掌权派,做"于太太有益的事,所以她和同样出身的迎春待遇就大不相同"。邢夫人数落迎春:"我想天下的事也难较定,你是大老爷跟前人养的,这里探丫头也是二老

---

① 陶潜撰,王根林等校点. 汉魏六朝小说大观 [M]. 上海:上海古籍出版社,1992:479.

② 郑慧霞. 李白对杨妃评价刍议 [M] //中国李白研究会, 等. 中国李白研究. 合肥:黄山出版社,2014.

爷跟前人养的，出身一样。如今你娘死了，从前看来，你两个的娘只有你娘比如今赵姨娘强十倍的，你该比探丫头强才是。怎么反不及他一半！谁知竟不然，这可不是异事。"迎春的下人们也说："我们的姑娘老实仁德，那里像他们三姑娘，伶牙俐齿，会要妹妹们的强。"（73/下 806）惯会"要强"是出自"老鸹窝里"的探春改变命运的心理使然，和"黑母鸹一窝儿"的王夫人、王熙凤、薛宝钗等一样，"天下乌鸦一般黑"。由此证明了贾探春与王夫人、王熙凤、薛宝钗等臭味相投、沆瀣一气，虽表现"毒"的形式不一样，但见利忘义、刻薄寡恩正是一类。

　　说贾探春是"禄鬼"，还在于她极其看重钱。她所谓的"兴利除弊"是看到赖大家的园子还没有大观园一半大，"除他们戴的花儿，吃的笋菜鱼虾之外，一年还有人包了去，年终足有二百两银子剩"，这让她很受启发，从那日后"才知道，一个破荷叶，一根枯草根子都是值钱的"。（56/上/602）完全钻到"钱眼里"了，这点和薛宝钗一样：衡量世间一切东西是否"可用"，只有一个标准，就看是否"值钱"："天下没有不可用的东西，既可用，便值钱。"（同上）哪里有什么诗意风雅可言？如此世俗的探春会有起诗社的念头，真是匪夷所思！只有一种解释：配合"金玉姻缘"的需要！

第三章

"细"语篇

　　《红楼梦》中人物之"语"极值得细味——人物不同，所"语"亦不同。从"语"的内容到"语"的风格，从"语"的味道①到"语"的效果②，极其符合人物形象之性格特征。听其"语"，想其人；味其"语"，见其境。当日之景、境、事与人，恍然生动如在目前，"有口里说不出来的意思，想去却是逼真的；有似乎无理的，想去竟是有理有情的。"（48 上/516）虽"语语"平淡，却包蕴密致，"语语"有自：或一"语"中的而直击最本真处；或闲"语"伤人使人不觉；或假"语"骗人置人于死地；或爱"语"包裹冷心毒意；或假"语"试探"真心真意"③ 等等不一而足。

第一节　贾母之"语"

　　《红楼梦》所塑造的贾母形象是极其成功的，因为如果不细细研味其"语"，就不会真正了解她的真性情、真喜恶、真情感等。她作为荣府表面上的"老祖宗"，孙男弟女一大群，不能给人以"偏向"谁的感觉；另外，她自己又

---

① 王熙凤说黛玉宝玉和薛宝钗："你们大暑天，谁还吃生姜呢？""既没人吃生姜，怎么这么辣辣的？"（30 上/322）

② 王熙凤元宵节讲过一"笑话"后，众人"只觉冰冷无味"。（54 上/589）

③ "那林黛玉偏生也是个有些痴病的，也每用假情试探。因你既将真心真意瞒了起来，只用假意，我也将真心真意瞒了起来，只用假意"（29 上/315）.

有一笔丰厚的"梯己",而当时荣府真正掌管家务实权的是王夫人和王熙凤,所以她只能时时处处以假"语"、假"意"示人。借假掩真——假喜王熙凤而真"惜孤女"黛玉;假喜薛宝钗而真掰谎言;假装糊涂而实则睿智等。贾母在荣府,已无什么实际的权力,虽然安富尊荣、儿孙"孝敬",但她清楚地知道这一切都是假象,王夫人和王熙凤才是荣府的"真佛儿"①。她最切切于心的,是黛玉和宝玉的感情归宿问题。作为慈爱细心明敏的外祖母,贾母自然洞悉二玉之间的真感情;也深刻了解黛玉根本无法和薛宝钗抗衡——无论为人处世之道还是"根基"和"家私"等。她处处以假喜待薛宝钗,以周到的待客礼数先钗后黛,这给人的感觉是"贾母自见宝钗来了,喜他稳重和平"(22 上/225),但贾母喜欢薛宝钗的真假,我们可以从她的一系列和薛宝钗有关的细"语"中得出结论:

一、"别提小名儿了"

《红楼梦》中人物之间的称谓,最能体现人物之间的情感,如王熙凤被称为"凤哥儿""凤丫头";宝玉和黛玉被合称为"两个玉儿";薛宝钗被称为"宝丫头";史湘云被称为"云丫头";贾探春被称为"探丫头";贾兰被称为"兰小子";鸳鸯被称为"鸳丫头"等等。上述诸多人物称谓,既有长辈称晚辈的;亦有平辈儿之间的互称和主子为表示对下人宠信的爱语。但无论称谓发生在何人之间,其间流露出的感情倾向都是毋庸置疑的。这种明显带有亲近情感的称谓却被贾母明确表示反对过,即贾母直接要求"别提小名儿了"。如果细致考察此语发生的语言环境,就可看出这句话是贾母直接表达对"宝丫头"② 薛宝钗的厌恶之语,当时的语言环境是:

> 至次日午间,薛宝钗林黛玉众姊妹正在贾母房中坐着,就有人回:"史

---

① 刘姥姥初进荣国府,周瑞家的因他是"太太的亲戚",就说要教她"见个真佛儿"即王熙凤:"如今太太竟不大管事,都是琏二奶奶管家了。你道这琏二奶奶是谁,就是太太的内侄女,当日大舅老爷的女儿,小名凤哥儿的。"(6/上/65)"真佛儿"王熙凤是"太太的内侄女",则贾母之真实处境可知;贾母的亲戚黛玉的处境可知。

② 王夫人和薛姨妈均昵称薛宝钗为"宝丫头",如送宫花时王夫人说薛姨妈"留着给宝丫头戴罢",薛姨妈则说"姨娘不知道宝丫头古怪着呢"(7 上/75)。

大姑娘来了。"一时，只见史湘云带领众多丫鬟媳妇走进院来。……贾母因说："天热，把外头的衣服脱了罢。"史湘云忙起身宽衣。王夫人因笑道："也没见穿上这些作什么？"史湘云笑道："那是二姐姐叫穿的，谁愿意穿这些。"宝钗一旁笑道："姨妈不知道他穿衣服还更爱穿别人的衣裳。可记得旧年三四月里，他在这里住着，把宝兄弟的袍子穿上，靴子也穿上，额子也勒上，猛一瞧，倒像是宝兄弟，就是多两个坠子。他站在那椅子背后，哄的老太太只是叫：'宝玉，你过来，仔细那上头挂的灯穗子招下灰来迷了眼。'他只是笑，也不过去。后来大家掌不住笑了，老太太才笑了，说：'倒扮上小子好看了。'"林黛玉道："这算什么。惟有前年正月里接了他来，住了没两日，下起雪来，老太太和舅母那日想是才拜了影回来，老太太的一个簇新的大红猩猩毡斗篷放在那里。谁知眼错不见，他就披了，又长又大，他就拿了个汗巾子拦腰系上，和丫头们在后院子里扑雪人儿去。一跤栽在沟跟前，弄了一身泥水。"说着，大家想着前情，都笑了。宝钗笑向那周奶妈道："周妈，你们姑娘还那么淘气不淘气了？"周奶娘也笑了。迎春笑道："淘气也罢了，我就嫌他爱说话。也没见睡在那里，还咕咕呱呱笑一阵说一阵，也不知那里来的那些话。"王夫人道："只怕如今好了。前日有人家来相看，眼见有婆婆家了，还那么着。"贾母因问："今儿还是住着，还是家去呢？"周奶娘笑道："老太太没有看见衣服都带了来，可不住两天。"史湘云问道："宝玉哥哥不在家么？"宝钗笑道："他不想着别人，只想宝兄弟。两个人好憨的。这可见还没改了淘气。"贾母道："如今你们大了，别提小名儿了。"刚说着，只见宝玉来了，笑道："云妹妹来了……"王夫人道："这里老太太才说这一个，他又来提名道姓的了。"（31/上/333 –334）

这是发生在端阳节次日贾母房中的一个场景。此段话中，宝钗一个人提宝玉小名①四次，湘云只有一次，可见贾母"别提小名儿"是借说湘云来说薛宝

---

① 秦钟临死前恍惚中对"众鬼"介绍宝玉："不瞒列位，就是荣国公孙子，小名宝玉的。"（56 上/167）

钗。而王夫人用"这一个"来替"内"外甥女宝钗解除尴尬。贾母如此言语，明显是不喜薛宝钗。因为此前，贾妃赐的端午节礼物有意无意又在凸显"金玉姻缘"。贾母在清虚观看"戏"引出史湘云亦有"金"，如此则史湘云亦正应了"金玉姻缘"。这自然会让薛宝钗嫉妒忌讳，于是宝钗看似无意的谈笑中就把湘云"爱穿别人的衣裳""倒扮上小子好看""爱说话"等"淘气"不"贞静"在王夫人面前抖搂出来——薛宝钗就对黛玉说女子"总以贞静为主"（64/下/707）。黛玉和迎春说话自是无意，而宝钗则又用了"借风吹火"的伎俩。等于说湘云不符合贾母为宝玉择取婚姻对象的标准，即需要"模样儿性格儿难得好的"。加之王夫人故意当众说湘云"眼见有婆婆家了"让贾母听了更刺耳，遂有"别提小名儿"之语。对此场景前后一系列事件分析，可知贾母的"如今你们大了，别提小名儿了"之语有下列三层含义：

一是提醒薛宝钗要知礼。端阳节前，薛宝钗联合其兄，以贾政叫为由把宝玉从黛玉处骗走，"一日不回来"（26/上/278）。黛玉因记挂宝玉，至晚饭后到怡红院却吃了闭门羹。当时黛玉听到晴雯抱怨："有事没事，跑了来坐着，叫我们三更半夜的不得睡觉。"（26/上/280）晴雯是在抱怨薛宝钗。晴雯是贾母心中眼中最得意的丫鬟，晴雯之语可以看作是贾母之意。这是贾母"如今你们大了，别提小名儿了"的第一层含义是：既然都"大了"，薛大姑娘要知礼防嫌，别动辄跑到怡红院。

二是暗示薛宝钗注意言语分寸，别因"爱不过来"而失态失语。[1] 因为黛玉被晴雯拒绝开门，"错疑在宝玉身上"（28/上/292）使得二人发生了误会。宝玉见黛玉不理他，很伤心，说："当初姑娘来了，那不是我陪着顽笑。凭我心爱的，姑娘要，就拿去；我爱吃的，听见姑娘也爱吃，连忙干干净净收着等姑娘吃。一桌子吃饭，一床上睡觉。丫头们想不到的，我怕姑娘生气，我替丫头们

---

[1] 刘姥姥初进荣国府，把板儿称为王熙凤的"侄儿"："今日我带了你侄儿来，也不为别的……如今天冷了，越想没个派头儿，只得带了你侄儿奔了你老来。"（6/上/71）之后周瑞家的对刘姥姥亦提示过"别拿自己不当外人"，说刘姥姥见了王熙凤"怎么倒不会说了。开口就是你侄儿。我说句不怕你恼的话，便是亲侄儿，也要说和软些。那蓉大爷才是他的正经侄儿呢，他怎么又跑出这么个侄儿来了。"刘姥姥说是因为见了王熙凤，"心眼儿里爱还爱不过来，那里还说的上话来了。"（6/上/72）

想到了。我心里想着：姊妹们从小儿长大，亲也罢，热也罢，和气到了儿，才见得比人好。如今谁承望姑娘人大心大，不把我放在眼睛里，倒把外四路的什么宝姐姐凤姐姐的放在心坎儿上，倒把我三日不理、四日不见的。我又没个亲兄弟姊妹。——虽然有两个，你难道不知道是和我隔母的！我也和你是的独出，只怕同我的心一样。谁知我白操了这个心，弄的有冤无处诉。"（28/上/293）宝玉的肺腑之言道出在他心里最重要的姊妹是黛玉！贾母当然深知，所以她会亲昵地把二玉并称为"两个玉儿"①，"玉儿"这一昵称是贾母把黛玉看得和宝玉一样重的最真实的情感流露。在清虚观，贾母对张道士说宝玉："我养了这些儿子孙子，也没一个像他爷爷的，就只这玉儿像他爷爷。"（29 上/311）"这玉儿"像贾母丈夫；"那玉儿"又像贾母②，那么贾母的"两个玉儿"话中之意就不言而喻了。在"两个玉儿"闹别扭后，贾母急得抱怨："我这个老冤家是那世里孽障，偏生遇见了这么两个不省事的小冤家，没有一天不叫我操心。真是俗语说的'不是冤家不聚头'。几时我闭了这眼，断了这口气，凭着这两个冤家闹上天去，我眼不见心不烦，也就罢了。"（29 上/318）"老冤家"遇见"这么两个不省事的小冤家""不是冤家不聚头"，贾母的三个"冤家"点出她赞成并在极力促成"宝林二人"（29 上/318）的婚事："不省事""亦可理解为"不省 xing 事"，贾母不能以己之力抗衡王薛众人，只能在年龄、"模样儿""性格"上做文章，所以她当着薛宝钗母女说张道士给宝玉提亲的要求："上回有个和尚说了，这孩子命里不该早娶，等再大一大儿再定罢。你可如今也打听了，不管他根基富贵，只要模样儿配的上就好，来告诉我，便是那家子穷，不过给他几两银子罢了。只是模样性格难得好的。"（29 上/311）年龄绝对是薛宝钗的弱项，她比黛玉和宝玉都大，是耗不起的；"模样儿"上根本无法望黛玉之项背；"性

---

① 引刘姥姥逛大观园时，贾母笑道："我的这三丫头却好。只有两个玉儿可恶，回来吃醉了，咱们偏往他们屋里闹去。"（44/上/428）

② 王熙凤说黛玉"通身的气派，竟不像老祖宗的外孙女儿，竟是个嫡亲的孙女。"（3/上/27）贾雨村说黛玉"言语举止另是一样，不与近日女子相同。度其母必不凡，方得此女。今知为荣府之外孙，又不足罕矣。"（2/上/31）贾母说黛玉："我这些儿女，所疼者独有你母，今日一旦先舍我而去，连面也不能一见。今见了你，我怎不伤心！"（3/上/27）

格"上从"借扇机带双敲"就能看出绝非温柔和平之辈。关键是贾母这样故意
当众说宝玉婚事是在元妃端午节赐礼物后,这明摆着是公然否元妃之意和"金
玉姻缘"。但"两个玉儿"不明白老人家的意图:"宝玉一日心中不自在,回家
生气"(29 上/314);黛玉"也是个有些痴病的",所以二人又就"好姻缘"开
始激烈的拌嘴并引发宝玉再次为黛玉摔玉事件。小说中黛玉和宝玉的拌嘴,是
从宝钗入住荣府开始的。因为她一来,就带来了"金玉姻缘"之说。这使得黛
玉和宝玉之间平添许多误会和不快,每每惹黛玉伤心流泪。贾母作为黛玉的外
祖母,自然看在眼里,疼在心上。她的"一腔无明正未发泄"(28/上/292)处,
又见薛宝钗自为和宝玉关系亲厚于黛玉,一口一个"宝兄弟",这当会勾起她情
感上极度的憎厌和拒斥,所以"今你们大了,别提小名儿了"的第二层含义是:
"薛大姑娘,别拿自己不当外人。黛玉才是宝玉最亲厚的妹妹!"①

　　三是讥刺薛宝钗猥琐。薛宝钗动辄"宝兄弟"挂在嘴上,其实纯粹是"嘴
甜心苦":每次湘云来荣府,薛宝钗都尤其关注"宝兄弟"。她和袭人达成默契
和共识,也是湘云到来住在黛玉处时,薛宝钗一早就急不可耐跑去问袭人:"宝
兄弟那去了?"(21/上/217)这次又是湘云刚刚到来,薛宝钗笑话湘云爱淘气,
穿"宝兄弟"的"袍子"和"靴子"。"殊不知告失盗的就是贼"(61/下/
665),自己心心念念在"金玉姻缘"上,满心满眼想着和宝玉"双双燕子语梁
间"②,却说湘云"不想着别人,只想宝兄弟",就是因为湘云"有金麒麟"。这
又把薛大姑娘不自觉失态失语犯了刘姥姥毛病的"爱"意流露出来。这副情欲

---

① 薛宝钗惯于自作多情,在"听曲文宝玉悟禅机"后,她竟然大言不惭地说对黛玉说:
　"这个人悟了。都是我的不是。都是我昨儿一支曲子惹出来的。这些道书禅机最能移
　性,明儿认真说起这些疯话来,存了这个意思,都是从我这一支曲子上来,我成了个罪
　魁了。"(22/上/229)而实际上,宝玉为的是湘云说出唱戏的小旦像黛玉,宝玉怕黛玉
　恼给湘云使眼色制止。这个动作惹得湘云和黛玉都误会而恼了,宝玉因此而"悟",根
　本和薛宝钗是风牛马不相及的。

② 行酒令时薛宝钗语(44/上/433)。薛宝钗诸如此类心理之外化和流露,小说中有多处:
　被"魇魔法"后宝玉醒后,薛宝钗对黛玉"阿弥陀佛"之语的反应;"螃蟹宴"后给黛
　玉"心口微微的疼",宝玉将烫过的"合欢花浸的"烧酒给黛玉吃。"黛玉也只吃了一
　口,便放下了。宝钗也走过来,另拿一只杯来,也饮了一口放下"(38/上/407);对
　"楮"树"明开夜合"(76/下/848)的注解等。

色急之丑态让贾母实在看不下去，遂以"如今你们大了，别提小名儿了"之语截住薛宝钗。这句话的第三层含义是当众"掰谎"："通文知礼、无所不晓"的"绝代佳人"薛大姑娘，"只一见了一个清俊的男人"宝玉，就"不管是亲是友，便想起终身大事来，父母也忘了，书礼也忘了，鬼不成鬼，贼不成贼"（54/上/583）。

史湘云是"老太太的亲戚"，薛宝钗竟然当着贾母的面，对"姨妈"王夫人扯出湘云淘气的话头儿，傻乎乎的黛玉和迎春不明就里，上了惯于"藏奸"①的薛宝钗的当：黛玉的话证实薛宝钗没有说谎，竟真是个"不说谎的好孩子"②；迎春则又闲话出湘云"爱说话"的毛病。湘云从小儿在贾母处长大，大谈特谈她"淘气""爱说话"等不淑女的表现，有意无意地是说贾母养而不教，这正和"太太的亲戚"——薛宝钗之"稳重和平"的"淑女"形象形成鲜明的对比。把湘云"被淘气"化，正和黛玉"被小性儿"化的手法一样，让薛宝钗处处时时摆出知书识礼的大家闺秀的样子给大家看，这是为实现"金玉姻缘"在语言上施暴的一种突出表现，借三人成虎来引领"众人"之心与眼。所以在由"太太的亲戚"发起的披露史湘云种种"淘气"行为的"口水总动员"下，"太太"再提醒一句"只怕如今好了。前日有人家来相看，眼见有婆婆家了，还那么着"，言外之意是"以前的淘气是不好的。如果还那么着，是不会被婆婆家相看上的"，这等于是王夫人当着贾母的面否定湘云。所以贾母不失时机地截住薛宝钗的话头儿，并借"大了""别提小名儿了"反讥"太太的亲戚"不知"大""小"之礼体，这一点比湘云的"淘气"之"不好"有过之而无不及；另

---

① 当黛玉被薛宝钗送燕窝儿等事迷惑而认薛宝钗是好人后，对宝玉说："谁知他竟真是个好人，为素日只当他藏奸。"（49/上/526）
② 端午节亲薛宝钗联合薛蟠、茗烟等骗宝玉从潇湘馆离开之事，宝玉当对薛宝钗之真面目始有所察觉，在王夫人处借给黛玉配药来点薛宝钗谎言：说这个药方"前儿薛大哥求了我一二年，我才给了他这方子去。他拿了方子去，又寻了二三年，花了有上千的银子，才配成了。太太不信，只问宝姐姐。"宝钗听说，笑着摇手儿，道："我不知道，也没听见，你别叫姨妈问我。"王夫人还护着薛宝钗："到底是宝丫头，好孩子，不撒谎。"宝玉就笑道："太太不知道这原故。宝姐姐先在家里住着，那薛大哥哥的事他也不知道，何况如今在里头住着呢，自然是越发不知道了。林妹妹才在背后羞我，打量我撒谎呢。"正说着，只见贾母房里的丫头来找宝玉林黛玉去吃饭。（28/上/294–296）

外，整个场景中"爱说话"的湘云话反而不多，"不爱说话"的薛宝钗不但挑起了话头儿且长篇大论地说话，这又让薛宝钗自己当众"掰"了自己"不爱说话"的"谎"。所以，贾母的这句"别提小名儿了"真是字字尖利，但却并非锋芒毕露而是绵里藏针，刺所讥刺对象稳、准、狠和透。这表明贾母的话"语"艺术，已到了炉火纯青的地步。明乎此，可知黛玉的"比刀子还尖"（8/上/61）的话"语"风格原来源自其外祖母，这也是王熙凤初见黛玉说她竟是贾母嫡亲孙女这句话在小说中的落脚处。

二、"倒不如不说话的好"

《红楼梦》中，薛宝钗最是自相矛盾的一个人物形象，她极力时时处处表现罕言寡语、守愚装憨、"不关己事不开口，一问摇头三不知"等"稳重和平"的淑女形象。但在诸多场景中，"不爱说话"的薛宝钗却往往长篇大论，如就惜春画大观园而对"画"之大谈特谈、"夜拟菊花题"时对湘云"推心置腹"、秋雨夕对黛玉病的评论、对宝玉喝冷酒的批评、对"冷香丸"来历的"细"说、协助探春和李纨管理大观园时诸多评论、对王夫人评说人参等等。可以说，《红楼梦》前八十回中薛宝钗是说话最多者。她的这些话，对于贾母和黛玉而言，是典型的"丁香舌吐衔钢剑"①，绝非善言。以贾母之睿智与年老识广，对薛宝钗言语自然不会不留意，对薛宝钗言语之话外音自然深了于心。所以，她直接说过"嘴乖的""倒不如不说话的好。"当然，贾母不能直接点明这是说薛宝钗，她往往是借景巧砭。如宝玉挨贾政痛打后，贾母等都去怡红院看视，其时有一段言语描写值得细味：

> 宝钗一傍笑道："我来了这么几年，留神看起来，凤丫头凭他怎么巧，再巧不过老太太去。"贾母听说，便答道："我如今老了，那里还巧什么。当日我像凤哥儿这么大年纪，比他还来得呢。他如今虽说不如我们，也就算好了，比你姨娘强远了。你姨娘可怜见的，不大说话，和木头似的，在

---

① 《三国演义》第八回评貂蝉语："一点樱桃启绛唇，两行碎玉喷阳春。丁香舌吐衔钢剑，要斩奸邪乱国臣"。罗贯中. 三国演义：上册［M］. 北京：人民文学出版社，1972：61.

公婆跟前就不大显好。凤儿嘴乖，怎么怨人疼他。"宝玉笑道："若这么说，不大说话的就不疼了。"贾母道："不大说话的又有不大说话的可疼之处，嘴乖的也有一宗可嫌的，倒不如不说话的好。"宝玉笑道："这就是了。我说大嫂子倒不大说话呢，老太太也是和凤姐姐一样的看待。若是单是会说话的可疼，这些姊妹里头也只是凤姐姐和林妹妹可疼了。"贾母道"提起姊妹，不是我当着姨太太的面奉承，千真万确，从我们家四个女孩儿算起，全不如宝丫头"（35/上/370）。

贾母当时正和凤姐因宝玉要喝莲叶羹事谈笑。宝钗突然插上这么一句谄媚奉承贾母的话，拿王熙凤和贾母比较，说"再巧不过老太太"，这露骨肉麻的奉承，贾母显然厌恶之极。因为在领刘姥姥游到潇湘馆时，贾母奚落王熙凤"你能活了多大，见过几样没处放的东西，就说嘴来了"，薛姨妈等也都当面说过王熙凤"凭他怎么经过见过，如何敢比老太太呢"之语。拿宝钗此时说的这句"凤丫头凭他怎么巧，再巧不过老太太去"，和薛姨妈的话做下对比，就知薛宝钗之妄言多嘴，讨好不成反被厌。宝玉和贾母的对话，把人分为两类："不大说话的"和"会说话的"。属于前一类"可疼"者是李纨；属于后一类"可疼者是黛玉和王熙凤。那么薛宝钗是属于二类之外的另类，即第三类属"嘴乖"却"可嫌"者，贾母以"倒不如不说话的好"来断然对宝钗的"嘴乖"下了定论。在此语境下，贾母才客套了这句"从我们家四个女孩儿算起，全不如宝丫头"，"我们家四个女孩儿"可以作两种意思理解：一种意思是指贾府的元春、迎春、探春和惜春，如果没有包括元春，这话的客套还不至于到几乎是露骨的讽刺口吻，把身为娘娘的元春包括进去和薛宝钗作对比，这种对比明显是不协调的、充满着冷幽默的味道——把根本就不可同日而语、对宝钗来讲高不可攀的贵妃娘娘拿来作比较对象，除了是贾母虚语应景外，更是含有针对宝钗只顾奉承口不择言拿贾母和王熙凤对比的回击。如果薛宝钗自己相信自己的奉承语是真的，那么就不能认为贾母拿元春在内的比较不真。这显然是不可能的。第二种意思是指迎春、探春、惜春和黛玉。这层意思值得玩味的地方是在提醒薛宝钗别拿自己不当外人，黛玉才是"我们家"的。这话和薛姨妈让周瑞家的送宫花时说的一段话对比着最有意味："你家的三位姑娘，每人一对，剩下的六枝，送林姑娘两枝，那四枝给了凤哥儿罢。"（7/上/75）在薛姨妈的分类中，迎春探春和惜春是"你家的三位姑娘"，每人二枝；王熙凤是"你家的二奶奶"，是"我们王家的"，是四枝；黛玉的归属则介乎"三位姑娘"和"凤哥儿"之间：既不是贾家的姑娘；亦不是贾家的媳妇儿，是另类，是属于"剩下的"中随意被分两枝即可者。在分配绢花时，黛玉的是属于"剩下的六枝"中的"两枝"，但虽同属"剩下的"，却和王熙凤的完全不是同一性质：薛姨妈是王熙凤的亲姑妈，自然得先给贾府的三个姑娘，方是待客之道。把黛玉的也算在"剩下的"里面而不先说给其一对，就可见出黛玉在王薛派心里、眼里地位之轻重，所以袭人把宝钗当成"咱们家的人"，把黛玉当成"不是咱们家的人"。把不同人心里对黛玉的归属进行对比，就能看出贾母"我们家四个女孩儿"的意思。贾母的话就是要揭穿薛宝钗当众讨好的"可嫌"——"倒不如不说话的好。"贾母当然深明薛宝钗何以时时处处注意巴结讨好自己，中心目的只有一个，即要做宝二奶奶。故薛宝钗每次"嘴乖"，都是有着极其明确的功利目的：要么传闲话暗中害人；要么显摆家世学问；要么体现淑女典范；要么抑人扬己等等。所以薛宝钗之"嘴乖"让贾母无比憎厌，在正月十五晚上宴乐，贾母借"喝了猴儿尿"才会"嘴乖"的"笑话儿"对薛宝钗进行讥刺：贾母以丰富的人生阅历、见多识广的经验积累、明敏犀利的洞察和含而不露的锋芒讥刺宝钗。她这个"笑话儿"所针对的嘲讽对象，大家自然心知肚明，我们看看听众的反应即可明了："说毕，大家都笑起来。凤姐儿笑道：'好的，幸而我们笨嘴笨腮的，不然也就吃了猴儿尿了。'尤氏娄氏都笑向李纨道：'咱们这里谁是吃过猴儿尿的，别装没事人儿。'薛姨妈笑道：'笑话儿不在好歹，只要对景就发笑。'说着，就又击起鼓来。"贾母喜欢称王熙凤为"猴儿"。正月二十一日在为宝钗过十五岁生日时，王熙凤明"戏"实言贾母"梯己"，贾母就"笑"："你们听听这嘴。我也算会说的，怎么说不过这猴儿。"（22/上/224）在元春省亲后的元宵节她设的一个灯谜让贾政猜："猴子身轻站树梢。——打一果名。"（22/上/223）"站树梢"正是"在高枝儿上"（27/上/285）（晴雯说小红巴结凤姐儿语）的同义语，亦是宝钗"好风频借力，送我上青云"之意。小说中的"猴儿"多贬意：在"暖香坞"湘云灯谜《点绛唇》：谓"沟壑分离，红尘游戏，真何趣，名利犹虚，后事终难继。"（50/上/542）只有宝玉猜到是"耍的猴儿"（同上），湘云的解释是"那一个耍的猴儿，不是剁了尾巴去的。"（同上，543页）"剁了尾巴"的"耍的猴儿"在小说中，不就是每每"耍""嘴"的王熙凤吗？而薛宝钗急欲作王熙凤的"小婶子"，其"嘴乖"自然是王熙凤明传暗授以谄媚蛊惑贾母，"喝了猴儿尿"所指不言自明。"笑话儿不在好歹"，"好歹"是偏意复指，自然落脚在是"歹"上，薛姨妈的年老世故自然听话听音，知道贾母所指，其不愉悦之意借"好歹"一词也带了出来，且赶紧把此话题转移开。

三、"我说这个孩子细致，凡事想的妥当"

薛宝钗心机"深细"，工于心计。为谋当宝二奶奶，她和母亲编造出"金玉姻缘"这一无稽之荒唐言。为实现"配玉"之目的，薛宝钗不惜动用一切手段：首先把自己包装成淑女典范；其次是小恩小惠拉拢荣府上下人等；再次拉帮结派、远交近攻最后是以唇枪舌剑实现"杀人在舌端"之目的。上述诸多手段中，借小恩小惠拉拢人又绝不可简单视之，要看被施恩惠的对象而言。对黛玉是借送土仪引其伤心流泪；对湘云是借替作东以埋祸根；对下人是借送小东西以博好评并为己所用等。无论种种，万变不离其宗，即都是为了一个目的，做宝二奶奶。要实现这一目的，必须要排除一切障碍和争取尽可能多的支持。所以，薛宝钗特特谋划了"螃蟹宴"之局。在贾母赴"螃蟹宴"时，曾"夸"薛宝钗："我说这个孩子细致，凡事想的妥当"，当时的语境是贾母本以为是侄孙女湘云在"请赏桂花"，所以兴致很高。等到了藕香榭，看到茶酒等类摆设布置，贾母很以湘云"想的到"为自豪时，憨憨的湘云却不知抢功劳以讨好贾母，非常老实地把"想的到"功劳归在宝钗名下。贾母马上就会意了，淡淡一句"我说这孩子细致，凡事想的妥当"就把本来可以极为出彩的"这茶想的到"的话题转换了，并且连大家视线都引开了。"细致"话外有话：贾母会明白王熙凤和薛宝钗事前在藕香榭做好了"秀"，才在王熙凤直接提议下来此处。如果贾母听到湘云说"宝姐姐帮着我预备的"时真心高兴，接下来就不会轻易转换话题和思路。我们看看贾母的话是否在夸宝钗"细致""凡事想的妥当"：

> 一面说，一面又看见柱上挂的黑漆嵌蚌的对子，命人念。湘云念道：

"芙蓉影破归兰桨。菱藕香深写竹桥。"贾母听了，又抬头看匾，因回头向薛姨妈道："我先小时，家里也有这么一个亭子，叫做什么'枕霞阁'。我那时也像他们这么大年纪，同姊妹们天天玩去。那日谁知我失了脚掉下去，几乎没淹死，好容易救了上来，到底被那木钉把头碰破了。如今这鬓角上那指头顶大一块窝儿就是那残破了。众人都怕经了水，又怕冒了风，都说活不得了，谁知竟好了。"（38/上/402－403）

贾母此段话看似随意闲话年轻时的儿戏，但其中刀光剑影咄咄逼人眼目：一是噩梦再现。在"藕香榭"没有勾起往日愉快回忆，倒是让贾母很自然联想到往日可怕的一幕场景——命悬一线之时。这种联想自然不会让贾母轻松愉悦的，倒反会再次因后怕而受惊。可以说，那次遭遇对于贾母来讲无疑是人生中的一次"午夜惊魂"，几致"灭顶之灾"，不堪回首自是自然。二是旧病重提。一般生理常识，身上某处外伤导致骨肉损伤，痊愈后遇到天阴风雨等仍会作痛。如白居易《新丰折臂翁》写老翁之残臂膀："此臂折来六十年""至今风雨阴寒夜，直到天明痛不眠。"贾母"如今这鬓角上那指头顶大一块窝儿就是那残破了"，"怕进了风，又怕冒了雨"。再看看"藕香榭"："原来这藕香榭盖在池中，四面有窗，左右有曲廊可通，亦是跨水接岸，后面又有曲折竹桥暗接。众人上了桥，凤姐忙上来搀着贾母，口里说：'老祖宗只管迈大步走，不相干的，这竹子桥规矩是咯吱咯喳的。'"（38/上/403）藕香榭建在水上，且"四面有窗"，又值秋日，其处多风自是无疑。而竹桥又晃晃荡荡"咯吱咯喳"，其给人以不稳当安全感是自然的，何况年迈之贾母。宝钗设在这样一个环境"请"贾母赏桂花，无论从自然环境还是人文环境，都会在贾母心里唤起一种不愉快的回忆。这样，宝钗不但"作秀"不成，反弄巧成拙，在贾母心里的印象又当如何可想而知。这也是贾母专意"回头向薛姨妈"说的深意。贾母说的"往事"真假，在她接下来领刘姥姥参观大观园时，要让文官等进园演戏娱乐时专门吩咐："就铺排在藕香榭的水亭子上，借着水音更好听。回来咱们就在缀锦阁底下吃酒，又宽阔，又听的近。"（40/上/428）看来贾母对薛姨妈所讲乃虚构往事——"假作真时真亦假"，真真假假中可以体味出贾母之"世味"老辣。

王熙凤听话听音，每次都是她出面帮宝钗解围，偷换贾母的主题："凤姐不等人说，先笑道：'那时要活不得，如今这么大福可叫谁享呢！可知老祖宗从小儿的福寿就不小，神差鬼使，碰出那个窝儿来，好盛福寿的。寿星老儿头上原是一个窝儿，因为万福万寿盛满了，所以倒凸高出些来了。'……贾母笑道：'我喜欢他这样。况且他又不是那不知高低的孩子。家常没人，娘儿们原该这样。横竖礼体不错就罢了，没的倒叫他从神儿似的作什么。'"（38/上/403）既然说凤姐不是"那不知高低的孩子"，当时在场的"孩子"还能说谁——自然是"凡事想的妥当"的"这个孩子"。"横竖礼体不错"也是限定在"家常没人"时"娘儿们"相处。此处"娘儿们"是和"爷儿们"相对的，此"爷儿们"指的是有确定对象的。即便是自己家人，贾母还要求"礼体"，即符合礼仪体统。那么宝钗作为一"做客之娘儿们"，大夏天正午跑到"爷儿们"宝玉的怡红院；坐在"爷儿们"对面看"爷儿们"睡午觉；看且绣"爷儿们"的"兜肚"上的"鸳鸯戏莲"。细细品味贾母之语，其潜台词之丰富犀利，直接揭去薛宝钗"珍重芳姿昼掩门"虚伪做作的面纱，把她急不可耐欲得"玉"配"金"之下作心态抖露出来给大家看。贾母应景后要走时，把本应一气儿说完的话分作三节：

> 王夫人因向贾母说："这里风大，才又吃了螃蟹，老太太还是回房去歇歇罢了。若高兴，明日再来逛逛。"贾母听了，笑道："正是呢。我怕你们高兴，我走了，又怕扫了你们的兴。既这么说，咱们就都去罢。"回头又嘱咐湘云："别让你宝哥哥林姐姐多吃了。"湘云答应着。又嘱咐湘云宝钗二人说："你两个也别多吃，那东西虽好吃，不是什么好东西，吃多了肚子疼。"（38/上/405）

贾母听了王夫人的话"笑"着表示同意："风大"自不宜年迈之贾母，加上贾母说的年轻时头上碰破的旧伤尚在，更不宜风吹。而吃螃蟹，会"积了冷在心里"，外有"风"冷，内有"心"冷，贾母对此次被"请"之评价高低不说自明；贾母走时专门嘱咐湘云一人的话，明显是说给别人在听的。湘云是"东道"，怎会有不让人"多吃"之理。明显是在直接说明"螃蟹"不宜二玉；嘱托了湘云，再嘱托湘云宝钗二人的话则是明白告诉宝钗自己对此"请"的评价：不宜健康。贾母这些话里话外，把"这个孩子细致，凡事想的妥当"给一点一点注解明白，宝钗的如意算盘——"买好作秀"完全落了空。此次"请"事，使得黛玉"吃了一点子螃蟹，觉得心口微微的疼"（38/上/406）贾母也"偶感一点风凉"（42/上/448）病了，这些正是"这个孩子细致，凡事想的妥当"的结果。

贾母的时代，虽然在荣府已经属于过去式，但碍于家国体礼和脸面，王夫人、王熙凤等也不能无视"老太太"的感受和心情，因此不敢公然违拗贾母的意思，故"金玉姻缘"事只能"缓缓的说""暗暗的预备"却从没有人敢直接向贾母挑明让薛宝钗配宝玉。① 虽只能缓缓进行实施的"金玉姻缘"，仍然不能瞒过贾母眼，她要尽一切可能来阻止、消解所谓的"金玉"相配之论，但必须方方面面都得顾及。最重要的一点是需要顾及黛玉。贾母已年迈，人事难料，故不能不为保全黛玉想一万全之策，这是贾母不能过早挑明宝玉配黛玉的真实原因。既然不能公开挑明自己的观点，又不愿意看到虚伪的薛宝钗成为自己的孙媳妇，所以贾母必须要适时地借机隐晦曲折表达自己的意思。贾母见机行事亮明对薛宝钗的憎厌，等于向王夫人和王熙凤等直接宣告不喜欢薛宝钗这个人。明乎此，就可明了贾母每次有关薛宝钗的评断，几乎都有王夫人、王熙凤和薛姨妈在场。

第二节　王熙凤之"戏语"

王熙凤在《红楼梦》中，是一个厉害角色。她不但工于心计，而且能说会道，是著名的"好刚口"②：冷子兴曾对贾雨村如此评说她："模样又极标致，言谈又极爽利，心机又极深细，竟是个男人万不及一的。"（2/上/22）周瑞家的

---

① "缓缓""暗暗"办的事在贾府很多，诸如为秦可卿准备后事事，尤氏对王熙凤说已"叫人暗暗预备了"；尤氏让王熙凤向贾母回话说秦氏病情时"缓缓的说，别吓着老人家。"（11/上/122）

② 说书先生赞王熙凤"奶奶好刚口，奶奶要一说书，真连我们吃饭的地方也没了。"（54/上/584）

对刘姥姥如此评价她："这位凤姑娘年纪虽小，行事却比是人都大呢。如今出挑的美人一样的模样儿，少说也有一万个心眼子。再要赌口齿，十个会说话的男人也说他不过。"（6/上/66）兴儿如此对尤三姐评论她："嘴甜心苦，两面三刀；上头一脸笑，脚下使绊子；明是一盆火，暗是一把刀；都占全了。"（65/下/726）语言是思想的外壳，王熙凤之语最能体现出她心眼多且惯见风使舵的为人特点。她见啥人说啥话，在什么场合说什么应景话。统而观之，王熙凤"会说话"最拿手的有两点：无中生有和以假乱真。她可以无中生有，"有的没的"说上一大堆。如宝玉要为黛玉配药时她竟然当着王夫人、薛宝钗和黛玉等人凭空编排出实例为宝玉圆谎，且说得有鼻子有眼；也可以以假乱真来混淆视听，如害尤二姐事几乎全凭仗嘴上功夫。无中生有是捏造事实，靠的是编；以假乱真则表现为或颠倒黑白、或偷换概念、或以次充好等诸多手段。但无论如何，无中生有和以假乱真的本质都是假，但王熙凤的假言假语往往取得"众人"的认同，就在于她最善于靠心机作戏，她既可以逢场作戏，如对贾瑞之"戏"语；亦可以借说笑话儿之语即"戏"语来不露声色表达真实的意图。小说多处描写王熙凤之"戏语"：有贾母的场合或有黛玉的场合，几乎都会听到王熙凤的"戏语"。俗话说，听话听音，王熙凤这些"戏语"，往往因贾母或黛玉而生。换言之，她在借"戏语"明"孝顺"实刻薄贾母；拿"戏语"取笑黛玉，使黛玉成为笑料以伤黛玉。故小说中凡和贾母、黛玉相关的"戏语"，都是"戏"中有"戏"，王熙凤说出来绝非善意，她不过借"戏"之外衣包裹杀人之歹心毒意而已。王熙凤长于作"戏"，真真假假、虚虚实实。她很会掌握"戏"的火候——不像不是"戏"，太像不似"戏"，故往往假"戏"真做、真说，简直做到了"乱花（话）渐欲迷人眼"的地步，但"聪明过了头"反不是好事，"戏"作得太多太像，总有狐狸尾巴露出：如林黛玉谓其言多"花胡哨"①；贾琏心腹

①　宝玉挨打，黛玉远远看见李纨、迎春、探春并各项人等去怡红院探视，只不见王熙凤，黛玉心想："如何他不来瞧宝玉？便是有事缠住了，他必定也是要来打个花胡哨，讨老太太和太太的好儿才是，今儿这早晚不来，必有原故。"（35/上/366）

兴儿谓其"嘴甜心苦"①；宁国府中都总监来升谓其"脸酸心硬"等即是。

一、和黛玉相关之"戏语"

《红楼梦》前八十回中王熙凤的"戏语"，是从"接外孙贾母惜孤女"开始的。小说中黛玉在荣府的处境，始终处在王熙凤之"戏"和贾母之"惜"中。以王熙凤在荣府之威势，其"戏"黛玉是时时处处不避人耳目的，故黛玉怕她如"避猫鼠"②；因贾母已成了"老""祖宗"："老"③ 即"旧""过期失效"，意为"不过是个旧日的空架子"④，如大观园后楼上那些"没要紧的大铜锡家伙"⑤，只会占地方而已。故怕人说"偏心"而"惜"黛玉只能在暗处。"戏"强"惜"微；"戏"明"惜"暗；"戏"多"惜"少；"戏"众"惜"寡；"戏"辣"惜"平。两种力量的不均衡呈现出一边倒的局势，更使得王熙凤"戏"黛玉肆无忌惮。"戏"黛玉即是刺贾母，故王熙凤之"戏语"，是杀人不见血的刀子：欲伤贾母、必先"戏"黛玉，这正是"弄小巧"借"戏语"伤人的手法。⑥ 故小说中多处"细"笔带过贾母"不自在"，如王子腾夫人生日，"那里原打发人来请贾母王夫人的，王夫人见贾母不自在，也便不去了。倒是薛

---

① 兴儿如此对尤三姐评论熙凤："嘴甜心苦，两面三刀；上头一脸笑，脚下使绊子；明是一盆火，暗是一把刀；都占全了。"(65/下/726)

② 宝玉挨打后黛玉去看望，当时黛玉哭得"两个眼睛肿的桃儿一般，满面泪光"。当她一听到"二奶奶来了"就忙起身要从"后院子里去"。宝玉很奇怪，问："好好的怎么怕起他来?"林黛玉急得跺脚，悄悄说道："你瞧瞧我的眼睛，又该他取笑开心呢。"(34/上/358)

③ 如王成祖上与王家连了宗，"且今其祖已故""王成新近亦因病故"，故至王成子狗儿时便成了老亲而"疏远起来"。

④ 王熙凤对一进荣国府的刘姥姥自谦："谁家有什么，不过是个旧日的空架子。"(6/上/70)

⑤ 王熙凤对贾琏抱怨贾母庆八旬费钱扰人："老太太生日，太太急了两个月，想不出法儿来"只得把"后楼上现有些没要紧的大铜锡家伙四五箱子，拿去算了三百银子，才把太太遮羞礼儿搪过去了"(72/下/797)；

⑥ 贾母之于黛玉重要，这一点紫鹃看得最清楚，她对黛玉说："我倒是一片真心为姑娘。替你愁了这几年了。无父母、无兄弟，谁是知疼着热的人。趁早儿老太太还明白硬朗的时节，作定了大事要紧。俗语说：'老健春寒秋后热'，倘或老太太一时有个好歹，那时虽也完事，只怕耽误了时光，还不得称心如意呢。……若是姑娘这样的人，有老太太一日还好，若没了老太太，也只是凭人去欺负了。"(57/上/622 - 623)

姨妈同凤姐儿并贾家三个姊妹、宝钗、宝玉一起都去了，至晚方回。"〔25/上/239）看得出贾母是处处留心、事事在意黛玉的。"不自在"多了，年迈的贾母身心健康自然受损。贾母的"软肋"，是外孙女黛玉，故黛玉是用来伤贾母的最好利器。这在黛玉初进荣府之场景表现出来：黛玉是贾母的一门"穷亲戚"①，不是"白来逛逛"② 就走的，而是要久住的。久住是需要花钱的：不但吃穿用度要费钱；更要命的是黛玉体弱一直需要吃"人参养荣丸"，这和开销绝非比一般。故对于嗜钱如命的王熙凤来讲，从心眼里厌嫌、从情感上拒斥只会消耗贾母钱财的黛玉是毫无疑问的。③ 王熙凤初见黛玉一段话逢场作戏的意味颇浓，但还是能从中听出话外之意。王熙凤此段话真真假假，显然在作戏给贾母看。作戏之"戏"语有三层意思：

一、黛玉在荣府的定位是贾母的"外孙女"，不是贾母嫡亲的孙女。其未见黛玉时即曰："我来迟了，不曾迎接远客"之"远客"意思，自不同于贾母"今日远客才来"（3/上/25）之意，贾母乃"远路才来"之意〔3/上/28），指的是客观上的路远；王熙凤则偏重于"心远"，指的是主观情感之疏远。如她说贾芸找贾琏谋差使是"你们要拣远路儿走，叫我也难说。早告诉我一声儿，什么不成了。"（24/上/254）贾母之"远"乃"远路"，王熙凤之"远"是"外人"。

二、明"戏"实刺贾母"吃里扒外"④"重外轻内"。黛玉在贾母心中地位极高，将有盖过王熙凤之势头，嫉妒成性的王熙凤不会不介意。第三回回目"接外孙贾母惜孤女"非常明确点明黛玉之所以在贾府，乃贾母"惜"之缘故。

---

① 王熙凤对一进荣国府的刘姥姥说："俗话说，朝廷还有三门子穷亲戚呢，何况你我。"（6/上/70）

② 周瑞家的回王熙凤："太太说了，今日不得闲，二奶奶陪着便是一样。多谢费心想着。白来逛逛便罢；若有甚说的，只管告诉二奶奶都是一样。"（6/上/70）

③ 黛玉为父送丧归来的消息传到王熙凤耳朵，她向宝玉笑道："你林妹妹可在咱们家住长了。"宝玉则说："了不得！想来这几日他不知哭的怎样呢。"（14/上/145）从王熙凤和宝玉的反应就可看出前者一直担心的是黛玉会"在咱们家住长"；而后者则担心的是黛玉"不知哭的怎样"。

④ 平儿看不过王熙凤虐待尤二姐，私下弄菜弄饭给她吃，王熙凤知道了骂平儿："人家养猫拿耗子，我的猫倒只咬鸡."（69/下/761）

这一点林如海曾向贾雨村说起："因贱荆去世,都中家岳母念及小女无人依傍教育,前已遣了男女船只来接"(3/上/23)。黛玉"自在荣府以来,贾母万般怜爱,寝食起居一如宝玉,迎春探春惜春三个亲孙女倒且靠后。"(5/上/48)随着时日的流逝,贾母待黛玉越发疼惜。第七回周瑞家送宫花时须到王夫人正房后头来,"原来近日贾母说孙女儿们太多了,一处挤着倒不便,只留宝玉黛玉二人在这边解闷,却将迎、探、惜三人移到王夫人这边房后三间小抱厦内居住,令李纨陪伴照管。"可见在贾母心里,也有一个序列表:先是宝玉和黛玉;其次才是贾府三个姑娘。(7/上/75)林如海病重写信接黛玉回,贾母"定要贾琏送他去,仍叫带回来。"(12/上/130)贾母疼惜黛玉,是在细节上表现出来的。

三、借黛玉"命苦"刺贾母。明说黛玉命苦,此乃刺心之语,故贾母遂以笑制止:"我才好了,你倒来招我。你妹妹远路才来,身子又弱,也才劝住了,快再休提前话。"(3/上/28)"再休提前话"乃贾母疼惜黛玉,又不能明说王熙凤,只得打个混沌语。以王熙凤之乖觉,自不会不知贾母深意。"命苦"是"不宜室家"的。拿人人都说、人人都信的"命"说黛玉,实际是在刺贾母。更阴毒的还在于离间贾母和黛玉,因为黛玉"命"苦而克母亲——贾母最疼的女儿,故贾母对黛玉的情感应该很纠结。王熙凤语言处处充满着暗示意味:对于"命苦"的黛玉,非唯贾母、荣府、甚至所有人都当避之远之。黛玉初来乍到,去拜见大舅贾赦,贾赦以"连日身子不好"为由拒见;二舅贾政因"斋戒去了",亦不得见。更耐人寻味的是,黛玉的到来使得王夫人"不放心的最是一件事",特特交待黛玉"以后不要睬"宝玉(3/上/31),当有怕宝玉被黛玉晦气沾染之故。黛玉初见贾母等人,被问及病症时,黛玉答道:"我自来如此,从会吃饮食时便吃药,到今未断。请了多少名医,修方配药,皆不见效。那一年,我才三岁时,听得说来了一个癞头和尚,说要化我去出家,我父固是不从。他又说:'既舍不得他,只怕他的病一生也不能好的.若要好时,除非从此以后,总不许见哭声,除父母之外,凡有外姓亲友之人,一概不见,方可平安了此一世。'"(3/上/27)既然"外姓亲友"会影响到黛玉"平安",可见"外姓亲友"和黛玉之间命中注定是相克的,黛玉在被忌讳之列就毋庸置疑。从后来平儿对贾雨村的恶毒咒骂中可确认此点，平儿对薛宝钗咬牙骂道："都是那雨村，什么风村，半路途中那里来的饿不死的野杂种，认了不到十年，生了多少事出来。"（48／上／514）骂贾雨村即是发泄对林黛玉的无比憎厌之恨，因为贾雨村是黛玉老师，是林如海"托内兄酬训教"才得以和贾家攀上亲故的。贾雨村其人不管如何，对精于世故人情的平儿来说当深明打狗还得看主子面之礼。无论如何，他也是林黛玉的老师，而平儿竟毫无一丝忌惮之意，破口大骂贾雨村，这分明就是目中无黛玉，不给黛玉"体面"。① 言外之意是骂黛玉乃灾星，到了荣府"不到十年"，就"生了多少事出来"，王熙凤说黛玉"命苦"的真实用意在平儿骂贾雨村的话里被注解出来。即明里暗里点出黛玉的到来，会给荣府惹事。

　　"天下真有这样标致的人物，我今儿才算见了"和上述三层意思环环相扣：可看出王熙凤欲抑先扬、明赞实刺。"标致"是王夫人深为不喜的，贾兰奶子因为"十分的妖乔"，她便"也不喜欢他"，就让"他各自家去"（78／下／869）了；她取袭人舍晴雯之语实际是对"标致"的憎厌恶："虽说'贤妻美妾'，然也要性情和顺，举止沉重的更好些"（78／下／868）。王熙凤如此大赞特赞黛玉的"标致"，为黛玉的悲剧埋下了祸根：黛玉"标致"，是借晴雯进行表现的，"素日这些丫鬟，皆知王夫人最恶乔装艳饰，语薄言轻者，故晴雯不敢出头。"（74／下／817）"晴雯不敢出头"即是写黛玉不敢出头。而"不敢出头"就是因为长得太过"标致"，如王熙凤就对王夫人说过："若论这些丫头们，共总比起来，都没晴雯生得好。"（74／下／817）晴雯在丫头们中最"标致"；黛玉在姊妹们中最"标致"。王夫人对"标致"的深恶痛绝，使得众人都"看不上"晴雯和黛玉是极其自然的，如邢夫人陪房王善宝家的对王夫人说："别的都还罢了。太太不知道，头一个宝玉屋里的晴雯，那丫头仗着他生的模样儿比别人标致些，又

---

① 平儿："殊不知告失盗的就是贼，又没赃证，怎么说他。""这也倒是小事。如今便从赵姨娘屋里起了赃也容易，我只怕又伤着一个好人的体面。别人都别管，这一个人岂不又生气。我可怜的是他，不肯为打老鼠伤了玉瓶。"说着，把三个指头一伸。袭人等听说，便知他说的是探春。（61／下／665）平儿顾忌探春脸面而不给黛玉脸面，可见黛玉在荣府处境。

生了一张巧嘴，天天打扮的像个西施的样子，在人跟前能说惯道，掐尖儿要强。一句话不投机，他就立起两个骚眼睛来骂人，妖妖乔乔，大不成个体统。"（74/下/817）而这个晴雯，在王夫人看来是长得像极了林黛玉的，她问王熙凤："上次我们跟了老太太进园逛去，有一个水蛇腰，削肩膀，眉眼又有些像你林妹妹的，正在那里骂小丫头，我的心里很看不上那狂样子"（74/下/817）因为"看不上"，所以她羞辱怒叱晴雯："好个美人！真像个病西施了！你天天作这个轻狂样儿给谁看！你干的事打量我不知道呢。"（74/下/818）说晴雯是"这样妖精似的东西"（74/下/818），故最终把晴雯逐出致死。王夫人如何对待晴雯，就会如何对待黛玉！深谙亲姑妈性情的王熙凤初见黛玉，如此极口夸赞黛玉之意图从晴雯之死可窥知一二，故此语乃明夸暗害之语。

王熙凤为显示自己的地位，用了一连串问话问黛玉："妹妹几岁了？可也上过学？现吃什么药？在这里不要想家。要什么吃的，什么玩的，只管告诉我。丫头老婆子不好了，也只管告诉我。"（3/上/28）明为关心，实为示威。这些虚话只可拿来听听，若真当真，黛玉可真的在荣府一天也待不下去。寄人篱下的黛玉如何肯如此？她初见贾府之仆妇，已经是"步步留心，时时在意，不肯多说一句话，多行一步路，生恐被人耻笑了去。"（3/上/24）这样心态的黛玉无论如何也不会开口向王熙凤说东论西的："虽说是舅母家如同自己家一样，到底是客边。如今父母双亡，无依无靠，现在他家依栖。"（26/上/280）说是"舅母家"而不说是"外祖母家"，正可见出黛玉置身的环境乃是被诸"王"所包围，自己是另类、是个别、是"王"的异己！"命苦"的黛玉被王熙凤憎嫌是必然的。

黛玉起居，牵扯到很多人：贾母、宝玉、王熙凤；另外有照管的"一个奶娘并一个丫头"、在外间上夜的"余者"、鹦哥、"四个教引嬷嬷"、两个"贴身掌管钗钏盥沐"的丫鬟、"五六个洒扫房屋来往使唤的小丫头"等，从贾府"最高层"的贾母到最底层的奶娘丫头，都不得安生。黛玉在贾府自然会被"多嫌"。且黛玉刚见到宝玉，就惹出摔"通灵宝玉"一事：

（宝玉）又问黛玉可也有玉没有，众人不解其语。黛玉便忖度着因他有

玉，故问我有也无，因答道："我没有那个。想来那玉亦是一件罕物，岂能

人人有的。"宝玉听了，登时发作起痴狂病来，摘下那玉，就狠命摔去，骂道："什么罕物！连人之高低不择，还说通灵不通灵呢！我也不要这劳什子了！"吓得地下众人一拥争去拾玉。(3/上/35)

"通灵宝玉"是宝玉出生时口中所衔，被视为"仙寿恒昌"的象征，在荣府被当成"命根子"看待。而宝玉见了黛玉，就发了"痴狂病"，摔玉骂玉。玉若被摔出个好歹，"仙寿恒昌"之运命将会改变。这可怕的结果都是由黛玉诱发引起，黛玉无疑就是晦气、灾难的化身。所以黛玉内心极度不安，对鹦哥（即紫鹃）说："今儿才来了，就惹出你家哥儿的狂病来，倘或摔坏了那玉岂不是因我之过。"(3/上/37) 黛玉到荣府第一天，就惹出宝玉的"狂病"；到的第二天，王夫人、王熙凤姑侄就收到金陵薛姨妈家"遭了人命官司"(4/上/38) 的信儿。① 黛玉之"不祥"、会"累及"父母、亲戚等之征兆好像已开始应验，好像应了王熙凤说黛玉"命苦"的"戏"语。

除了拿黛玉的"命"作"戏"语，王熙凤还重点拿"钱""根基""家私"甚至"模样儿""戏"黛玉，如：

> 黛玉信步便往怡红院中来，只见几个丫头舀水，都在回廊上围着画眉洗澡呢。听见房内有笑声，林黛玉便进入了房中看时，原来是李宫裁、凤姐、宝钗都在这里呢。一见他进来，都笑道："这不又来了一个。"林黛玉笑道："今日齐全，谁下帖子请来的？"凤姐道："前日我打发了丫头送了两瓶茶叶去，你往那里去了？"林黛玉笑道："我可是倒忘了，多谢多谢。"凤姐儿又道："你尝了可还好？"没有说完，宝玉便说："论理可倒罢了，只是我说不大甚好。也不知别人尝着怎么样？"宝钗道："味倒轻，只是颜色不大好些。"凤姐道："那是暹罗进贡来的。我尝着也没什么趣儿，还不如我每日吃的呢。"林黛玉道："我吃着好，不知你们的脾胃是怎样。"宝玉道："你果然吃着好，把我这个拿了去吃罢。"凤姐笑道："你要爱吃，我那里还有呢。"林黛玉道："果真的，我就打发丫头取

---

① 此处小说中出现了时间错乱：黛玉到荣府第二天，王夫人处拆看金陵书信，知薛蟠打死人命事。如此则黛玉与薛宝钗年龄极不合理。

去了。"凤姐道:"不用取去,我打发人送来就是了。我明日还有一件事
求你,一同打发人送来。"林黛玉听了,笑道:"你们听听,这是吃了他
们家一点子茶叶,便来使唤了。"凤姐笑道:"倒求你,你倒说这些闲话,
吃茶吃水的。你既吃了我们家的茶,怎么还不给我们家作媳妇儿?"众人
听了,一齐笑起来。林黛玉红了脸,一声儿不言语,便回过头去了。李
宫裁笑向宝钗道:"真真我们二婶子的诙谐是好的!"林黛玉道:"什么诙
谐,不过是贫嘴贱舌,讨人厌恶罢了。"说着,便啐了一口。凤姐笑道:
"你做梦。你给我们家做了媳妇,少什么?"指宝玉道:"你瞧瞧,人物
儿、门第配不上?根基配不上?家私配不上?哪一点还玷辱了谁呢?"
(25/上/264-265)

王熙凤不会放过任何"戏"黛玉的机会,这次又以"茶叶"为"戏料"对
黛玉大"戏"特"戏":第一步问黛玉"茶叶""尝了可还好"埋下"戏"的
话头儿。这个问题对于黛玉来讲其实很不好回答,因为如说不好,显然会得罪
表嫂王熙凤;如说好,不但不符合客观实际,更显出了根基浅、没见过世面的
"小家子气"——这正是王熙凤"戏"的目的。当然细心的宝玉不会把这个难
题留给黛玉,他抢先回答了"茶叶""不大甚好",这样王熙凤的"问题"有了
答案就不会再换话题。薛宝钗自然不愿意放过这个看黛玉被"戏"的好机会,
她不失时机地接过宝玉的回答,也说了自己对"茶叶"的看法:"味"轻"颜
色不大好"。宝钗不惟在附和宝玉,亦是在诱惑黛玉说真话——宝钗说茶不好不
会得罪凤姐,而黛玉则肯定会得罪凤姐——宝钗自然明白!更在炫耀自己乃皇
商之家见多识广!王熙凤继薛宝钗后道出"茶叶"乃外国贡品,但"还不如"
她"每日吃的";这除了在黛玉面前炫耀他们王家的"门第""根基"等外,还
在步步紧逼黛玉作出对"茶叶"的评价:黛玉如说茶不好则不厚道;如说茶好
则是眼界窄、没见过世面、一副穷酸寒窘相。黛玉果然防不胜防,只顾防备被
讥笑不厚道,倒完全忘了防备被讥笑身世、门第,竟然入人彀中。不知道岔开
话题或变守为攻如王熙凤。当宝玉以为黛玉真好此茶欲把自己的送给她时,王
熙凤就顺着宝玉的话头儿开始进一步"戏"黛玉:她说了句半截话:"你要爱
吃,我那里还有呢",单纯的黛玉想当然地以为王熙凤的"还有"是要说再给自

己拿一些，就傻傻地顺着自己的思路把"奉承"王熙凤的客套话说了出来，说还要"打发丫头取去"。这给了王熙凤第三步"戏"的绝好话头儿，她马上换出一副"降尊纡贵"的"戏"态，说"不用取去"，因为有一件事"求"黛玉，她"一同打发人送来"就是。黛玉信以为真，竟然说了句"吃了他们家一点子茶叶，便来使唤了"，这正好授人以柄，林黛玉孑然一身、无依无靠、寄人篱下、吃穿用度均仰仗荣国府的困窘，被王熙凤当众说成"白吃白喝"赖在"我们家"，用"戏"语来真羞辱、奚落、嘲笑、讥刺黛玉根本不配做"我们家"媳妇儿，还赖在这吃茶吃水！"众人听了，一齐笑起来"，王熙凤"戏"黛玉要的正是这样的场景和效果。但她仍不罢手，她要在黛玉受伤的伤口上再撒把盐，从黛玉痛苦到无声的挣扎和悲愤中找到快感。于是，第四步最恶毒的重头"戏"紧接着以"戏"语说出，抛出了"人物""门第""根基""家私"来刺伤、羞辱黛玉！明是调侃、实是挖苦奚落黛玉各方面均不具备和宝玉匹配的条件，言外之意当然是宝钗皆具备。但薛宝钗的"模样"无法和黛玉相比，在贾母为宝钗"做生日"场景上，王熙凤抓住了对黛玉的"模样"进行"戏"弄的"好"机会：

> 至晚散时，贾母深爱那作小旦的与一个作小丑的，因命人带进来。细看时一发可怜，因问年纪。那小旦才十一岁，小丑才九岁。大家叹息一回。贾母命人另拿些肉果与他两个，又另外赏钱两串。凤姐笑道："这个孩子扮上，活像一个人，你们再看不出来。"宝钗心里也知道，便只一笑，不肯说。宝玉也猜着了，亦不敢说。史湘云接着笑道："倒像林妹妹的模样儿。"宝玉听了，忙把湘云瞅了一眼，使个眼色。众人却都听了这话，留神细看，都笑起来了，说果然不错。（22/上/226－227）

贾母疼惜黛玉之心使得看到像黛玉的"小旦"亦"深爱""可怜"，正好给了凤姐机会。她借湘云之口道出贾母何以对小旦如此。此招儿甚为毒辣，再次当众重提黛玉"命苦"的话题：黛玉长相如戏子，福薄命苦；既当众取笑了黛玉，又如匕首投枪直刺贾母与黛玉之心！王熙凤"戏"语之"辣子"味儿浓烈之极。当王熙凤一说，第一个表示认同的是薛宝钗，她"心里也知道，便只一笑"最能说明此点，表明这两姑表姊妹私下谈论过此事。由此知道王夫人、王熙凤与薛宝钗对黛玉容貌耿耿难以释怀。只能借长得好却像戏子来打击。宝玉只是"猜着",众人听了凤姐话,"留神细看,都笑起来"说明除了王、薛,别人(包括贾母。否则她就不会把"深爱"龄官的心情表现出来)根本都是被提醒经过心理暗示后才发现黛玉和"戏子"长得像这一问题。

综论之,王熙凤"戏"黛玉,是因为憎嫌黛玉。除了"家私""金玉姻缘"等原因外,还有更隐秘一层的原因,是王熙凤与宝玉之间的感情很复杂:既为姑表姐弟;又为叔嫂之亲。但小说中多处写到二人之"亲密无间"。在宝玉自是天真烂漫,而王熙凤则未必如是。在宁国府为贾敬庆贺寿诞时,尤氏曾这样取笑凤姐:"那里都像你这么正经人呢!"(11/上/121)"正经人"王熙凤邂逅、毒害"不正经人"贾瑞场面之不堪,就见出"正经人"王熙凤实在是"不正经":相思局不堪入目场景的导演者是"正经人"王熙凤、执行者是侄儿辈的贾蓉和贾蔷。无法想象,作为婶母的"正经人"王熙凤,是如何口传心授调教两个侄儿恶毒戏弄贾瑞的。焦大"养小叔子"之骂,小说中最不易明了:但从王熙凤角度看,则不无让人揣摩之处。最明显者是其饰物与宝玉最像:宝玉是"项上金螭璎珞,又有一根五色丝绦系着一块美玉。"(3/上/34)王熙凤是"项下戴着赤金盘螭璎珞圈;裙边系着豆绿宫绦双鱼比目玫瑰珮"(3/上/27),都是金玉搭配。宝钗则亦有"珠宝晶莹黄金灿烂的璎珞"(8/上/87),只不过宝钗惯于"埋""藏"自己,将其戴在衣服里面"大红袄上"而已。贾琏对平儿抱怨王熙凤"他不论小叔子侄儿,大的小的,说说笑笑,就不怕我吃醋了。"(21/上/222)"小叔子"在此只能指宝玉,贾琏的话见出王熙凤平日对宝玉果然不同一般亲密。小说第二十五回称熙凤宝玉关系为"叔嫂"——"魇魔法叔嫂逢五鬼",焦大此语在此找到落实处。对宝玉而言,黛玉几乎就是他生命的全部,主宰着他的喜怒悲欢。这显然让"酸凤姐"极度嫉妒,为宝玉而憎嫌黛玉显而易见是不争之实。

二、和贾母相关之"戏语"

如果细细品味《红楼梦》,就能体味出贾母和王熙凤之间,一直在明里暗里斗口斗心。这一老一少祖孙间无时无处不在的无形争斗薛宝钗是看得最清楚的，所以当她为谄媚贾母无意间道出这一事实后，贾母很反感，说出"嘴乖的倒有一宗可嫌的""倒不如不说话的好"。黛玉初进荣府的场景暗示出贾母和王熙凤之间的关系是不远不近、不咸不淡的。她们之间在众人面前所有的"笑"脸和"笑"语等"亲香"场景，① 都是做做样子，给人看、给人听的，为的是彼此的脸面和"礼出大家"的体礼而已。② 为迎接黛玉，邢夫人、王夫人和李纨都不得迟到、"恭肃严整"地陪贾母等候。而住处距离贾母最近的孙子媳妇王熙凤竟然迟到，这明显是目中无贾母。再者，见外孙女后思早逝女儿悲伤不已的贾母，见到迟到的王熙凤非但无丝毫愠色和问责之语，反而"笑"了。这是《红楼梦》中贾母第一次"笑"，正沉浸在悲伤中的贾母如此迅速转悲为"喜"、化泪作"笑"，显然是在作戏。"笑"是假的，是用来掩饰真悲的面纱。这个细节暗示出这对儿祖孙之间毫无真情实意可言：贾母是揣着明白装糊涂，冷眼看王熙凤的"花哨"表演；王熙凤则锋芒毕露，该出口时就出口，时时处处事事都要明里暗里压贾母一头。贾母打着"喜欢""偏心"的幌子待王熙凤；王熙凤则作出"孝心虔"的样子对贾母。王熙凤如此"戏"说贾母对自己的情感："我们老祖宗只是嫌人肉酸，若不嫌人肉酸，早已把我还吃了呢。"（35/上/370）这话绝非"戏"语，它点出祖孙二人彼此之间的嫌隙猜忌之深。真真假假、虚虚实实之间，最能窥到二人争斗之微锋毫芒处多发生在言来语往之间。二人关系何以如此，就贾母而言，毫无疑问是出于不甘彻底谢幕的权力惯性：她实际上已退出荣府家政权力的核心，且逐渐被边缘化。虽然吃穿用度一如既往，但也

---

① 元宵节荣府夜宴乐，因为天冷贾母要大家都挪近暖阁地炕上，王夫人怕坐不下。贾母道："大家坐在一处，挤着，又亲香，又暖和。"（54/上/585）

② 江南甄府派人到荣府送礼请安，四人夸宝玉"性情却比"他们家的哥儿好些，她们向贾母说："方才我们拉哥儿的手说话便知。我们那一个，只说我们糊涂，慢慢拉手，他的东西我们略动一动也不依。"贾母笑道："我们这会子也打发人去，见了你们宝玉，若拉他的手，他也自然勉强忍耐一时。可知你我这样人家的孩子们，凭他们有什么刁钻古怪的毛病儿，见了外人，必是要还出正经礼数来的。若他不还正经礼数，也断不容他刁钻去了。就是大人溺爱的是他一则生的得人意儿；二则见人礼数，竟比大人行出来的不错……若一味地只管没里没外，不与大人争光，凭他生的怎样，也是该打死的。"（56/上/512）

只能如此而已。但令人尴尬的是虽目今荣府的实际掌控者是王夫人和王熙凤，但仍然用的是贾母时代的规矩。也就是说，贾母人退权退但规矩不退。这便是贾母遭王夫人姑侄深忌的最根本和最隐秘的原因。贾母不提出规矩变更，碍于体礼，王氏姑侄只得执行照旧。如是以来，荣府家政执行就有很多不便宜处：时移势变，昔盛今衰。贾母的规矩在贾母时代是正得其时的，故贾母之才干得以卓越地体现。现在是王氏时代，人、事、势等都已变迁，却仍用贾母手里的规矩行事，自然处处有掣肘之感。规矩是旧的，而制定规矩的人和执行规矩者却变了，这种状况使得荣府人事方面极其复杂，大要而言有以下诸多派系：老太太的人、太太的人、琏二奶奶的人、老爷的人、琏二爷的人和宝二爷的人等。因为归属不清或归属多重，很多事情不能责任到人或有事故往往互相推诿等，这会造成和宁国府一样的混乱局面："头一件是人口混杂，遗失东西；第二件，事无专执，临期推委；第三件，需用过费，滥支冒领；第四件，任无大小，苦乐不均；第五件，家人豪纵，有脸者不服矜束，无脸者不能上进。"（14/上/139）如此诸多状况的出现，和贾母当家时自然不可同日而语，故显得王氏姑侄心智、才干等皆不如贾母。此或许为"响快"的王家二小姐①——后来的王夫人变成"木头一样"的潜在原因；而争强好胜的王熙凤则不能再变成木头，她要强出头。② 鸳鸯、尤氏和李纨等之间对话就透露出长期以来贾母与王氏姑侄这对儿新旧掌权者之间存在着一争高下较量的信息：尤氏说："老太太也太想的到。实在我们年轻力壮的人捆上十个也赶不上。"李纨道："凤丫头仗着鬼聪明儿，还离脚踪儿不远。我们是不能的了。"鸳鸯道："还提凤丫头虎丫头呢，他也可怜见儿的！虽然这几年没有在老太太跟前有个错缝儿，暗里也不知得罪了多少人。总而言之，为人是难作的：若太老实了，没有个机变，公婆又嫌太老实了，家里人也不怕；若有些机变，未免又治一经损一经……"（71/下/788－789）贾母和王氏姑侄尤其是和王熙凤之间，一直在暗中较劲儿。贾母言语不自

---

① 刘姥姥对女婿说未出阁前的王夫人："想当初我和女儿还去过一遭，他家的二小姐着实响快，会待人的，倒不拿大。如今现是荣国府贾二老爷的夫人。"（6/上/63）
② 王熙凤梦见秦可卿对她说："婶婶，你是个脂粉队里的英雄，连那些束带顶冠的男子也不能过你"。（13/上/131）

觉流露出两处，一是怡红院探宝玉时，贾母当着王夫人和王熙凤对薛家母女说："我如今老了，那里还巧什么。当日我像凤哥儿这么大年纪，比他还来得呢。他如今虽说不如我们，也就算好了，比你姨娘强远了。你姨娘可怜见的，不大说话，和木头似的，在公婆跟前就不大显好。"另一处是贾赦要鸳鸯事上，她当着薛姨妈和王熙凤等说："我进了这门子作重孙子媳妇起，到如今我也有了重孙子媳妇了，连头带尾五十四年，凭着大惊大险千奇百怪的事，也经了些，从没经过这些事。"（47/上/504）"从没经过这些事"显然是含有对当下荣府状况不满之意，是对掌管荣府家政实权者能力的否定。

　　王熙凤和祖母辈的贾母较量之原因有以下诸种：一是生就的争强好胜之心，使得她欲以才干压倒当年贾母之名；二来则是为得贾母"梯己"而斗：斗败贾母，让贾母乖乖儿把"梯己"送到自己手上或让贾母有心无力保护自己的"梯己"，才是王熙凤与贾母斗此斗心的真正内驱力。贾母有着极其丰厚的"梯己"，这使得嗜财如命的王熙凤馋涎欲滴，恨不得让贾母早死而得之。对于王熙凤而言，如何让贾母早死，自然不能做得太明显，要钝刀割肉般的慢功夫。深谙贾母性情的王熙凤采取的是"攻心"战，即让贾母心里生闷气、不自在，天长日久年迈的贾母自然就会郁闷得病。这一点正是小说写人心病致病甚至致命的根本主旨所在，如秦可卿得病①、尤氏"胃疼旧疾"②、尤二姐之死③、甄士隐夫

---

① 尤氏对金氏说起秦可卿之病："婶子，你是知道的，虽说见了人有说有笑，会行事儿，他可心细，心又重，不拘听见了什么话儿，都要度量个三日五夜才罢。这病就是打这个秉性上头思虑出来的。"（10/上/108）张太医细论秦可卿病源："据我看这脉息，大奶奶是个心性高强、聪明不过的人。聪明忒过，则不如意事常有；不如意事常有，则思虑太过。此病是忧虑伤脾、肝木忒旺"。（10/上/112）

② 尤氏并非"胃疼"而是心疾。详参张润泳：《略论＜红楼梦＞的不写之写——以秦可卿之丧为考察中心》，见《红楼梦学刊》2012 年第 5 期。

③ 尤二姐被王熙凤骗进大观园，"除了平儿，众丫头媳妇无不言三语四、指桑说槐，暗相讥刺。……凤姐听了暗乐，尤二姐听了暗愧暗怒。"（69/下/761）"那尤二姐原是个花为肠肚雪作肌肤的人，如何禁得这般磨折！不过受了一个月的暗气，便恹恹得了一病，四肢懒动，茶饭不进，渐次黄瘦下去。"（69/下/763）

妇之病①、黛玉之病②、林红玉之病③、司棋之病④、宝玉之病⑤甚至王熙凤也会生闷气而病⑥等。小说诸多之病，人皆有者是心病。心病最难医，如急火攻心之病和生闷气抑郁致病等，在小说中一再出现，秦钟父秦业就是气死的："气的老病发作，三五日的光景，呜呼死了"（16/上/158）。以贾母之睿智，不会看不透王熙凤在争强斗狠，老人家当然会生闷气，这正是王熙凤要的结果。但贾

---

① 失英莲后，"封氏孺人也因思女构疾，日日请医调治。"（1/上/11）投奔岳父，"封肃每见面时，便说些现成话，且人前人后，又怨他们不善过活，一味好吃懒做等语。士隐知投人不着，心中未免悔恨，再兼上年惊吓，急忿怨痛，已有积伤：暮年之人贫病交攻，竟渐渐的露出那下世的光景来。"（1/上/12）

② 黛玉体弱，忌悲、怒、急、气、思、虑、忧等情绪，医者云："气弱血亏，恐致劳怯之症。"（32/上/341）如宝玉向黛玉诉肺腑："你皆因总是不放心的原故，才弄了一身病。但凡宽慰些，这病也不得一日重似一日。"（32/上/342）再如宝玉夏日去潇湘馆，路上得知黛玉传菱藕瓜果之类凉东西，以为是黛玉私祭父母，便踌躇起来是去还是不去："但我此刻走去，见他伤感，必极力劝解，又怕他烦恼郁结于心；若竟不去，又恐他过于伤感，无人劝止：两件皆足致疾。莫若先到……即回。如若见林妹妹伤感，再设法开解，既不至使其过悲，而哀痛稍伸，亦不致抑郁致病。"（64/下/705）宝玉和黛玉拌嘴要砸通灵宝玉，黛玉"心里一烦恼，方才吃的香薷饮解暑汤便承受不住，哇的一声，都吐了出来。……紫鹃道：'虽然生气，姑娘到底也该保重些。才吃了药好些，这会子因和宝二爷拌嘴，又吐出来。倘或犯了病，宝二爷怎么过的去呢!'"（29/上/317）明乎此可知"秋爽斋偶结海棠社"——起诗社是"醉翁之意不在酒"，乃借诗耗黛玉心神而已。

③ 林红玉慕贾芸成疾，"懒吃懒做"，怡红院小丫头佳蕙曾问林红玉："你这一阵子心里到底怎么样？依我说，你竟家去住两日，请一个大夫来瞧瞧，吃两剂药就好了。"（26/上/270）

④ 司棋与表兄私约被鸳鸯撞见，表兄随后逃走，使得司棋先羞后气，"又添了一层气。次日便觉心内不快，百般支持不住，一头睡倒，恹恹的成了大病。"（72/下/791）

⑤ 宝玉误把袭人当黛玉诉肺腑："好妹妹，我的这心事，从来也不敢说。今儿我大胆说出来，死也甘心。我为你也弄了一身的病在这里，又不敢告诉人，只好掩着。只等你的病好了，只怕我的病才得好呢。睡里梦里也忘不了你。"（32/上/343）紫鹃"情辞试忙玉"后，宝玉"便如头顶上响了一个焦雷一般""总不作声"，"两个眼珠儿直直的起来，口角边津液流出，皆不知觉。给他个枕头，他便睡下；扶他起来，他便坐着；倒了茶来，他便吃茶。"（57/上/618）

⑥ 平儿说王熙凤："况且自己又三灾八难的，好容易怀了一个哥儿，到了六七个月还掉了，焉知不是素日操劳太过，气恼伤着的。"（61/下/668）平儿对鸳鸯说王熙凤之病："他这懒懒的也不止今日了，这有一月之先便是这样。又兼这几日忙乱了几天，又受了些闲气，从新又勾起来，这两日比先又添了些病，所以支持不住，便露出马脚来了。"（72/下/792）

母往往以热闹场景去对抗"不自在"，以"高兴"掩饰心情。① 所以热闹的场景正是贾母和王熙凤针尖对麦芒之时。

王熙凤必欲贾母早死而后快之心在小说里多处明里暗里点到：一处是贾母庆八旬时，她竟要为尤二姐"烧纸"，这明显是在诅咒贾母！另一处是贾母领刘姥姥逛大观园时，她给刘姥姥说银筷子的好处："菜里若有毒，这银子下去了就试的出来。"（40/上/426）"菜里有毒"是王熙凤失语处，贾母年迈，食物不宜者颇多，这是最可动手脚的。第三处是曾对平儿谈及"老太太的事出来，一应都是全了的"（55/上/600），可见对贾母之死早已在"暗暗的预备了"，只是在"缓缓的""算计"着罢了。虽然为年迈之人及早准备后事乃人之常情，但从王熙凤嘴里说出来却绝不能简单视之。三是贾母在一天，贾母时代的规矩便不能更张（55/上/600），这让王熙凤很头疼。她如是对平儿说："你知道我这几年生了多少省钱的法子，一家子大约也没个不背地里恨我的，我如今也是骑上老虎了……二则家里出去的多，进来的少。凡百大小事仍是照着老祖宗手里的规矩，却一年进的产业又不及先时。多省俭了，外人又笑话，老太太太太也受委屈，家下人也抱怨刻薄，若不趁早儿料理省俭之计，再几年就都赔尽了。"（55/上/600）贾母不再掌握荣府家政实权，但她"手里的规矩"却不能变更，这种江山易主却规矩照旧的局面势必使当下的权力掌控者心里极不舒服，更何况荣府经济状况已大大弱于贾母时代。贾母时代荣府日常的安富尊荣状况，小说中没有正面直接描写，却借王夫人和王熙凤之语侧面进行吉光片羽式的表现，从中不难看出贾母时代的规矩是何等铺排豪阔：王夫人对王熙凤叹道："但从公细想，你这几个姊妹也甚可怜了。也不用远比，只说你如今林妹妹的母亲，未出阁时，是何等的娇生惯养，是何等的金尊玉贵，那时像个千金小姐的体统。如今这几

---

① 红麝串事后，贾母要到清虚观打醮看戏，王夫人知道后，笑道："还是这么高兴。"（29/上/308）王夫人之语耐人寻味；十月里下过头场雪后，薛姨妈来贾母处，二人对话间可看出贾母在掩饰"不高兴"：薛姨妈说："好大雪，一日也没过来望候老太太。今日老太太倒不高兴? 正该赏雪才是。"贾母笑道："何曾不高兴，我找了他们姊妹们去顽了一会子。"薛姨妈笑道："昨儿晚上，我原想着今儿要和我们姨太太借一日园子，摆两桌粗酒，请老太太赏雪的。又见老太太安息的早。我闻得女儿说，老太太心下不大爽，因此今日也没敢惊动。早知如此，我正该请。"（50/上/540）

个姊妹不过比人家的丫头略强些罢了。通共每人只有两三个丫头像个人样，余者纵有四五个小丫头子，竟是庙里的小鬼。如今还要裁革了去，不但于我心不忍。只怕老太太未必就依。虽然艰难，难不至此。"（74/下/816）荣府经济已到了山穷水尽时，探春等姊妹每人尚使唤八九个丫头，但这也远远无法和未出阁时的贾敏相比，不难想象贾母时代的规矩多么崇尚豪奢。时过境迁，但贾母好像并没有要把旧规矩改改的意思，她依然在"安享"富贵荣华，所以王熙凤忿忿不平地对旺儿媳妇发牢骚："我也是一场一场痴心白使了。我真个的还等钱作什么，不过为的是日用，出的多，进的少……若不是我千凑万挪的，早不知道到什么破窑里去了。如今倒落了一个放账破落户的名儿。既这样，我就收了回来。我比谁不会花钱，咱们以后就坐着花，到多早晚是多早晚。"（72/下/797）以"破落户"称王熙凤，在小说前八十回中出现三次：第一次出现，是贾母向初进荣府的黛玉介绍王熙凤时说的"他是我们这里有名的一个泼皮破落户"；其后又有尤氏和李纨分别在不同的场合嘲笑王熙凤为"破落户"①。尤氏和李纨素日是不被王熙凤看重的，她们两个的嘲戏侧重在王熙凤为人行事言语的做派，只有贾母带上了"泼皮"二字，所谓"泼皮"即是"放账"，小说借倪二对"泼皮"涵义进行细致注解："原来这倪二是个泼皮，专放重利债，在赌博场吃闲饭，专惯打降吃酒。如今正从欠钱人家索了利钱，吃醉回来"（24/上/250）。可见王熙凤"如今倒落了一个放账破落户的名儿"之语所针对的正是贾母，这句话的含义是：贾母只知"比谁都会花钱"，只管自己"坐着花"。这一点小说是借写贾母吃穿用度进行表现的、吃上：一日三餐"老太太的饭"还是"把天下所有的菜蔬用水牌写了，天天转着吃"（61/下/661）；穿上："老太太从不穿人家做的"，"生日节下众人孝敬的""一次也没穿过"（42/上/449）；用的："满屋里珠围翠绕，花枝招展"（39/上/415），黛玉住处也是"满屋里的东西都

---

① 王熙凤要见秦钟，尤氏笑道："人家的孩子都是斯斯文文惯了的，乍见了你这破落户，还被人笑话死了呢。"（7/上/79）王熙凤对李纨夸红玉说话"口声简断"的同时不指名讥讽黛玉："好孩子，难为你说的齐全。别像他们扭扭捏捏蚊子似的……必定把一句话拉长了，作两三截儿，咬着嚼字，拿着腔儿，哼哼唧唧地……难道必定装蚊子哼哼就是美人了？"李纨笑道："都像你破落户才好。"（27/上/285）

知好看，都不知叫什么"（40/上/424），"竟比那上等的书房还好"（40/上/422），显然黛玉屋里的陈设都来自于贾母。因为贾母认为"小姐们的绣房"的陈设，以"精致""不俗"为妙（40/上/429－430）。此外，贾母还要经常给黛玉送钱、配人参养荣丸等等。好像完全不理会现在荣府的经济窘困，端午节去清虚观打醮一节典型表现出贾母最喜欢热闹铺排的大场面。若不是王熙凤放账等手段，贾母要花的钱恐怕早就无出处了。所以，王熙凤和贾母相关的"戏语"，往往隐含着钱与命，或影射贾母守财、或隐含诅咒贾母早死。

"戏说"贾母之钱。王熙凤和贾母之间的争斗，首先在于钱上，小说借黛玉初进荣府王夫人问王熙凤"月钱"事进行暗示。黛玉进荣府不得月钱，需要贾母自己养活外孙女。针锋相对，贾母则以"宽厚""慷慨"待王家的客人薛宝钗：

> 谁想贾母自见宝钗来了，喜他稳重和平，正值他才过第一个生辰，便自己蠲资二十两，唤了凤姐来，交与他置酒戏。凤姐凑趣笑道："一个老祖宗给孩子们作生日，不拘怎样，谁还敢争，又办什么酒戏。既高兴要热闹，就说不得自己花上几两。巴巴的找出这霉烂的二十两银子来作东西，这意思还叫我赔上。果然拿不出来也罢了，金的银的，圆的扁的，压塌了箱子底，只是勒掯我们。举眼看看，谁不是儿女。难道将来只有宝兄弟顶了你老人家上五台山不成！那些梯己，只留与他。我们如今虽不配使，也别苦了我们。这个够酒的，够戏的！"说的满屋里都笑起来。贾母亦笑道："你们听听这嘴，我也算会说的，怎么说不过这猴儿。你婆婆也不敢强嘴。你和我梆梆的。"凤姐笑道："我婆婆也是一样的疼宝玉，我也没处去诉冤，倒说我强嘴。"（22/上/225）

王熙凤在借"戏"演戏，她在真说贾母贪财守财："金的银的，圆的扁的，压塌了箱子底，只是勒掯我们"，"勒掯"在贾母庆八旬时王夫人三百两寿礼事是最好的证明。贾母和薛宝钗生日是同一天，邢夫人、王夫人和王熙凤等自然必须向贾母献寿礼。儿孙众多，贾母所收寿礼钱与物之丰富可想而知。王熙凤说贾母"巴巴的找出这霉烂的二十两银子来作东西"，就是在刺贾母得的多却出的少，这分明是在做样子——既不"够酒的"，也不"够戏的"，是必然需要王熙凤另外增添东西的。考虑到薛家一贯的做派,薛姨妈、薛蟠和薛宝钗"孝敬"贾母的寿礼必然不菲。贾母出的二十两银子自然还是羊毛出在羊身上——是薛家自己拿的钱,只不过是贾母"拿着官中的钱"做人(贾母说王熙凤语35/上/369)情而已。王熙凤对贾母此举之反感,在贾琏面前曾有过流露,当贾琏要王熙凤按照往年黛玉比例给薛宝钗过生日时,王熙凤冷笑道:"我难道连这个也不知道!我原也这么想定了。但昨儿听见老太太说……要替他作生日。想来果然替他作,自然比往年林妹妹的不同了。"(22/上/224)"冷笑"点出王熙凤对贾母此举的态度:分明借薛宝钗生日为由头自己取乐子!老太太动动嘴皮子,王熙凤则需要添补钱物置备,弄不好还要因"私自添了东西,不明白告诉"而被怪罪。如果不细加推究,很难看出这是贾母给王熙凤出的一道难题:给薛宝钗过生日"大又不是,小又不是"。如果比黛玉生日添置东西多了,贾母和黛玉自然心里不自在;如果和黛玉生日一样的比例,在薛家面前显见得贾母比王熙凤会待客。因为黛玉已在荣府多年而薛宝钗是来荣府后第一个生日;贾母自己拿钱给王家的亲戚过生日,又摆酒又唱戏的,那么以后如何给老太太的亲戚黛玉过生日就需要考虑考虑添补东西了:不添补,对比出贾母宽厚而王熙凤"果然小器"①;添补则需花钱,王熙凤自然一百个不愿意。薛宝钗和黛玉生日又离得极近:薛宝钗正月二十一生日;林黛玉二月十二日生日。相差不到一个月时间,就又该给黛玉过生日了,"有去有来"(乌进孝语贾珍,53/上/571)的理儿,如果还是照旧年比例显然不合适;如果也要照着薛宝钗生日样子过,则花销难免

---

① 王熙凤为"孝"名,经常需要陪贾母斗牌,还要故意输钱给贾母。对于输赢,王熙凤其实非常在意。小说专门有"细"笔带出这一点:"可巧凤姐正在上房算完赢帐……正值他今儿输了钱,迁怒于人。"(20/上/207)此处交待暗示陪贾母斗牌"承欢"的实情,如贾赦要鸳鸯事惹贾母生气后的一个斗牌场景:王熙凤为讨好儿出的牌让贾母赢了后,贾母向薛姨妈笑道:"我不是小器爱赢钱,原是个彩头儿。"薛姨妈笑道:"可不是这样。那里有那样糊涂人,说老太太爱钱呢。"凤姐正数着钱,听了这话,忙又把钱穿上了,向众人笑道:"毂了我的了。竟不为赢钱,单为赢彩头儿。我到底小器,输了就数钱,快收起来罢。"……薛姨妈笑道:"果然凤丫头小器,不过是顽儿罢了。"凤姐听说,便站起来,拉着薛姨妈,回头指着贾母素日放钱的一个木匣子笑道:"姨妈瞧瞧,那个里头不知顽了我多少去了。这一吊钱,顽不了半个时辰,那里头的钱就招手儿叫他了。只等把这一吊也叫进去了,牌也不用斗了,老祖宗的气也平了,又有正经事差我办去了。"(47/上/502)王熙凤、薛姨妈之关于钱的谈论,实际是"戏"语真话。

又增加许多，且以后过生日就只能添不能减了。需要增补的钱物从哪里来，只有个渠道：一是王夫人和王熙凤效仿贾母，从自己的"梯己"中拿钱①；二是拿官中的钱。这两种增添东西的法子王熙凤自然都不愿意，她的"梯己"是连贾琏也不得动不得知的。不能拿自己的"梯己"，就更不能拿王夫人的"梯己"给黛玉过生日了——王熙凤是具体的生日操办者，别说王夫人不主动拿"梯己"出来，就是拿，王熙凤势必不能接的。既然不能拿"梯己"，则只能拿官中的钱了。但官中的钱也不好拿，王熙凤掌管着官中的钱，钱多出一分，则自己手里可供支配的钱就少一分。且荣府现如今经济状况大不如前，当家的王熙凤自然希望官中的钱能够省着花，好在贾母面前买好，贾琏心腹兴儿就对尤二姐说王熙凤"又恨不得把银子钱省下来堆成山，好叫老太太太太说他会过日子"（85/下/724）。"梯己"和官中的钱都不愿拿出来，王熙凤只能想法子哭穷装穷，最拿手的是以贾母之道还治贾母之身，用"偷"贾母的钱物来制造风声，风声之大，连宁府都知道了。贾蓉对贾珍说："果真那府里穷了。前儿我听见凤姑娘和鸳鸯悄悄的商议，要偷出老太太的东西去当银子呢。"（53/上/571）贾珍笑道："那又是你凤姑娘的鬼。那里就穷到如此。他必定是见去路太多了，实在赔得狠了，不知又要省那一项的钱，先设出这个法子来，使人知道，说穷到如此了。"（同上）给黛玉过生日，显然是赔钱的事，是官中钱"去路"之一，自然是在要减省之列而绝对不能再增添的。贾珍一语道破王熙凤心机，"不知又要省那一项的钱"而故意夸大荣府的穷。贾珍之语道出，王熙凤不但惯于装穷喊穷，而且装穷喊穷是和贾母有关的。因为她在荣府是"真佛儿"，向来"说一是一，说二是二，没人敢拦他。"（85/下/724）如果不是要省减和贾母相关的人与事之费用，她绝对不需要如此费尽心机。给黛玉过生日，就是和贾母相关的一项花费。小说当中没有正面描写黛玉生日场景，而是借薛宝钗、王熙凤、宝玉等的生日，

---

① 如王夫人就从自己"每月的月例二十两银子里拿出二两银子一吊钱来给袭人"（36/上/379）；刘姥姥二进荣府，临走时王熙凤派从自己梯己中拿出八两银子、王夫人则拿出一百两银子给她（42/上/446）。刘姥姥一进荣府所得的二十两银子，则是官中的钱，因为王熙凤明确说是"可巧昨儿太太给我的丫头们做衣裳的二十两银子，我还没动呢，你们不嫌少，就暂且先拿了去罢。"（6/上/73）

来侧面表现热闹的生日宴乐场景背后，是需要明确生日所需花费的来源的。不唯生日场景，《红楼梦》诸多集会游乐饮宴之事，都明确交待出活动经费的出处来由。何以如此，正是为了表现黛玉在荣府诸事不宜：一切都需要花钱；既需要花钱则王熙凤自然不喜；但碍于贾母的"面子情儿"①，"大又不是，小又不是"即增添钱物王熙凤不愿意，减去又惹贾母不自在。从贾母"主动"给薛宝钗和王熙凤过生日事看，荣府为黛玉过生日是很随意平常的，以至于会让探春误以为二月里荣府没人过生日。正因如此因陋就简，贾母才拿薛宝钗生日作戏给王熙凤等看——一正如王熙凤经常在贾母面前借疼惜宝玉黛玉"打个花胡哨"② 讨贾母的好一样。在领刘姥姥逛大观园时，在蘅芜苑贾母提出拿自己的"梯己"给薛宝钗装饰屋子，很显然又在借宝钗暗点王熙凤对黛玉"小器"。因为宝钗屋子"一色玩器全无"，贾母就"命鸳鸯去取些古董来。又嗔着凤姐儿：'不送些玩器来与你妹妹，这样小器。'"（40/上/420）贾母当然深知宝钗惯于作出简朴简单简约的样子，可见她"嗔"王熙凤是另有意图——荣府客人日常招待不周，皆是王熙凤待客不周，是"小器"的。王熙凤对自己的亲姑表妹当然不会"小器"。那么，贾母在责备她对婆家姑表姊妹黛玉"小器"之意就不言自明。贾母要把自己"收到如今，没给宝玉看见过的""梯己两件"送给薛宝钗做摆设，还亲自吩咐鸳鸯，让她把"石头盆景儿"和"纱桌屏"，还有"墨烟冻石蜡"这三样拿来摆在案上，"再把那水墨字画白绫帐子拿来"换掉原来的"青纱帐幔"。当然这很可能只是贾母逢场作戏说说而已，深谙贾母心意儿的贴身大丫鬟鸳鸯没有直接付诸行动，而是先口头应道："这个东西都搁在东楼上的不知那个箱子里，还得慢慢找去，明儿再拿去也罢了。"贾母随即表示同意："明日后日都使得，只别忘了。"（40/上/421）贾母惯于借薛宝钗明里暗里点王熙凤对黛玉，这一点王熙凤自然看得清楚明白，所以才会在薛宝钗过生日时围绕着"钱"说那么一大段"戏"语。

---

① 兴儿对尤二姐说王熙凤语（85/下/724）。

② 黛玉对王熙凤惯于做表面文章的评价（35/上/366）。黛玉初进荣国府，王熙凤夸"天下真有这样标致的人儿"和"先料着了"林黛玉要到，已预备下给黛玉裁衣裳的缎子等话语（3/上/29）。

　　王熙凤和贾母之间斗心眼，一贯是揣着明白装糊涂：彼此务反对方之道而行之，即己所不欲必施予人。就贾母而言，明知王熙凤等素日欲让自己生气而伤身心，于是贾母就做出诸事皆心和气平的顺势就情之态。一言以蔽之，就是采取你想气我而我偏不生气的装老策略。如贾母借对刘姥姥话语以声明自己"不中用"："我老了，都不中用了。眼也花，耳也聋①，记性也没了。你们这些老亲戚我都不记得了。亲戚们来了，我怕人家笑我，我都不会。不过嚼得动的吃两口，睡一觉，闷了时，和这些孙子孙女儿玩笑一回就完了。"（39/上/415）贾母对刘姥姥说自己"老"，是在让王熙凤等听；说自己眼花耳聋没记性，就是在表明自己诸事皆宜、无可无不可的处世原则——因为看不清、听不见和记不住，所以就没有什么可计较可存在心里生闷气的。在和王熙凤打交道时，贾母最常用的招数是顺水推舟，然后找准机会进行绝地反击。典型事例如正月十五庆元宵宴乐场景贾母和王熙凤之间过招儿，招招儿有"戏"：

　　第一回合——王熙凤谎骗贾母，贾母"掰谎"：

　　正月十五宴乐，袭人却不在跟前侍候，贾母责问王夫人对下人"太宽"时，王熙凤忙笑回让袭人留守怡红院的诸多原因，最后强调是自己"叫他不用来，只看屋子"时，贾母的反应是"忙"表示同意："你这话很是，比我想的周到，快别叫他了，——但只他妈几时没了？我怎么不知道。"（54/上/581）贾母"认同"王熙凤的话中又有被欺瞒的隐责。王熙凤则以贾母自己说的"记性也没了"来进行反击："前儿袭人去亲自回老太太的，怎么倒忘了！"这一问话显然是王熙凤在当面说谎，因为袭人母丧贾母根本没被告知，但这让贾母无法当面"掰谎"，因为她自己说过"记性也没了"等话；若果当面"掰谎"，非但让王熙凤难堪，更让自己装聋作哑的策略暴露。所以贾母马上做出"想了一想"的样子后笑道："想起来了。我的记性竟平常了。"（54/上/580）贾母的记性其实好得很，从领刘姥姥逛大观园时在潇湘馆对"软烟罗"的评说就能看出此点。所以

---

① 对于不高兴或无光彩的事装聋作哑或推不知，是小说表现世态人情的重要"细"节所在，如焦大酒后打骂宁府之不堪，"凤姐和贾蓉也遥遥的闻得，便都装作听不见。"当宝玉问王熙凤"爬灰"是什么时，王熙凤"立眉嗔目断喝道"："少胡说，那是醉汉嘴里混嗄！你是什么样的人，不说不听见，还倒细问。"（7/上/83）

贾母是在装老而已。

不能直接拆穿王熙凤的谎言，贾母就借评点新书《凤求鸾》表明自己一切都看得都很清，不是那么容易被哄骗的。贾母说"编书的是自己塞了自己的嘴"（54/上/584），言外之意是王熙凤编的谎话漏洞百出、经不起推敲。王熙凤说让袭人留守怡红院，为的是"灯烛花炮最是耽险的"，袭人"细心"，能够"各处照看照看"；还为的是宝玉"回去睡觉，各色都是齐全的"。（54/上/580）但宝玉中途回怡红院的所见所闻，可以看出袭人根本没有像王熙凤说的做任何一点，王熙凤的谎言不攻自破，类似于"编书的是自己塞了自己的嘴"："宝玉至院中，虽是灯光灿烂，却无人声……于是大家蹑足潜踪的进了镜壁一看，只见袭人和一个人对面都歪在地炕上……（宝玉）仍悄悄的出来。"（54/上/580—581）"尽心尽责"的"贤"袭人何尝在照管院里的"灯烛花炮"！她自己不管，也没有指派人监管，所以麝月竟以为"他们都睡了不成"（54/上/580）。可见当时怡红院是在完全无人照管的情况之下；"细心"的袭人竟然对宝玉、麝月和秋纹等的进屋一无所觉，更遑论去"精心""看屋子"、准备"铺盖"和"茶水"了。当时宝玉"下席往外走时"，"贾母命婆子们好生跟着"，同时还有"麝月秋纹并几个小丫头随着"（54/上/579）。宝玉重回席上，以贾母的偏疼偏爱，她自然会私下问到宝玉去处的见闻等话；另外当王熙凤向贾母解释不让袭人来的原因后，贾母遂即让鸳鸯和袭人"一处作伴儿去"，并"命婆子将些果子菜馔点心之类与他两吃去"。贾母何以如此，分明就是对袭人不放心和对王熙凤之语不信任而进行验证的表现。贾母派的送食物的两个媳妇很明白事礼，"和气""会说话"。送食盒后复命时，贾母自然会了解到一些信息。即便没有这个环节，以贾母对王熙凤和袭人的长期冷眼观察——"老太太什么没听过；便没听过，猜也猜着了。"（54/上/583）她也会清楚王熙凤夸袭人的都是虚话。

王熙凤何以夸护袭人，王夫人何以对袭人如此宽厚，贾母深知都是为了替薛宝钗算计实现"配玉"的大目的。在不动声色拆了王熙凤谎言后，贾母更进一步借《凤求鸾》内容拆穿"金玉姻缘"乃"编的连影儿也没有的""最没趣儿"的一个老套大谎言："这小姐必是通文知礼，无所不晓，竟是个绝代佳人。只一见了一个清俊的男人，不管是亲是友，便想起终身大事来。父母也忘了，书礼也忘了，鬼不成鬼，贼不成贼，那一点儿是佳人！"（54/上/583）这无疑是贾母对所谓"金玉姻缘"大谎言之反感愤怒情绪的直接表达！黛玉进荣府时不满七岁，自然不会有"雏鸾"小姐一样的复杂思想；薛宝钗进荣府已将满十五岁，进荣府就带进来所谓的"金配玉"的话头儿①，这是贾母最深恶痛绝的！所以要借机"掰谎"——不但掰了王熙凤之谎，而且掰了薛家之谎。

第二回合：王熙凤逢场作"戏""孝"贾母，贾母借戏"笑"王薛：

贾母"掰谎"还暗示出王熙凤不如自己的管理水平："别说他那书上那些世宦书礼大家，如今眼下真的，拿我们这中等人家说起，也没有这样的事。别说是那些大家子。可诌掉了下巴的话。所以我们从不许说这些书。丫头们也不懂这些话。这几年我老了，他们姊妹们住的远，我偶然闷了，说几句听听。他们一来，就忙歇了。"（54/上/584）贾母言外之意讲自己当政时凡事守礼；而王熙凤则允许非礼之"新书"在"他们姊妹们"面前开讲，不懂礼数、缺少训教可知。"天下老鸹一般黑"，说王熙凤不知礼，亦在说薛姨妈一家不知礼——为了富贵和宝玉，薛家竟"编"出"金玉姻缘"的谎话来。王家薛家均为不知礼数之家，从这样家庭出来的人不懂礼数可想而知。王家的凤、薛家的钗等均为此类：非礼而动者王熙凤有白日与贾琏"鸳鸯相戏"和"毒设相思局"事等、

---

① 甫进荣府，薛家就急不可耐地制造"金玉姻缘"乃天作之缘的舆论：薛宝钗主动向宝玉要"通灵宝玉"看，且引导莺儿适时"捧哏"以引出自己的"金"和"玉"恰是"一对儿"。但莺儿和薛宝钗对"金"之评说无疑又是"编书的是自己塞了自己的嘴"（54/上/584）：薛宝钗因为"也是个人给了两句吉利话儿"，所以就"錾上了""金"，"叫天天戴着"。"叫天天戴着"的人，显然不是给"吉利话儿"的人，极有可能是薛姨妈和薛宝钗自己。因为莺儿说"吉利话""是个和尚给的""必须錾在金器上"，"金器"范围就宽泛了；再者，只是"吉利话"而已。"吉利"也并非限定在"美满姻缘"一事上。薛家不但有意缩小"吉利话"和"金器"的涵义，而且把二者的指向性进行了限定——仅仅和姻缘有关。很显然，薛宝钗的"金"是因"话儿"才得以制作出现的，与天命无关。（8/上/86－89）；薛姨妈对王夫人等曾提过"金锁是个和尚给的，等日后有玉的方可结为婚姻等话"（28/上/306）；薛蟠说薛宝钗："从先妈和我说，你这金，要拣有玉的才可正配。你留了心，见宝玉有那劳什骨子，你自然如今行动护着他。"（24/上/365）。

薛宝钗则有绣"鸳鸯兜肚"和惯于背地里放"邪火"① 等极猥琐不堪事。正是因为棋逢对手，深知贾母的王熙凤还是听出了话味儿，故立马打断贾母的话题并表示《凤求鸾》"是真是谎且不表"。当老于世故的薛姨妈也听出了贾母对王薛二家不知礼的不动声色的讥刺时，提醒王熙凤："你少兴头些，外头有人，比不得往常。"薛姨妈是在明点王熙凤要给王家人争光，注意言谈举止分寸。但王熙凤马上就明答薛姨妈实让贾母听：自己是不守小礼而遵大礼："外头的只有一位珍大爷。我们还是论哥哥妹妹，从小儿一处淘气了这么大。这几年因做了亲，我如今立了多少规矩了。便不是从小儿的兄妹，便以伯叔论，那二十四孝上的'斑衣戏彩'，他们不能来戏彩，引老祖宗笑一笑；我这里好容易引的老祖宗笑了一笑，多吃了一点儿东西，大家喜欢，都该谢我才是，难道反笑话我不成！"（54/上/584－585）"孝"是王熙凤惯于用来欺哄贾母的幌子，这次依然如此。她这段话实际上在反驳贾母的"掰谎"：一来不是自己不知礼，而是因为是一家子骨肉，故熟不拘礼；二是自己已经"立了"许多"规矩"以守礼，不是一味因亲放肆之辈；三是自己如此甘冒"兴头"之讥和被"笑话"的风险，只是为了博贾母一笑进"孝"而已。王熙凤话中有话，分明在反唇相讥贾母不知好歹，自己"一场痴心白使了"②。

贾母和王熙凤之间，一直或明或暗存在着门第、根基、家私等的争锋，这正是黛玉初进荣府王熙凤何以明目张胆迟到的心理依据——因为瞧不起，所以迎接会来迟。过分的自傲缘于深度的自卑，贾元春才选凤藻宫后要省亲时的对话，就可以探知王熙凤自卑所在：

> 凤姐笑道："若果如此，我可也见个大世面了。可恨我小几岁年纪，若早生二三十年，如今这些老人家也不薄我没见世面了。说起当年太祖皇帝仿舜巡的故事，比一部书还热闹，我偏没造化赶上。"（16/上/163）

敢"薄"王熙凤的"这些老人家"中，很显然有贾母无疑。这一点从贾母

① 滴翠亭扑蝶嫁祸黛玉，是典型的背地里放"邪火"害人计谋。这种危害借周瑞家女儿之口说出："你女婿前儿因多吃了两杯酒，和人分争起来，不知怎的被人放了一把邪火，说他来历不明。告到衙门里，要递解他还乡。"（7/上/77）
② 王熙凤对旺儿家的牢骚语（72/下/797）。

领刘姥姥逛大观园事可以得到印证：在潇湘馆，因为要替黛玉换窗纱事上谈到了"软烟罗"。当时王熙凤大言不惭说自己"这么大了，纱罗也见过几百样，从没听见过这个名儿"时，贾母直截了当地说她："你能活了多大，见过几样没处放的东西，就说嘴来了。"（40/上/423）王熙凤惯于"说嘴""笑话人"，是因为对自己出身和家私的自信："我们王府也预备（指接驾）过一次。那时我爷爷单管各国进贡朝贺的事，凡有的外国人来，都是我们家养活。粤、闽、滇、浙所有的洋船货物都是我们家的。"（16/上/163-164）所以王熙凤"一时看的人都不及他"①，如对尤氏就说过诸如"普天下的人，我不笑话就罢了"（7/上/79）之语。王熙凤瞧不起黛玉，所以拿"家私""根基"和"门第"等来打击黛玉，对宝玉不要痴心妄想——此举正是为了迎合"金玉姻缘"的需要。贾母要敲打敲打王熙凤，让她明白她极力维护的薛家亦不是什么正经的"世宦书香"之家：因为要听戏，贾母对文官等说："你瞧瞧薛姨太太这李亲家太太都是有戏的人家，不知听过多少好戏的；这些姑娘都比咱们家的姑娘见过好戏，听过好曲子"（54/上/586），这种说话的语气显然是说反话，薛姨妈和李婶都听出了是"老太太打趣我们"的意思；接下来的话语就证明贾母绝非仅仅"打趣"："我们这原是随便的顽意儿，又不出去做买卖，所以竟不大合时。"（54/上/586-587）当时在坐者，只有薛家是"做买卖"的，"做买卖"是为了赚钱，需要迎合世俗以谋利；为了利益的最大化，"合时"才是第一要义。至于是否合礼，则不在考虑之列。薛家在拿"金玉姻缘""做买卖"，为了利益的最大化，王熙凤正是积极促成这桩"买卖"。薛姨妈总是能听出贾母的话外音，马上接言："戏也看过几百班。从没见用箫鼓的。"薛姨妈在不甘示弱的同时也隐隐流露出对贾母别出心裁的质疑——不按常规、不合规矩，这或许是孤陋寡闻的结果。所以贾母明确回答薛姨妈："也有……这大套的实在少。这也在主人讲究不讲究罢了。这算什么出奇。"分明在冷嘲热讽薛姨妈的少见多怪和井蛙之见，就敢在此说嘴，并且追加上自己年轻时，湘云爷爷"有一班小戏"来证实"用箫鼓"绝非鲜见。这是贾母在借戏演"戏"，用"小戏"演说自己的家世、根基、文化、

---

① 兴儿对尤二姐评王熙凤（65/下/725）。

修养是王薛两家难以望其项背的。

第三回合：贾母以"嘴乖媳妇"隐讥王熙凤，王熙凤以"大炮仗""祖婆婆"明刺史太君：

见贾母借戏演"戏"比拼家世，王熙凤马上换频道——要击鼓传梅。贾母就借此讲了一个"笑话""一箭双雕"："媳妇"之所以"聪明伶俐、心巧嘴乖"，原来是因为"吃了猴儿尿了"（54/上/588）。贾母"饶骂了人，还说是故典"，确实"编"得高明。① 在贾母面前屡屡大耍嘴上功夫的，最突出的是两个人：王熙凤和薛宝钗。贾母分明在借"笑话儿"讥刺这姑表姊妹：甜言蜜语，好似"吃了蜜蜂儿尿"②；能说会道，原是"吃了猴儿尿"。贾母这个"笑话儿"，"众人"中"笑"的只有尤氏、娄氏和薛姨妈三人。尤氏娄氏"笑向李纨道"："咱们这里谁是吃过猴儿尿的，别装没事人儿。"薛姨妈则"笑道"："笑话儿不在好歹，只要应景就发笑。"笑的三个人中薛姨妈显然是在应付，其对"笑话儿"的评说见出贾母的"笑话"是失败的："笑话儿"既不引人"发笑"，也不"应景"即符合正月十五夜宴气氛。薛姨妈听出了贾母"笑话儿"的味儿。尤氏娄氏之"笑"则点出贾母讽刺对象的明确指向性。可见大家都听出了贾母"笑话儿"的味儿。王熙凤遂即以"笑话儿"还击贾母"笑话儿"：第一个"笑话儿"分明是以贾母视位讲说的：各种婆婆、媳妇、孙子和孙女儿"合家赏灯吃酒，真真的热闹非常"，"吃了一夜酒就散了"。这个"笑话儿"是王熙凤"正言厉色"说的，且"别无他话"，故根本不能引人发笑，故听后大家"都怔怔的还等往下说，只觉冰冷无味"（54/上/589）。之所以如此，当有隐含对贾母一味好乐喜热闹和怜贫惜孤而不顾荣府花销的不满："灰孙子"和"滴滴搭搭的孙子"最能披露此意。贾母如此行事，与王熙凤"趁早儿料理省俭之计"（55/上/600）是背道而驰的。一味好乐而不管不顾荣府花销，也就是对管家的王熙

---

① 宝玉给黛玉讲"小耗子精"故事后，黛玉听明白了是在"编"自己，就拧宝玉笑道："我就知道你是编我呢。""饶骂了人，还说是故典。"（19/上/205）

② 尤氏正月十五放炮仗时对说王熙凤"听见放炮仗，吃了蜜蜂儿尿似的，今儿又轻狂起来。"（54/上/590）

风劳心劳力的不疼。① 王熙凤两次点到此意,一处是大家问他这第一个笑话的结尾怎样,她"将桌子一拍"说道:"好啰嗦!到了第二日是十六日,年也完了,节也完了,我看着人忙着收东西还闹不清,那里还知道底下的事了。"(54/上/589)动作和言语中都流露着极度的不耐烦!另一处是放炮仗时,王熙凤见贾母搂着黛玉、王夫人搂着宝玉,便"笑"说:"我们是没人疼的了。"(54/上/590)这"笑"说中道出了对贾母不疼自己的极度不满。第二个"聋子放炮仗"的"笑话儿"则把贾母比成"房子大的炮仗",把自己比成"没听见响"的"聋子",这是在说贾母讲的"笑话儿"自己根本没有听到,算贾母瞎子点灯白费蜡。另外是隐刺贾母年高老迈,离"树倒猢狲散"已是不远,也就是徒具其表吓人的"大炮仗"而已,对于"聋子"是起不到任何实质性威慑作用的;即使不是"聋子","大炮仗"也是"一响而散"之"不祥之物"(22/上/232),如元春所咏:"能使妖魔胆尽摧,身如束帛气如雷。一声震得人方恐,回首相看已化灰。"(22/上/232)王熙凤用"聋子放炮仗"的"笑话儿"为戏,其不善之意可知,这一点可以从"制灯谜贾政悲谶语"得以证明:

> 贾政心内沉思道:"娘娘所作爆竹,此乃一响而散之物。迎春所作算盘,是打动乱如珠。探春所作风筝,乃飘飘浮荡之物。惜春所作海灯,一发清净孤独。今乃上元佳节,如何皆用此不祥之物为戏耶?"心内愈思愈闷,因在贾母之前,不敢形于色,只得仍勉强往下看去。只见后面写着七言律诗一首,却是宝钗所作……贾政看见,心内自忖道:"此物还倒有限。只是小小之人作此诗句,更觉不祥,皆非永远福寿之辈。"想到此处,愈觉烦闷,大有悲戚之状……回至房中,只是思索,翻来覆去,竟难成寐,不由伤感悲慨,不在话下。(22/上/233)

贾政对元宵节所"戏"之物寓意如此在意,知子莫如母——中秋节贾母听

---

① 贾母深知王熙凤此怨意,在王熙凤提出在大观园另立厨房建议后,贾母说:"正是这话了。上次我要说这话,我见你们的大事太多,如今又添出这些事来,你们固然不敢抱怨,未免想着我只顾疼这些小孙子孙女儿们,就不体贴你们这当家人了。"(51/上/554)

贾赦"偏心"和贾政"怕老婆"的笑话儿后的反应证明:贾母绝对品出了王熙凤"笑话儿"中的辣味儿。她要当场进行禳解消弭"散"的结局,所以在王熙凤提出"老祖宗也乏了",该"聋子放炮仗,散了罢"时,贾母就接着王熙凤的话头儿说:"他提起炮仗来,咱们也把烟火放了,解解酒。"(54/上/589)贾母此提议正与唐玄宗以非常之礼待安禄山相同。祖孙心机在"笑话儿"过招儿中得以表露:贾母点王熙凤等嘴乖是"喝了猴儿尿"——有"好"话无好味儿即用甜蜜的语言包裹着骚味儿;王熙凤则刺贾母之势已如"大炮仗"——已到了"一响而散"时(元宵节是放炮仗时)。王熙凤的"笑话儿"是她长期以来必欲贾母早死而后快心理的自然流露,是要贾母命的"笑话儿"。

这场祖孙过招儿戏以"上汤"结束。"上汤"细节意味深长,从中不难看出王熙凤对贾母"孝敬"的虚假与应付:

> 又上汤时,贾母说道:"夜长,觉得有些饿了。"凤姐忙回说:"有预备的鸭子肉粥。"贾母道:"我吃些清淡的罢。"凤姐忙道:"也有枣儿熬的粳米粥,预备太太们吃斋的。"贾母笑道:"不是油腻腻的,就是甜的。"凤姐又忙道:"还有杏仁茶,只怕也甜。"贾母道:"倒是这个还罢了。"(54/上/590)

"汤"之细节点出祖孙二人关系:一是王熙凤对贾母至少是不上心的:管理荣府家政多年,对贾母口味儿和饮食习惯稍微留意当不会出现此种状况。二是贾母对王熙凤不是真心疼惜:当时王熙凤怀着六七个月的身孕,人前人后、里里外外奔忙操心之苦况不言而喻。正月十五晚上宴乐时,多处点到贾母对人的疼惜:

对宝玉:宝玉要出去时,贾母说:"你往那里去?外头爆竹利害,仔细天上掉下火纸来烧了。"(54/上/579);对鸳鸯:知道袭人为母孝留守怡红院时,贾母说:"正好鸳鸯的娘前儿也没了……如今叫他两个一处作伴儿去。"又命婆子将些果子菜馔点心之类与他两吃去(54/上/580);对唱戏的:贾母说:"小孩子们可怜见的,也给他们些滚汤滚菜的吃了再唱。"又命将各色果子元宵等物拿些与他们吃去(54/上/580)。三更时,贾母吩咐不用他们再开戏:"那孩子们熬夜怪冷的。也罢,叫他们且歇歇";(54/上/586)对贾珍等:贾母说:"你快歇着去罢，明日还有大事呢。"（54/上/585）；对黛玉：怕黛玉不禁烟火之声，"贾母便搂她在怀中"（54/上/589）。对以上诸人方方面面的关心，小说是用了互文手法对贾母的细心周到进行表现的。如此细心周到，贾母却没有一处表现出疼惜王熙凤的意思。按一般常识，爆竹烟火类声响动静、操心熬夜、寒冷热闹等于孕妇皆深为不宜。当时怀孕已有数月，王熙凤孕妇之状当颇为明显。贾母作为过来人，对此熟视无睹且无片言只语表示疼惜，这只能证明贾母心里没有王熙凤，王熙凤"我们是没有人疼的了"正针对贾母如此冷漠而言。贾母简直是在拿王熙凤的生命且是两个人的生命开玩笑：她完全可以一句话吩咐下去，正月十五的夜宴王熙凤就不必参加。她不但没有如此吩咐，还没有让王熙凤中途退场，甚至到了三更天时，王夫人旁敲侧击想以天冷为辞请贾母"挪进暖阁里地炕上"，且说薛姨妈李婶"这二位亲戚都不是外人，我们陪着就是了"——王夫人欲让贾母退场好结束宴乐之意甚彰，其中不无为侄女王熙凤之意。但贾母并没有结束宴乐，一直到王熙凤自己实在熬不住了，说"已四更""老祖宗也乏了"时还不散，还要放烟火解酒。烟火后又命"戏子打了一回莲花落"。之后又"上汤"，且对准备的汤颇有不合口味儿凑合之怨意。汤后"外面另设上各种精致小菜，大家随便随意吃了些，用过漱口茶，方散。"（54/上/591）这一通折腾下来，几乎到天亮是确凿无疑的。贾母不疼惜王熙凤的结果，对于王熙凤来讲是极其严重的：

> 刚将年事忙过，凤姐便小月了，在家一月不能理事，天天两三个太医用药。……谁知凤姐秉赋气血不足，兼年幼不知保养，平生争强斗智，心力更亏，故虽系小月，竟着实亏虚下来。一月之后，复添了下红之症。他虽不肯说出来，众人见他面目黄瘦，便知失于调养。……谁知一时难痊，调养到八九月间才渐渐的起复过来，下红也渐渐的止了。（55/上/591）

据平儿讲，"小月"掉的还是"一个哥儿"（61/下/668），此事对仅有一"时常肯病"（42/上/446）之弱女的王熙凤来讲，无疑是痛彻心扉的伤害。不仅如此，王熙凤从此患上了"血山崩"，这可是要人命的"大病"①。这病的症状是"夜里又连起来几次，下面淋血不止。至次日便觉身体十分软弱起来，发晕，遂撑不住"（74/下/825），这种身体状况的后果是不能再怀胎生育，故王熙凤"命中无子"和贾母不无干系。贾母何以如此对待王熙凤，是因为她清楚王熙凤如何对自己。② 如王熙凤借"螃蟹宴"抛出贾琏要鸳鸯做小老婆的话头儿，引好色的贾赦上钩而派邢夫人往王熙凤要起了鸳鸯。仔细回味事情的前因后果，就会看出贾赦是被王熙凤等用来气贾母的香饵。让贾赦要鸳鸯不是目的，借此事让贾母生气才是目的：贾母"气的浑身乱颤"后，竟然气不择言，直接撕去王夫人、王熙凤姑侄假孝顺的面纱："你们原来都是哄我的，外头孝敬，暗地里盘算我"（46/上/498）。睿智的贾母迅疾发现自己的失态和失语，马上转怒为"笑"，极口"夸"王夫人"极孝顺我"，为让王熙凤等明白她们这招借贾赦让自己生气之计失败，贾母将计就计，作出不但不生气反而很高兴的样子，马上又召集王夫人、薛姨妈和王熙凤等在自己屋里斗牌"取乐"。王熙凤当然看透贾母心思，借"戏"言点出牌场如战场：

> 凤姐道："再添一个人热闹些。"贾母道："叫鸳鸯来，叫他在这下手里坐着。姨太太的眼也花了，咱们两个的牌都叫他瞧着些儿。"凤姐儿叹了一声，向探春道："你们知书识字的，倒不学算命！"探春道："这又奇了。这会子你不打点精神赢老太太几个钱，又想算命。"凤姐道："我正要算算今儿该输多少呢。我还想赢呢！你瞧瞧，场子没上，左右都埋伏下了。"说的贾母薛姨妈都笑了起来。一时，鸳鸯来了，便坐在贾母下手。鸳鸯之下便

---

① 贾母八旬之庆时，鸳鸯探王熙凤之病。平儿对鸳鸯说："（奶奶）只从上月行了经之后，这一个月竟沥沥淅淅的没有止住。这可是大病不是？"鸳鸯听了道是"血山崩"且说："先我姐姐不是害这个病死了。"（72/下/792）到八月中秋夜宴时，王熙凤还在病着没有出席贾母的中秋夜宴。（76/下/841）

② 贾母不欲王熙凤得子，当不排除为宝玉子嗣打算之意。贾琏是贾赦庶长子（邢夫人无所出），王熙凤如生儿子，除了以长子长孙名分尽得贾赦那边家私外，以王熙凤之心机和强势，自会觊觎贾母和贾政这边财物。当时宝玉黛玉尚小，加上"金玉姻缘"的无形围攻，贾母挑明黛玉配宝玉的时机尚不成熟。如果王熙凤过早产子，则势必会威胁到将来宝玉和黛玉的子嗣。贾母之意和王熙凤设计让尤二姐堕胎当有异曲同工之妙，只不过贾母隐的深藏不露而王熙凤做得"藏头露尾"而已。

是凤姐儿。……斗了一回，鸳鸯见贾母的牌已十严，只等一张二饼，便递了暗号与凤姐儿。凤姐正该发牌，便故意踌躇了半晌……（47/上/501－502）

鸳鸯必须出现在牌局，是薛姨妈提出的话头儿："就是咱们娘儿四个斗呢，还是再添那个呢？"王熙凤随着就接上了"再添一个人热闹些"，贾母自然就想到了鸳鸯。鸳鸯是贾母的贴身丫鬟，却是王熙凤的"内纤"。在斗牌时，她把贾母需什么牌的信息，及时"递了暗号"给王熙凤。鸳鸯的"暗号"薛姨妈竟然也看出来了，她对王熙凤说那张要出的二饼牌："我倒不稀罕他，只怕老太太满了。"可见牌局上，只有贾母一人处在被"哄"的状态。鸳鸯"哄"贾母，除了有让贾母赢钱高兴的因素，当不排除素日和王熙凤等联手的可能。鸳鸯是王熙凤和贾母之间争斗一较高下重要的砝码，因为知贾母者莫过于鸳鸯。争取过来鸳鸯，就可以对贾母动向纤毫皆知，使得王熙凤能做到知己知彼，百战不殆。为何借贾赦要鸳鸯让贾母生气，贾母非常清楚地对邢夫人谈到此点：

> 如今你也想想：你兄弟媳妇本来老实，又生得多病多痛的，上上下下都不是他操心；你一个媳妇虽然帮着，也是天天丢下爬儿弄扫帚。凡百事情，我如今都自己减了。他们两个就有一些不到的去处，有鸳鸯那孩子还心细些，我的事情他还想着一点子，该要去的，他就要了来；该添什么，他就度空儿告诉他们添了。鸳鸯再不这样，他娘儿两个，里头外头，大的小的，那里不忽略一件半件，我如今反倒自己操心去不成？还是天天盘算着和你们要东西去？我这屋里有的没的，剩了他一个，年纪也大些，我凡百的脾气性格儿他还知道些；二则他还投主子们的缘法，也并不指着我和这位太太要衣裳去，又和那位奶奶要银子去。所以这几年，一应事情，他说什么，从你小婶和你媳妇起以至家中大大小小，没有不信的。所以不单我得靠，连你小婶媳妇也都省心。我有了这么个人，便是媳妇和孙子媳妇有想不到的，我也不得缺了，也没气可生了。（47/上/501）

"也没气可生了"是鸳鸯之于贾母的全部要义所在。正因为如此，王熙凤才要"弄开了他，好摆弄"贾母（46/上/499）。"摆弄"贾母，一来是要贾母生气：没有鸳鸯，贾母的事就可能会"被忽略"；即便不"被忽略"，也不一定合乎贾母的"脾气性格儿"。二来是为改变贾母规矩。没有鸳鸯的提醒，王熙凤等会以不知道或没想到的理由改弦易辙——贾母的吃穿用度等会暗中渐变。贾母没了鸳鸯，无异于失了左膀右臂。所以，策划贾赦要鸳鸯乃一箭三雕之计：气贾母；间贾母贾赦母子关系；增邢夫人嫌隙之心。这三点都和贾母有关，势必惹贾母生大气。让贾母生气的终极目的是让她早日"归了西"，这一点王熙凤毫不避讳借"戏"言说过多次：

> 贾母点头叹道："我虽疼他，我又怕他太伶俐了，也不是好事。"凤姐忙笑道："这话老祖宗说差了。世人都说太伶俐聪明了，怕活不长。世人都说得，人人都信得；独老祖宗不当说，不当信。老祖宗只有聪明伶俐过我十倍的，怎么如今这样福寿双全的。只怕我明儿还胜老祖宗一倍呢。我活一千岁后，等老祖宗归了西，我才死呢。"贾母笑道："众人都死了，单剩下咱们两个老妖精，有什么意思。"（51/上/554）

年老人最怕说死，王熙凤动辄说贾母"归西"，语言是思想的外壳，况且贾母只是说"太聪明""不是好事"，她竟然不假思索就联系到了"活不长"，还说等贾母死了自己才会死，这充分暴露出她欲贾母早死的心理。

综论之，王熙凤和贾母之间毫无真情实意可言，王熙凤对贾母是假孝顺真忌恶；贾母对王熙凤是虚疼惜实疏远。贾母的存在对于王熙凤来讲，是最大的妨碍：妨碍了她可以支配贾母的丰厚"梯己"；妨碍了"金玉姻缘"的及早实现，因为她可从中得到薛家一笔可观的"谢媒钱"①；妨碍了她可以毫无顾忌在荣府按自己的意志立新规矩等等。不唯妨碍而已，贾母的存在使得王熙凤必须时时处处注意"孝"的名声，累时不能说累，病了还得强撑②；"啼笑俱不敢"

---

① 王熙凤弄权铁槛寺，"坐享了三千两"银子，"自此凤姐胆识愈壮，以后有了这样的事便恣意的作为起来"（16/上/157），"金玉姻缘"正是"这样的事"，又是自己的亲姑妈家的事，为钱为亲，王熙凤必管无疑。

② 王熙凤"事多任重，别人或可偷安躲静，独他是不能脱得的"；"本性要强，不肯落人褒贬，只扎挣着与无事的人一样。"（19/上/183），

"不便意"①。如此之多的妨碍，使得王熙凤视贾母如眼中钉、肉中刺，是必欲拔除②方得心净③的。故可断言，王熙凤和贾母相关之"戏"语，均是披着"戏"的外衣而讲的冷言恶语而已。

第三节　薛姨妈之"爱语"

《红楼梦》所塑造的诸多人物形象当中，薛姨妈的形象是半明半暗的：几乎大小事件都会看到她的影子、听到她的声音、感受到她的气息，但她多是以"犹抱琵琶半遮面"形象出现——半隐身人的独特处理方式预示着这位薛姨妈绝对不是可有可无的小角色。如表现她深谙人情事故之甫到荣府，即"私与王夫人说明，一应日费供给一概免却，方是处常之法。"（4/上/46）这暗示出薛姨妈会深懂黛玉在荣府的尴尬，为她以后总拿自己钱物送人情去反衬黛玉"穷酸"作铺垫。她出现在"众人"前尤其是贾母和黛玉之前的言词话语和音容笑貌等，其实只是"幻相"而已，是假的。她在以这"幻象"掩盖长住荣府真实的用意，故薛姨妈是小说故事情节真正的推动者和隐藏最深的大人物。她的出场是非同寻常的，她一到荣府，就带进了"金玉姻缘"的话题。可见薛姨妈带儿女进京前是做足了功课的。为暗示此点，小说写到她的一双宝贝儿女都在为婚姻

① 贾母在，则王熙凤"不便意"，如她向王夫人请示尤氏邀请过宁国府逛逛后，王夫人道："每常他来请，有我们，你自然不便意。他既不请我们，单请你，可知他诚心叫你散淡散淡，别辜负了他的心。"（7/上/7）
② 让碍己者消失之阴谋和事件在小说中屡见不鲜：薛蟠为得香菱打死冯渊（4/上/41）；焦大酒后说出宁府不堪真相，王熙凤让贾蓉"打发"走他："以后还不早打发了这没王法的东西。留在这里，岂不是祸害。"（7/上/83）赵姨娘为家私请马道婆用法害宝玉和王熙凤，是因为她认为这两人于贾环有碍。她对马道婆说："你若果然法子灵验，把他两个绝了，明日这家私不怕不是我环儿的。那时你要什么不得。"（25/上/263）
③ 贾母之于荣府正如李嬷嬷之于宝玉。因为李嬷嬷吃了宝玉给晴雯留的"豆腐皮的包子"、喝了宝玉早起让泡的"枫露茶"，宝玉大怒，跳起来问茜雪："他是你那一门子的奶奶，你们这么孝敬他？不过是仗着我小时候吃过他几日奶罢了。如今逞的他比祖宗还大了。如今我又吃不着奶了，白白的养着祖宗作什么！撵了出去，大家干净。"（8/上/93）

而战：儿子薛蟠进京前，为争香菱作妾就打死竞争对手冯渊。如此写薛蟠，是为了隐性表现薛宝钗，她为了得到宝玉，对竞争对手林黛玉等绝对不会心慈手软分毫的。只不过她毕竟是一个女儿，不同于薛蟠"呆霸王"之明目张胆的抢夺。兄妹两个，一张扬一深藏；一个靠拳头、一个靠口头；一直接一曲折，无论手段心机等如何不同，但绝对不允许"别人动了我的奶酪"即目的却是相同的。薛姨妈在小说中，是"金玉姻缘"一说的编造者之一。为证成此说，她动用各种手段进行远交近攻，尤其是利用金钱在荣府上上下下进行拉拢施惠买好，从而编织成无形的一张大网，这张大网用于收集各种不利"金玉姻缘"的信息、引领赞美认可"金玉姻缘"的舆论和瓦解消除"金玉姻缘"潜在的威胁等等。但薛姨妈做的这所有一切见不得天日的活动，小说都没有直接、正面进行交待，而是把所有的阴谋活动都化解成只言片语出现在字里行间。对薛姨妈的行动没有过多正面描写而往往比较着重表现她的话语，这是小说塑造薛姨妈这一人物形象最主要的手法。

一、薛姨妈的"闲话"

作为母亲，薛姨妈无疑乃"痴心"者。这主要从她一心为女儿薛宝钗谋虑上得以证明。薛姨妈进京，最主要的乃为送薛宝钗进京待选"妃嫔"或"才人赞善"。凭着薛家雄厚的经济实力和强势的人际关系背景，薛宝钗却遭遇落选之结局，这足以证明薛宝钗才貌俱不卓异：选秀标准是"才"："近因今上崇诗尚礼，征采才能……除选嫔妃外，在世宦名家之女皆亲名达郡，以备选为公主郡主入学陪侍，充为才人赞善之职。"（4/上/45）由此，薛宝钗的一个隐性身份是"被挑剩下的"。这种身份和无缘补苍天所"剩下的"那块儿顽石一样，心情自然难以平和："因见众石俱得补天，独自己无材不堪入选，遂自怨自叹，日夜悲号惭愧。"（1/上/2）顽石补天不成，便欲退而求其次，即"想要到人间去享一享这荣华富贵"（1/上/2）。薛宝钗选秀失败之后，亦生退而求其次之心——渴望能和王熙凤一样嫁进"钟鸣鼎食"之家做当家少奶奶，这点心思从"好风频借力，送我上青云"上就可以得到确证。

薛宝钗选秀失败后，薛家的工作重心就开始转移，即开始着手为薛宝钗

"择膏粱"。这正是薛家由暂住变久居荣府的原因：

> （薛蟠）因和母亲商议道："咱们京中虽有几处房舍，只是这十来年无人进京居住，那看守的人也难定他们不租赁与人，须得先着人打扫收拾才好。"他母亲道："何必如此招摇。咱们这一进京，原该先拜亲友，或是在你舅舅家，或在你姨爹家。他两家的房舍极是便宜，咱们先能着住下，再慢慢的着人去收拾，岂不消停些。"（4/上/45）

薛姨妈母子关于进京住处问题的对话，看出薛姨妈不欲"招摇"和以"拜亲友"名义暂且住在王家或贾家之意。这自有为薛宝钗选秀成败尚在两可之间的考虑——"先能着住下"，就是在等选秀结果。如果入选，就可以大张旗鼓去派人收拾自家的房舍；如果落选，那也为薛宝钗留足了面子——进京原是为了"望亲"，暂住亲戚家是合情合理的。这种心理准备说明知女莫如母，即薛姨妈对于女儿薛宝钗能否入选是没有十足把握的。由暂住变为久住，小说用了"背面敷粉"之法进行曲笔表现，即借在薛家最没有发言权的薛蟠来交代个中原因：

> 只是薛蟠起初之心，原不欲在贾宅居住着。生恐姨父管约的紧，料必不自在的；无奈母亲执意在此，且贾宅中又十分殷勤苦留，只得暂且住下，一面使人打扫出自家的房屋，再作移居之计。谁知自来此间，住了不上一月的日期……薛蟠移居之念渐渐打灭了。（4/上/47）

说薛蟠"移居之念渐渐打灭"，正是为了说薛姨妈和薛宝钗主意的变化。母女主意的变化证明此期间薛宝钗落选已是不争之实。进宫不成，使得薛宝钗绝望地破灭了"穿黄袍"的人生梦想。等待选秀结果期间，宝玉自然和她不无接触交往，心机细密的薛宝钗此期已着手做两种准备当是极其自然的：选秀成功则入宫；选秀失败则"配玉"。薛姨妈事事听薛宝钗的，而薛宝钗是要为自己的终身考虑的。为了薛宝钗，薛姨妈就顾不到薛蟠。这就可以解释当薛蟠到荣府后变得更坏时薛姨妈为何还不提出搬走：

> 谁知自来此间，住了不上一月的日期，贾宅族中凡有的子侄俱已认熟了一半，但是那些纨绔气习者，莫不喜与他来往。今日会酒，明日观花，甚至聚赌嫖娼，渐渐无所不至，引诱的薛蟠比当日更坏了十倍。（4/上/47）

如果不是为了薛宝钗，作为母亲的薛姨妈怎么能够容许儿子如此的迅速堕落变坏！这和她的初衷是完全不符的，她住荣府的理由正是为了便于"拘紧"儿子，当薛蟠要派人收拾出自家在京城的房屋时，她极力反对。为了逼薛蟠就范，她用了激将法："你的意思，我也知道，守着舅舅姨爹处住着，未免拘紧了些，不如你各自住着，好任意施为。既然如此，你自己去挑所宅子住去。"（4/上/46）当贾政、贾母分别派人表示留住之意后，小说中这样写："薛姨妈正欲同居一处，方可拘紧些儿子。若另住在外，又恐纵性惹祸。遂忙答谢应允。"（4/上/46）可见薛姨妈住荣府之初衷亦有为了管住薛蟠之意。薛蟠越来越坏，薛宝钗又选秀失败，儿女皆不得让薛姨妈省心。为女儿计，她没有提出搬离荣府。这或许也是薛姨妈痴心处，正如跛足道人所念之"世人都晓神仙好，只有儿孙忘不了。痴心父母古来多，孝顺儿孙谁见了。"（1/上/12）薛宝钗只为自己终身打算，完全不顾及母亲薛姨妈将来却是要指靠儿子薛蟠的；在荣府"住了不上一月的日期""引诱的薛蟠比当日更坏了十倍"，长住之后果可想而知。从这点上就可以看出"自父亲死后，见哥哥不能依贴母怀"，薛宝钗"便不以书字为事，只留心针黹家计等事，好为母亲分忧解劳"完全是"虚话"而已。而这也是借"金玉姻缘"写薛宝钗之"无情"处：对待母兄尚如此，遑论他人！

　薛姨妈为薛宝钗计留居荣府，还可以从宝钗的表现得到证明，为了实现与宝玉婚配的目的，宝钗精心研究潜在对手黛玉，除了"先天结壮"比黛玉生来便有"不足之症"的身体有优势外，她更处处和黛玉有意作对比以收买舆情："不想如今忽来了个薛宝钗，年纪虽大不多，然品格端方，容貌丰美，人多谓黛玉所不及；而且宝钗行为豁达，随分从时，不比黛玉孤高自许，目无下尘，故比黛玉大得下人之心。"（5/上/49）薛宝钗所用之术正是刘备对付曹操之策，刘备对庞统言："今与吾水火相敌者，曹操也。操以急，吾以宽；操以暴，吾以仁；操以谲，吾以忠：每与操相反，事乃可成。"（60/上/481）引领舆论导向需要靠薛宝钗自己，那么抗衡林黛玉最关键的一笔则需要借助薛姨妈之口：薛宝钗深知自己无论如何都无法取代黛玉在宝玉心中的位置，就精心炮制出"天意"一说来和黛玉对抗。"天意"之谋略出自薛宝钗，从她对周瑞家的大谈特谈"冷香丸"的配制上就能看出："秃头和尚"给的"海上方"所需要的"东西药料""可巧""一二年间"就"都得了"："雨水这日的雨水十二钱""白露这日露水十二钱""霜降这日的霜十二钱""小雪这日的雪十二钱",于是就"配成一料""冷香丸"(7/上/74)。但据周瑞家"真巧死了人!等十年未必都这样巧呢"之语,就见出薛宝钗说的是谎话。周瑞家之语道出"十年"都无如此可巧之事实。薛宝钗编造"冷香丸"配制成功之意在于证明自己乃得天意庇佑者,是福大命大造化大之人。薛宝钗"长篇大套"与其是说给周瑞家的听,毋宁说是让外间的王夫人听。"癞头和尚"在王夫人听来已不陌生,黛玉初进荣府就提到一次,只不过他给出的治好黛玉病的方子是"不经之谈"而难以实现,故黛玉的病"一生也不能好的",注定不能"平安了此一生"。王夫人"如今上了年纪""最爱斋僧敬道"(8/上/63),小说中多次提到她吃斋就证明王夫人颇信佛。薛宝钗精准地抛出"癞头和尚"击中王夫人最敏感处,自然得益于其母薛姨妈的情报信息:薛家所住荣府梨香院,出入王夫人处甚为便利:"(梨香院)西南又有一角门,通一夹道,出了夹道,便是王夫人正房的东院了。每日或饭后,或晚间,薛姨妈便过来,或与贾母闲谈,或和王夫人相叙。"(4/上/46)看得出薛姨妈和王夫人之间走动极为频繁,无论白天黑夜,随时可见。接触如此频繁,薛姨妈当然会掌握王夫人信佛虔诚到了什么程度和"癞头和尚"说黛玉一事。而"宝钗日与黛玉迎春姊妹等一处"(4/上/46),薛宝钗会得到黛玉的品性喜恶等第一手材料和收集到"迎春姊妹"对黛玉的相关评论。加上母亲薛姨妈提供的和王夫人、黛玉有关的情报,于是就精心编就了"冷香丸"的大谎话。和"冷香丸"之"得天命"相表里的,就是"金玉姻缘"的出台。"冷香丸"让薛宝钗说出;"金配玉"则让薛姨妈说出。前者是借说给周瑞家的听而让王夫人听;后者则直接说给王夫人听。仔细考察"金玉姻缘"出现的第一时间,当是和"冷香丸"同时。这一点已借王熙凤之口点到,在正月十五晚上贾母大批特批《凤求鸾》时,王熙凤笑道:"老祖宗喝一口,润润嗓子再掰谎。这一回就叫作'掰谎记',就出在本朝本地本年本月本日本时。老祖宗一张口难说两家话,花开两朵,各表一枝。"(54/上/584)贾母批驳《凤求鸾》之语句句在影射薛宝钗。"花开两朵,各表一枝"正是小说突出手法之一:通过薛宝钗精细"可巧"地编造"冷香丸"的谎话,来不写而彰薛姨妈是如何胡诌"金配玉"的谎言。

刘姥姥一进荣国府时,王夫人说"不得闲"(6/上/71),其实是在"薛姨妈那边闲话"，周瑞家的只见"王夫人和薛姨妈长篇大套的说些家务人情等话"（7/上/74）。姊妹两个的"闲话"绝对非同一般，否则就不会派金钏儿和香菱"站在院门前台阶上顽"了，这处细笔在小说中出现多次，次次都是和"见不得天日"之"秘事"相关，如宝玉在秦可卿房中睡中觉后，秦可卿"便吩咐小丫鬟们，好生在廊檐下，看着猫儿狗儿打架。"（5/上/51），宝玉睡梦中和秦可卿有染；白日贾琏戏熙凤，周瑞家的送宫花到王熙凤院中，"只见小丫头丰儿坐在凤姐的门槛上。见周瑞家的来了，连忙摆手儿，叫他往东屋里去。周瑞家的会意"（7/上/76）；贾琏与鲍二家的在屋里偷情，也派一个小丫头在"穿廊下"站着（14/上/467），另派两个小丫头在院门前（4/上/468）；王夫人拿着"绣春囊"到王熙凤处问责，亲命平儿出去，"（平儿）带着众小丫头一齐出去，在房门外站住。越性将房门掩了，自己坐在台阶上，所有的人一个不许儿进去。"（74/下/814）所谓"好话不背人，背人无好话"，如果仅仅是无关紧要的闲话，绝对不会派金钏儿和香菱坚守岗位的，这从周瑞家的出来所见可证："走出房门，见金钏儿仍在那里晒日阳儿"；周瑞家的在和金钏儿说话时，"只见香菱笑嘻嘻的走来"（4/上/75）之所以如此设防，定是薛姨妈和王夫人在"设言传密意"而怕有人"不防头"进来打断或"闲话"外传之意。这种谈话场景是不能用"一语未了"来打断的——贾母说要正好捎带着为黛玉配"人参养荣丸"时，"一语未了"，被王熙凤打断；宝玉每每在黛玉处说话儿时，"一语未了"，被薛宝钗等打断，这一方面反衬王夫人与薛姨妈之间谈话绝对机密重要，另一方面也足证薛姨妈"以己之心度人之腹"，自家人往往偷听偷窥，故以为人人皆可偷听偷窥而时时处处设防。连王夫人的陪房周瑞家的都"不敢惊动"姊妹两个的"家务人情话"，足以证明绝非一般的闲话。可以断定，姊妹二人"长篇大套"的"家务人情等话"正是和"金玉姻缘"相关的。里间是薛宝钗在"长篇大套"胡诌"冷香丸"；外间是薛姨妈在"长篇大套"假语"金配玉"，这对母女在里应外合地演绎着"假作真时真亦假，无为有处有还无"。

　　薛姨妈王夫人二人谈话之投入，竟然没有看到周瑞家的进去里间。半天才察觉里间有人说话，王夫人才惊问："谁在里头？"这句话流露出王夫人和薛姨妈之间谈话的专注和不欲走话的惊觉。王夫人开始见到周瑞家的反应是至始至终只听而无一句话说。甚至周瑞家的汇报完"待了片刻"后，王夫人还是"无话"，这足以证明王夫人根本不关心周瑞家的在说什么，或者根本就没有去听。她为何如此，显然还在专注于和薛姨妈之间的谈话。能够让王夫人如此关注的话题，从"薛宝钗羞笼红麝串"事上，可以确证和"和尚"给薛宝钗的"金锁"有关："薛宝钗因往日母亲对王夫人等提过金锁是个和尚给的，等日后有玉的方可结为婚姻等话，所以总远着宝玉。"这几句话涉及几个极其重要的关键词：薛宝钗；金锁；和尚；玉；宝玉。宝玉衔玉而诞人尽皆知，薛姨妈家的"金锁"要"配玉"之说早不提、晚不提，却偏偏在薛宝钗已将及笄之年惨遭选秀淘汰后对王夫人等提起，很显然是编造出来的"天意"。据此话之意，薛宝钗和宝玉乃"天作之合"的一对儿。姑不论此话真假，薛姨妈对王夫人提起女儿婚姻的话头儿，当避着薛宝钗才是；不避是因为无须避忌，将近十五岁的薛宝钗已到了"女儿悲，青春已大守空闺"[1] 的青春焦灼期，对于自己的终身看来已是有点急不可耐了。不避正暗示出薛姨妈对王夫人说的一切都是薛宝钗明点暗示的结果。有玉的人很多，薛宝钗却明确地把"有玉"者指定为宝玉，这一点才是薛家"金玉姻缘"谎话的藏头露尾之处：如果真的是有"金玉之说"，薛宝钗便不必进京选秀。[2] 选秀不成后，方由薛姨妈之口讲给王夫人等"金锁"的话头儿，正是薛宝钗为自己终身归宿及早所作的一个安排。

二、薛姨妈的"实话"

《红楼梦》涉及薛家的诸多场景中，可看出宝钗才是薛姨妈真正的仰仗和主心骨，薛姨妈对女儿可说是到了言听计从的地步。毫不夸张地说，薛姨妈所有

---

① 冯紫英家宴乐时宝玉所说酒令。（28/上/298）
② 宝玉挨打，薛宝钗和薛姨妈母女皆怪罪是薛蟠调唆贾政的结果，薛蟠百口莫辩，急怒之下挖苦妹妹重男轻兄长："好妹妹，你不用和我闹，我早知道你的心了。从先妈和我说，你这金，要拣有玉的才可正配。你留了心，见宝玉有那劳什骨子，你自然如今行动护着他。"薛蟠口不择言，讲的却是大实话。薛蟠"话未说完"，宝钗"气怔"了是被戳中隐情后的恼羞成怒。（34/上/365）如选秀成功，照"金玉姻缘"之说，会成为皇帝的"正配"，这显然不可能。从参加选秀一事上看出，"金玉姻缘"的提出是在选秀失败后。

关于"金玉姻缘"的言行，都是薛宝钗精心谋算的结果。薛宝钗在幕后，薛姨妈在台前；薛宝钗背地里做，薛姨妈在人前说。母女二人通力合作、积极促成胡诌出来的"金玉姻缘""假作真""无为有"。为实现弄假成真的目的，母女联手逐个儿攻克通向"宝二奶奶"之路上的一个个障碍。做到这一点的手段，母女二人用的是拿手好戏即"已有了人家"来进行终极破解。这一切做得是精准狠，当然主要的是薛宝钗利用各种手段先搜集情报，薛姨妈根据情报逐一破解。这突出地表现在对邢岫烟和薛宝琴婚事的惦记上。

邢岫烟是邢夫人的侄女，虽"家贫命苦"，却"温厚可疼"①；薛宝琴和薛宝钗是堂姊妹，"年轻心热，且本性聪敏，自幼读书识字"（48/上/526）。邢岫烟和薛宝琴同时来到荣府，且都与宝玉同一天生日。邢岫烟温婉平和，不显山露水；薛宝琴天生丽质，惊艳超群。这两个女孩气质不同，贫富各异，却不约而同引起了薛宝钗的警觉。

貌美、诗好、才高的宝琴色色均出类拔萃，得到了贾母和宝玉格外的青眼，这使得薛宝钗极度嫉妒。以她的工于心计和精于算计，背地里当然会和薛姨妈、王熙凤等去计谋薛宝琴。作为女儿家，有些话她是不能直接讲的，于是薛姨妈就成了她忠实的代言人。贾母夸赞过宝琴立雪折梅后的当晚，薛姨妈来到了贾母房中：

> 贾母因又说及宝琴雪下折梅比画儿上还好，因又细问他的年庚八字并家内景况。薛姨妈度其意思，大约要与宝玉求配。薛姨妈心中固也遂意，只是已许过梅家了，因贾母尚未明说，自己也不好拟定，遂半吐半露告诉贾母道："可惜这孩子没福，前年他父亲就没了。他从小儿见的世面倒多，跟他父母四山五岳都走遍了。他父亲是好乐的，各处有买卖，带着家眷，这一省逛一年，明年又往那一省逛半年，所以天下十停走了有五六停了。那年在这里，把他许了梅翰林的儿子。偏第二年他父亲就辞世了。如今他母亲又是痰症。"（50/上/541）

---

① 王熙凤冷眼看邢岫烟："心性为人不像邢夫人及他的父母一样，却是个温厚可疼的人；因此，凤姐反怜他家贫命苦"。（49/上/524）

　　贾母并没有明说，只是闲话中谈及宝琴。薛姨妈竟然敏感到贾母之所以对宝琴有兴趣，是因为"要与宝玉求配"。这绝对不仅仅是当时情景使然。这一点小说在宝琴等四个女孩儿甫进荣府时就埋下了伏笔："叙起年庚，除李纨年纪最长，这十二个皆不过是十五六七岁。或有这三个同年，或有那五个共岁，或有这两个同月同日，那两个同刻同时。所差者大半是时刻月份而已。连他们自己也不能细细分晰，不过是'姊''妹''弟''兄'四个字随便乱叫。"（49/上/525）这十二人中，宝琴年龄最小，宝玉比黛玉大一岁①；黛玉又比湘云小②；薛宝钗年纪最大③。这可以从"寿怡红群芳开夜宴"细节得到证明：袭人抽到了一枝桃花，注云："杏花陪一盏，坐中同庚者陪一盏……"，"大家算来香菱、晴雯、宝钗三人皆与他同庚"（62/下/692），晴雯抱屈而夭亡时，年方十六岁，宝玉为她写的诔文中确言："窃思女儿自临浊世，迄今凡十有六载。"（78/下/880），这证明薛宝钗当时已是十六七岁。别人或可"不能细细分晰"随便乱叫"，薛宝钗却绝对是极其小心在意的：因为这些女儿中，薛宝琴和邢岫烟都与宝玉同辰。此偶然的巧合，但在薛宝钗心里却不如此想，这从王夫人怒逐四儿一事可得到证明：

---

① 黛玉初进荣府拜见二舅二舅母时，王夫人告诫黛玉以后不要理睬宝玉，黛玉陪笑道："舅母说的，可是衔玉所生的这位哥哥？在家时亦曾听见母亲常说，这位哥哥比我大一岁，小名就唤宝玉……"（3/上/33）冷子兴演说荣国府时，说宝玉"如今长了七八岁"（2/上/19）。宝玉搬进大观园后所作"几首即事诗"时，是"十二三岁"（23/上/241）；宝玉要认十八岁的贾芸"作儿子"时，贾琏说："好不害臊，人家比你大四五岁呢，就替你作儿子了"（24/上/247），可见当时宝玉十三四岁，其后接着便有贾芸与小红"蜂腰桥设言传密意"事。

② 薛宝钗生日，王熙凤说一个小旦扮相像一个人，史湘云接着笑道：'倒像林妹妹的模样儿。'"（22/上/227）

③ 薛宝钗称邢岫烟为"邢妹妹"：她问黛玉："我且问你，我哥哥还没定亲事，为什么反将邢妹妹先说与我兄弟了？"（57/上/626）；宝玉称邢岫烟为"姐姐"："怪道姐姐举止言谈，超然如野鹤闲云"（63/下/695）薛蝌为宝琴兄、宝钗弟，年又长于宝玉，宝玉生日两家互相酬礼时他称宝玉为"兄弟"（62/下/673）其时薛宝钗当十七岁，"十六七"之类表达岁数往往落脚在最后一个数字上，如林红玉在贾芸看来，是"十六七岁"（24/上/247），林红玉回答王熙凤时说自己"十七了"（27/上/287）；元宵节宝玉私访袭人家，"袭人说自己的两姨妹子"。"如今十七岁，各样的嫁妆都齐备了，明年就出嫁。"（19/上/197-198）；"寿怡红群芳开夜宴"场景，知袭人、香菱、晴雯和宝钗同庚。袭人表妹已说十七，袭人之年纪可知，故薛宝钗年纪最大。

（王夫人）因问："谁是和宝玉一日的生日？"本人不敢答。老嬷嬷指道："这一个蕙香，又叫作四儿的，是同宝玉一日生日的。"……王夫人冷笑道："这也是个不怕臊的！他背地里说的同日生日就是夫妻，这可是你说的？……"（77/下/858）

王夫人对和宝玉同生辰的如此忌讳，是因为忌讳"同日生日就是夫妻"。王夫人连小丫头和宝玉同辰尚忌讳，更何况宝琴这个"干女儿"。王夫人忌讳如此强烈，正是薛宝钗、薛姨妈忌讳嫉妒的结果和侧面表现。薛姨妈的回答是避重就轻：没有回答贾母问及宝琴的"年庚八字"，是害怕贾母知道宝琴和宝玉同月同日同时同刻生；而是谈到了"家内景况"。薛姨妈的"闲话"主要是围绕宝琴不适合配宝玉：一是宝琴命不好，"没福"；二是父丧母病；三是家庭环境不好：父亲在世时"好乐"，带着宝琴到处游山玩水。言外之意是宝琴有这样的做生意的父亲，天天带着宝琴像野马似的到处游逛，既非书香之家又不能安静久居一处，宝琴自然不可能贤淑贞静；四是宝琴已有父命许配了人家。薛姨妈就是要用这些"闲话"来打消贾母欲以宝琴配宝玉的念想儿。

宝琴的威胁被解除，薛姨妈又盯上了邢岫烟："因薛姨妈看见邢岫烟生得端雅稳重，且家道贫寒，是个钗荆裙布的女儿"（57/上/623），本欲说给薛蟠为妻，"又恐糟蹋人家的女儿"，"正在踌躇之际，忽想起薛蝌未娶，看他二人恰是一对天生地设的夫妻，因谋之于凤姐儿。"（57/上/623）这段话表明，薛姨妈目的是把邢岫烟变成"有婆家的人"却又看不上她家的寒素，便"贬"子薛蟠而"厚"侄薛蝌，"谋"于王熙凤后遂了心愿。之所以如此，是因为邢岫烟和宝玉生日同一天。谋邢岫烟一事足以证明几点：薛姨妈忌讳和宝玉同辰的女孩儿，怕会影响到"金玉姻缘"。

谋岫烟和宝琴，薛姨妈示人的都是"实诚""厚道"："爱惜""看重"岫烟，便欲说给自己的儿子薛蟠，但又怕"薛蟠素日行止浮奢"（57/上/623），就说给了薛蝌，这完全是打着替岫烟考虑终身的幌子而舍子取侄的"善"举；对侄女宝琴，薛姨妈则不去迎合贾母的意思夸赞，而是"实话实说"宝琴如何"没福"，这看起来也是"实诚""厚道"的。这种伎俩正是薛宝钗素日用惯的"藏奸"：笑里藏刀、口蜜腹剑、外甜心苦、似厚实薄。用甜的外壳包裹苦的内核，一如薛宝钗口中的"冷香丸"。

三、薛姨妈的"爱语"

凡是有可能不利"金玉姻缘"的女孩儿，都在薛家的疑忌之列。对付这些女孩儿，薛家是需要谋之于王熙凤，然后逐一进行对付的，主要方式有三：一是让贾母和宝玉等知道她们有婆家，如史湘云、邢岫烟和薛宝琴；二是斥逐出荣府，如金钏儿、晴雯、四儿和芳官等；三是用消耗战术拖垮对手。这种方式主要针对的是既无婆家亦不能逐出且最得贾母疼惜和宝玉之心者，显然具备这些条件的只有黛玉而已。

黛玉是"金玉姻缘"最大且最不易清除的障碍。因为宝钗深知宝玉心心念念的只有黛玉，黛玉在，宝玉就绝不能移情于她。故欲得宝玉，必先绝黛玉以绝宝玉之望。《红楼梦》中宝钗谋黛玉是一条极为细密的、贯穿始终的线索。这条线索如丝线般，把秋爽斋起海棠社、藕香榭请螃蟹宴、芦雪庵争联诗句、薛宝钗送土仪、薛宝钗秋雨夕探病等诸多场景如珍珠般串联起来。这些场景组成的一个个画面，乍看光亮迷人、温情款款，如珍珠项链般充溢着真善美的光华，让人不由不爱而自愿戴在脖子上；实际它却是一条杀人不见血的绞索，会慢慢收紧扼住咽喉，让戴它的人窒息而亡。这正是薛宝钗谋害黛玉的手法：用黛玉喜欢的诗耗黛玉心神外，还要辅之以刺心刺眼手法让黛玉流泪悲伤。写诗害人靠的是笔，这必须薛宝钗亲自出马；让黛玉伤感则说话来得更直接，见效更快，薛姨妈这点最拿手。但薛姨妈伤黛玉之语却是包裹着"疼"的外衣，"痴颦儿"则信以为真，以为是"慈姨妈"的"爱语"①。

薛姨妈和薛宝钗母女经常同场"演戏"的场景中，有一出刺伤黛玉心眼的"慈母怜娇女"重头戏：

> 宝钗就往潇湘馆来。正值他母亲也来瞧黛玉，正说闲话呢。宝钗笑道：

---

① 薛姨妈对黛玉说："我常常和你姐姐说，心里很疼你，只是外头不好带出来的。这里人多口杂，说好话的人少，说歹话的人多。不说你无依无靠，为人作人可配人疼；只说我们看老太太疼你了，我们也洑上水去了。"（57/上/626）薛姨妈的"爱"语，打动了天真的黛玉，竟要认她为娘。

"妈多早晚来的？我竟不知道。"薛姨妈道："我这几天连日忙，总没来瞧瞧宝玉和他，所以今儿瞧他两个。都也好了。"黛玉忙让宝钗坐了，因向宝钗道："天下的事真是人想不到的。怎么想的到姨妈和大舅母又作一门亲家！"薛姨妈道："我的儿，你们女孩家，那里知道。自古道：'千里姻缘一线牵'，管姻缘的有一位月下老人，预先注定，暗里只用一根红线，把这两个人的脚绊住；凭你两家隔着海，隔着国，有世仇的，也终久有机会作了夫妇。这一件事，都是出人意料之外。凭父母本人都愿意了，或是年年在一处的，以为是定了的亲事，若月下老人不用红线拴的，再不能到一处。比如你姐妹两个的婚姻，此刻也不知在眼前，也不知在山南海北呢。"宝钗道："惟有妈，说动话就拉上我们。"一面说，一面伏在他母亲怀里笑说："咱们走罢。"黛玉笑道："你瞧这么大了，离了姨妈，他就是个最老到的；见了姨妈，他就撒娇儿。"薛姨妈用手摩弄着宝钗，叹向黛玉道："你这姐姐，就和凤哥儿在老太太跟前一样。有了正经事，就和他商量；没了事，幸亏他天天开我的心。我见了他这样，有多少愁不散的。"黛玉听说，流泪叹道："他偏在这里这样，分明是气我没娘的人，故意来刺我的眼。"宝钗笑道："妈，瞧他轻狂，倒说我撒娇儿。"薛姨妈道："也怨不得他伤心，可怜没父母的，到底没个亲人。"又摩挲着黛玉笑道："好孩子，别哭。你见我疼你姐姐，你伤心了。你不知我心里更疼你呢。你姐姐虽没了父亲，到底有我，有亲哥哥，这就比你强了。我常常和你姐姐说，心里很疼你，只是外头不好带出来的。这里人多口杂，说好话的人少，说歹话的人多。不说你无依无靠，为人作人可配人疼；只说我们看老太太疼你了，我们也洑上水儿去了。"(57/上/626 – 627)

薛家母女的这出"舐犊情深"戏是有意而为，在上演这出戏之前，薛姨妈先就着黛玉说岫烟婚事大谈特谈起"管姻缘"的"月下老人"事，此故事本出自唐小说《定婚店》，薛姨妈加以自己的理解和发挥后专门强调："凭父母本人都愿意了，或是年年在一处的，以为是定了的亲事，若月下老人不用红线拴的，再不能到一处。"这显然是在从心理上暗示黛玉，她和宝玉的婚事并非一定可成。黛玉敏感多疑多虑，薛姨妈此"爱语"用心正针对此；多疑多虑则加重本有的失眠症状；失眠则晚起，晚起则吃药、饮食俱不得按时；吃药和餐饮不按时，身体自然会更弱。如此则形成恶性循环，要不了多久，黛玉会"煎熬"成"枯木"的。薛姨妈说这几句话简直就差直接说出黛玉的名字了，句句针对的是黛玉眼下的状况："父母本人都愿意了"，隐指贾母、宝玉黛玉三人都愿意；"年年在一处的"，明指黛玉六岁多进荣府，与宝玉两小无猜相处已十年之久；"以为是定了的亲事，若月下老人不用红线拴的，再不能到一处"，这句话最为阴毒，它在明明白白告诉黛玉：宝玉和谁成婚还不一定呢，不要高兴得太早。薛姨妈何以如此说，是因为刚刚发生过"慧紫鹃情辞试忙玉"事件，仅仅以为黛玉要回老家去，宝玉就发病痴呆，可见黛玉就是他生命存在中最重要、最不能缺失的部分①。失去黛玉后的宝玉，即使生命仍存在，也将如行尸走肉，毫无生命质量可言，更遑论光宗耀祖？宝玉为黛玉痴狂再次证明：黛玉才是宝玉心中婚姻对象的不二人选。这一点不但黛玉明白，薛姨妈母女明白，整个荣府的人都看得明白。在这一背景下，薛姨妈说出来此话就是故意刺激黛玉的。且又进一步补充"比如你姐妹两个的婚姻，此刻也不知在眼前，也不知在山南海北呢"，"眼前"显然指的是宝玉。这就等于在向黛玉下挑战书："你姐妹两个"谁能得到宝玉，那得看天意。宝玉心里只有林妹妹，那是人的一厢情愿；"金玉姻缘"是天意，天意难违，人则可变，宝钗才是"预先注定"得到宝玉的人选。至于为何宝钗会得天意，薛姨妈母女马上就用身体语言进行说明：黛玉如同宝琴一样，是个"没福"的。宝琴父丧母病；黛玉则父母俱无且体弱多病。而宝钗虽父已不在，却有健康状况良好的母亲和可以仰仗的兄长，加上宝钗"先天结壮"，显见得是命好的"有福"之人，故可得天意。

　　薛姨妈的"爱语"，句句如利刃，直刺黛玉心中最柔弱最敏感处，细细品味，没有一丝一毫的爱怜和温情，而是字句间潜藏着极细微极锋利的毒针利刺

---

①　宝玉恨黛玉不知他的心，心内自思："别人不知我的心，还有可恕；难道你就不想我的心里眼里只有你！"（29/上/315）

去杀伤黛玉,① 她故意用"月下老人"故事加重黛玉的"不放心",从而增添加重黛玉之病②。单纯率真的黛玉却仅看到眼前宝钗"母怀撒娇"刺她心眼的用意,还无暇细思薛家母女联手演出的最深隐动机。薛姨妈干脆直接用"爱语"点透:"也怨不得他伤心,可怜没父母的,到底没个亲人""你姐姐虽没了父亲,到底有我,有亲哥哥,这就比你强了",这就等于直接说出宝钗命比黛玉好,天意自然是垂青于命好的人,命好则婚姻在"眼前"。但薛姨妈和宝钗又把"眼前"之外延扩展到薛蟠身上:

> 黛玉笑道:"姨妈既这么说,我明日就认姨妈做娘。姨妈若是弃嫌不认,便是假意疼我了。"薛姨妈道:"你不认我,就认了很好。"宝钗忙道:

---

① 当时黛玉身体状况堪忧,"林黛玉近日闻得宝玉如此形景,未免又添些病症,多哭几场。"(57/上/622)因为自己和宝玉情感归宿的不确定感,使得黛玉焦虑忧伤,在紫鹃提醒她趁"老太太还明白硬朗的时节,作定了大事要紧""有老太太一日还好,若没了老太太,也只能凭人去欺负了。所以说拿定主意要紧"等话后,黛玉虽口内骂紫鹃"疯了","心内未尝不伤感。待他(紫鹃)睡了,便直泣了一夜,至天明方打了一个盹儿。"(57/上/622—623)黛玉怕提婚姻,薛姨妈却偏要提,其用心可知。薛姨妈讲"月下老人"管人间婚姻对黛玉心理造成的负面影响,在宝玉为祭晴雯写诔文时可见一斑。宝玉改"茜纱窗下,小姐多情;黄土垅中,丫鬟薄命"为"茜纱窗下,我本无缘;黄土垅中,卿何薄命"后,"黛玉听了,怔然变色,心中虽有无限的狐疑乱拟,外面却不肯露出"(79/下/886)。"怔然变色"见出薛姨妈"爱语"杀伤力之深远,黛玉本就敏感多愁,极其在意所谓"预先注定"姻缘事:"近日宝玉弄来的外传野史,多半才子佳人,都因小巧玩物上撮合,或有鸳鸯,或有凤凰,或玉环金珮,或鲛帕鸾绦,皆由小物而遂终身。今忽见宝玉亦有麒麟,便恐因此生隙,同史湘云也做出那些风流佳事来。因而悄悄走来,见机行事,以察二人之意。"黛玉其实已有自己"薄命"之叹,叹宝玉和自己情感的多舛:"既你我为知己,则又何必有金玉之论哉;既有金玉之论,亦该你我有之,则又何必来一宝钗哉?所悲者,父母早逝,虽有铭心刻骨之言,无人为我主张;况近日每觉神思恍惚,病已渐成,医者更云:'气弱血亏,恐致老怯之症。'你我虽为知己,但恐自不能久待;你我纵为知己,奈我薄命何。"(32/上/341)可见一切和姻缘有关的故事和说法都会对黛玉造成一种心理暗示或压力,薛姨妈再进行强调,使得黛玉更加对自己和宝玉的事不确定,增强其心理焦灼之感,"薄命"黛玉自悲之语时仅仅是"不禁滚下泪来",无意间经宝玉诔文重提时则"怔然变色",这正是薛姨妈"月下老人"故事讲述的用意和结果。

② 宝玉向黛玉倾诉肺腑:"你皆因总是不放心的原故,才弄了一身病。但凡宽慰些,这病也不得一日重似一日。"故宝玉明确向黛玉说出"你放心"三字,目的是让黛玉吃颗定心丸,不要疑神疑鬼,心宽了病自然也会慢慢好的。黛玉听宝玉如此说,"如轰雷掣电,细细想之,竟比自己肺腑中掏出来的还觉恳切"(32/上/342),可见黛玉自己也深知自己的病因所在。

"认不得的。"黛玉道:"怎么认不得?"宝钗笑问道:"我且问你,我哥哥还没定亲事,为什么反将邢妹妹先说与我兄弟了?是什么道理?"黛玉道:"他不在家,或是属相生日不对,所以先说与兄弟了。"宝钗笑道:"非也。我哥哥已经相准了,只等来家就下定了。"说着,便和他母亲挤眼儿发笑。……薛姨妈……笑道:"你别信你姐姐的话,他和你顽呢。"宝钗笑道:"真个的。妈明儿和老太太说,求了他作媳妇,岂不比外头寻的好。"(57/上/627)

黛玉信以为真要认薛姨妈做娘时,宝钗说认不得,因为她哥哥看上了黛玉,要定黛玉为妻子。宝钗此"顽话"道出她深深理解贾母逼着王夫人认宝琴作干女儿的真实目的——干女儿也是女儿,绝对与干哥哥不得做亲的。这点就可以看出薛宝钗心机远超乃妈和王熙凤——薛姨妈误会贾母细问宝琴年庚是要为宝玉求配,这其实是贾母假意试探薛姨妈而已。果然,自以为聪明的薛姨妈和王熙凤结结实实上了一当,把觊觎宝玉之心在贾母面前暴露无遗。宝钗的"顽话"显然不是说着玩儿的,在"魇魔法叔嫂逢五鬼"场景时,薛蟠对黛玉已经着迷:

> 别人慌张自不必讲,独有薛蟠,更比诸人忙到十分去:又恐薛姨妈被人挤倒,又恐薛宝钗被人瞧见,又恐香菱被人臊皮,——知贾珍等是在女人身上做工夫的,——因此忙的不堪;忽一眼瞥见了林黛玉,风流婉转,已酥倒在那里。(25/上/267)

宝钗时时刻刻都在关注着黛玉,其兄丑态当时宝钗当尽收眼底,故"我哥哥已经相准了"绝对是大实话。兄妹二人一个惦记着黛玉,一个惦记着宝玉,二人私底下自然会议论过黛玉。但黛玉背后是贾母,薛蟠也只能干咽口水而已。薛宝钗"顽话"是真意的流露:即早日给黛玉定下婆家,如此就消灭掉了强有力的竞争对手。以她对乃兄品性的了解,竟"戏"说欲定黛玉为妻,其对黛玉不善之心可见一斑。因为她读懂贾母的意思即黛玉才配得上宝玉,所以对其母的"笑"说是真假参半、虚实两可的:不管薛姨妈求黛玉为媳妇之要求是否被贾母应允,对于黛玉来讲都极为不宜:贾母如应,"父母之命,媒妁之言"的礼教使得黛玉绝不能不同意;贾母不应,则黛玉以后就不好说给宝玉,因为薛蟠是宝玉表兄。表兄弟共求一女为妻,显非雅事。且从薛蟠为争香菱打死冯渊事就可看出,即使是宝玉,薛蟠也绝对不能容忍和他争抢女人的。① 薛姨妈一来深知贾母疼惜黛玉是绝不肯应薛家这门亲事的,自然不去讨没趣。二来薛姨妈仅薛蟠一子,择儿媳当十分留意。以黛玉之体弱多病且"无依无靠",自然不合薛姨妈之意。三来则害怕因争黛玉薛蟠再惹祸事。所以,薛姨妈明对薛宝钗说实让黛玉听地说了一大篇儿:

> 连邢女儿我还怕你哥哥糟蹋了他,所以给你兄弟说了。别说这孩子,我也断不肯给他。前儿老太太因要把你妹妹说给宝玉,偏生又有了人家,不然倒是一门好亲。前儿我说定了邢女儿,老太太还取笑说:"我原要说他家的人,谁知他的人没到手,倒被他说了我们的一个去了。"虽是顽话,细想来倒有些意思。我想宝琴虽有了人家,我虽没人可给,难道一句话也不说。我想着你宝兄弟,老太太那样疼他,他又生得那样,若要外头说去,断不中意。不如竟把你林妹妹定与他,岂不四角俱全。

薛姨妈之语道出她尽管中了贾母 (57/上/628) 之局,但却至少明白一件事,即贾母无意于薛宝钗。但她想借黛玉之口向贾母提出求薛宝钗给宝玉作亲,故意说"我虽没人可给"贾家,说完这句就故意提到了黛玉。薛姨妈意思非常明显:以黛玉的心直口快和纯真善良,她当会立刻会想到薛宝钗——这正是薛宝钗拿薛蟠相中黛玉"顽笑"的目的,黛玉嘴不饶人,薛姨妈故意在她面前卖个破绽,给她"报复"薛宝钗的机会,即说出"怎么无人可给,眼前就有宝姐姐"之类的话。如果黛玉说出此话,则薛姨妈自然会用早就编好的"爱"语"长篇大套",使得黛玉只能弄假成真,去求贾母同意薛宝钗给宝玉定亲。但黛

---

① 薛蟠犯浑起来,对宝玉也绝会毫不客气。当宝玉挨贾政毒打,薛家母女以为是他调唆的,薛蟠大怒:"既拉上我也不怕,越性进去把宝玉打死了,我替他偿了命,大家干净。""一面嚷,一面抓起一根门闩来就跑",薛姨妈拦住,薛蟠急怒大嚷:"将来宝玉活一日,我担一日的口舌,不如大家死了干净。"(34/上/364)薛蟠为何如此恨宝玉的原因,是因为争风吃醋,他对薛宝钗说:"你只会怨我顾前不顾后,你怎么不怨宝玉外头招风惹草的那个样子?别说多的,只拿前儿琪官的事比给你们听听:那琪官,我们见过十来次的,我并未和他说一句亲热话;怎么前儿他见了,连姓名还不知道,就把汗巾子给他了!"(34/上/364)薛蟠为琪官尚如此吃宝玉的醋,更遑论为黛玉!

玉却只顾害羞，没有接薛姨妈的话茬儿，去"打"薛宝钗，怪她说薛蟠相中自己招出薛姨妈这些"没正经的话来"，薛宝钗见黛玉没中招儿，再次进行引领："妈说你，为什么打我？"，分明又在引导黛玉向"金玉姻缘"主题靠拢，说出"姨妈放着眼前的你不说，我偏明儿求着老太太把你说给宝玉"之类的话。聪慧的紫鹃在黛玉上当之前，则"忙也跑来"将计就计将了薛姨妈一军："姨太太既有这主意，为什么不和太太说去？"紫鹃素日冷眼旁观，对薛宝钗觊觎宝玉之心和忌讳黛玉之意看得明明白白，所以她故意把薛姨妈"顽话"当成真意，来试探薛姨妈。但老奸巨猾的薛姨妈却没有顺着紫鹃意思去说，而故意拿"你这孩子急什么？想必等你姑娘出了阁，你也要早些寻趁一个小女婿去了"羞走紫鹃。紫鹃的话道出宝玉亲事，虽顾忌贾母之意，但最终还是王夫人说了算。正因为如此，贾母才迟迟不表明意思。这一点潇湘馆的婆子们都能看明白，他们也就势儿说："姨太太虽是顽话，却倒也不差呢。到闲了时和老太太一商议，姨太太竟做媒，保成这门亲事，是千妥万妥的。"（57/上/628）薛姨妈弄巧成拙，自己的"顽话"本欲钓黛玉为宝钗求贾母，没想到却让紫鹃和黛玉处的婆子们给话赶话逼到了墙角，只得答应："我一出这主意，老太太必喜欢的。"但这显然是虚语应景而已，贾母面前，薛姨妈从无只言片语说及黛玉和宝玉亲事。她如果真有成全二玉之心，就绝对不会在探视为黛玉要回苏州之顽话而发病的宝玉时，说出这样的话："宝玉本来心实，可巧林姑娘又是从小儿来的，他姊妹两个一处长了这么大，这会子热刺刺的说一个去，别说他是个实心的傻孩子，便是冷心肠的大人也要伤心。"（57/上/619）薛姨妈故意把宝玉对黛玉的意思说成是姊妹亲情，把特殊的永相厮守的爱情泛泛而谈成一般的离别之情，薛姨妈此语，显然不是出于"爱"意。这个场合，作为王夫人亲姊妹的她，这个时候是最佳的为黛玉宝玉提亲之机，她却没有说。其对黛玉之"爱""慈"真假不说自明。

综论之，薛姨妈对黛玉之语，绝无"好话"，她明知黛玉病因和病况，皆因"不放心"宝玉之故，却在黛玉身体稍稍好些情况之下，去潇湘馆"探病"以增其病。她的意图，当然是为帮女儿除掉竞争对手，这正如王熙凤除掉尤二姐、薛蟠打死冯渊、夏金桂谋害香菱一样，是出于"卧榻之侧，岂容他人酣眠"之争①。宝玉正配只能有一个，如黛玉不除，贾母又健在，则王夫人毕竟不能公然提出把宝钗许配宝玉事。如果就这么耗下去，宝钗是绝对耗不起的。她当时已年龄最大，到了十六七岁，这个年龄当时已到婚配年龄，袭人就对宝玉说她的那个"穿红的""两姨姊妹"："我姨爹姨娘的宝贝。如今十七岁，各样的嫁妆都齐备了，明年就出嫁"（19/上/197－198）；而黛玉年纪尚小，如果身体渐好，再等几年亦是正好。时间不等人，选秀宝钗已被挑剩过一次，如果再被熬成老姑娘，就可能一辈子真成"剩女"了，因荣府宗子宝玉，是绝对不可能找一个"挑剩下"的老姑娘为正配的②。为女儿计，薛姨妈亲自出马，充当软刀子杀人的刽子手，作为"金玉姻缘"对抗"木石前盟"的马前卒冲锋陷阵，用"爱语"包藏尖刺毒针伤黛玉就可以得到合理的解释：宝钗就是薛姨妈心灵世界的"天"，宝钗如果被剩，对于薛姨妈来讲，就是天塌了③。她的"天"不能塌，那么只有早日清除黛玉——这正是小说开始用"女娲补天"作引子的深意：

---

① 消灭竞争对手或根除"碍手碍脚"者的最好办法，是让对手或"碍手碍脚"者死掉，这一点小说多次反复提到，即使强悍如王熙凤者，因其存在妨碍贾琏偷情，鲍二家的、贾蓉都明白提出希望她死掉的渴望，鲍二家的对贾琏说："多早晚你那阎王老婆死了"就可扶平儿作正室（44/上/468）；贾蓉为贾琏说娶尤二姐，"来见他老娘……说贾琏做人如何好，且今凤姐身子有病，已是不能好的了，暂且买了房子在外面住着，过个一年半载，只等凤姐一死，便接了二姨进去作正室"（64/下/714）；娇杏就是在贾雨村正室"忽染疾下世"后被"扶侧室作正室夫人"的（2/上/15）。

② 《红楼梦》中"剩下的"是极有意味的：宝玉原是补天所"剩下的'一块儿'顽石"；薛宝钗是选秀所"剩下的"。黛玉不要剩下的"宫花"："我就知道，别人不挑剩下的也不给我。"（7/上/78）；晴雯不要"剩下的""衣裳"：秋纹得到王夫人赏的旧衣裳回怡红院炫耀，晴雯说："那是把好的给了人，挑剩下的才给你，你还充有脸呢。""要说我，我就不要。若是给别人剩下的给我也罢了，一样这屋里的人，难道谁又比谁高贵些。把好的给他，剩下的才给我，我宁可不要，冲撞了太太，我也不受这口软气（37/上/395－396）；给尤二姐的饭菜是剩下的；给秋纹的衣裳是别人挑剩下的；给芳官洗头的水是"剩下的"："一时，芳官又跟了他干娘去洗头，他干娘偏又先叫了他亲女儿洗过了后，才叫芳官洗。芳官见了这般，便说他偏心，'把你女儿的剩水给我洗。我一个月的月钱都是你拿着，沾我的光不算，反倒给我剩东剩西的。'"（58/上/635）

③ 薛宝钗是薛姨妈后半生的依靠，在薛蟠把薛宝钗气哭时，薛姨妈也哭了，她劝女儿："我的儿，你别委屈了。你等我处分他。你要有个好歹，我指望那一个来。"（35/上/367）

天神为了争做天帝不得，尚怒触不周山，使得天倾西北、地陷东南，何况肉体凡胎的人类！"女娲补天"暗示为名位进行你死我活的争斗，先于人类而存在，故人人皆处于有形无形的争斗之网中，宝钗联合其母及众多羽翼，为争"宝二奶奶"之名位，必除黛玉也就丝毫不足为怪了。

第四节 刘姥姥之"村言"

《红楼梦》塑造的人物形象中，有一类"小人物"或"次要角色"，他们看似无足轻重或可有可无，但他们对于理解小说的意旨、准确把握人物形象、厘清看似纷乱芜杂的情节等却至关重要。这一类人物形象中，雅如妙玉、宝琴和邢岫烟等；俗如焦大、刘姥姥和柳家的等，雅俗各异、言行自殊，但作者赋予这些人物形象的关键作用却是相同的，即他们在小说中的"镜子"作用。具"镜子"功用的人物形象中，刘姥姥最为典型：她在小说中，绝对是一个"小人物"。作为一个局外人和旁观者，以她进出荣府的游踪为线索，贯穿起诸多人、物、事，从中不难察知荣府繁荣富贵表象下涌动的种种暗流。这些暗流或因司空见惯或因心照不宣，平素很难被提起或被注意到。但以刘姥姥完全陌生化的视角看来，却是非同寻常的"新异"，故需要大书特书。所以，刘姥姥是一个典型的具有镜子功用的人物形象，借助于刘姥姥这面"镜子"，我们会照出荣府诸多之真相，诸如关于贾珠之死、王熙凤与贾蓉关系、贾政对黛玉情感等事件的蛛丝马迹和人物关系，以下分而论之：

一、关于贾珠之死

据冷子兴言，贾珠系贾政和王夫人的第一个孩子，"十四岁进学，不到二十就娶了妻，生了一子，一病死了。"（2/上/18）看起来贾珠"死"得非常突然，是突如其来的"一病"终结了他的生命。他作为荣府的嫡长子（贾赦正妻无子），且学业、家庭等颇有成就，有"病"自然是第一大事，断乎怠慢不得。从他进学、娶妻和生子的人生经历看，他的身体状况应该是相当不错的——贾兰可以作为最好的证明（贾兰对祖父贾政的态度、贾府上下对李纨母子的歉疚）。这就让人非常奇怪，究竟是什么"病"如此凶猛而无药可救，使得贾珠不治而亡？联系《红楼梦》诸多人与事，就可以看出这"病"绝不那么简单；且"一病"透露出来是这"病"是突然生发的、是出乎意料的。我们可以举一些例证证明"病"实非病：

黛玉初进荣府去拜见大舅贾赦，贾赦推"病"不见："连日身子不好，见了姑娘，彼此倒伤心，暂且不忍相见。"（3/上/29）贾敬寿诞，贾母"不肯赏脸"之因，据王熙凤讲是突然身子不适："老太太昨日还说要来着呢，因为晚上看着宝兄弟他们吃桃儿，老人家又嘴馋，吃了有大半个，五更天的时候，就一连起来了两次，今日早晨，略觉身子倦些。因叫我回大爷，今日断不能来了"（11/上/114–115）宝玉和黛玉在解九连环顽，周瑞家的来送宫花，宝玉听说薛宝钗"身上不大好"时，对丫头说："谁去瞧瞧，就说我和林姑娘打发来问姨娘姐姐安……论理我该亲自来的，说我才从学里回来，也着了些凉，改日再亲来。"（7/上/78）；秦可卿丧事期间，其婆婆不理事，乃因为"病"："谁知尤氏正犯了胃疼旧疾，睡在床上"（13/上/138）；薛蟠生日，宝玉不去，对薛宝钗说："大哥哥好日子，偏生我又不好了……大哥哥不知我病，倒像我懒，推故不去的。"但薛宝钗知道他在拿"病"作借口，就借说自己不看戏奚落他："我怕热，看了两出，热得很。……我少不得推身上不好，就来了。"（30/上/321）薛蟠被柳湘莲痛打后，"疼痛虽愈，伤痕未平。只装病愧见亲友。"（48/上/511）贾琏被父打坏，被平儿说成是"病了在家里呢"（48/上/514）。

以上诸多"病"例，均非真正之病，而是以"病"作由头而已：或为礼节如贾赦、贾母、宝玉；或为"难见人"而"装病"① 如尤氏和薛蟠。小说中涉及如此多的"病"，显非无意。这可以从王夫人性情的变化进行考察：据刘姥姥对女婿说："当日你们原是和金陵王家连过宗的……想当初我和女儿还去过一

① 薛蟠要离家做生意，对劝阻的薛姨妈说："如今我捱了打，正难见人，想着要躲个一年半载，又没处去躲。天天装病，也不是事。"（48/上/511）

遭。他家的二小姐着实响快，会待人的，倒不拿大。如今现是荣国府贾二老爷的夫人。"（6/上/63）"着实响快"的王夫人在婆婆贾母看来则是"可怜见的，不大说话，和木头似的，在公婆跟前就不大显好。"（35/上/370）"响快""会待人"，这让人想到王熙凤，可见姑侄两个性格、行事极为相似。但王夫人却变成"木头"似的，这种变化显而易见绝非是年纪渐长或阅历加深的原故，当是遭遇突发状况后，心性的大变——如宝玉听紫鹃说黛玉要回苏州、柳湘莲遭遇尤三姐自刎后心性骤变一样。考察这种让王夫人巨变的突发事件，当和贾珠"一病死了"有关。如果贾珠真的是病死，当有一个过程：从发病到病死，以贾家之尊，请的大夫自是当时最好的，从一直给贾母看病的王济仁和给秦可卿看病的张太医就能得到证明。良医却没治好贾珠，显然这病非同寻常。如果真的是不治之症，王夫人作为母亲当会有心理准备，不会引起性情大变。细察王夫人的之变化，当以元春为切入点：

元妃"自入宫后，时时带信出来与父母说：千万好生扶养，不严不能成器，过严恐生不虞，且致父母之忧。"（18/上/185）元春之"过严恐生不虞"当隐指贾珠死事，即因父母"管"得太严而致"不虞"。正因贾珠之鉴，贾政与王夫人对宝玉便不敢再过严"管"了：黛玉尚未入荣府，就听母亲说过宝玉这位表兄"无人敢管"（3/上/33）；元春幸过大观园后，命钗黛等姊妹入住，"却又想起宝玉自幼在姊妹丛中长大，不比别的兄弟，若不命他进去，只怕他冷清了，一时不大畅快，未免贾母王夫人愁虑，须得也命他进园居住方妙。"（23/上/238）宝玉能入住大观园，还是因为元春之"怕"——自然怕贾珠的事情重演。贾环元宵所制灯谜："大哥有角只八个，二哥有角只两根。大哥只在床上坐，二哥爱在房上蹲。"谜底是"枕头"和"兽头"。此谜，据太监说："三爷说的这个不通，娘娘也没猜，叫我带回问三爷是个什么。"（22/上/231）贾环之谜，元妃"没猜"，不是因为难猜，而是因为元妃不喜欢。这当和贾环有意无意把大哥贾珠、二哥宝玉拉扯出来有关：大哥"只在床上坐"与"枕头"相伴，暗指贾珠长眠不醒，是个死人；二哥"爱在房上蹲"像"兽头"一样，影射宝玉中看不中用，也只是仗着地位高吓吓人而已——"纵然生得好皮囊，腹内原来草莽"①、"原来苗儿不秀，是个银样蜡枪头"②、"富贵闲人"③、"外像好，里头糊涂，中看不中吃的；果然有些呆气。"④；"外头人人看着好清俊模样儿，心里自然是聪明的。谁知是外清而内浊，见了人，一句话也没有"⑤。言外之意，既然大哥二哥皆"不中用"，自然得靠三哥——贾环。元春看到贾环把"大哥"和"二哥"这一死一生的兄弟两个放在一起说，除了与节庆气氛不合不喜欢的原因，当有悲思胞兄贾珠之意：如贾珠尚在，宝玉何至如此孤弱？自己与祖母、父母何至如此担惊受怕、生恐宝玉有个什么好歹而不敢过分管教？把宝玉和贾珠并提，除了贾环灯谜外，小说中还有两处：一处是入住大观园前，贾政对宝玉进行训诫；另一处是贾政痛打宝玉时：

> 贾政一举目，见宝玉站在跟前，神彩飘逸，秀色夺人；看看贾环人物委蕤，举止荒疏；忽又想起贾珠来；再看看王夫人只有这一个亲生的儿子，素爱如珍；自己的胡须将已苍白：因这几件上，把素日嫌恶处分宝玉之心不觉减了八九。（23/上/239）

贾政看到宝玉和贾环的鲜明对比会想起贾珠，看起来宝玉长相颇类乃兄。宝玉虽有乃兄之表却又不愿读书，"冠带家私"⑥将托付何人？贾环更是连宝玉都比不上，更遑论支撑家事？贾政当时的心理活动，让人感觉到贾政和贾珠之死，隐隐约约存在着某种必然的联系。这种联系从宝玉挨打事可探知蛛丝马迹：

> 王夫人哭道："宝玉虽然该打，老爷也要自重。况且炎天暑日的。老太太身上也不大好。打死宝玉事小，倘或老太太一时不自在了，岂不事大！"

---

① 《西江月》"无故寻愁觅恨"评宝玉（3/上/34）。
② 黛玉引《西厢记》词句说宝玉中看不中用（23/上/244）。
③ 起诗社时，薛宝钗送宝玉的号："还得我送你个号罢。有最俗的一个号，却于你最当。天下难得的是富贵，又难得的是闲散，这两件再不能兼有，不想你兼有了，就叫你'富贵闲人'也罢了。"（37/上/391）
④ 傅试家的婆子对宝玉的评语（35/上/374）。
⑤ 兴儿对尤三姐评说宝玉（66/下/727）.
⑥ 贾政怒打宝玉前喝命："今日再有人劝我，我把这冠带家私一应就交与宝玉过去……"（33/上/352）

贾政冷笑道："倒休提这话。我养了这不肖的孽障，已不孝……不如趁今日一发勒死了，以绝将来之患。"说着，便要绳索来勒死。王夫人连忙抱住，哭道："老爷虽然应当管教儿子，也要看夫妻分上。我如今已将五十岁的人，只有这个孽障，必定苦苦的以他为法，我也不敢深劝。今日越发要他死，岂不是有意绝我！既要勒死他，快拿绳子来，先勒死我，再勒死他，我们娘儿们不敢含怨，到底在阴司里得个依靠。"说毕，爬在宝玉身上大哭起来。贾政听了此话，不觉长叹一声，向椅子上坐了，泪如雨下。王夫人抱着宝玉，只见他面白气弱……不觉失声大哭起来："苦命的儿吓！"因哭出"苦命儿"来，忽又想起贾珠来，便叫着贾珠，哭道："若有你活着，便死一百个我也不管了。"……王夫人哭着贾珠的名字，别人还可，惟有宫裁禁不住也放声哭了。贾政听了，那泪珠更似滚瓜一般落了下来。（33/上/353）

王夫人"苦命的儿"，本是哭遭父毒打的宝玉，但话一出唇，随即联想起贾珠，看来，王夫人哭的"苦命"隐含着贾珠遭父毒打暴毙之意。对着奄奄一息的宝玉，王夫人大哭贾珠，除了"不敢含怨"之意，更有触景生情之叹：这样的场景曾发生在贾珠身上。这或许就是王夫人闻贾政又如此震怒痛打宝玉时不顾一切的根本原因："不敢先回贾母，只得忙穿衣出来，也不顾有人没人，忙忙赶往书房中来。慌得众门客小厮等避之不及"（33/上/354）。王夫人"不敢先回贾母"，一来是怕"老太太一时不自在"；二来自然怕贻误时间对宝玉不利——这当是贾珠之死带来的教训。出自大家的王夫人当时如此慌忙，完全不顾礼体，看起来贾政管教儿子一事让王夫人极度恐慌。这显然是不合常理的：父亲管教儿子，当是极平常稀松的事；尽管嘴上说着要"打死"之类不计后果的话，但往往是雷声大、雨点儿小。父子天性，怎会真痛下杀手？加之以打代管，是贾府"老祖宗管儿子的规矩"，如赖嬷嬷就指着宝玉说："不怕你嫌我。如今老爷不过这么管你一管，老太太护在头里。当日老爷小时候挨你爷爷的打，谁没看见的！老爷小时，何曾像你这么天不怕地不怕的了。还有那大老爷，虽然淘气，也没像你这扎窝子的样儿，也是天天打。还有东府里你珍哥哥的爷爷，那才是火上浇油的性子，说声恼了，什么儿子，竟是审贼……"（45/上/480）贾赦也动不动就把儿子贾琏打得"动不得"①。在贾府司空见惯的父亲打儿事却让王夫人如此惊慌失措，必定是有着刻骨铭心的痛苦记忆：王夫人所生三个孩子，元春当不会惹贾政动过怒；宝玉此前虽屡屡遭父怒斥或打骂，当多有惊无险②，王夫人惊恐只能有一种解释：当年贾政管教贾珠，王夫人当时表示赞许或并不在意，结果造成长子被活活打死的惨剧。王夫人哭宝玉证实此判断不虚："你替珠儿早死了，留着珠儿，免你父亲生气，我也不白操这半世的心了。"（33/上/354）王夫人言外之意，当是珠玉皆惹父亲生气，但宝玉之顽劣却绝非贾珠可比（贾珠或遭人谗害或偶一为之），如果弟兄两个出生顺序能倒个个儿，贾政就知道贾珠是多么争气的儿子了，也就不会对贾珠痛下杀手了。果能如此，兄弟两个终究能保全一个。宝玉挨打后，袭人巴结王夫人，说："论理，我们二爷也须得老爷教训两顿：若老爷再不管，将来不知做出什么事来呢。"（24/上/360）王夫人说："我何曾不知道管儿子。先时你珠大爷在，我是怎么样管他，难道我如今倒不知管儿子了！只是有个原故：如今我想，我已经快五十岁的人，通共剩了他一个，他又长的单弱，况且老太太宝贝似的；若管紧了他倘或再有个好歹，或是老太太气坏了，那时上下不安，岂不倒坏了，所以就纵坏了他。"这是王夫人在对袭人倾诉对宝玉"管"与"纵"的两难，"若管紧了他倘或再有个好歹"，"再"字说明贾珠之死乃"管"所致。王夫人口中的"管"是贾政的"拿大棍，拿索子捆上"（33/上/351）类的毒打。但这种打绝非如贾政捱父亲打时只是做做样子，给人看的，并非真下死手打，贾政却是个死脑子，是真下死手的，所以贾母怒斥贾政："我说了一句话，你就禁不起；你那样下死手的板子，难道宝玉就禁得起了！你说教训儿子是光宗耀祖，当初你父亲是怎么教训你来！"（33/上/354）贾母在明斥贾政死脑子，同样是以打管教儿子，贾政怎么不和父亲学学？把儿子打死了，还谈什么光宗耀祖？贾珠不就是现成的例子！

---

① 贾赦怒打贾琏，据平儿向薛宝钗说："也没拉倒用板子棍子，就站着，不知拿什么混打一顿，脸上打破了两处。"（48/上/515）

② 薛蟠对薛姨妈和宝钗说："难道宝玉是天王？他父亲打他一顿，一家子定要闹几天。那一回为他不好，姨爹打了他两下子，过后老太太不知怎么知道了，说是珍大哥治的，好好的叫了去骂了一顿。"（34/上/364）

　　可见，贾珠之死，是素日贾政、王夫人等"管"得太严所致，这一点借宝玉梦见太虚幻境时的心理活动点到："宝玉在梦中欢喜，想道：'这个去处有趣。我就在这里过一生，纵然失了家，也愿意，强如天天被父母师傅打呢。'"（5/上/50）宝玉梦中"失家"之愿，点出贾珠生前所生活的环境，无非"天天被父母师傅打"，身体和精神的双重桎梏，贾珠彻底被压垮"熬煎"而死。这正是王夫人从"响快"变成"木头似的"直接原因：痛失爱子的深悲剧痛、憧憬希望的破灭、管教过严的后悔自责、无法面对贾母和李纨母子的愧疚等等，当使得"响快"的王夫人变得"木"起来①。因了贾珠之死，使得贾母不喜欢王夫人，嫌他"太老实""没机变"像个"木头"②，或为此事，王夫人把"管家"的大权渐次过渡给侄女儿王熙凤，这一点在周瑞家的初见刘姥姥时的谈话中可以看出："皆因你原是太太的亲戚，又拿我当个人，投奔了我来，我就破个例，给你通个信去。但只一件，姥姥有所不知，我们这里又不比五年前了。如今太太竟不大管事，都是琏二奶奶管家了……"（6/上/65）据周瑞家的讲，王夫人"竟不大管事"已五年了，"五年"前究竟是什么事，让不到五十的王夫人"不大管事"，究竟是主观的不愿管事，还是客观的不能管事，从关于贾兰的细节可以得出确证：五年前，发生了贾珠死事，这是导致荣府管家权力变更的直接原因："原来这李氏即贾珠之妻。珠虽夭亡，幸存一子，取名贾兰，今方五岁，已入学攻书。"（4/上/39）据此段话，知贾兰不是贾珠的遗腹子，即贾珠死时，贾兰已出生。贾兰"今方五岁"，证明贾珠死时距周瑞家的向刘姥姥叙说时最长是五年

---

①　人在突发意外状况下的自身反应，如贾瑞误以为王熙凤有意于他的反应是："贾瑞听了，身上已木了半边，慢慢的一面走着，一面回过头来看。"（11/上/120）

②　鸳鸯对李纨、尤氏等说："总而言之，为人是难作的：若太老实了，没有个机变，公婆又嫌太老实了，家里人也不怕；若有些机变，未免又治一经损一经。"（71/下/788）贾母就对邢夫人说："你兄弟媳妇（指王夫人）本来老实"，（47/上/500）此处"老实"指的是死板不会随机应变，即贾母说的"巧"，在宝玉挨打后，在怡红院贾母对薛宝钗等人说："我如今老了，那里还巧什么。当日我像凤哥儿这么大年纪，比他还来得呢。他如今虽说不如我们，也就算好了，比你姨娘强远了。你姨娘可怜见的，不大说话，和木头似的，在公婆跟前就不大显好。"（35/上/370）在宝玉遭父死手痛打后，贾母如此评价王夫人，可见贾母对其不会"巧"化解贾政之怒的不满。

时间①。五年前发生的贾珠死事，不管主要责任人是谁，但王夫人是难辞其咎的，故从此不得贾母喜欢或可由之：知子莫如母，贾母并不希望媳妇事事顺从儿子像"从神儿似的"②，而希望关键时候儿媳妇能出面劝阻她们丈夫的不当行为，如她批评大儿媳妇邢夫人不劝阻贾赦要鸳鸯的荒唐行为时说："我听见你替你老爷说媒来了。你倒也三从四德的，只是这贤惠也太过了。你们如今也是孙子儿子满眼了，你还怕他，劝两句都使不得？还由着你老爷那性儿闹！"（47／上／500）当邢夫人回说"我劝过几次都不依……我也是不得已儿"时，贾母就质问道："他逼着你杀人，你也杀去？"（47／上／500）显而易见，贾母在责备邢夫人还是没有尽力设法劝阻。对邢夫人如此，可以想见当贾珠事发，贾母如何忍痛责备王夫人不知"巧"劝贾政。贾珠早逝的打击，加上贾母的不喜，是王夫人性情大变的关键。这个重要的"变"的细节是借刘姥姥的"村口"说出的，使得宝玉口中的女孩儿"三变"说，在王夫人这里得到了切实的验证。

二、关于王熙凤与贾蓉关系

在冷子兴演说荣国府时，谈到了宁荣现状："如今外面的架子虽未甚倒，内瓤却尽上来了。这还是小事，更有一件大事。谁知这钟鸣鼎食之家，翰墨诗书之族，如今的儿孙竟一代不如一代了。"（2／上／17－18），贾蓉便是作者精心塑造的"一代不如一代"之众儿孙中的一个。贾蓉不屑最典型之表现，正如警幻

---

① 这一点时间线索小说交待得极其细密：黛玉等次早往王夫人处，"正值王夫人与熙凤在一起拆金陵来的书信看……黛玉虽不知原委，探春等却都晓得是议论金陵城中所居的薛家姨母之子——姨表兄薛蟠，倚财仗势，打死人命，现在应天府案下审理……"（3／上／37）黛玉等"因见王夫人事情冗杂"，"姊妹们遂出来至寡嫂李氏房中来了"（4／上／38），当时特特提到贾兰"今方五岁"，可知薛蟠为争香菱打死人命、薛家进京时贾兰的确切年龄正是五岁。刘姥姥一进荣府时，正与薛家进京同一年（距离贾珠之死已是五年），因彼时薛宝钗尚未过第一个在荣府的生日。刘姥姥走后，周瑞家的因到梨香院向王夫人回话，被薛姨妈临时派差事去分送宫花，其他人都是两枝，特特交待给王熙凤四枝，除了本有的亲戚关系外，自然是薛姨妈为巴结这位荣府现任管家贾二奶奶。（7／上／75）

② 贾母说喜欢王熙凤，正是因为她能时常逗她笑笑："我喜欢他这样。况且他又不是那不知高低的孩子。家常没人，娘儿们原该这样。横竖礼体不错就罢了，没的倒叫他从神儿似的作什么。"（38／上／402）

仙姑所论，乃一"皮肤滥淫之蠢物"（5/上/59）。对于贾蓉此"丑"之揭示，小说采用是"剥洋葱"式手法：由外而内逐层剥离、以浅见深渐剥渐透，最终把贾蓉这个"轻薄浪子"的"好"面纱彻底揭开，尽显"淫污纨绔"之"丑"——丑语、丑态、丑事等等靡不毕现。小说中贾蓉正式出场亮相，是从刘姥姥一进荣府开始的，作者借刘姥姥的视角，对贾蓉进行了粗线条勾勒中不乏精细刻画的描写，借贾蓉之"丑"彰显王熙凤之"丑"：

> 刘姥姥会意，未语先飞红了脸，欲待不说，今日又所为何来。只得忍耻说道："论理今儿初次见姑奶奶，却不该说：只是大老远的奔了你老这里来，也少不的说了。……"刚说到这里，只听二门上小厮们回说："东府里小大爷来了。"凤姐忙止刘姥姥不必说了，一面便问："你蓉大爷在那里呢？"只听一路靴子脚响，进来了一个十七八岁的少年，面目清秀，身材夭矫，轻裘宝带，美服华冠，刘姥姥此时坐不是、立不是，藏没处藏。凤姐笑道："你只管坐着，这是我侄儿。"贾蓉笑道："我父亲打发我来求婶子，说上回老舅太太给婶子的那架玻璃炕屏，明日请一个要紧的客，借了略摆一摆就送过来。"凤姐道："说迟了一日，昨儿已经给了人了。"贾蓉听说，嘻嘻的笑着在炕沿上半跪道："婶子若不借，又说我不会说话了，又挨一顿好打呢。婶子只当可怜侄儿罢。"凤姐笑道："也没见我们王家的东西都是好的不成。你们那里放着那些好东西，只是看不见，偏我的就是好的。"贾蓉笑道："那里有这个好呢！只求开恩罢。"凤姐道："要碰一点儿，你可仔细你的皮。"因命平儿拿了楼房的钥匙，传几个妥当人来抬去。贾蓉喜的眉开眼笑，忙说："我亲自带了人拿去，别由他们乱碰。"说着，便起身出去了。这里凤姐忽又想起一事来，便向窗外叫"蓉儿回来"。外面几个人接声说："蓉大爷快回来。"贾蓉忙复身转来，垂手侍立，听何指示。那凤姐只管慢慢的吃茶，出了半日的神，方笑道："罢了，你且去罢。晚饭后，你来再说罢。这会子有人，我也没精神了。"贾蓉应了一声，方慢慢的退去。（6/上/71）

以刘姥姥的视角看贾蓉："一个十七八岁的少年，面目清秀，身材夭矫，轻裘宝带，美服华冠"，这种类型的少年正是王熙凤所喜之类型，这一点从"凤姐初会秦钟"① 场景也可得到证明，以王熙凤视角看秦钟："果然出去带进一个小后生来。较宝玉略瘦巧些，清眉秀目，粉面朱唇，身材俊俏，举止风流，似在宝玉之上，只是怯怯羞羞有女儿之态"（7/上/78），王熙凤对这个有"女儿之态"的秦钟，看起来是非同一般的喜爱：

> 凤姐喜的先推宝玉笑道："比下去了！"便探身一把携了这孩儿的手，就叫他身旁坐了，慢慢问他年纪读书等事，方知他学名唤秦钟。早有凤姐的丫鬟媳妇们，见凤姐初会秦钟，并未备得表礼，遂忙过那边去告诉平儿……（7/上/81）

王熙凤看到秦钟，首先是把他和宝玉进行有意无意的比较，细细打量后，"喜的先推宝玉"并笑道："比下去了"。这"初会秦钟"的言行大有深意，无意间流露出王熙凤的性心理倾向与"情趣"异常：她酷爱"有女儿之态"的美少年②，这可以从她对宝玉素日态度看出来。因为宝玉素带"女儿"之态："龄官画蔷痴及局外"场景中，以龄官视角看宝玉："一则宝玉脸面俊秀；二则花叶

---

① 第七回回目"送宫花贾琏戏熙凤　宴宁府宝玉会秦钟"大有意味：明写"宝玉会秦钟"，实是"凤姐会秦钟"，会秦钟事发生在"贾琏戏熙凤"之次日。至于宁府会秦钟事，当是尤氏秦氏专门为"孝敬"王熙凤而设之局："凤姐又笑道：'今日珍大嫂子来请我明日过去逛逛。明儿倒没有什么事。'王夫人道：'没事有事，都害不着什么。……他既不请我们，单请你，可知是他诚心叫你散淡散淡，别辜负了他的心……'……次日，凤姐梳洗了，先回王夫人毕，方来辞贾母。宝玉听了，也要跟了逛去。凤姐只得答应着，立等着换了衣服，姐儿两个坐了车，一时进了宁府"（7/上/78–79）细细考察尤氏秦氏特特请王熙凤进荣府之目的，从谋篇布局之详略可以看出正为引出王熙凤会秦钟事：王熙凤一大早梳洗过来到宁府之后，会过秦钟后在宁府的活动是，"一时吃过饭，尤氏、凤姐、秦氏等抹骨牌，不在话下"（7/上/80）"抹骨牌"显然只是附带活动或找的由头而已［（薛宝钗明言到贾母处不是为"抹骨牌"："我是为抹骨牌才来了"（28/上/297）］。"抹骨牌"后，"算账时却又是秦氏尤氏二人输了戏酒的东道，言定后日吃这东道。一面又说了回话。"（7/上/82）如果不是另有目的，尤氏婆媳专门请王熙凤来，是为了"输钱"给她这个理由显然站不住脚——除了会秦钟，好像尤氏等除了"抹骨牌"外并无其他活动安排。算过"抹骨牌"帐说回闲话，就是"晚饭毕""天黑了"，遂有焦大酒后大骂一事。

② 小说中"趣"之表现在在皆是，以证欲火足长：鲍二家的上吊自尽、贾瑞和秦钟为欲殒身等，此为"趣"之一种，另一种乃冯渊之"趣"，如冯渊"酷爱男风，不喜女色"，自见了香菱，便"一眼看上""定要买来作妾"（4/上/40）；更有薛蟠等既贪女色，又嗜"男风"之淫滥者。王熙凤一如其表兄薛蟠，属"兴趣"广泛之"风流"者。

繁茂，上下俱被枝叶隐住，刚露着半边脸，那女孩子只当是个丫头，再不想是宝玉，因笑道：'多谢姐姐提醒了我。难道姐姐在外头有什么遮雨的！'"（20/上/325）；陌生的龄官误认宝玉为"丫头"如不足为凭证宝玉有"女儿"之态，则贾母误认就可确证：宝玉雪天披着"大红猩猩毡"，竟被贾母误认为"女孩儿"："那又是那个女孩儿？"（50/上/540）贾蓉之身段形容，虽未明言其有"女儿"之态，然"面目清秀，身材夭矫"八字自有无限风光。王熙凤与贾蓉之间的关系，借贾瑞得以表露一二，王熙凤假意应承对她起淫心的贾瑞："果然你是个明白人，比贾蓉两个强远了。我看他那样清秀，只当他们心里明白，谁知竟是两个糊涂虫，一点不知人心。"（12/上/124）在和贾瑞假意调情时，以"贾蓉两个"和调戏她的贾瑞作比较，"贾蓉两个"和王熙凤是什么关系就不言而喻了。

"贾蓉两个"中的另一个，当指贾蔷。贾蔷亦面相俊美者，他和贾珍贾蓉父子两个关系都非常亲密。他"亦系宁府中之正派玄孙，父母早亡，从小儿跟着贾珍过活。如今长了十六岁，比贾蓉生的还风流俊俏。他弟兄二人最相亲厚，常相共处。"（9/上/100）贾蔷年纪和贾蓉不相上下，且"比贾蓉生的还风流俊俏"，自然深得王熙凤喜爱。贾蔷和贾蓉的关系、贾蔷和贾珍的关系绝非寻常，小说中用了"他既和贾珍贾蓉最好"当大有深意："宁府中人多嘴杂……贾珍亦风闻得些口声不大好，自己也要避些嫌疑。如今竟分给房舍，命他搬出宁府，自去立门户过活去了。这贾蔷外相既美，内性又聪明……总恃上有贾珍溺爱，下有贾蔷匡助……"（9/上/100-101）贾珍避嫌之意，自然有避他和贾蔷关系被人说破证实之意。由此不难看出贾珍和贾蔷的关系正如薛蟠与"妩媚风流"的"香怜""玉爱"之关系相同。贾蔷与贾珍父子关系非同一般，贾蔷贾蓉和王熙凤的关系当有过之而无不及，这一点除了从王熙凤派贾蓉贾蔷恶意捉弄贾瑞淫秽不堪的场景可为例证外，另一例证就是焦大酒后骂出"没天日的话来"，凤蓉"婶侄"二人心照不宣的反应："凤姐和贾蓉等也遥遥的闻得，便都装作听不见"（7/上/83），显然二人都清楚焦大骂的内容和骂的人，这样的丑事二人共知（和王熙凤同车的宝玉就不理解焦大骂的"爬灰"是什么，足证宝玉纯洁。

以宝玉懵懂无知反衬凤蓉二人污浊），贾蓉与贾珍共陷"聚麀"① 之丑，其品性卑劣如是，王熙凤尚对之如此，足证王熙凤亦非"正经人"②、"体面"人③。

　　对贾蓉、贾蔷、宝玉和秦钟非同一般的喜欢，这充分证明王熙凤性心理的倾向出现了严重的偏差：她钟爱妩媚俊俏的少男。这当和她的生活环境和性格有关：从小的生活环境是"自幼假充男儿教养的"（3/上/28）；又生情好强，"好卖弄才干"（13/上/137），"竟是个男人万不及一的"（2/上/22）；"十个会说话的男人也说他不过"（6/上/66）；"脂粉队里的英雄，连那些束带顶冠的男子也不能过"她（13/上/131）。甚至被比为"阎王"④，把王熙凤多处和男子相比，除了证明她的强势和才干，更多的是暗示王熙凤乃是女身男心的畸形怪胎，故小说以"雌凤"指称她——"金陵十二钗正册"为王熙凤所配之图为："一片冰山，山上有一只雌凤"（5/上/55）。凤凰一般雄称凤、雌称凰，如《礼记·礼运》："雄曰凤，雌曰凰。"故司马相如琴挑卓文君以《凤求凰》名之："凤"喻己，"凰"喻卓文君；《三国演义》中庞统被称为"凤雏"⑤；小说中也有一部新书名《凤求凰》，其中"凤"乃公子王熙凤、"凰"乃小姐李雏鸾，王熙凤上京赶考，邂逅李小姐，便"要求这雏鸾小姐为妻"（54/上/583），故"雌凤"隐隐指向"琏二奶奶"以女身行男事，乃与"天然"相悖，是宝玉所深厌恶的"禄蠹"。王熙凤判词为："凡鸟偏从末世来，都知爱慕此生才。一从二令三人木，哭向金陵事更哀"，此判词更是强调王熙凤乃女形男质——假女真男、真女假男之特征："凡鸟"语出《世说新语·简傲》："嵇康与吕安善，每一相思，千里命驾。安后来，值康不在，喜出户延之，不入。题门上作"凤"字而去。

---

　① 如贾珍贾蓉父子与尤二姐尤三姐之关系，尤二姐梦三姐说她："你虽悔过自新，然已将人父子兄弟致于聚麀之乱，天怎容你安生。"（69/下/763）
　② 宁府为贾敬庆寿诞摆酒唱戏时当王熙凤说"爷们""在这里不便宜，背地里又不知干什么去了"时，尤氏说王熙凤："那里都像你这么个正经人呢！"（11/上/121）尤氏之语大有意味。
　③ 薛姨妈骂薛蟠："不争气的孽障！骚狗也比你体面些！谁知你三不知的把陪房丫头也摸索上了，叫老婆说嘴霸占了丫头，什么脸出去见人。"（80/下/895）
　④ 鲍二家的对贾琏说"多早晚你那阎王老婆死了就好了。"（44/上/468）
　⑤ 水镜向刘备言："伏龙、凤雏，两人得一，可安天下。"（35/上/282）

喜不觉，犹以为欣故作。'凤'，凡鸟也。"① 以"凡鸟"指嵇康哥哥嵇喜；"此生"，一般指青年男子。王熙凤品行做派，男人化倾向很明显：她性格"刚强"（贾蓉对丫鬟评王熙凤63/下/700）、"善饮"（16/上/161），言谈举止更是粗鲁不堪，② 言行与长相极度的反差，被贾琏称为"齐整"的"夜叉婆"。③ 王熙凤身形异质，正如"风月宝鉴"正反面巨大的反差、"女孩儿"变"瘟神爷"等。

王熙凤又是"性趣"极浓者，小说中多处着笔点染："凤姐自贾琏送黛玉往扬州去后，心中实在无趣，每到晚上，不过和平儿说笑一回，就胡乱睡了。这日夜间，正和平儿灯下拥炉倦绣，早命浓薰绣被，二人睡下"（13/上/131）；"那个贾琏，只离了凤姐便要寻事，独寝了两夜，便十分难熬，便暂将小厮们内有清俊的选来出火"（21/上/220）；"贾琏仍复搬进卧室。见了凤姐，正是俗语云：'新婚不如远别'，更有无限恩爱"（21/上/221），明说贾琏，实说王熙凤不惯离开贾琏"独寝"。王熙凤与贾琏"性趣"之浓，小说借一"细"笔带出：吃饭时贾琏对王熙凤说："……只是昨儿晚上，我不过是要改个样儿，你就扭手扭脚的。"王熙凤"听了，嗤的一声笑了，向贾琏啐了一口，低下头便吃饭。贾琏一径笑着走了。"（23/上/237）贾琏说、熙凤"笑"，点逗出此对儿夫妻之"戏"。这些场景，点明王熙凤亦"风月情浓"之人：王熙凤诱惑贾瑞事，最能证明王熙凤对"风月事"并不陌生，宁府遇贾瑞，稍一搭言，王熙凤就心知肚

---

① 刘义庆撰，刘孝标注，王根林校点. 世说新语：卷下［M］//汉魏六朝笔记小说，955.
② 清虚观看戏时一个"十二三岁小道士"误撞在她怀里，她"一扬手，照脸一下，把那个小孩子打了一个筋斗"并以污言秽语对小道士进行辱骂，其言语之粗鄙，与薛蟠相比有过之而无不及（29/上/309）；王熙凤打为贾琏望风的小丫头："说着，便扬手一掌打在脸上，打的那小丫头子一栽。这边脸上又一下，登时小丫头子两腮紫胀起来。""说着，也扬手一下，打的那丫头一趔趄"（44/上/468）；王熙凤行止粗鲁，小说多处提及："凤姐把袖子挽了几挽，跐着那角门的门槛子，笑道……"（38/上/380）"鸳鸯笑着，忙斟了一杯酒，送至凤姐唇边，凤姐一仰脖子吃了。"（28/上/404）
③ 贾琏对尤二姐说："人人都说我们那夜叉婆齐整，如今我看来，给你拾鞋也不要。"（65/下/721）

明，知贾瑞意欲何为："凤姐儿是个聪明人，见他这个光景，如何不猜透八九分呢。"① （11/上/123）对贾瑞之言语、眼神如此理解，明说贾瑞见色顿起淫心，暗言王熙凤亦常有"淫心"者——这与宝玉不解王道士"想是哥儿如今有了房中的事情"等语形成鲜明对照。王熙凤深懂贾瑞眼神以彰其为人；宝玉不解王道士之语为显其纯真。以贾瑞为镜，照出王熙凤乃"秉月貌""擅风情"者（5/上/59），与贾瑞本是一丘之貉。无需说破，只是贾瑞不入王熙凤法眼——"癞蛤蟆想天鹅肉吃"而已。

王熙凤在应对贾瑞时，除了眼神、言语、行为"暧昧"外，还擅长炫色相引人入彀："贾瑞见凤姐如此打扮，一发酥倒"（12/上/124），诱贾瑞一步步走进"相思局"一事，足证她在风月场上，也是"全挂子的武艺"② ——这便是贾蓉对尤二姐说的荣府"谁没风流事，别讨我说出来"的含义。正面描写贾瑞看王熙凤起淫心，正是侧面表现王熙凤看贾蓉、秦钟、宝玉、贾蔷等"清秀"小生时，会和贾瑞一样起淫心。

王熙凤除了夫妻的"性趣"外，有"酷好""清俊的"少男之心，这不排除"饱暖思淫欲"之"富贵病"。贾琏、贾珍和贾蓉，均与尤家姐妹有染（贾琏和尤三姐似无涉）；贾珍和贾蓉都与贾蔷情好，王熙凤与这些男人之间的关系除了贾琏外，余者均可费思量：与贾蓉贾蔷关系借贾瑞凸显；与贾珍之关系则借"魇魔法叔嫂逢五鬼"场景薛蟠担心宝钗和香菱心理表现——薛蟠之怕，暗示贾珍真如焦大所骂，乃一"畜生"。以王熙凤之品相，贾珍怎可放过？拿王熙凤与这位"珍大哥"和贾瑞的不同态度相比较，就可得出结论：贾珍入王熙凤

---

① 王熙凤此处"聪明"，暗示其乃风月场中老手之意，否则何以如此善解人意或作如是理解。贾蓉亦"聪明人"，正与王熙凤同，在张太医看秦可卿病后，面对张太医之诊断，小说谓："贾蓉也是个聪明人，也不往下细问了。"（10/上/113）"聪明人"对"聪明人"，"风月"事是一看便知、"一猜即透"的，正是"身无彩凤双飞翼，心有灵犀一点通"。小说中写到袭人引诱宝玉"偷试云雨情"时，亦以"聪明人"称袭人："袭人伸手与他系裤带时，不觉伸手至大腿处，只觉冰凉一片粘湿，吓的忙退出手来，问是怎么了。宝玉红涨了脸，把他的手一捻。袭人本是个聪明女子，年纪本又比宝玉大两岁，近来也渐通人事。今见宝玉如此光景，心中便觉察了一半……"（66/上/61）

② 王熙凤评说家中"这些管家奶奶们"的"不好惹"，以衬托自己的能干（16/上/160）。

的眼，故二人"哥哥妹妹"① 情深意长；贾瑞不入王熙凤的眼，故遭"毒设相思局"。

王熙凤既为人品性如此，在刘姥姥看来，就少见多怪了，故借刘姥姥场景细致表现她和贾蓉之关系，尤其是贾蓉已退出后王熙凤再喊他进来的动作、神态、言语的描写，最终集中在"人约晚饭后"之细处："慢慢的吃茶"和"出了半日的神"均不是王熙凤一向简断明快的风格，② 这种一反常态的文雅婉约，和"破落户儿"毫不搭界，可见这种动作神态是不为常人所见的。

正因为贾蓉与王熙凤之间关系非同寻常，故贾蓉可得随意出入：不等王熙凤应允，竟一径走进房里——小说写贾琏和贾珍关系亦用此细节暗示："原来贾琏贾珍素日亲密，又是弟兄，本无可避忌之人，自来是不等通报的"（64/下/713），这个细节说明贾蓉常来常往、轻车熟路、无所避忌；王熙凤让刘姥姥"只管坐着"之语，意在说明贾蓉不是"外人"③；贾蓉借炕屏，作为婶子的王熙凤和年岁差不多的侄儿之间的言谈举止丝毫没有庄重的成分，分明是在打情骂俏——婶子戏侄儿④；王熙凤显然心有不足，又约了"晚饭后，你来再说罢"。这个"晚饭后"之事，小说没有再提起，此手法和"秦鲸卿得趣馒头庵"手法有异曲同工之妙：

> 宝玉拉了秦钟出来道："你可还和我强？"秦钟笑道："好人，你只别嚷的众人知道，你要怎样，我都依你。"宝玉笑道："这会子也不用说，等一会睡下，再细细的算账。"一时，宽衣安歇的时节，凤姐在里间，秦钟宝玉在外间，满地下皆是家下婆子打铺坐更。凤姐因怕通灵玉失落，便等宝玉睡下，命人拿来塞在自己枕边。宝玉不知与秦钟算何帐目，未见真切，未

---

① 元宵夜家宴薛姨妈提醒王熙凤"少兴头些，外头有人"时，王熙凤笑道："外头的只有一位珍大爷。我们还是论哥哥妹妹，从小儿一处淘气了这么大。"（54/上/584）
② 王熙凤对李纨夸林红玉"口声简断"，李纨笑说："都像你破落户才好。"（27/上/286）
③ 王熙凤借"戏"语说贾琏"多情"："我们看着是'外人'，你却是看着'内人'一样呢。"（16/上/162）。
④ 二人之间这种打情骂俏之"戏"，在"宴宁府""初会秦钟"亦有："贾蓉道：'不是这话，他生的腼腆，没见过大阵仗儿，婶子见了没的生气。'凤姐啐道：'他是哪吒，我也要见一见，别放你娘的屁了。再不带去，看给你一顿好嘴巴子。'贾蓉笑嘻嘻的说：'我不敢强，就带他来。'"（7/上/79）

曾记得。此系疑案，不敢篡创。（15/上/155）

王熙凤和贾蓉"晚饭后"之约，当属此"疑案"之列。这还可以从"贾蓉听说，嘻嘻的笑着在炕沿上半跪"、王熙凤"慢慢的吃茶"这些细节看出。这些细节乃贾蓉戏尤家两个姨娘时亦出现过：

> 贾蓉笑嘻嘻的望他二姨娘说："二姨娘，你又来了。我们父亲正想你呢。"尤二姐便红了脸……顺手拿起一个熨斗来接头就打。吓的贾蓉抱着头，滚到怀里告饶。尤三姐便上来撕嘴……贾蓉笑着跪在炕上求饶，他两个又笑了。贾蓉又和二姨抢砂仁吃，尤二姐嚼了一嘴渣子，吐了他一脸，贾蓉用舌头都舔着吃了。众丫头看不过，都笑说："热孝在身，老娘才睡了觉，他两个虽小，到底是姨娘家。你太眼里没有奶奶了。回来告诉爷，你吃不了兜着走。"贾蓉撇下他姨娘，便抱着丫头们亲嘴，说："我的心肝，你说的是。咱们馋他两个。"丫头们忙推他，恨的骂："……不知道的人，再遇见那赃心烂肺的爱管闲事嚼舌头的人，吵嚷的那府里谁不知道，谁不背地里嚼舌，说咱们这边乱帐。"贾蓉笑道："各门另户，谁管谁的事！都够使的了。从古至今，连汉朝和唐朝，人还说：'脏唐臭汉'，何况咱们这宗人家。谁没风流事，别讨我说出来。连那边大老爷这么利害，琏叔还和那小姨娘不干净呢。凤姑娘那样刚强，瑞叔还想他的帐。那一件瞒了我！"（63/下/700）

贾蓉调戏两个姨娘，尤二姐"顺手"拿"熨斗"打他，这个动作，暗示贾蓉与二姨之间关系是甥不甥、姨不姨；长非长、幼非幼的，因为"熨斗"形状功用如《晋书·韩康伯传》所载："母方为大裤，令康伯捉熨斗。康伯曰：火在斗中，而柄尚热。"此特性，往往多使人生发与女性相关的联想①，如老杜《白丝行》所谓"美人细意熨贴平，裁缝灭尽针线迹"。既和女性相关，故往往以物指人即以之隐喻女性，遂用于男女表请达意之意象，如《游仙窟》男女主人公便用"熨斗"调情：

---

① 以"火"比拟情欲之热切，入贾琏与平儿之间的对话："急的贾琏弯着腰恨道：'死促狭小淫妇！一定浪上人的火来，他又跑了。'平儿在窗外笑道：'我浪我的，谁叫你动火了！……'"（21/上/222）

当时有一破铜熨斗在于床侧，十娘忽咏曰："旧来心肚热，无端强熨他，即今形势冷，谁肯重相磨！"下官曰："若冷头面在，生平不熨空，即今虽冷恶，人自觅残铜。"众人皆笑。①

"众人皆笑"说明在调情时以"熨斗"比情欲之火需要熨平极为贴切形象，人皆心知肚明。正因尤二姐此"打"，深谙个中奥秘的贾蓉才会"滚到""二姨""怀里告饶""笑着跪在炕上求饶"。这样的场面充满着"鸳鸯戏水"的暗示，遂有"贾蓉又和二姨抢砂仁吃"之不堪场面。贾蓉"抢砂仁吃"和王熙凤"吃茶"，乃互文手法，虽语异而意同，均在暗示贾蓉和王熙凤如饥似渴的情欲②。打发刘姥姥走后，周瑞家的随即有替薛姨妈送宫花一节，当送至王熙凤处，小说对大天白日王熙凤所为进行了写隔空传音般的描写：

（周瑞家的）进入凤姐院中。走至堂屋，只见小丫头丰儿坐在凤姐的门槛子上。见周瑞家的来了，连忙摆手儿，叫他往东屋里去。周瑞家的会意，忙蹑手蹑脚的往东屋里来，只见奶子正拍着大姐儿睡觉呢。周瑞家的悄问奶子道："奶奶睡中觉呢？也该请醒了。"奶子摇头儿。正问着，只听那边一阵笑声，却是贾琏的声音。接着房门响处，平儿拿着大铜盆出来叫丰儿舀水进去。平儿便进这边来，一见了周瑞家的，便问："你老人家跑了来作什么？"周瑞家的忙起身拿匣子与他，说送花儿一事。平儿听了，便打开匣子拿了四枝，转身去了。半刻功夫，手里又拿出两枝来，先叫彩明来吩咐他送到那边给小蓉大奶奶戴去；次后方命周瑞家的回去道谢。(7/上/76)；

贾琏白日与王熙凤的鸳鸯之"戏"，发生在刘姥姥走之后，贾琏"戏"熙凤之"趣"，借直接描写贾琏"戏""多姑娘儿""丑态"(21/上/221)进行场景移位再现——王熙凤此时比"多姑娘儿"有过之而无不及："戏""多姑娘

---

① 张䜣. 游仙窟［M］//汪辟疆. 唐人小说. 上海：上海古籍出版社，1978：33.

② 以"吃"暗示情欲，小说中还多出表现，如贾琏试探尤二姐时，向尤二姐求槟榔吃(64/下/712)；薛宝钗看通灵宝玉时生发的联想是"大如雀卵""莹润如酥"(8/上/86)；秦钟急欲得智能说，谓"远水救不得近渴"(15/上/155)；贾琏对"多姑娘儿"的馋涎，"似饥鼠一般"(21/上/221)。

儿"尚在夜间"二鼓人定"后，而"戏"王熙凤则在"青天白日"①；前者"避人眼目"②，后者则"明堂正道"③。王熙凤此场"重头戏"，自然有贾蓉的因素在内：贾琏是贾蓉的替身，是王熙凤见贾蓉后"趣"的延续。④

如上所论可以看出，揭开王熙凤的"庐山真面目"，刘姥姥起了关键性的作用：她一进荣国府，因周瑞家的介绍，刘姥姥罕问道："原来是他！怪道呢，我当日就说他不错呢。这等说来，我今儿还得见他了？"遂有王熙凤接见刘姥姥时贾蓉出现一事。借刘姥姥的闻见，把这"对儿""侄儿"和"婶子"之间的关系进行了直笔表现：刘姥姥见王熙凤前，对周瑞家的推算："这位凤姑娘，今年大不过二十岁罢了"（6/上/66），刘姥姥二进荣国府那年冬天，小说交待王熙凤等十三人中，除了李纨年纪最大，"余者皆不过是十五六七岁"，王熙凤自在"余者"之列，此足以证明刘姥姥第一次到荣府时王熙凤尚不足十七岁，其时贾蓉"十七八岁"，作为婶子的王熙凤与作为侄儿的贾蓉年纪差不多大甚或略小。相同的年纪，一个是"刚强"的"美人"、一个是"清秀"的"浪子"。这个"浪子"又素日"是在女人身上做功夫的"⑤，他与作为姨娘的尤二姐和尤三姐之关系足以证明辈分差别根本不是问题。

---

① 茗烟在宁府小书房"按着一个女孩儿也干那警幻所训之事"，被宝玉撞散。宝玉道："青天白日，这是怎么说！"（19/上/195）
② 宝玉、秦钟、香怜、玉爱"四人心中，虽有情意，只未发迹。每日一入学中，四处各坐，却八目勾留，或设言托意、或咏桑寓柳，通以心照，却外面自为遮人耳目。"（9/上/99）
③ 王熙凤说香菱是薛蟠"明堂正道"娶了来"作妾"的（16/上/161）。
④ "替身"在小说中屡见，如王夫人对黛玉说宝玉："若姊妹们不理他，他倒还安静些，——纵然没趣，不过出了二门，背地里拿着他的两三个小幺儿出气，咭唧一会子就完了"（3/上/32）；贾瑞"正照风月鉴"，就是以镜中美人为王熙凤"替身"、补偿不得王熙凤之"不足"心理（12/上/129）；妙玉"自小多病，买了许多替身儿皆不中用"（18/上/182）；离了王熙凤，贾琏拿"清俊"小厮"出火"（21/上 221）等，皆可用来理解为明是"贾琏戏熙凤"、实是"熙凤戏贾蓉"，是王熙凤以贾琏为贾蓉替身的"意淫"之"戏"。
⑤ 薛蟠心里对贾珍等的评价（25/上/267）。

三、关于贾政惜黛玉

贾政为荣国公长子贾代善与"金陵世勋史侯家的小姐"即贾母所生之次子，为人品性小说中多处提及："贾政自幼酷喜读书，祖父最疼"（冷子兴对贾雨村所评 2／上／18）；"其为人谦恭厚道，大有祖父遗风"（林如海对贾雨村所评 3／上／23）；"且素性潇洒，不以俗务为要，每公暇之时，不过看书着棋而已，余事多不介意"（4／上／47）；"这贾政最喜读书人，礼贤下士，拯溺济危，大有祖风"；（3／上／24）"贾政不惯于俗物"（16／上／166），诸多评说，可见出贾政两大特点："不俗"与"酷喜读书"。

贾政"不俗"，在"大观园试才题对额"时表现得最为充分，这些"不俗"表现正与黛玉深相契合：

一、讲究"不落富丽俗套"。贾政看大观园"外面"景观，"只见正门五间，上面桶瓦泥鳅背；那门栏窗榈皆是细雕新鲜花样；左右一望皆雪白粉墙，下面虎皮石随势砌去，果然不落富丽俗套。自是欢喜，遂命开门。"（17／上／170）在"稻香村"，贾政见"里面纸窗木榻，富贵气象一洗皆尽"，其"心中自是欢喜"（17／上／173）。见大观园"正殿""崇阁巍峨，层楼高起，面面琳宫合抱，迢迢复道萦纡，轻松拂檐，玉栏绕砌，金辉兽面，彩焕螭头"，贾政对此评价是"只是太富丽了些"（17／上／179）。

二、重"蕴藉含蓄"。在对"沁芳亭"命名时，宝玉谓如命名为"泻玉亭"，则"泻"字"粗陋不雅"，应"再拟些蕴藉含蓄者"，"有用'泻玉'二字，莫若'沁芳'二字，岂不新雅？""贾政拈髯点头不语"（17／上／172）；接着宝玉为亭作的一副七言对联"绕堤柳借三篙翠。隔岸花分一脉香"让贾政"听了，点头微笑"（17／上／173）表明赞同宝玉之说。

三、忌"俗""板腐"。在潇湘馆处，贾政问匾额用哪四个字，"一个道是'淇水遗风'，贾政道'俗'；又一个是'睢园雅迹'，贾政道'也俗'。"宝玉评上二种提议是"太板腐了"，莫若"有凤来仪"，对此提议贾政"点头"同意（17／上／173）。

四、讲求"合式"。贾政问贾珍："这些院落房宇并几案桌椅都算有了，还有那些帐幔帘子并陈设玩器古董，可也都是一处一处合式配就的?"（17/上/174）认为"稻香村""固然系人力穿凿"，但亦需"合""田舍家风"之"式"，命贾珍再做一个"酒幌"，"不必华丽，就依外面村庄的式样作来，用竹竿挑在树梢。"（17/上/175）宝玉谓"村名若用'杏花'二字则俗陋不堪了。又有古人诗云：'柴门临水稻花香'，何不就用'稻香村'的妙?"（17/上/175）

　　五、喜"清幽气象"。当宝玉说"稻香村"不及"有凤来仪"时，贾政说他："无知的蠢物。你只知朱楼画栋，恶赖富丽为佳，那里知道这清幽气象。终是不读书之过。"（17/上/175）

　　六、不喜"颓丧"之语。在为蘅芜苑题联时，一人谓"麝兰芳霭斜阳院，杜若香飘明月洲"，众人谓"斜阳"二字不妥，那人道："古人诗云：'蘼芜满院泣斜晖'"，被众人评为"颓丧"。贾政"拈髯沉吟，意欲也题一联"（17/上/177），显然也认同众人所评。这一点在元宵节猜灯谜时"悲谶语"可以确证，他因觉灯谜"皆用此不祥之物为戏"，"心内愈思愈闷，因在贾母之前，不敢形于色，只得仍勉强往下看去"（22/上/233）。

　　七、驳"荒唐不经之说"。在怡红院，贾政评院中一棵西府海棠："这叫作'女儿棠'，乃是外国之种。俗传系出女儿国中，云彼国此种最盛，亦是荒唐不经之说罢了。"当"众人"谓"虽然不经，如何此名传久了"时，宝玉道："大约骚人咏士，以此花之色红晕若施脂，轻弱似扶病，大近闺阁风度，所以以女儿命名。想因被世间俗恶听了，他便以野史纂人为证，以俗传俗，以讹传讹，都认真了。"（17/上/179）贾政父子不轻信海棠"出女儿国"之说，点出父子二人根本不信"金玉姻缘"，故宝玉梦中大骂"和尚道士的话如何信得"是其素日不信"世间俗恶"之说的自然流露。其不信洛神亦可证此。此细节暗示贾政对于宝玉的婚姻对象之考虑，根本无有薛宝钗。另，"袭人是谁"之问表明贾政为宝玉选中的妻妾另有其人。

　　除上所列诸种外，贾政对于儿女婚姻的态度亦非同凡俗，这可以从贾珠和迎春婚姻得以确证：贾政重诗礼之族轻财富之属：贾珠妻李纨，"亦系金陵名宦之女，父名李守中，曾为国子祭酒。族中男女无有不诵诗读书者。"（4/上/38）对于迎春婚事的态度："原来贾赦已将迎春许与孙家了。这孙家乃大同府人氏，祖上系军官出身……如今孙家只有一人在京，现袭指挥之职，此人名唤孙绍祖，生得相貌魁梧，体格健壮，弓马娴熟，应酬权变，年纪未满三十，且又家质饶富，现在兵部候缺题升。因未有室，贾赦见是世交之孙，且人品家当都相称合，遂青目择为东床娇婿。亦曾回明贾母，贾母心中却不十分称意。……贾政又深恶孙家，虽是世交，当年不过是彼祖希慕荣宁之势，有不能了结之事才拜在门下的。并非诗礼名族之裔；因此倒劝谏过两次"（79/下/887）。这种态度，正和贾母深为相同。贾母唯一的女儿贾敏，许配的是林如海：

> 这林如海姓林名海，表字如海，乃是前科的探花，今已升至兰台寺大夫。本贯姑苏人氏，今钦点出为巡盐御史，到任方一月有余。原来这林如海之祖曾袭过列侯，今到如海已经五世。其初时只封袭三世，因当今隆恩圣德，远迈前代，额外加恩，至如海之父又袭了一代，至如海便从科第出身。虽系钟鼎之家，却亦是书香之族。只可惜这林家支庶不胜，子孙有限，虽有几门，却与如海俱是堂族而已，没甚亲支嫡派的。（2/上/15）

小说特特交待林家"虽系钟鼎之家，却亦是书香之族"，但其时林家已是"穷官儿"之家。这就点出贾母择婿的标准："穷"不可怕，只要人好——"模样性格儿难得好"就可以。为女如此，为孙亦如此，在清虚观看戏时，贾母明确对张道士说到过为宝玉择妻标准："不管他根基富贵，只要模样儿配的上就好，来告诉我。便是那家子穷，不过给他几两银子罢了。只要模样性格儿难得好的。"（29/上/311）

游大观园对诸处的评价与对宝玉等所题匾额对联的品议，足以确证贾政绝非凡俗庸碌之人，正所谓读书人喜读书人，不俗人惜不俗人。"大观园试才题对额"时，在后来成为潇湘馆之处，贾政笑道："这一处还罢了。若能月夜坐此窗下读书，不枉虚生一世。"（17/上/173）贾政的理想在黛玉身上得到了实现，这借刘姥姥在潇湘馆所见所评点到："刘姥姥因见窗下案上设着笔砚，又见书架上磊着满满的书，刘姥姥道：'这必定是那位哥儿的书房了？'贾母笑指黛玉道：'这是我这外孙女儿的屋子。'刘姥姥留神打量了林黛玉一番，方笑道：'这那里像个小姐的绣房，竟比那上等的书房还好。"（40/上/422）小说多处暗示贾政对孤甥的怜惜还在于赏识黛玉才情，这在"凹晶馆"与"凸碧堂"的命名就可看出。据黛玉对湘云讲："实和你说罢，这两个字还是我拟的呢。因那年试宝玉，因他拟了几处，也有存的，也有删改的，也有尚未拟的。这是后来我们大家把这没有名色的，也都拟了出来，注了出处，写了这房屋的坐落，一并带进去与大姐姐瞧了。他又带出来命给舅舅瞧过。谁知舅舅倒喜欢起来，又说：'早该这样，那日该叫他姊妹一并拟了，岂不有趣。'所以凡我拟的一字不改，都用了。"此处小细节透出大关键——贾政对黛玉才华与不俗极为赏识。借刘姥姥对潇湘馆见闻的评说，点出黛玉之"不俗"与"酷喜读书"，正与贾政品性深深契合。借此暗示无论从孝顺母亲的角度还是从自己欣赏的角度出发，贾政为宝玉选中的婚姻对象，绝对会是黛玉。

贾政选中黛玉，还可以从他对袭人态度表现出来。正月十五元妃省亲后下一道谕，"命宝玉等只管在园中居住，不可禁约封锢"（23/上/238），贾政叫宝玉去传达娘娘谕旨时有一个关于袭人的小插曲：

> 王夫人摩挲着宝玉的脖项说道："前儿的丸药都吃完了？"宝玉答道："还有一丸。"王夫人道："明儿再取十丸来，天天临睡的时候，叫袭人伏侍你吃了再睡。"宝玉道："只从太太吩咐了，袭人天天晚上想着，打发我吃。"贾政问道："袭人是何人？"王夫人道："是个丫头。"贾政道："丫头不管叫个什么罢了，是谁这样刁钻，起这样的名字？"（23/上/239）

贾政不知道谁是袭人，对"袭人"这两个字极其反感：不但认为起这个名字的人"刁钻"，而且认为这个名字从"浓词艳赋"中来。因为"袭人"两个字，让本来"把素日嫌恶处分宝玉之心不觉减了八九分"的贾政又惹得"动气""不自在"起来，竟然对宝玉"断喝一声"让他出去了。这个情节暗示出无论如何，贾政都不会选中袭人做宝玉屋里人的。所以王夫人在月钱上把袭人升格为准姨娘身份时，王熙凤提议："既这么着，就开了脸，明放他在屋里岂不好！"王夫人说"那就不好了"，原因之一是"老爷也不许"（36/上/381）。"老爷不许"除了因为宝玉年龄尚小外，自有袭人不入贾政眼之意在内。贾政一直在暗中为宝玉贾环选合适的丫头，竟然不知道袭人，可见贾政从没注意过她。贾政为宝玉"看中"的丫头当是晴雯。他和赵姨娘的一段谈话微露其意：

> 贾政因说道："且忙什么。等他们再念一二年书，再放人不迟。我已经

看中了两个丫头，一个与宝玉，一个给环儿，只是年纪小，又怕他们误了书，所以再等一二年。"赵姨娘道："宝玉已有了二年了，老爷还不知道？"贾政听了，忙问道："谁给的？"赵姨娘方欲说话，只听外面一声响，不知何物，大家吃了一惊不小。（72/下/80）

贾政被王夫人哄骗处颇多，选中袭人作宝玉屋里人事贾政丝毫不知。王夫人何以欺瞒贾政的原因，自然是因为她知道贾政看不上袭人。选中晴雯，是贾政孝心使然：尽管迂腐古板，但贾政身为人子的确是知道"承欢膝下"、处处揣摩母亲心事以愉悦母亲的。这一点在宝玉身上表现得尤其典型：宝玉周岁"抓周"，"伸手只把些脂粉钗环抓来"，使得贾政"大怒"，以为宝玉"将来酒色之徒耳，因此便不大喜悦。"（2/上/19）但因贾母把宝玉看的像"命根一样"（2/上/19），他对宝玉虽不满，但也凡事以贾母意为是①，绝不敢轻易"吓着他"②，如大观园试才后出来的细节表现：

> 那宝玉一心只记挂着里边，又不见贾政吩咐，少不得跟到书房。贾政忽想起他来，方喝道："你还不去！难道还逛不成！也不想逛了这半日，老太太必悬挂着。快进去。疼你也白疼了。"宝玉听说，方退了出来。（17/上/180－181）

这个细节把贾政欲让宝玉有所进益以不负贾母所疼之心表现出来：贾政想从精神上对贾母尽孝，知母最疼宝玉，故要宝玉"展才"以慰母怀。贾政曲尽孝道，注重的是从精神方面去关心母亲，在元宵节时，"贾政朝罢，见贾母高兴，况在节间，晚上也出来承欢取乐"（22/上/231）。为"承欢"贾母，贾政故意乱猜贾母出的谜语，"罚了许多东西；然后方猜着，也得了贾母的东西。然后也念一个与贾母猜"，却把谜底"悄悄的说与宝玉。宝玉意会，又悄悄的告诉了贾母。贾母想了想，果然不差"，就猜对了，贾政笑道："到底是老太太，一

---

① 贾政派丫鬟叫宝玉去见他，宝玉"好似打了个焦雷，登时扫去兴头，脸上转了颜色，便拉着贾母扭的好似扭股儿糖，杀死不敢去"，贾母安慰他："好宝贝，你只管去，有我呢。他不敢委屈了你。"（23/上/238）

② 贾政叫宝玉，贾母唤两个老嬷嬷带宝玉去，且吩咐"别叫他老子吓着他。"（23/上/238）

猜就是。"遂即吩咐把"贺彩送上来",这些"贺彩","都是灯节下所用所玩新巧之物",贾母"甚喜"（22/上/232），贾政为让母亲欢心，所费之苦心可见一斑。

小说写贾政对贾母如此孝顺，当有暗示贾政对黛玉态度之意。贾政对黛玉之态度，从对贾雨村态度可以看出，贾雨村因系黛玉父"致意"，他"因此优待雨村，更又不同"（3/上/24）。贾政极其看重贾雨村的才华，在大观园题匾额对联问题上，他说："我们今日且看看去。只管题了，若妥当便用；不妥当，然后将雨村请来，令他再拟。"（17/上/170）当"众人"奉承贾政"今日一拟定佳，何必又待雨村"时，贾政笑道："你们不知，我自幼于花鸟山水题咏上就平平，如今上了年纪，且案牍劳烦，于这怡情悦性文章上更生疏了。纵拟了出来，不免迂腐古板，反不能使花柳园亭生色，似不妥当，反没意思。"（17/上/170 - 171）对雨村才华的认可，正是对黛玉才华的怜惜。"大观园试才题对额""才游了十之五六"时，因"有雨村处遣人回话"，贾政遂即便出园去，待雨村之重可见。借"大观园试才题对额"，一显贾政看重雨村；二显贾政孝心虔诚。人在园中，心系贾母："怕贾母不放心"宝玉，就不去难为宝玉为正殿题对额。（17/上/178）。

贾政为人行事迂腐古板，处处对宝玉非喝即骂，事事作对，好像是宝玉的天敌，故多为人所误读误判为"假正经"，殊不知理解贾政对宝玉之情当如"风月宝鉴"之照法：且不可被"正"面描写所迷惑，要"反"着理解才对。理解贾政怜惜赏识黛玉，绝对不可忽略刘姥姥潇湘馆"村语"：一个局外人对黛玉住处的评价，正契合贾政初游大观园之评，可见舅甥对"读书"的雅好上，志趣相投。极尽孝道的贾政，自然不会为宝玉一个屋里人去违拗贾母之意，故其选中晴雯是必然的。晴雯眉眼身段像极了黛玉，且素昔又和黛玉最为相厚，故黛玉将是贾政为宝玉选中的"正配"对象。这还可以从贾政对贾雨村的态度上看出来：贾雨村得以攀附贾府根源在于黛玉。平儿对薛宝钗恶毒咒骂贾雨村，暗示王薛们恨屋及乌即憎嫌黛玉恨及雨村之意；贾政喜雨村则不无爱屋及乌即惜孤甥喜雨村之情。

《红楼梦》千人千面，各有各语，但语语不可轻忽——繁杂细密的场景与人物关系，就是靠"细语"进行勾连贯穿的。受叙事视角等限制，诸多小说中无法直接表现的内容，如人物复杂幽隐的心理活动、微妙多变的人际关系、不一而足的人物性格等，都借各色"细语"得到最真实最完美地展现。当然，这需要"细细"去品，方能知"真味儿"。

主要参考文献

（按著者姓氏声母序号排序）

蔡元培. 石头记索隐［M］. 上海：上海商务印书馆，1917.

蔡义江. 红楼梦诗词曲赋鉴赏［M］. 北京：中华书局，2004.

陈大康，胡小伟. 说红楼［M］. 上海：上海辞书出版社，2007.

戴不凡. 揭开《红楼梦》作者之谜［J］. 北方论丛，1979（1）.

冯其庸. 冯其庸点评红楼梦［M］. 北京：团结出版社，2004.

郭豫适. 红楼研究小史稿［M］. 上海：上海文艺出版社，1981.

郭豫适. 红楼研究小史续稿［M］. 上海：上海文艺出版社，1981.

郭锐，葛复庆，评析. 红楼梦诗词赏析［M］. 武汉：崇文书局，2007.

胡文彬. 红楼梦人物谈——胡文彬论红楼梦［M］. 北京：文化艺术出版社，2005.

韩进廉. 红学史稿［M］. 石家庄：河北教育出版社，1989.

蒋和森. 红楼梦论稿［M］. 北京：人民文学出版社，1981.

鲁迅. 鲁迅讲小说史［M］. 南京：凤凰出版社，2010.

李辰冬. 红楼梦研究［M］. 重庆：重庆正中书局，1942.

林语堂. 眼前春色梦中人：林语堂平心论红楼［M］. 西安：陕西师范大学出版社，2007.

李传龙. 曹雪芹美学思想［M］. 西安：陕西人民教育出版社，1987.

李希凡，李萌. 传神文笔足千秋——《红楼梦》人物论［M］. 北京：文化艺术出版社，2006.

林冠夫. 红楼梦版本论 [M]. 北京：文化艺术出版社，2007.

梁扬，谢仁敏. 红楼梦语言艺术研究 [M]. 北京：人民文学出版社，2006.

吕启祥，林东海. 红楼梦研究稀见资料汇编 [M]. 北京：人民文学出版社，2001.

刘心武. 刘心武揭秘古本《红楼梦》[M]. 北京：人民出版社，2006.

刘心武. 刘心武揭秘《红楼梦》[M]. 北京：东方出版社，2005.

闻一多. 闻一多全集 [M]. 武汉：湖北人民出版社，1985.

王国维. 红楼梦评论 [J]. 教育杂志，1904 (4).

王昆仑. 红楼梦人物论 [M]. 国际文化服务社，1948.

文化部文学艺术研究院红楼梦研究室. 大观园研究资料汇编 [M]. 北京：文化部文学艺术研究院红楼梦研究室，1979.

王志武. 红楼梦人物冲突论 [M]. 西安：陕西人民出版社，1985.

吴功正. 小说美学 [M]. 南京：江苏人民出版社，1985.

王蒙. 红楼启示录 [M]. 北京：生活·读书·新知三联书店，1991.

吴士余. 中国小说美学论稿 [M]. 上海：复旦大学出版社，2006.

王湜华. 红学才子俞平伯 [M]. 北京：北京大学出版社，2006.

王翠艳. 名家图说红楼人物系列 [M]. 北京：文化艺术出版社，2007.

许姬传. 许姬传七十年见闻录 [M]. 北京：中华书局，2007.

欧阳建. 红学辨伪论 [M]. 贵阳：贵州人民出版社，1996.

潘重规. 红楼血泪史 [M]. 桂林：广西师范大学出版社，2006.

徐君慧. 《金瓶梅》与《红楼梦》的关系 [M]. 南宁：广西人民出版社，2007.

西岭雪. 红消香断有谁怜：红楼十二钗点评 [M]. 西安：陕西师范大学出版社，2008.

俞平伯. 红楼梦辨 [M]. 北京：人民文学出版社，1973.

叶朗. 中国小说美学 [M]. 北京：北京大学出版社，1982.

俞平伯. 俞平伯论红楼梦 [M]. 上海：上海古籍出版社，1988.

俞平伯. 红楼心解——读《红楼梦》随笔 [M]. 西安：陕西人民出版社, 2005.

一粟. 红楼梦资料汇编 [M]. 北京：中华书局, 2005.

余英时. 红楼梦的两个世界 [M]. 上海社会科学院, 2006.

杨传镛. 红楼梦版本辨源 [M]. 北京：北京图书馆出版社, 2007.

朱传屿. 红楼梦论著目次 [M]. 台北：天一出版社, 1981.

周汝昌. 红楼艺境探奇 [M]. 重庆：重庆出版社, 1986.

周汝昌. 红楼小讲 [M]. 北京：北京出版社, 2002.

周汝昌. 周汝昌梦解红楼 [M]. 译林出版社, 2011.

赵冈. 红楼梦论集 [M]. 台北：台北志文出版社, 1975.

张爱玲. 红楼梦魇 [M]. 哈尔滨：哈尔滨出版社, 2003.

张国星. 胡适、鲁迅、王国维解读红楼梦 [M]. 沈阳：辽海出版社, 2001.

后　记

　　阅读像《红楼梦》这样的经典、欲探究其中深隐"真意"时的感觉，仿佛如在幽暗的茫无际涯的原野，四周黑黢黢或立或卧、或静或喧、或高或矮地存在着你可感知却永远无法触摸得到的物体。它们是什么——你越是想靠近它，它却在倒退或飘忽在你的眼前，在眉睫间晃动却永远无法触摸到它。这种被引逗的焦灼感、困惑感、好奇感甚至有种莫名恐惧感所带来的高度紧张感和兴奋感，让人有种欲罢不能、拿得起放不下的痴迷和执着，如同地心强大的引力吸引着一切——无可挣脱、无处摆脱、却又无时不在。这正是《红楼梦》最伟大的不可磨灭的光芒产生的根源——光芒有目者皆可见，有心者皆可感却永远让人无法探知光芒之源。但愈是如此，愈激发人对光芒的向往与渴求，正如夸父追日、愚公移山、精卫填海等明知不可而为之之行，无论成败与否，其行为本身便带上了一份崇高与悲壮，或许这正是文明得以进步与传承的本初源泉。

　　《红楼梦》就是集人生种种现象的大观园，在这个浓缩的人间，集聚着、呈现着人生种种——善与恶、正与邪、悲与喜、清与浊、弱与强、真与伪等所有的人间存在形态，都在大观园中集中上演着，只不过是以华美的排场和"诗情画意"的精致进行精心装饰后的演出而已。多少年来，多少个读者，迷失于这华美、迷失于这诗情画意而对大观园倾情赞美。殊不知，龄官身处其中，深切本真地感受到"大观园"乃"大关园"——正

235

如玉皇大帝用来羁縻美猴王的蟠桃园而已。大观园,"关注着"黛玉和宝玉,关注着宝钗和宝玉。为了弥天大谎的"金玉姻缘",潇湘馆的黛玉和怡红院的宝玉,这两个堪称极致美的无瑕的玉儿,被时时刻刻地"关注"着。不得多行一步路,不得多说一句话。"花影不离身左右,鸟声只在耳东西""隔帘消息风吹透",明的、暗的、主子、奴才、哈巴狗儿、耗子精、花心里的虫、枫树底下、石榴树底下、海棠花下、杏树底下、山子石后、葡萄架下,在在皆是偷窥之眼、窃闻之耳、嗜嗅之鼻。此绝非空穴来风之臆测,观黛玉入住大观园前后言行之比较即可明了。入住大观园前,黛玉与宝玉随贾母住,"日则同行同坐,夜则同行同止",而薛宝钗住梨香院,是黛玉近而宝钗远;入住大观园后,虽二玉住处近,但从此"同行同坐同止"则绝不可能,薛宝钗、花袭人、王熙凤等肆无忌惮地随时出现以间隔二玉,分割剿灭之势已成。此时尚可日日出大观园以陪贾母用饭。但二玉在大观园立"小厨房"后,黛玉非惟日与外祖母共进餐饭不可得,更兼不可分享外祖母餐饮之杯羹。此乃从精神与物质上双重打压黛玉之手法。但王薛尚不就此收手,方欲百尺竿头更进一步,还要黛玉作诗以速成其死!每每思及此处,不觉悲从中来几不自抑:黛玉何辜,众人必欲坑之陷之;宝玉何贵,宝钗必欲得之配之!概而论之,乃为"名位"二字耳。观小说起因交待通灵宝玉来源,缘于女娲补天;女娲何以补天,乃因天漏;天何以漏,或因共工怒触不周山;共工何以怒触不周山,乃为争名位不得耳。神尚为名位而争,更何况凡间俗人!"宝二奶奶"的名位只能属于一人,选秀不得的薛宝钗只能退而求其次,在通往"宝二奶奶"宝座的路途上,黛玉是最致命的"碍手碍脚"者,无论人品才貌还是和宝玉的情感,薛宝钗都绝不敢望其项背之一二。竞争不可得却要得到的最快捷的方式,是让黛玉彻底消失以根绝宝玉之意。为成此功,王薛们所用的手法是"攻城为下攻心为上"的攻心战:薛姨妈以"定婚店"疑黛玉心;薛宝钗以"物离乡贵"伤黛玉意;花袭人以"男女大防"间黛玉行;王熙凤以"倒求你,你倒说这些闲话,吃茶吃水的。你既吃了我们家的茶,怎么还不给我们家做媳妇儿"刺黛玉情；王夫人以逐晴雯出大观园惊黛玉梦；贾探春以"海棠社"耗黛玉身；李宫裁以"活菩萨"迷黛玉眼。林林总总的"花哨"表现却万变不离其宗，即以黛玉"花落人亡两不知"为最根本的目标。黛玉被侮辱被损害的过程，却被作者以精妙的笔法，写得花团锦簇，或高情雅意，或温情脉脉。此种以美藏丑的叙述呈现，如雪里埋金簪——看着平和干净，真的一脚踩上去，可能会被金簪扎得鲜血淋漓！这当是作者对人性最终极的讥刺和最终极的绝望产生之根源。人性如此之恶，借宝玉"妒妇汤"和"芙蓉女儿诔"两处点染揭示。借黛玉被毁灭之一人一事，写尽彼时世人之诸恶诸假诸丑！

惜乎多有迷于"春香钗美""凤才纨善"者，故以"细"着眼，姑妄论之评之，虽"卑之无甚高论"，但"铅刀贵一割"，庶几或可贻大方之一笑耳。

2018 年 8 月 27 日于工作室